BLÁZNIVÝ ŽIVOT COCO PINCHARDOVEJ

COCO PINCHARDOVÁ
ČASŤ 2

ROBERT BRYNDZA

PRELOŽIL
JÁN BRYNDZA

*Všetkým, ktorým sa páčila kniha
Tajný život Coco Pinchardovej.
Ďakujem za krásne listy, e-maily
a recenzie.
Táto kniha je pre vás.*

NOVEMBER 2010

Nedeľa 14. november 21.56

Adresát: chris@christophercheshire.com

Milý Chris, dnes bol deň D. Rosencrantz sa odsťahoval. Samozrejme, môj jediný synátor si nemohol vybrať nevhodnejšiu chvíľu. Meškám s rukopisom novej knihy Vojvodkyňa z Yorku: špiónka. Celý deň som strávila vo svojej pisárni a miesto toho, aby som sa sústredila na prácu, som smutnými očami sledovala, ako sa pasuje so škatuľami, za výdatnej pomoci svojho otca a Adama.

Ustavične za mnou pribiehal, aby mi ukázal veci, čo objavil pri balení, vrátane plyšového macka, ktorého dostal v deň krstu. Krstili sme ho až v troch rokoch, nemala som pocit, že sa s tým treba ponáhľať. A jasné, že nie v kostole, ale v našej záhrade, kde sme si prenajali stan na oslavy.

Pamätám si, keď sa ho kňaz pýtal, aké chce dať mackovi meno.

„Čo tak nejaké krásne meno z tvojej nedeľnej školy?" navrhol pri popíjaní čaju. „Noah? Jacob? Abraham?"

„Budem ho volať... Beštia!" zapišťal trojročný Rosencrantz. Farárovi zabehol čaj a začal sa dusiť.

„Predstavujem vám svojho nového macka Beštiu!!!" zakričal Rosencrantz celej rodine a známym. „Beštia, Bešti, Bešti, Beštia, BEŠTIA!!!" Stan okamžite stíchol.

„Páči sa mu slovko beštia," zašepkala som zahanbená. „Nevie, čo to znamená... Nedávno som čítala knihu Beštia od Jackie Collinsovej."

„Dúfam, že nie ako večerné čítanie pred spaním," ozval sa kňaz zhrozene. Asi stačí, keď poviem, že Rosencrantz viac v nedeľnej škole nebol.

S láskou a nezabudnuteľnými spomienkami som pozerala na Beštiu, usadenú pri počítači. Chudera, prežila si s nami dosť, už nie je v najlepšom stave. Trčia z nej nite, ruka drží asi na dvoch a farba je neidentifikovateľná. Bola s nami na každej dovolenke a s Rosencrantzom aj v nemocnici, keď mu vyberali slepé črevo.

Vtom zazvonil telefón na mojom stolíku. Utrela som si slzy a zodvihla ho. Volala Angie.

„Ahoj, drahá. Dopísala si knihu?" opýtala sa optimisticky.

„Snažím sa ju dopísať, ale stále mi vyvolávaš, či som ju dopísala..."

„Musíš vymyslieť nový názov," prerušila ma Angie.

„Ale veď si vravela, že Vojvodkyňa z Yorku: špiónka je perfektný názov."

„Perfektný názov to je, moja. Je skvelý. Aj na PR oddelení sa im zdá skvelý. Aj tvoj editor ho miluje..."

„Tak v čom je problém?"

„Nuž, vydavateľ si myslí, že názov je príliš dlhý."

„Prosím? Asi som niečo nepochopila."

„Twitter je dnes strategickou súčasťou marketingu a bude aj súčasťou promovania tvojej knihy. Jedna hláška na twitteri môže mať maximálne štyridsať písmen, znakov. Každá medzera sa počíta ako písmeno. Vydavateľstvo si myslí, že použiť dvadsaťsedem znakov len na názov knihy je neekonomické."

„Prepotili sme sa dvanástimi stretnutiami len kvôli názvu knihy! Nakoniec nikto nemal nijaké námietky a všetci do jedného súhlasili s názvom Vojvodkyňa z Yorku: špiónka. Nemôžeš sa ako moja literárna agentka vzoprieť a dupnúť si?!"

Zrazu sa v telefóne ozval rachot vŕtačiek. Angie si dáva prehlbovať pivnicu v novom dome, aby sa jej tam zmestil bazén a miestnosť na masáže s lávovými kameňmi.

„Pozri, Coco," usilovala sa prekričať hluk, „tým, že si dostala šesťmiestny preddavok na knihu, ťa vydavateľ zatlačil do kúta. Keď povedia, že názov musí byť kratší, tak musí byť kratší. Myslíš, že ti dozajtra niečo napadne?"

Hukot vŕtačiek nabral ešte väčšie grády. Chcela som jej povedať, že vďaka môjmu šesťmiestnemu preddavku sa bude onedlho šplechotať vo vlastnom bazéne, ale rozkričala sa na robotníkov a položila telefón.

Vo dverách sa zjavil Rosencrantz: „Naložili sme posledné škatule. Už tu zostala iba Beštia. Nechám ju tu, aby ti robila spoločníčku?"

„Nie, patrí tebe, zlato." Na rozlúčku som macka ešte vyobjímala a Rosencrantz si ho vzal so sebou dole.

Zopár minút som tupo civela na obrazovku počítača. Vypla som ho a išla sa pozrieť do Rosencrantzovej izby. Bola takmer prázdna. Na stene zostal visieť kalendár nahých francúzskych ragbistov. Tvárou novembra, lepšie povedané, zadkom mesiaca bol blondín s vymakaným pozadím, ktorý vo vzduchu lapal oválnu loptu.

Z okna som dovidela pred garáž. Daniel s Adamom pomáhali Rosencrantzovi napratať škatule do Danielovho auta. Opäť som sa neubránila slzám.

„Éééj, moja," ozvala sa Etela. Zjavila sa pri mojom lakti ako duch. Skoro som vyskočila z kože. Na svoj vek má tá stará korčuľa riadny talent strašiť ľudí. :-|) Z rukáva vytiahla vreckovku. Vďačne som si ju vzala a vysmrkala sa.

„Vedela som, že tento deň raz príde, len som dúfala, že nie tak rýchlo," povedala som jej smutne.

„Šak už je starý somár, musí si natáhnut vlastné krídla."

„Prečo si ich musí ,natáhnut' smerom na Penge? Je to nebezpečná štvrť."

„Aspoň sa tam naučí, jak prežit bez maminej sukni. Vyraste tam z neho chlap, jak má byt, s chlpáma na hrudníku a ze šeckým, čo má mat. Alebo aspoň, ked už bude muset platit vlastnú rentu, mu nezostane dost penazí na odchlpovácé vosky a chlpy mu dorastú."

Chlapi pred domom dokončili nakladanie. Rosencrantz natlačil poslednú škatuľu do auta a Daniel zatvoril kufor. Tá veľká chvíľa sa nezadržateľne blížila. V ceste prázdneho domu stál už iba pohárik teplého, nevychladeného šampanského.

„Pane zlatý na nebesách. Budeš v poriadku, moja," súcitne zahlásila Etela, „trochu tu vyúpratuješ, vyluxuješ a môžeš sem nastahovat toho svojho zajáčka...

Ále, kukni, do došél."

Adam vošiel do izby. V obtiahnutom, trochu prepotenom

tričku a vo vypasovaných džínsoch vyzeral neodolateľne. Zo sťahovania mal napumpované svaly.

Vyzeral ako sexoš z reklamy na kolu.

„Čo sa tu deje? Coco, si v poriadku?" objal ma a na čelo mi vtisol jemný bozk. „Autom budeme u neho za dvadsať minút, nesťahuje sa na Sibír."

„A čo keď budú zápchy? Bude to trvať minimálne raz toľko," poplakávala som.

„Dobré, moja, len to dostaň ze seba šecko ven," Etela mi podala ďalšiu vreckovku. „Aj já sem takto reagúvala, ked som bola v prechode."

„Nie som v prechode!" vysmrkala som sa.

„Dobre, moja, ked myslíš..." lišiacky mrkla na Adama.

„Etela, ja neprechádzam... žiadnymi hormonálnymi zmenami ani ničím..."

„O čo tu ide?" opýtal sa Daniel, ktorý prišiel za nami aj s Rosencrantzom.

„O nič nejde. Ako zvyčajne, tvoja matka sa snaží vyrobiť problém tam, kde nie je."

„Ééj, Coco, máš základné príznaky prechodu," naštartovala sa Etela pri zapaľovaní cigarety. „Decko mat už nemôžeš. Máš své roky. Jediné ženské, keré majú decko v tvém veku, sú Talánky a té sú napumpované hormónama."

„Zmeňme tému. Môžeme sa rozprávať o niečom krajšom? Napríklad, kedy najbližšie uvidím svojho úžasného syna?" stiahla som Rosencrantza do spoločného objatia s Adamom.

„Máš na mysli nášho syna?" zamračil sa Daniel.

„Všetci dobre vieme, kto si," zagánil naňho Rosencrantz.

„Vyzerá to tak, že som bol vymazaný z histórie tohto domu," povedal Daniel urazene. „Všimol som si, že už ani v záchode dole na prízemí nemáte moju fotku."

„Všetkým už liezlo na nervy, ako si sa tam na nás vyškieral, keď sme sa snažili koncentrovať na iné aktivity," odvrkol mu Rosencrantz.

„Naozaj to nebola tvoja najvydarenejšia fotka, Daniel. Neoholený a zavesený na postavičke myšky Minnie," zastala som sa Rosencrantza.

„V Disneylande sme zažili veľa srandy," obhajoval sa Daniel, „tá fotka bola pre mňa plná šťastných spomienok... Keď sme boli rodina."

„Jasnačka, mal si na to myslieť predtým, ako ťa prichytili šukať Pornulienku u nás doma," ohradil sa Rosencrantz.

„Rosencrantz! Nerozprávaj sa tak s otcom!"

„Mama má pravdu. Počúvaj ju, synku. Všetky hriechy sú zabudnuté."

„Počkať, počkať, ja som na nič nezabudla," zastavila som rozbehnutého Daniela.

„Nuž, pekne rýchlo si ho sťahuješ k sebe," Daniel prstom ukazoval na Adama.

„S Adamom sme spolu už vyše roka a my dvaja sme rozvedení osemnásť mesiacov. Čo je na tom rýchle?" ironicky som sa ho opýtala.

Traja najdôležitejší muži môjho života stáli predo mnou, durdili sa ako pávy a očividne ich svrbeli dlane.

Etelina vytešená tvár bola v očakávaní bitky.

„Počúvajte ma všetci, mali by sme sa schladiť," pokúsila som sa zachrániť situáciu. „Čo bolo, bolo... aj keď... Viete čo, poďme si dať radšej nejaký dobrý drink."

Rosencrantz zvesil zo steny poslednú vec, ktorá pripomínala jeho izbu.

„Kocúrisko, nigdy si neskúšal ten modeling?" opýtala sa

Etela Adama. „Na tom tvojém svalnatom zadku by si mohol vybalansovat aj tanér boršču."

Adam sa usmial a lišiacky pozrel na svoj zadok... „Začal som chodiť párkrát do týždňa na džiu-džicu."

„Varujem ťa, nenechaj sa obalamutiť tým jej starým... šarmom," uškrnula som sa na Adama. Po schodoch dolu Daniel mrmlal, že jeho vlastná mama nechválila jeho zadok.

Posledný raz som si poobzerala Rosencrantzovu izbu (teraz už jeho bývalú) a so smútkom na duši som zavrela dvere.

Predtým ako Rosencrantz nastúpil do auta, som ho stískala tak dlho, ako sa len dalo. Daniel s Etelou ho viezli na druhú stranu Temže do jeho nového domova.

Vykyvovala som mu s umelým falošne šťastným úsmevom, až kým sa nevytratili za rohom.

„Neplač, miláčik," Adam ma objal okolo pliec.

„Bude v poriadku, všakže?"

„Má tvoj rozum, Danielovu mazanosť a Etelin dar výrečnosti. Samozrejme, že bude v poriadku." Vrátili sme sa späť do domu.

„Sme tu úplne sami. Ty, ja a prázdny dom," Adam spustil ruky k môjmu pásu a naklonil sa k mojim ústam.

„Etela má pravdu," šepla som, stískajúc jeho úžasne vypracovaný zadok. „Dal by sa na ňom vybalansovať tanier boršču."

„Je celý tvoj, miláčik," Adam nahodil čertovsky sexy úsmev a vášnivo zavrčal: „Beriem si ťa hore... hneď teraz." Zrúkla som ako jeleň, keď si ma odrazu prehodil cez plece a niesol do spálne, akoby som vážila iba pár kíl.

Vďaka Adamovi som s rukopisom meškala ešte viac...

Len teraz som knihu dopísala a poslala ju Angie.

P. S.: Musíme sa čoskoro stretnúť. Dávno som sa s Tebou

a Marikou nevidela. Mám taký pocit, že som zanedbala svojich dvoch najlepších priateľov. ☹
S láskou Coco
Cmuk

Pondelok 15. november 08.14
Adresát: rosencrantzpinchard@gmail.com

Rosencrantz, aká bola prvá noc v novom domove? Bol si sa poobzerať aj po okolí?
Dávaj si veľký pozor v nočných uliciach južného Londýna a prosím Ťa, vždy maj pri sebe ten malý dezodorant, čo som Ti pribalila.
Nieže by si smrdel, to nie, ale funguje minimálne tak dobre ako slzný plyn.
Zavolaj mi, keď si prečítaš tento e-mail.
S láskou MAMA
Cmuk

P. S.: Nový názov mojej knihy je Špiónka Fergie. Mám taký pocit, že ľudia budú trochu zmätení, či ide o Fergie, vojvodkyňu z Yorku, Fergie z Black Eyed Peas alebo trénera Manchestru United Alexa „Fergie" Fergusona. Angie je vytešená, že som PR ženskej z vydavateľstva ušetrila trinásť znakov na twittovanie.

P. P. S.: Chýbaš mi!

Pondelok 15. november 23.36
Adresát: marikarolincova@hotmail.co.uk

Ahoj, Marika, potrebujem s niečím poradiť... alebo mi aspoň povedz svoj názor.

Adam ma po práci prekvapil donáškou čerstvo pripraveného suši. Kým som sa osprchovala a prezliekla, jedlo krásne naaranžoval na stôl. Zapálil množstvo sviečok, a keď som zišla dole, podal mi pohárik chladeného šampanského.

„Chcel by som pripiť na svoju talentovanú frajerku a dokončenie jej knihy. Som na teba veľmi hrdý a milujem ťa," povedal vrúcne a štrngli sme si.

„Aj ja ťa ľúbim, drahý." Pri popíjaní na mňa žmurkol a úplne ma tým dostal.

Bola to naša prvá spoločná noc v dome potom, ako sa odsťahoval Rosencrantz. S pôžitkom sme zobkali z chutného jedla, keď sa Adam spýtal, či si môže cez víkend začať sťahovať ku mne svoje veci.

„Nechce sa mi veriť, že ideme do toho a budeme spolu žiť," povedala som zasnívane.

„Presne tak, ideme do toho! Chceš si nechať svoju posteľ alebo mám priniesť tú moju?"

„Prines tvoju, Adam. Máš tú najpohodlnejšiu posteľ na svete."

„Dobre, prinesiem svoju," usmial sa šibalsky a dolial mi šampanské.

Celý večer sa niesol v očakávaní sexu. Bolo to veľmi vzrušujúce a Adam nesklamal. Sexovali sme na kuchynskom ostrovčeku! Trochu bol chladný (myslím ostrovček zo žuly ☺) a až na to, že sa mi štipľavá wasabi pasta párkrát dostala na intímne miesta (aúúúúú) bol sex fantastický! Úžasný!!!!!!!

Len to, čo sa stalo potom, ma trochu zarazilo. Adam vstal z ostrovčeka a išiel nám doliať šampanské. Natiahol si boxerky. Ja som skoro nechala oči na jeho svalnatom torze, keď vtom prdol. Neurobil to náhodou... trochu sa predtým našteloval... a odpil zo šampusu akoby nič. Ten zvuk (neverím, že o tom vôbec píšem) úplne zabil romantickú atmosféru (a takmer aj sfúkol romantickú sviečku).

„Ups," utrúsil a položil pohárik vedľa mňa na ostrovček. Zostala som ležať s otvorenými ústami.

„Nikdy predtým si to neurobil!" povedala som mu so smrťou v očiach a snažila som sa dostať k svojim nohavičkám, ktoré preleteli cez kuchyňu a pristáli až na odšťavovači.

„Samozrejme, že urobil. Všetci to robíme."

„Nikdy si to neurobil predo mnou," trápne som vysvetľovala. Myslím, že ma šokovalo najmä to, že táto fáza vzťahu (keď sa cítiš pri niekom tak uvoľnene, že strácaš zábrany) prišla nečakane, bez ohlásenia.

„Predsa nechceš, aby ma bolelo brucho. Či chceš?"

„Práve sme mali ten najúžasnejší sex a..."

„A čo?"

„Bol to sex ako z filmu..."

„Z porna?" Adam sa zasmial.

„Nie z porna! Bolo to romantické..."

„Coco, idem sa k tebe sťahovať. To pred sebou nebudeme prdieť?"

„Chcem, aby nám romantika vydržala, aby sa ešte nevyparila. Aspoň nie tak skoro," vysvetlila som mu.

„Podľa teba sa mám teda schovávať na záchode a púšťať

vodu, aby si ma nepočula. Presne tak, ako to robíš ty, keď si u mňa?"

„Ja nič také nerobím," bránila som sa.

„Jasné, že robíš," usmial sa. Od hanby som sčervenela a radšej som začala odpratávať taniere.

„Coco, nemáš sa za čo hanbiť. Pohodička... Vieš čo? Mali by sme si to uľahčiť a preniesť sa cez celú vec."

„Prosím? Ako?"

„Prdni si aj ty, ak chceš."

„Nie!"

„Poďme, Coco, uvoľni sa! Musí sa ti dať po toľkej ryži a alkohole..."

„Pila som šampanské, nie čapované pivo," odvrkla som, otvorila umývačku a začala ju plniť riadom. Adam sa rehotal.

„Daj sa do toho. Milujem ťa, ty miluješ mňa, je to predsa normálne. S Danielom si bola zobratá veľa rokov. Ako ste to robili vtedy?"

„Môžeme zmeniť tému?" zachraňovala som situáciu. Uvedomila som si, že asi reagujem trochu prehnane. „Idem hodiť pár vecí do práčky."

„Dobre, mohla by si mi, prosím ťa, preprať tieto veci na šesťdesiatke?" opýtal sa ma a začal vyhadzovať smradľavé, prepotené handry z fitka. Prelietavali mi okolo hlavy, ledva som sa uhla. Zduto som vykročila k práčke a pri sledovaní bubna plniaceho sa vodou som mala náhle pocit, akoby ma niekto udrel po hlave kyjakom. Príchod Adama do môjho života pripomínal splnený detský sen o princovi. Je krásny, úžasný, vtipný. Lepší sex ako s ním som v živote nemala...

Možno preháňam a šibe mi, ale nie je toto začiatok konca romantiky? Odteraz budem len drieť na ďalšieho chlapa? Za Daniela som bola vydatá dvadsať rokov a, samozrejme, som ho milovala, no len čo prešli medové týždne (mesiace), jeho predstavou sexuálnej predohry sa stalo napodobňovanie slona s vyklopenými vreckami nohavíc a vtákom prestrčeným cez zips. Nechcem, aby sa to tak skončilo aj s Adamom. Nechcem, aby sa z neho vykľul taký hulvát ako z Daniela.

Šibe mi, však? Len chcem, aby všetko zostalo vzrušujúce, šťavnaté...

Utorok 16. november 10.43
Adresát: adam.rickard@XYZagentura.com

Máš veľa práce? Snažím sa Ti dovolať, ale vždy ma to presmeruje na odkazovač. Práve som dohovorila s Rosencrantzom. V novom prostredí sa rýchlo udomácnil. Jeho dvaja spolubývajúci sú herci, s ktorými chodil na konzervatórium. Opýtala som sa, či ho môžem navštíviť, aby nás zoznámil. Vieš, čo povedal?

„Mami, daj mi ešte zopár dní, aby som sa lepšie usadil, a potom vás s Adamom pozvem na večeru." Večeru! Znel tak dospelo.

Prepáč mi ten včerajšok, asi som to prehnala. Trochu mi šiblo. Keď sa stane, tak sa stane. Nenecháš si bok vyvaliť. Neviem sa dočkať, kedy sa ku mne nasťahuješ. Týmto sa dostávam k hlavnému bodu, môjmu novému projektu. Mohla by som Ti pomôcť so sťahovaním. Už som pridala tvoje meno na naše wi-fi pripojenie. Teraz sa volá COCO & ADAM, takže keď zapneme počítač, privíta nás „COCO & ADAM sa pripájajú", nie je to milé?

Rozmýšľala som, že Ti pomôžem aj s inými vecami, ako zmena adresy na Tvojich účtoch z elektrární, daňového... Zavolaj mi, keď sa dostaneš k tomuto e-mailu.

S láskou Coco
Cmuk

Utorok 16. november 10.52
Adresát: adam.rickard@XYZagentura.com

Ak s tým máš nejaký problém, môžem zmeniť wi-fi na „ADAM & COCO sa pripájajú". Mne to je jedno.

Utorok 16. november 11.12
Adresát: novinovystanokclive@gmail.com

Ránko, Clive,
 chcela by som pridať časopisy Adama Rickarda Muscle & Fitness a Auto-Moto k objednávkam na moju adresu.
 Sťahuje sa ku mne!
 S pozdravom
 Coco Pinchardová

Utorok 16. november 11.34
Adresát: objednavka@zeleninaprimrosehill.co.uk

Milý zelovoc Primrose Hill, mám u Vás registrovanú donášku zeleniny. Extra veľkú škatuľu miešanej zeleniny, raz do týždňa. Môj priateľ Adam Rickard od Vás odoberá veľkú škatuľu koreňovej zeleniny. Je možné vopchať jeho veľkú mrkvu do mojej extra veľkej škatule?
Moja adresa:
3 Steeplejack Mews
Marylebone
Londýn NW1 4RF
Vďačná Coco Pinchardová

Utorok 16. november 14.43
Adresát: marikarolincova@hotmail.co.uk

Upratovala som si skriňu, aby sa do nej zmestili aj Adamove veci, keď sa odrazu ozval pri vchodových dverách zvonček.
 Cez dierku som zbadala Angie s cigaretou v ústach.
 Vlasy jej vietor sfúkol do tváre.
 „Čo porábaš, zlatko?" opýtala sa ma, len čo som otvorila dvere. Oblečená bola tradične v chanelovskom kostýme. Vypchávky jej až nebezpečne siahali po uši.
 Ohorok hodila na zem, prišliapla ho svojou špicatou Jimmy Choo lodičkou a do kútika úst si vložila ďalšiu cigaretu.
 „Adamovi chystám miesto v skrini. Sťahuje sa ku mne."
 „Ty ho sťahuješ do skrine? Chudák chlapec."

"Nie, do postele," zasmiala som sa, Angie zagúľala očami a vošla dnu.

"Coco, mám nejaké novinky. Vraciam sa zo stretnutia v Groucho klube, tak som si povedala, že sa tu stavím cestou do kancelárie." Zamierili sme do kuchyne. Kým som dala zovrieť vodu na kávu, Angie sa usadila pri barovom/raňajkovom pulte.

"Neurobila si si náhodou priveľkú obchádzku?" opýtala som sa znepokojene. Mala som pocit, že prišla s nepríjemnou správou. "S rukopisom je všetko v poriadku?"

"Áno, kniha je okej. Práve najali chlapíka, ktorý navrhne obálku. Prišla som, aby som ti povedala, že si v Amerike vyhrala literárnu cenu za svoju prvú knihu Poľovačka na lady Dianu!" uškrnula sa a cez zuby vydýchla cigaretový dym.

"Panenka Mária! Vyhrala som Pulitzera?"

"Nie."

"Nováčika v Amazon Awards?"

"Nie."

"Cenu Edgara Allana Poea?!"

"To sa dáva autorom detektívok, dilina..."

"Tak čo som, preboha, vyhrala?"

"Literárnu cenu Doris Finkelsteinovej."

"Prosím?!"

"V Amerike ju považujú za veľké ocenenie a uznanie. V minulosti ju vyhralo množstvo známych autorov," vysvetľovala Angie.

"A finančne je zaujímavá ako tie ostatné?"

"Nuž, v tom je háčik. Toto ocenenie je bez finančnej odmeny. Ide hlavne o prestíž a cena spočíva v tom, že počas odovzdávania sa pred médiami podpíšeš na slávnu stenu víťazov v Knižnici Doris Finkelsteinovej."

„Hmm…" nevedela som, čo povedať.

„A ešte dodám, že ide o New York! Čo znamená, že tebe a tvojmu sprievodu," Angie na mňa potmehúdsky žmurkla, „zaplatia all inclusive víkend v New Yorku!

Celý víkend ťa nebude stáť nič! Absolútne NIČ!"

„Výlet do New Yorku!" vzrušene som vykríkla. „Kedy?"

„Letíš vo štvrtok. Ceremoniál je v piatok."

„Tento týždeň?" opýtala som sa s udiveným výrazom.

„Oceneným autorom to vždy oznamujú na poslednú chvíľu."

„Neviem sa dočkať, kedy to poviem Adamovi. V poslednom čase sme boli obaja zavalení prácou a nemohli sme si užiť jeden druhého…"

„Nebude vo štvrtok v práci? Je to predsa pracovný deň, nie?"

„Som si istá, že mu dajú voľno."

„Aha," Angie si pripálila ďalšiu cigaretu. Nastalo trápne ticho.

„Chcela si ísť so mnou?"

Angie zmenila výraz tváre, niečo vyťukávala do mobilu a hádzala si svoje veci do kabelky.

„Angie, prirodzene som myslela hneď na Adama, je to moja druhá polovička."

„Samozrejme," precedila cez zuby. „Aj tak mám veľa roboty. Musím dozerať na robotníkov, aby mi nedali bazén omylom na strechu… E-mailom mi pošli čísla vašich pasov, kvôli aerolinkám."

„Máš ešte chuť na kávu?"

„Nie. Musím utekať. Nemusíš ma vyprevádzať, otvorím si sama," zahasila cigaretu a prednými dverami vyletela von.

Teda, capla nimi riadne.

Čím to je, že s úspechom vždy prichádza aj samota? Tak som to cítila po Anginej návšteve."

Utorok 16. november 23.12
Adresát: marikarolincova@hotmail.co.uk

Adam mi celý deň nezdvíhal pracovný telefón ani mobil. Večer o ôsmej som hodila na seba kabát a zašla k nemu domov. Dlho som vyzváňala, kým mi konečne otvoril. Vyzeral veľmi unavene, ešte vždy nahodený v pracovnom obleku, z ktorého bolo cítiť, že v kancelárii nemá klímu. Nasledovala som ho do obývačky, kde mu nahlas vyspevovala (hulákala) Enya a spoločnosť mu robila fľaša whisky.

„Odkedy máš rád Enyu a Johnnyho Walkera?" kričala som na neho z opačnej strany stola.

„Odvtedy, ako si chcem oddýchnuť," zakričal.

„Keď už som tu, mohol by si vypnúť tú ezoterickú babizňu?" zakričala som a šľahla po ovládači. Hudba sa vytratila.

„Volá sa Enya, keď už chceš veci pomenúvať," štekol na mňa. Všimla som si, že mal čelo zaliate potom, hoci bolo vnútri chladno.

„Je ti niečo, Adam?" vyplašila som sa.

„Nie, nie... som okej. Len práca..."

„Skutočne? Vyzeráš vystresovane."

„Som v poriadku. Ako si sa mala dnes ty, zlato?"

„Nedostal si ani jeden z mojich e-mailov, esemesiek alebo odkazov? Celý deň som sa ťa snažila zastihnúť."

„Hmm... Nie... Mám to v práci dosť rušné," zajakával sa.

Všimla som si na stole jeho mobil. Bol zapnutý a neukazoval nijaké zmeškané hovory ani správy.

„Musel si ich vidieť a počuť! Na obrazovke ti nič neukazuje."

„Chcel som povedať, že som si ich všimol, ale nemal som na ne čas. Povieš mi, aký deň si mala ty?"

Porozprávala som mu o svojom stretnutí s Angie a o ocenení. Trochu sa uvoľnil, až kým som mu neoznámila, že sme vo štvrtok pozvaní na preberanie ceny do New Yorku.

„Nemôžem ísť," reagoval.

„Prečo nie?"

„Rád by som, ale nemôžem si vziať dovolenku."

„Minulý piatok si si zobral dovolenku, len aby si išiel so mnou do záhradníckych potrieb," povedala som prekvapene.

„Veď práve."

„Čo myslíš tým veď práve? Šéfuješ svojmu oddeleniu, môžeš si vziať dovolenku, kedy chceš." Nastalo veľmi čudné ticho.

„Nemôžem, nedá sa, naozaj sa nedá." Nikdy som ho takéhoto nevidela. Vstala som, prisadla si k nemu a začala mu masírovať krk aj plecia.

„Víkend zadarmo v New Yorku! Letíme prvou triedou, päťhviezdičkový hotel, izba s velikánskou posteľou... nebuď malý a choď si po pas!"

„Načo ti je môj pas?" spýtal sa prekvapene.

„Ako inak môže Angie kúpiť letenky? Potrebuje číslo pasu."

„Pozri, Coco... Choď radšej domov, ja sa osprchujem a o takú hodinku prídem k tebe."

„Si si istý, že je všetko v poriadku?" Ničomu som nerozumela.

„Naozaj, len práca... Dnes ohlásili prepúšťanie."

„Preboha, prišiel si o prácu?"

„Nie. Ja nie, ale je na mne, aby som tento týždeň prepustil svojich zamestnancov, kolegov. Ľudí s pôžičkami, ktorí živia svoje rodiny. Neviem sa s tým zmieriť. Radšej choď domov, o chvíľku som u teba."

Súhlasila som a pobrala sa zmätená domov.

O pár hodín, keď som už pomaličky zaspávala pred telkou, zacítila som cudziu ruku pod svojím tričkom.

Tak som sa zľakla, že som skoro porodila mačiatka.

„Ahoooj," zašepkal mi do ucha pripitý Adam. Začal sa ku mne tisnúť na sedačku, totálne holý, a zubami sa snažil otvoriť kondóm.

„Čo robíš?" zalapala som po dychu.

„Zvádzam ťa," uškrnul sa a chystal sa ma pobozkať. Bol osprchovaný, ale stále z neho páchol alkohol.

„Myslela som, že si vrah!"

„Čo tak sexuálny maniak!" zavtipkoval a ruku mi vopchal pod pyžamové nohavice.

„Nie je to vtipné!" Odstrčila som ho.

„Ježišmária, Coco. Snažím sa spríjemniť atmosféru."

„Tým, že ma na smrť vystrašíš a potom trápne vtipkuješ o znásilnení?" Bola som už poriadne vytočená. Stále sa usiloval otvoriť kondóm. „Adam, vyzerám, že mám chuť na sex?"

„Coco, snažím sa byť sám sebou..." zamumlal.

„Toto nie si ty, si hrozne čudný."

„Som dnes trochu čudný," pozrel na mňa vážne. „Som čudný, stále ma ľúbiš?" Jeho krásne karamelové oči plné bolesti a smútku blúdili po mojej tvári.

„Samozrejme, že ťa ľúbim." Potiahla som na nás deku, pod

ktorou sa ku mne pritúlil. Hlavu si uložil na moje plece a zavrel oči.

„Potrebujem vedieť, že ma ľúbiš takého, aký som," ospanlivo zašepkal.

„Ľúbim ťa viac, ako si vieš predstaviť, miláčik. Myslím, že víkend v New Yorku by mohol byť tým pravým liekom na problémy v tvojej práci."

„Preboha, Coco," vyskočil z postele a navliekol si tepláky.

„Čo som povedala? Úplne som z teba zmätená!"

„Ja že ťa mätiem?" zvolal pobúrene, obliekajúc si tričko, a pokračoval: „Tak potom existuje jednoduché riešenie. Idem domov." Cez kuchyňu zamieril k zadným dverám, ktoré za sebou zamkol. Zababušená pod dekou som v tichu dlho načúvala vŕzganiu, ktoré vydával dom. Adam sa nevrátil.

Cestou do spálne som prešla okolo Rosencrantzovej prázdnej izby. Zastala som pri dverách, mesačný svit vytváral na tmavom koberci krásnu tieňohru.

Nevieš, čo sa deje s Adamom? Myslíš, že ma má už dosť? Včera mu nič nebolo!

Streda 17. november 21.56
Adresát: marikarolincova@hotmail.co.uk

Adamovi som sa neozvala celý deň. Čakala som, že ako džentlmen zavolá prvý. Minimálne mi dlhuje vysvetlenie. No neozval sa. Práve mi v telke končil seriál (Eastenders), keď sa od dverí ozval zvonec. Vonku v daždi stál Adam. Preložila som si ruky a pozrela na neho.

„Môžem ísť dnu?"

„Prečo by som ti mala dovoliť ísť dnu, po tom všetkom?"
„Lebo prší!" Ustúpila som mu z cesty a on vhupol dovnútra. Zobrala som mu premočený kabát a vyšla hore po suchý uterák. Keď som sa vrátila, už bol usadený v kresle v obývačke. Okolo krku som mu zavesila uterák a vypla televízor. Ticho prerušovali len kvapky dažďa dopadajúce na strechu a okná.

„Máš chuť na čaj alebo na nejaký drink?" ponúkla som mu niečo na zahriatie.

„Nie. Ďakujem."

„Jedol si?"

„Nie som hladný."

Opäť nastala trápna pauza, sedeli sme tam ako dvaja cudzinci. Zo zadnej záhradky k nám prenikalo čudné praskanie. Pozreli sme nahor, odkiaľ sa šíril podivný zvuk, keď zrazu silný prúd vody vymrštil množstvo lístia aj časť odkvapovej rúry, ktorá dopadla na stôl so slnečníkom. Utekala som k oknu.

„Kurnik!" Natiahla som krk, aby som videla, aké sú škody. Voda sa valila zo strechy priamo po stene. „Oprava bude stáť majland... Rúry sú zo zinku. Vieš, koľko stojí zinok?" rozčúlene som hovorila Adamovi.

Ten na mňa len zízal. Rúra sa začala šmýkať zo slnečníka a pri páde na trávu rozrezala látku. Adam skočil k žalúzii a snažil sa ju spustiť dolu. Jedna strana padla dolu, druhá zostala visieť hore. Šnúrky sa spletli. Nemohol nimi pohnúť.

„Daj to sem," zavrčala som naňho. „Nevieš, ako sa to robí!"

„Možno by som ti mal odovzdať aj svoje gule," podráždene odvrkol. „Nechaj si ich a ulož k ostatným veciam do šuplíka."

„O čo ti ide, Adam? Nechápem, čo to melieš!" vyštekla som a obrátila sa k nemu. „Súvisí to s tým, že som ti presmerovala poštu na svoju adresu? Prepáč, myslela som, že ti tým robím láskavosť."

Adam na mňa nemo hľadel, pootvoril ústa, akoby chcel niečo povedať, ale v poslednej chvíli asi zmenil názor, lebo ich hneď zavrel.

„Čo? Čo máš na jazyku? Vypľuj to zo seba, Adam."

„Vieš čo, zmenil som názor, dám si ten drink, čo si mi ponúkla." Nasledovala som ho do kuchyne. Otvoril chladničku, natiahol sa po pive, ktoré v zlomku sekundy otvoril a lial do seba ako smädná ťava. Pri pití ma sledoval ponad plechovku.

„Vidím, že si vystresovaný... Prečo nechceš ísť so mnou do New Yorku? Môžeš si tam oddýchnuť, zrelaxovať sa. Viem, že si môžeš zobrať dovolenku." Dopil pivo a plechovku šmaril do koša.

„Prečo musíš byť takáto? Nevieš si dať pokoj!"

„Aká takáto? Vôbec ti nerozumiem, Adam."

Kým som dopovedala, stihol vypadnúť z domu do upršaných ulíc Londýna. Dverami buchol tak, až sa zatriasla podlaha. V tom momente oblohu preťal blesk a ozvala sa rana ako z dela. O pár sekúnd vypadla v dome elektrina. Vo vrecku bundy som šmátrala po kľúčoch a vyšla som von. Silný vietor a dážď ma plieskali po tvári. Prúd vypadol na celej ulici, takže nesvietili ani pouličné lampy. Vyššie domy na oboch koncoch ulice dokonale zablokovali aj svetlo z mrakodrapov centrálneho Londýna, ktoré ich zvyčajne osvetľovalo. Jedinou pomocou na ceste mi bolo zopár prechádzajúcich áut. Reflektory mi osvetľovali chodník od kolien dolu.

Keď som sa dostala na pešiu zónu v Marylebone, schovala som sa pod striešku malých lahôdok. Skúšala som volať

Adamovi, ale ozýval sa iba jeho odkazovač. Dážď hustol, prudko padal na striešku, z ktorej prskal na celé okolie. Výpadok elektriny zasiahol polovicu Londýna. V tme som utekala k Adamovmu bytu. Prebehla som okolo stanice metra, ktorá bez elektriny vyzerala ako z hororového filmu. Keď som do nitky premočená dobehla k jeho bytu, vytiahla som kľúč a vpustila sa dnu.

Adamova silueta v obývačke na zemi pri okne sa strácala a vynárala v žiare bleskového divadla burácajúceho vonku. Počula som cck, keď si otvoril plechovku piva, a prisadla som si k nemu. Pohladila som mu mokré vlasy. Jemne ma chytil za bradu a natočil k sebe, aby ma mohol pobozkať.

„Si krásna, Coco, nezabudni," zašepkal chrapľavo. Priložil mi prst na pery a hladko ním prešiel až ku krku. Pomaličky som mu cez hlavu stiahla mokré tričko. Pocítila som jeho sexy vypracovanú hruď na mojom tele. Veľmi ma to vzrušilo... Prekvapivo rýchlo som mu stiahla opasok... a o chvíľku sme sa už milovali na kope mokrého oblečenia, kým vonku silnela búrka. Všetky naše problémy zmizli... celé to bolo nádherne romantické a nevinné. Len JA a ON. Nič viac, nič menej.

Potom ma zaviedol do spálne. Premrznutí sme zaliezli pod perinu, kde sme sa túlili v jeho nebesky pohodlnej posteli pod oknom, a hriali jeden druhého.

Búrka ustupovala, ale kvapky dažďa neprestávali tancovať na streche.

„Milujem ťa, Adam, len nechcem medzi nami žiadne tajomstvá. Ak niečo tajíš, tak vieš, kde sú dvere. Nuž, keďže toto je tvoj byt, tak to, samozrejme, platí naopak. Viem, kde sú dvere... Myslím to skôr metaforicky, myslené dvere..." Všimla som si, že Adam zaspal. Vyzeral tak sladko a krásne. Pohladila som mu tvár.

„Len spinkaj, miláčik," zašepkala som, „zajtra ti to všetko zopakujem."

Slnečné lúče ma zobudili tesne pred siedmou. Adamova časť postele bola prázdna. Po chvíli som si uvedomila, že nepočujem žiadne zvuky z kúpeľne ani kuchyne, a tak som vstala.

V obývačke na stolíku som si všimla popísaný kúsok papiera. Bola to jedna z tých chvíľ, keď sa ti pred očami premietne celý život. Pri čítaní Adamovho odkazu sa mi začala pod nohami otvárať zem. Citujem:

„Coco, prepáč! Nechcem sa k tebe sťahovať a nechcem ťa už nikdy vidieť."

Rýchlo som sa obliekla a utekala domov, dúfajúc, že Adam chystá v kuchyni rannú kávu a ide len o veľké nedorozumenie. Nič také. Dom bol vysvietený zo včerajšej noci, keď vypadol prúd, ale Adam tam nebol. Utekala som naspäť do jeho bytu. Hlavou mi chaoticky vírili myšlienky: Toto nemôže byť pravda... sníva sa mi nočná mora... ráno sa zobudím a všetko bude tak, ako má byť... Išla som odomknúť dvere, ale vo vrecku som nemohla nájsť kľúč. On mi ho zvesil z kľúčenky! Rozhnevaná ešte väčšmi som začala vybuchovať na dvere. Neotváral. Po polhodine som sa vrátila domov.

Vyvolávam mu celý deň, ale nezdvíha. Mala by som sa baliť do New Yorku, no zo všetkého som tak na dne, že sa nedokážem pozrieť ani do zrkadla, nieto ešte nabehnúť do lietadla.

Štvrtok 18. november 06.17
Adresát: marikarolincova@hotmail.co.uk
chris@christophercheshire.com

Angie zúrila, keď som jej povedala, že po tej dráme, čo sa odohrala medzi mnou a Adamom, nejdem do nijakého New Yorku. Vysvetľovala mi, že preberanie ocenenia je pre mňa veľmi dôležité a že ide o veľa. Opýtala som sa, o čo také môže ísť, keď nejde o život.

„Kde mám začať? Nadácia Doris Finkelsteinovej ti už zaplatila letenky aj luxusné ubytovanie. Odovzdávanie cien je zorganizované do posledného detailu a okrem iného, nechceš si užiť ťažko vydretú slávu? Už si zabudla, s akými problémami sme knihu vydali?"

„Samozrejme, že sa pamätám. Na to sa nedá zabudnúť."

„A koľkí ľudia, ktorých práve odvrhli ich partneri, by dali všetko za to, aby mohli ísť na ,výlet' zadara na druhý kontinent, kde ešte k tomu všetkému chce niekto oceniť ich talent a úspech? No, koľkí?!" stupňovala Angie.

„Mnohí..."

„Väčšiu reklamu si nedokážem ani predstaviť. Tvoj americký vydavateľ chystá nové vydanie knihy Poľovačka na lady Dianu a nové vydanie e-knihy bude mať veľkú kampaň u takých predajcov ako Amazon a Barnes and Noble. Asi zabúdaš, že aj ja zarábam na tvojich knihách," povedala otvorene.

Nastalo ticho.

„Dofrasa! O koľkej letíme?" nechala som sa zlomiť.

„Ráno o desiatej. Vyzdvihnem ťa taxíkom o piatej," vybafla Angie a zložila telefón. Predpokladám, že to znamená, že letí so mnou.

Balenie mi dalo zabrať. Vôbec som nespala. Nepretržite som rozmýšľala, či som na niečo nezabudla a či nemusím ešte niečo urobiť:

- – pes – nakŕmiť – nemám
- –mačka – nakŕmiť – nemám
- –rybičky alebo iné živočíchy – nakŕmiť – nemám
- –rastliny – zaliať – nemám
- –frajer – nachystať do roboty – nemám
- –syn – pripraviť raňajky – nemám (aspoň nie doma)

Môžem cestovať do New Yorku z minúty na minútu. Celé roky som túžila bez mihnutia oka vyraziť na last minute dovolenku a teraz, keď môžem, sa mi to zdá dosť smutné. To som ale dopadla!

Taxikár zatrúbil tesne pred piatou. Do auta som naskočila bez mejkapu, s mokrými vlasmi uviazanými do drdola.

Angie, pohodlne usadená v taxíku v červenom chanelovskom kostýmčeku s perfektne zladenou červenou kabelkou a s nádherným mejkapom na tvári, vyzerala božsky.

„Ježišove nohy, Coco," zareagovala šokovane, keď ma zbadala.

„Čo," zápasila som s bezpečnostným pásom.

„Ideme do New Yorku a nie do sekáča... Aspoň si nagehni ksicht."

„Nie."

„Nemôžem sa s tebou rozprávať, kým si nenamaľuješ aspoň pery," z kabelky vybrala krásne zlaté podlhovasté puzdierko. Bol to rúž od Chanela.

„Dobre, tak sa so mnou nebav," odvrkla som jej ako urazená školáčka.

„Coco, myslím to vážne. Vyzeráš ako vysratý párok." Trochu som protestovala, no nakoniec som si namaľovala ústa sýtočerveným rúžom.

„A nahoď si toto," podala mi veľké čierne slnečné okuliare.

„Nič nevidím," zamrmlala som, keď som si ich dala na oči.

„Ale ja vidím. Teraz aspoň vyzeráš ako niekto, kto vyzerá, že sa snaží byť niekým, a nie ako veľká nula, ktorá sa nedokáže postarať ani sama o seba."

„Dám si ich dole," vyprskla som od jedu.

„Máš na výber. Buď si ich necháš na očiach, alebo zaplatím taxikárovi, aby ťa pridržal na sedačke, kým ti nacápem na oči maskaru. Dnes vyzerajú ako dve dierky prešťaté v snehu..."

Viem, že by bola toho schopná, tak som si ich radšej nechala na očiach.

„Keď prídeme na letisko do salónika pre cestujúcich prvej triedy, tak mi budeš vďačná," vyhlásila Angie hrdo.

Ako vždy mala pravdu. Práve sedíme v salóniku British Airways a pekne-krásne zapadám medzi všetky tie bohaté mrchy. Angie vôbec nespomenula Adama, za čo som jej veľmi vďačná, ale k pohárku bezplatného šampanského mi ponúkla na výber xanax a válium. Bez rozmýšľania som si vzala xanax.

„Si si istá, drahá? Válium je silnejšie."

„Áno, ďakujem, xanax. Odzadu sa číta tak isto ako spredu, je mi sympatickejší."

„Prekliati spisovatelia," Angie si šľahla na jazyk válium

a viditeľne v často praktizovanom záklone ho prehltla ako tic tac.

„Prepáč, Angie, mala som ťa pozvať do New Yorku ako prvú. Vždy si stála pri mne."

„Nič si z toho nerob," chlácholila ma. „Ale varujem ťa, nie som stavaná na babské táraniny, a keď navrhneš, aby sme si dali mafiny, tak zariadim, že ťa šupnú do turistickej triedy."

„Platí!" Chabo som sa usmiala spoza okuliarov a zapila xanax šampanským. Angie ma chytila za ruku a stisla mi ju... ako len priatelia stískajú.

„Je to debil! Zaslúžiš si viac."

Nič som jej na to nepovedala, len som jej zovrela ruku. Problém je v tom, že Adam nie je debil, je úžasný. Preto mám vo všetkom taký chaos...

Vonku je stále tma, na oblohe sa trblietajú len svetielka pristávajúcich a odlietajúcich lietadiel. Mám taký pocit, že xanax už začína účinkovať. Je mi lepšie a na tvári mám prihlúply úsmev.

Sobota 20. november 07.14
Adresát: marikarolincova@hotmail.co.uk
chris@christophercheshire.com

Sme ubytované v hoteli Four Seasons s výhľadom na Central Park! Píšem Ti z pôsobivej hotelovej haly, vysvietenej lampami od Tiffanyho a so stropom z čierneho mramoru. Vzduch je nabitý sexuálnym napätím. Hemží sa to tu sexy zamestnancami v neskutočne sexy uniformách, vypasovaných na tých správnych miestach. ☺ Cítim sa ako prepotená

Britka, ktorá sa nesprchovala dvadsaťštyri hodín, narodila sa s nedokonalými žltými zubami a na nohách má niekoľkodňové strnisko. Chcela by som byť teraz doma pri kozube, navlečená v pohodlných tepláčikoch. Izba je úžasne elegantná a posteľ ako z rozprávky. Výhľad na Central Park a mrakodrapy je „orámovaný" oceľovomodrou oblohou. Prudký dážď sa valí po oknách odvtedy, ako sme pricestovali, a vidieť, ako dopadá na malilinké autá a ľudí dole na ceste. Včera večer ma Angie zúfalo prehovárala, aby sme išli spolu vymetať bary.

„Nemám chuť, Angie," povedala som jej cez pootvorené dvere. Vyzerala rozkošne v nádherných fialových minišatách od Versaceho a v megavysokých ihličkách. Prestrčila sa okolo mňa do izby a hrabala sa v minikabelke.

„Okej, aspoň na mňa nalep tieto voloviny," poprosila ma a podala mi škatuľku nikotínových náplastí. „Z tohto nefajčiarskeho mesta ma porazí."

„Kde to mám nalepiť? V tých šatách si mi nenechala veľa priestoru na manévrovanie."

„Nalep mi ich zopár na chrbát," vyhrnula si šaty.

„Angie! Kde máš nohavičky?" zapišťala som prekvapene ako moja matka, keď ma prvýkrát prichytila bozkávať sa s frajerom. Stiahla som fóliu z náplasti a jednu po druhej som jej ich prilepila na chrbát.

„Zlato, upokoj sa a radšej poď so mnou na drink, trochu si zalovíme," stiahla si šaty. „Si moja jediná nezadaná autorka..."

„Najprv sa musím preniesť cez Adama."

„Niekedy sa musíš dostať pod druhého chlapa, aby si sa mohla preniesť cez toho prvého..." Angie sa uškrnula ako prefíkaná líška.

„Tak to môžeš urobiť za mňa," odpinkala som ju, „len dávaj pozor, aby ti nenasypali nič do drinku."

„Potrebovali by kilá prášku, aby ma uspali," rozrehotala sa a po malom objatí vykĺzla z mojej izby.

Osprchovala som sa a objednala si jedlo do izby. Neskutočne chutné syrové cestoviny mi priniesol ešte chutnejší čašník. ☺ Potom som si pomaškrtila na úžasných arašidových čokoládkach z izbového baru a donekonečna pozerala staré dobré britské sitkomy na stanici PBS.

Ráno som sa stretla na raňajkách s Angie. Netvárila sa práve najšťastnejšie.

„Ulovila si včera niekoho?" opýtala som sa.

„Rozvedeného finančníka, ktorý ma pozval k sebe."

„Kde býva?"

„Staten Island..."

„Prečo si ho nezavolala sem?"

„Staten Island je fajčiarska štvrť. Mala som absťák, takže nebolo o čom."

„Aké to bolo?"

„K nemu domov som sa nedostala. Z Manhattanu sme išli loďou, na ktorej som chytila morskú chorobu a jemu uletelo z hlavy tupé. Romantika ako sviňa."

Po raňajkách sme si zobrali taxík – samozrejme, na Angino potešenie bol nefajčiarsky – a vybrali sa do Knižnice Doris Finkelsteinovej. Je to kolosálna stavba s vyrezávaným stropom, vysokým ako v katedrále, s gotickými oknami a dlhými radmi stolov. Na konci nekonečnej sály lemovanej tisíckami kníh stáli pred pódiom rady naaranžovaných stoličiek, ktoré boli zaplnené stovkami čakajúcich divákov a novinárov. Na pódiu bola malá obrazovka.

„Vyzerá to tu veľmi honosne a veľkolepo," zasyčala som do

ucha Angie. Medzitým sa k nám rýchlym krokom približoval chlapík v kanárikovožltom obleku. „Myslela som, že to má byť malá akcia, kde sa len podpíšem na stenu ocenených."

„Sme v New Yorku, drahá," pošepla mi Angie, „všetko robia vo veľkom."

„Dobrý, dobrý deň!" pozdravil sa „kanárik" a ponad umelecky upravenú bradu vyceril na nás svoje extrémne vybielené zubiská. „Som šéf PR v tejto skvostnej knižnici," predstavil sa.

„Kto sú všetci títo ľudia?" opýtala som sa ho roztraseným hlasom.

„No, máme tu novinárov z Vogue, The New York Times, Elle, The New York Post... PBS a zopár civilistov, ale nebojte sa, tí si zaplatili za tú česť, že môžu byť súčasťou takejto veľkej udalosti."

Od nervozity som sa začala potiť. Čo ak budú chcieť, aby som sa im prihovorila? Angie mi žiaden príhovor nespomínala.

„Koľko máme do začiatku?" opýtala sa rozladená Angie.

„Dokázala by som teraz niekoho zabiť za jednu cigu." PR Darryl zbledol a o krok ustúpil.

„Nebojte sa, nemyslí to doslovne," usilovala som sa ho upokojiť.

„Prepáčte, madam. Už nie je čas. Musíte sa posadiť."

Angie si hrešila popod nos, až kým sme sa okolo usadených hostí neprepracovali k našim stoličkám v prvom rade. Mňa usadili vedľa legendárnej Doris Finkelsteinovej. Je to veľmi elegantná, asi osemdesiatročná dáma s iskrou v oku, a aj keď sme boli vnútri a nebolo chladno, mala oblečený veľký kožuch a v ušiach sa
  jej oslepujúco trblietali krásne diamantové náušnice.

Potriasla som jej miniatúrnu ruku, suchú ako papier.

„Teší ma, že ste k nám prišli až z Londýna," zapriadla milo. Uškrnula som sa, ale moje ústa boli také suché, že sa mi vrchná pera prilepila o zuby. Naoko malý kúsok gigantickej steny bol plný podpisov známych spisovateľov. Na boku bolo opreté veľké plexisklo, ktoré stenu po väčšinu roka ochraňuje.

Išla som sa Doris opýtať, ako bude ceremónia prebiehať, keď vtom v sále stlmili svetlá a na pódiu sa rozžiarila velikánska obrazovka.

Sálou sa niesol vážny hlas ako z dokumentárneho filmu: „Coco Pinchardová je jedinečná, je to unikát..."

Moja fotografia zaplnila celú obrazovku, kamera zaostrila na môj úsmev a dramatická hudba rezonovala ako podmaz.

„... čitatelia si zamilovali jej šarm, charakter, jej nenapodobiteľný britský humor. Sme tu dnes v týchto historických priestoroch Knižnice Doris Finkelsteinovej, aby sme vzdali poctu jej práci."

Potom premietli krátky film zostrihaný z mojich besied a stretnutí s čitateľmi.

„Prvotina Coco Pinchardovej, Poľovačka na lady Dianu, je unikátne dielo plné originálneho humoru, v ktorom autorka mení históriu, keďže princ Charles sa ožení s Camillou a nie s Dianou. Knihu hodnotia kritici po celom svete ako ohromujúcu prvotinu a dielo komického génia."

Na obrazovke sa zjavila koláž fotografií z divadelnej hry Poľovačka na lady Dianu, ktorú sme predstavili s Rosencrantzom v Edinburghu a neskôr aj v Londýne a New Yorku. Naskakovali mi zimomriavky.

Hlas pokračoval: „Kniha sa nestala len bestsellerom, ale v muzikálovej verzii ju obdivovali diváci na medzinárodnom festivale v škótskom Edinburghu, londýnskom West Ende a v divadle Alice Claytonovej na Broadwayi."

Nasledovala montáž z mojich televíznych rozhovorov. „Po veľkom úspechu svojej prvotiny Coco Pinchardová nezaspala na vavrínoch a pokračuje v písaní. Onedlho sa môžeme tešiť na jej novelu. Napriek veľkej zaneprázdnenosti si nájde vždy čas na podporu charitatívnych organizácií a ľudí v núdzi."

„Preboha, akú charitu podporujem?" zasyčala som na Angie.

„Pred rokom si si adoptovala hrocha v Afrike, aj to sa počíta," šepla mi naspäť.

Hneď nato ukázali fotku, na ktorej som preberala ocenenie na festivale v Edinburghu. Som na nej s Adamom. Objíma ma okolo pása a vyzeráme spolu veľmi šťastne. Angie mi stisla ruku. Posledné slová narátora zneli: „Knižnica Doris Finkelsteinovej je poctená, že môže oceniť... Coco Pinchardovú."

Obecenstvo sa roztlieskalo. Na pódium vyšiel Darryl a podal mi ruku, aby ma pozval k sebe. Pozdravila som prítomných a povedala, aká som šťastná, hoci to nebola pravda. Keď ukázali poslednú fotku s Adamom, mala som pocit, akoby mi niekto strelil otrávený šíp priamo do srdca. Všetkým som sa poďakovala. Samozrejme, aj Angie, ktorá bez nikotínu totálne vybledla. Potom ma začala fotiť horda fotografov, ako sa podpisujem na stenu ocenených. Skoro mi padla sánka, keď som si pri podpisovaní všimla mená spisovateľov, ocenených v minulosti rovnakou cenou, ako som dostala dnes ja: Stephen King, Doris Lessingová, John Grisham, Patricia Cornwellová a J. K. Rowlingová. Nakoniec som povedala zopár slov novinárom, ktorí cvakali o dušu, keď sa ku mne postavila Doris. Jeden z organizátorov jej kázal vyzliecť kožuch, čo ona odmietla.

„Nosím ho na ochranu svojho tela," pošepla mi cez úsmev, kým nás oslepovali blesky fotoaparátov. „Nikdy im nedaj šancu, aby ti nacvakali zadok."

Celkom som nepochopila jej radu. Pri odchode sme sa lúčili asi so stovkou gratulantov.

Ulice New Yorku boli konečne zaliate krásnym slnkom, hoci vzduch zostal stále chladný. Mesto vyzeralo hneď veselšie.

„Rýchlo," súrila ma Angie. Za rohom knižnice si všimla malú uličku a vtiahla ma do nej. Zapálila si cigaretu, ktorá jej vrátila farbu do tváre.

„Preboha, toto je lepšie ako sex..." vzdychla a podala mi ďalšiu zapálenú cigaretu.

„Prisahala som, že po Danielovi ma už žiadny chlap nezlomí, a pozri na mňa..."

Angie to nekomentovala, bola v nikotínovom nebi.

„Nechceš na to niečo povedať?" opýtala som sa jej.

„Je toho veľa, čo by som povedala, otázka znie, či to chceš naozaj počuť."

„Možno..."

„Coco... bola si práve na tej istej akcii ako ja?"

„To je sprostá otázka."

„Naozaj je sprostá? Ty ma fakt vytáčaš. Pozri, čo všetko si dosiahla! Máš neskutočne úspešnú kariéru, ale teba, pravdaže, zaujíma jedine to, ako sa zachoval Adam. Áno, je to strašné, ale prebuď sa už, ženská. Život nie je len o chlapoch."

„Máš silné názory," usmiala som sa.

„To isté vraví moja tretia svokra," odvrkla Angie cez kúdol dymu.

„Ty máš tri svokry?"

„Nie, štyri. Všetky ma nenávidia. Tvoja Etela im nesiaha ani po kolená," zarehotala sa. Dofajčili sme a stopli taxík.

„Kam to bude, dámy?" chcel vedieť šofér.

„Nejdeme sa prejsť do Central Parku?" opýtala som sa Angie.

Celé poobedie sme strávili spoznávaním zákutí parku a pojedaním salámovo-syrovo-horčicových sendvičov z lahôdok, ktoré vyzerali ako z filmu Woodyho Allena. Rozmýšľali sme, či pôjdeme k Soche slobody, ale nakoniec naše pľuzgiere rozhodli za nás. Potme sme sa vrátili do hotela a vychutnali si večeru na najvyššom poschodí s výhľadom na mesto, ktoré nikdy nespí. Bolo to veľmi romantické.

„Chcem si pripiť..." zavelila Angie a štrngla si so mnou. „Otvor tie slepé oči, drahá, celý svet ti leží pri nohách so širokou náručou. Na zdravie."

Po večeri sa Angie musela vrátiť do izby kvôli pracovnému hovoru. Ja som sa prezliekla do plaviek a išla otestovať hotelový bazén. Bola som rada, že tam nikto nebol. Hodinu som strávila pod vodou ako ryba v mori. Prvýkrát po dlhšom čase som sa cítila uvoľnene, isto, bezpečne, tisíce kilometrov od problémov doma v Londýne.

Teraz, keď som si začala užívať New York, musíme odísť. ☺

Pondelok 21. november 03.36
Adresát: chris@christophercheshire.com
marikarolincova@hotmail.co.uk

Doma ma privítala esemeska od Adama:

> PROSIM, ZAVOLAJ VODAROM,
> ELEKTRARNAM, PLYNAROM
> a DANOVAKOM, NECH MA ZMAZU
> Z TVOJICH UCTOV.

Pred dverami mi nechal darček. Škatuľu s cédečkami, niekoľkými podprdami a so svetrom, čo som si nechala u neho v byte.

V tom momente ukončilo činnosť celé moje pozitívne myslenie a riadne som sa naštvala. Totálne!! Bola som nasratá, že som mu nič nerozmlátila, keď som mala šancu.

Mala som šmariť kvetináč do jeho megaplazmy, alebo aspoň mu hodiť playstation do drezu plného ľadovej vody. Neviem, či by nebola lepšia vriaca voda... Lietala som po dome a pátrala po niečom, hocijakej maličkosti, sprostosti, ktorá mu patrila.

Dofrasa, nič tu nenechal, až na svoju červenú zubnú kefku.

V hneve som ju schmatla a snažila som sa ju zlomiť na milión kúskov, ale nešlo to, ani za svet. Z čoho to, dofrasa, vyrábajú?

Sadla som si na kraj postele s kefkou v ruke a rozrevala sa ako malé decko.

Po chvíľke som si poutierala slzy a vrátila kefku do pohára na umývadle.

Choré, nemyslíš?

Pondelok 20. november 16.43
Adresát: sluzbyzakaznikom@brit.elektrina.com

Milé Britské elektrárne, snažím sa zrušiť meno Adam Rickard zo svojho účtu 2098562039458 na odber elektriny a plynu. Po dlhom lete som nevyspatá a celý deň trčím na telefóne Vášho zákazníckeho centra v Indii (nechápem, prečo ste sa pridali k firmám, ktoré si zriaďujú call centrá v krajinách, kde angličtina nie je úradným jazykom). Prepájate ma od jednej indickej panej k druhej – s chabými základmi angličtiny, no s dokonalou orientáciou v novinkách z britského šoubiznisu – a posledná Vaša zamestnankyňa, s ktorou som hovorila, mi dokonca kázala poslať potvrdenie, že so mnou Adam Rickard nechce naďalej žiť v spoločnej domácnosti. A to formou listu.

Samozrejme, musí ísť o nejaké nedorozumenie. Kde mám teraz, dočerta, zháňať potvrdenie od bývalého frajera, že už so mnou nechce bývať?

Keďže táto situácia je absurdná a musí sa urgentne vyriešiť, pristupujem ku krajnému riešeniu. Naskenovala som odkaz od Adama Rickarda, v ktorom sa so mnou rozchádza. Dúfam, že Vám to postačí ako dôkaz a urýchli celý proces.

PRÍLOHA Kopacky.JPEG

Coco,

medzi nami to už nefunguje tak, ako by malo. Tvoja kariéra je v rozkvete, máš toho toľko, že neviem, kam v Tvojom živote patrím. To ma ubíja. Si žena môjho života. Žena, ktorá mi ukradla srdce, ale chcem koniec. Bude najlepšie, ak sa už nikdy neuvidíme.

Nebolo by správne, aby sme začali spolu bývať, keď sám neviem, čo ďalej. Takto sa aspoň rozídeme ako dvaja inteligentní ľudia, ktorí si zo vzťahu odnášajú len to, čo si doň priniesli.
   Prepáč. Adam

Štvrtok 25. november 17.43
Adresát: chris@christophercheshire.com

Práve som sa vrátila z návštevy Rosencrantza v Lewishame. Býva v podnájme v menšom dome neďaleko vlakovej stanice. Vo dverách ma privítal veľký (vysoký aj obézny) opálený (v solárku) chlapčisko, oblečený ako džin z Aladina.
„Pošúchali ste si lampičku?" privítal ma teatrálne so zdvihnutým obočím.
„Aha... Ahoj. Som na správnej adrese? Hľadám Rosencrantza Pincharda," povedala som trošku zmätene.
„Ste pani Pinchardová?" opýtal sa ma džin už neteatrálne vlastným, trochu piskľavým hlasom. „Rosencrantz ešte nie je doma."
„Áno, ahoj. Som Coco."
„Ja som Wayne," načiahol sa a podal mi ruku namaľovanú zlatým mejkapom. Za ním sa zjavil vysoký vyšportovaný blonďák s veľmi pekným ksichtíkom. Asi bol nahodený do fitka, mal na sebe športové kraťasy a fitnesácke tielko.
„Toto je Rosencrantzova úžasná mama!" predstavil ma Wayne.
„Dobrý deň, teta P," pozdravil druhý chalanisko, „ja som Oscar."

„Ja som mozog, on je sval," uškrnul sa Wayne.

„A nie je prirodzený blonďák...!"

„Ako vieš? Nikdy si nevidel, akej farby mám ochlpenie dole," zasmial sa Oscar.

„Ale väčšina južného Londýna ho už videla," žmurkol na mňa Wayne.

Chodbou som prešla do menšej obývačky. Bol tam riadny bordel, ale útulne. Chalani mi povedali, že od päťdesiatych rokov tam žila staršia pani. Len čo zomrela, tak ju bleskovo odviezli a dom hneď prenajali so všetkými jej vecami.

„Wayne, prečo si oblečený ako džin?" vyzvedala som.

„Pred chvíľkou som sa vrátil zo základnej školy."

„Nie si trochu starý na základnú školu?" doberala som si ho.

„Nechodím na základku, ale robím so svojou hereckou triedou turné Aladina po základných školách. Tá dnešná bola fakt sila."

„Jeden z tých malých bastardov mu zo šatne ukradol oblečenie, tak musel ísť domov v kostýme. Autobusom, podotýkam," chechtal sa Oscar.

„Chvalabohu som si schoval peňaženku aj kľúče do svojej zázračnej lampy. Dáte si šálku čaju, teta P?"

„Ďakujem, rada. Viete, kedy príde Rosencrantz?"

„Dnes má pracovný pohovor," odpovedal Wayne.

„Chcel si povedať kasting?" Odstrčila som kopu časopisov do rohu sedačky, aby som si mala kam sadnúť.

„Nie, išiel na pohovor do Abercrombie a Fitch, na Savile Row, neďaleko Regent Street," odvetil Oscar.

„Ak sa to dá nazvať robotou," namietol Wayne. „Oscar tam robí. Celý deň stojí pred obchodom vo vypasovaných džínsoch, do pol pása vyzlečený, áno, ťažko sa tomu verí, ale je to ich pracovná uniforma, a flirtuje s každým fešným zákazníkom!"

„Sem-tam poukladám aj nejaké mikiny," usmial sa Oscar. „Prepáčte, musím sa hodiť do sprchy."

„Idem prať tmavé, Oscar, máš niečo?" ponúkol sa Wayne. Bez nejakého okúňania si Oscar vyzliekol prepotené kraťasy a tielko z fitka. Stál tam iba v slipoch. Nemohla som si pomôcť, musela som nenápadne obdivovať jeho dokonale vypracované telo. Obidvaja sa vytratili.

Po chvíľke sa vrátil Wayne s čajovou súpravou, horúcim čajom a veľkou čokoládovou tortou. Bola som v siedmom nebi.

„Počul som o vašom priateľovi. Je mi to ľúto," prehodil Wayne, keď mi nalieval čaj. „Rosencrantz vravel, že to bol ten pravý chlap..."

„Áno..."

„Bol dobrý?"

„Áno..."

„Vedel, ako to má so ženou robiť?"

„Hmm..." našťastie sa v tej chvíli vrátil Rosencrantz.

„Ahoj, mami. Ako vidím, s chalanmi si sa už zoznámila." Silno ma objal.

„Áno, sú veľmi milí a ochotní."

„Odobrujem tetu P," konštatoval Wayne, akoby som prešla laboratórnym testom. Oscar zišiel dole v teplákoch, s mokrými vlasmi.

„Nazdar, kámo, ako dopadol pohovor?"

„Mám to vo vačku!" povedal vytešený Rosencrantz a plesol si dlaňou s Oscarom.

„To je skvelé, zlatko," gratulovala som mu s veľkou hrdosťou.

„Poď, Oscar," volal ho Wayne. „Necháme ich, nech si trochu pokecajú." Vzali si svoje šálky a vytratili sa do kuchyne.

„Mami, chceš vidieť moju izbu? Poď hore, ukážem ti ju." Zaviedol ma do malinkej izby s výhľadom na koľajnice, ktoré sa stáčali za domom. Pod oknom prefrčal natrieskaný vlak.

Sadla som si na jeho pekne postlanú posteľ, kde z vankúša na mňa pozerala Beštia. ☺

„Volal mi otec. Snažil sa zo mňa vytiahnuť, čo sa deje medzi tebou a Adamom," oznámil mi Rosencrantz, usadený za malým stolíkom, na ktorom mal prenosný televízor a notebook.

„Čo si mu povedal?"

„Že ste sa rozišli."

„On sa rozišiel so mnou, Rosencrantz."

„Nedám otcovi príležitosť, aby sa z toho vytešoval... Čo budeš robiť teraz, mami?"

„Nie som si istá. Budúci rok mi vydajú knihu. Dovtedy nemám nič. Zajtra večer idem do divadla, Chris režíruje novú hru. Chceš ísť so mnou?"

„Nemôžem, mami. Večer ma budú zaúčať v novej robote."

„Som na teba veľmi hrdá, zlato, sám sa živíš... a to veľmi úspešne."

„Ak si moc osamelá, tak sa môžem presťahovať naspäť domov," ponúkol sa Rosencrantz.

„Nie! Som v poriadku... Budem v poriadku. Máte to tu perfektné, tak si len vychutnaj svoju nezávislosť. Wayne je dosť zaujímavý."

„Je super."

„A Oscar je chutný."

„Ten teda je... Viem to z vlastnej skúsenosti," uškrnul sa.

„Rosencrantz! Som tvoja mama! Kroť sa."

„Čo som povedal? Zistil som, že čím skôr sa s ním vyspím, tým skôr bude pokoj."

„Ako to myslíš? Ako bude pokoj?"

„Normálne, teraz už medzi nami nie je sexuálne napätie, už môžeme byť dobrými kamošmi. Odporúčam vyspať sa so svojimi súkmeňovcami..."

„To mám pri najbližšej príležitosti skočiť k Marike do postele?" opýtala som sa trochu nechápavo.

„Samozrejme, že nie! Odporúčam to iba gayom. Preto teraz dobre vychádzam s Oscarom."

„A čo Wayne? S ním ako ‚vychádzaš'?"

„To nie. Wayne nie. Myslím, že on je asexuálny. Jeho dokáže vzrušiť jedine čajová súprava z kráľovskej kolekcie. V zbierke už má dve: Korunovácia kráľovnej a Svadba Charlesa a Diany."

„Musí byť osamelý."

„Všetci sme osamelí, len každý iným spôsobom," Rosencrantz sa zahľadel von z okna. „Ja mám to šťastie, že mám super mamu," pritúlil si ma k sebe.

Potom som už musela ísť.

Cestou domov som vo vlaku rozmýšľala nad tým, čo mi povedal Rosencrantz, nad životom. Donedávna som si myslela, že život chápem, ale čím ďalej, tým viac som z neho zmätená.

Piatok 26. november 13.14
Adresát: marikarolincova@hotmail.co.uk

Dnes ráno mi skypovala Meryl. Jej tvár vystrelila na obrazovku. Na kolene mala usadeného malého Wilfreda, ktorý ziapal, akoby práve dopozeral Vreskot. Tvár mal červenú ako cvikla. Asi ti nemusím veľmi vysvetľovať, ako vyzerajú urevané bábätká. Myslela som, že Meryl volá kvôli Adamovi. Namiesto toho sa ma opýtala: „Coco, mohla by si sa pozrieť na Wilfredov zadok?"

Skôr ako som sa stihla pozdraviť, zdrapila chúďa dieťa a strčila jeho holý zadok do webkamery. Celú pokožku malo posiatu vyrážkami.

„Čo si myslíš, že to je?" chcela vedieť Meryl a posadila si Wilfreda naspäť na koleno.

„Možno to má z plienok?" hádala som. „Ako dlho to už má?"

„Odvtedy, ako som prestala používať látkové plienky a nahradila ich jednorazovými. Mal Rosencrantz reakciu na jednorazové plienky?"

„Tak to ti nepomôžem, Meryl. Keď bol Rosencrantz malý, jednorazové plienky sa nedali kúpiť. Nemali sme na výber. Ak mu to neprejde, tak ho radšej zober k doktorovi."

„Vieš, s akými ťažkosťami sa objednáva u nášho doktora? Takmer nemožné. Niekedy by som bola radšej prisťahovalcom vo vlastnej krajine! Minimálne k doktorovi by som sa objednala ľahšie."

„Tak to si nemyslím, Meryl. Určite by si nechcela byť v koži človeka, ktorý uteká z vlastnej domoviny pred tyranským režimom."

Tony sa vystrčil spoza Meryl, prepotenejší než zvyčajne. „Ránečko, Coco. O čom debatujeme?"

„Zaparený zadok a tyranský režim," vyštekla na neho Meryl. „Problémy, s ktorými naša vláda nič nerobí."

Tony sa nahol do kamery: „Coco, je mi ľúto, čo sa stalo s Adamom."

„Áno, Coco, je nám to ľúto," pridala sa Meryl a preložila Wilfreda na druhé koleno. „Bol to prvý černoch, ktorého sme poznali... vlastne druhý, po Denzelovi Washingtonovi. Toho poznáme z filmov, nie osobne. Mohli by sme takto prekecať hodiny, ale musíme ísť, Coco. Môžeš byť rada, máš celý veľký dom sama pre seba. Ja si nemám ani kedy sadnúť... Tuším, že sa Wilfred pokakal, musím ísť. Radi sme ťa videli," zrazu zmizli z obrazovky.

Neviem, ako to Meryl s Tonym robia, ale v jednom momente sa dokážu o človeka zaujímať a zároveň naňho kašlať!

Teším sa, že sa dnes večer všetci uvidíme na Chrisovej hre. Stretneme sa o devätnástej pred divadlom?

Sobota 27. november 12.33
Adresát: angielangford@agenturabmx.biz

Angie, ďakujem, že Ti nie je ľahostajné, ako sa mám. Včera som bola na novej Chrisovej hre v divadle The Blue Boar Pub v Kenningtone. Hrozne som bola rada. Mariku a Chrisa som dlhšie nevidela. Keď ma taxikár vyhodil pred divadlom, tak tam už na mňa obaja čakali, pod strieškou, s cigaretou v ruke.

„Chvalabohu, dorazila si," privítal ma Chris a pevne objal. „Potrebujem priateľské tváre. Divadlo je plné novinárov a recenzentov."

„To je dobré, nie?" usilovala som sa ho upokojiť.

„Myslím, že hra je hrozná," šepol Chris.

„Čo sa trasieš," odbila ho Marika, „ty si ju nenapísal, ale Shakespeare. Môžeš viniť jeho."

„A jáj, vy Východoeurópania, milujem, akí viete byť priami, presný opak Shakespeara. Pre mňa ako režiséra je veľkou výzvou a makačkou. Jeho vyjadrovanie..."

Marika zagúľala očami a zmenila tému: „Coco, ukáž sa mi poriadne. Schudla si."

„To je dobré, nie?" nevedela som, či to bol kompliment alebo sarkazmus.

„Nemala by si chudnúť priveľmi rýchlo, prídeš o tie svoje úžasné prsia."

„Marika, ja teda úžasné prsia nemám."

„Ale máš a ešte aké... Dala by som všetko, len keby som mala tvoje veľké prsia. Hneď by som vymenila tie moje mandarínky."

„Si zlatá, Marika, ale nevieš si ani predstaviť, čo by som ja dala za také pevné, ako máš ty."

„Dámy, môžete prestať debatovať o prsiach, veď sa to nedá ani počúvať, hlava mi ide prasknúť od dôležitejších problémov," prosil Chris.

„Dobre, dobre," prikyvovala Marika.

„O čom je vlastne Macbeth?"

„Pst, nevyslovuj to meno nahlas, nosí to smolu," varovala som ju.

„To je okej. Funguje to tak, iba ak ho vyslovíš v divadle,"

povedal Chris. Vtom sme zbadali vchádzať do divadla známeho recenzenta z denníka Daily Mail Nicholasa De Jonga.

„Preboha, som v riti. De Jongo bude hru neznášať."

„To nemôžeš vedieť, Chris. Si výborný režisér!" upokojovala ho Marika.

„Myslím, že som urobil veľkú chybu, keď som obsadil svojho frajera Juliana do hlavnej úlohy. Je príliš pekný. Skôr sa hodí do One Direction ako do Shakespeara. Nechal som svoj rozum prevalcovať chlipnosťou..." Zaznel divadelný zvonec.

„Bože, ochráň ma, to je pätnásťminútové upozornenie pred začiatkom. Utekám!" povedal nervózne Chris. Zaželali sme mu „zlom väz" a nabrali smer bar.

„Máš chuť na čipsy, Coco? Trochu ťa vykŕmim."

„Nie som hladná, ďakujem. Už dávno som sa poriadne nevyspala. Stále si kontrolujem mobil a želám..."

„Že ti zavolajú z nemocnice a oznámia, že Adam mal hroznú haváriu?"

„Nie, iba si želám, aby sa ozval..."

„Aha, stále si vo fáze Chýba mi. Daj mi vedieť, keď prejdeš do fázy Pomsta. To je moja špecialita!" Hodila som na Mariku malý úškrn.

„Poď sem, moja," pritiahla si ma k sebe a objala. „Poďme sa odviazať na Shakespearovi a ožrať."

After party bola v Soho, v súkromnom členskom klube Katedrála. Chris nám rezervoval stôl v tichšom rohu a celú noc objednával koktejly.

Po niekoľkých kolách alkoholového opojenia sa Chrisovi rozviazal jazyk: „Túto hru som si zobral na plecia, len aby som naštartoval svoju zaspatú kariéru. Coco, chvíľu po tvojom muzikáli Poľovačka na lady Dianu sa mi ponuky prestali hrnúť. Akoby ma niekto preklial. Mal som zobrať ponuku režírovať vianočné predstavenie v základnej škole svojej netere." Začali sme sa rehotať.

„Ja to myslím vážne," hneval sa Chris. „Benenden je jedna z najlepších súkromných základných škôl v krajine. Získal by som viac z režírovania dvanásťročných v hre Padajúca hviezda."

„Nuž, stále je len novem... november. Ešte nie je ne... neskoro," jazyk sa mi už trochu plietol.

„Príliš neskoro. Prácu dali praktikantovi z divadla Royal Court."

„Vieš čo, Chris, tvoj priateľ zvládol Macbetha celkom dobre," snažila som sa zdvihnúť mu náladu. „Nemyslíš, Marika?"

„Bol hrozný," Marika sa nezaprela. „Krásny, ale... ako to mám povedať správne po anglicky? Sledovať ho na javisku bolo také bolestivé ako porodiť ježka..." Kopla som ju pod stolom, nech je ticho.

„To musí bolieť," povedal zamyslený Chris rezignovane. Očividne s tým súhlasil.

Zrakom sme všetci zastali na podnapitom Julianovi, tancujúcom na parkete pri stĺpe. Jeho „tanečky" pripomínali pohybovú skúšku striptéra. Obtieral sa o stĺp, akoby ho chcel ošmirgľovať.

„Stráca o mňa záujem... už som mu asi všetko dal." Pripito sme sa zachechtali.

„Myslím to vážne. Vždy idem po mladých chalanoch, ,uväzním' ich v zlatej klietke, vystlanej zlatým senom. Platím im účty, značkové oblečenie... A vždy sa to skončí rovnako."

Tmavovlasý chalanisko pritancoval k Julianovi a bez nejakých okolkov sa s ním začal bozkávať.

„A teraz som ešte aj slobodný. Prosím vás, povedzte niečo, čo ma rozveselí."

„V piatok som bola na rande naslepo s totálnym debilom," zmenila tému Marika. „Vyspala som sa s ním a potom ignorovala jeho hovory a správy. V pondelok prišla do školy kontrola z ministerstva a hádajte, kto to bol? Áno, môj ‚debil naslepo'. Má u nás znižovať stavy, takže moja budúcnosť je v jeho rukách!"

S Chrisom sme sa smiali, až nás bruchá boleli.

„To nie je na smiech!" okríkla nás Marika.

„Ale trochu je," oponoval rozchechtaný Chris.

„Máš pravdu... zabudnime na všetky sračky, na môjho debilka, tvoju hru a zlatokopa Adama, zmeňme lokál a poďme sa doraziť."

„Okej. Vy dve choďte von stopnúť taxík a ja dám zatiaľ kopačky svojmu frajerovi," povedal Chris, akoby len išiel za barmanom po vrecko arašidov.

Zakotvili sme v ďalšom bare v Soho. Tancovali sme, pili a takmer zabudli na všetky starosti, až kým nezažali hlavné svetlá a vyhadzovač nás nenasmeroval k východu. Vonku nás prekvapilo denné svetlo, bolo takmer šesť hodín ráno.

Mariku sme odprevadili k vlaku a s Chrisom sme si zobrali taxík. Vystúpila som pri Tescu na Baker Street.

„Díky, zlato. Si v poriadku po tom všetkom s Julianom?"

„Mám teba a Mariku, prežijem."

Pobozkala som ho na rozlúčku a skočila do Tesca kúpiť liter mlieka.

Natrafila som tam na Adama!!

Vyzeral tip-top, vysprchovaný, zdravý, sexy v červených teplákoch. Išiel z nejakého cvičenia alebo fitka. Ja som po včerajšej noci vyzerala ako vypľutá z kravského zadku, v dokrkvaných handrách a so zvyškom rozmazaného mejkapu na ksichte. Chvíľu sme na seba hľadeli, potom Adam zamrmlal „s dovolením", naklonil sa k chladiacemu boxu a zobral liter polotučného mlieka. Pozerala som naňho, ako odchádza k expresnej pokladnici.

Stála som tam, akoby som videla ducha... Po tejto „kóma" momentke mi ako prvé napadlo, že vždy pil iba plnotučné mlieko. Na koho to hral? Koho chcel ohúriť zdravším mliekom? Bola som presvedčená, že má novú frajerku. Šľahla som nákupný košík na zem, rýchlym krokom vypochodovala z Tesca a usilovala sa ho nájsť v dave, no bolo neskoro. Hnala som sa k jeho bytu. Z nozdier mi od jedu vychádzala para. Pri vchodových dverách som začala vyzváňať ako zmyslov zbavená. Nikto neotváral. Tak som búchala na dvere. Zrazu sa otvorili a predo mnou stála žena v stredných rokoch.

„Kto si?" zlostne som sa opýtala.

„Prosím?" vyjavene na mňa hľadela pani v ružovom (babkovskom) župane. Sivé vlasy mala zopnuté do vrkoča a na krku jej na striebornej retiazke viseli dioptrické okuliare.

„To ty piješ plnotučné mlieko?!"

„Kto ste?"

„Nezahrávaj sa so mnou," zrúkla som a bez pozvania vošla dnu. Zastavila som sa až v obývačke plnej škatúľ, prúteného nábytku, kníh. V rohu spal na starom počítači obézny kocúr. Otočila som sa k nej.

„Čo si urobila s Adamovými vecami?" nástojila som na odpovedi.

„Prenajala som si byt od Adama Rickarda, myslíte toho Adama?" v očiach mala strach. „Neviem, kto ste, ale chcem, aby ste odišli! Okamžite, odišli! Alebo mám zavolať políciu?"

Ešte raz som sa poobzerala po byte a vybehla von na ulicu.

Keď som prišla domov, bolo mi zima a doľahla na mňa strašná únava. Hodila som sa do fotelky a rozmýšľala... Adam sa odsťahoval? Čo sa deje? Stále neviem, čo si mám myslieť, ani po toľkom úmornom premýšľaní.

Jednu vec však viem, mala by som sa vrátiť do Adamovho bytu a ospravedlniť sa tej ženskej s obéznym kocúrom.

DECEMBER

Streda 1. december 16.02
Adresát: marikarolincova@homail.co.uk
chris@christophercheshire.com

Celú noc som sa budila a snívalo sa mi, že Adam stojí na vrchu schodišťa vo svojich sexy červených teplákoch. Liezla som za ním po štyroch, ale asi v polovici schodišťa sa schody zmenili na eskalátor, ktorý išiel opačným smerom. Utekala som tak rýchlo, ako sa len dalo, ale ani tak som sa k Adamovi nemohla dostať.
O piatej som sa zobudila, zaliata potom. Nevedela som už zaspať, tak som zišla dole do kuchyne urobiť si čaj. Zapla som rádio, práve hlásili, že zažívame najstudenší začiatok decembra za posledných dvadsať rokov. Pri rozvidnievaní sa začalo chumeliť. Vločky tancovali na oblohe ako baleríny v národnom balete a potom sa pomaly ukladali na zem. Sneženie neustávalo. Onedlho sa šedivé ulice zmenili na rozprávkovú krajinu. O pol deviatej ktosi zaklopal na dvere.

Cez hľadáčik som uvidela trasúceho sa Rosencrantza s Waynom a Oscarom, zabalených v deke. Rýchlo som otvorila a vtiahla ich dnu.

„Londýn prestal fungovať, akoby ho niekto vytiahol zo zásuvky. Nejdú busy, vlaky... a ulice sú totálne prázdne," opisoval Rosencrantz, čo sa deje v meste.

„Ako ste sa sem dostali?"

„Jeden dosť čudný taxikár sa rozhodol, že tú snehovú chumelicu riskne."

„Mali ste zostať pod duchnami," frflala som cestou do kuchyne. Všetci traja sa na mňa podozrivo uškŕňali.

„Pekné bývaníčko, teta P," povedal Oscar pri rozopínaní bundy.

„Veľmi elegantné, útulné," Wayne si teatrálne odviazal šál.

„Je to Kloepenklund? Flongenfart... Skänka?"

„Nuž, to si už nepamätám, chlapci. Rosencrantz vybral nábytok, keď mal trinásť."

„Kuchyňa je od Conrana," s úsmevom prezentoval Rosencrantz. „Vlnky na odtekanie na dreze boli vyrezané laserom."

„To je fakt cool," usmieval sa Oscar. Nechápala som, prečo v takom počasí prešli polovicu Londýna, aby obdivovali moju kuchyňu. Rosencrantz bol stále oblečený vo svojom veľkom kabáte.

„Raňajkovali ste?" opýtala som sa. Všetci vyškerene krútili hlavou, že nejedli.

„Čo tak postaviť vodu na čaj, mami?" Obrátila som sa a naplnila kanvicu. Keď som sa zvrtla späť, na kuchynskom ostrovčeku sedelo a žmurkalo šteniatko maltézskeho psíka.

„Mal som ho v kabáte, mami!"

„Načo ti je pes, Rosencrantz? Vieš, koľko to je práce? A ešte si k tomu začal aj v novom zamestnaní."

„Šteniatko je pre teba, mami, aby si nebola taká osamelá."

Krpatý havkáč s tým najchutnejším čiernym noštekom, skoro ako gombička, si ma premeriaval. Otvorila som ústa, chcela som povedať, že nemôžem mať psa, že nemám čas. Ale mám čas, až príliš veľa času.

Chalani ma pozorovali, ako keď v zoo predstavujú klietku novému zvieraťu. Zohla som sa k šteniatku. Krpec mi olízal prst a potom vložil bielu huňatú labku do mojej dlane. Nežne som ho zodvihla. Bol strašne jemný, malinký, krásny. Uložil sa mi na ruku. Rozplakala som sa.

„Nechceš ho?" opýtal sa Rosencrantz, zneistený mojou reakciou.

„Chcem, je dokonalý... Len som... veľmi som sa nevyspala," zajakávala som sa. Wayne vytiahol z ruksaku vreckovku a vtisol mi ju do ruky, Oscar ma potľapkal po pleci.

Šteniatko sa mi na ruke postavilo na zadné, prednými labkami sa mi pritlačilo na prsia a ružovým jazykom mi oblízalo slzy.

„Je taký rozkošný!" Oscar mu prešiel po krásnom hodvábnom kožúšku.

„Je to zlodej sŕdc!" vyhlásil Wayne.

„Jeho rodičia sú výstavné šľachtené psy. Je to víťaz," usmial sa Rosencrantz. „Oscarova mama má chovateľskú stanicu."

„Všetci sme sa zložili," povedal Oscar.

„Ďakujem, chlapci," usmiala som sa. „Ani vo sne by mi nenapadlo, že budem mať psa... Ako sa volá?"

„Mysleli sme, že by to mohol byť Rocco," ozval sa Wayne.

„Na počtu Roccovi Ritchiemu," dodal Oscar.

„Madonninmu synovi," pripojil sa Rosencrantz.

„Ahoj, Rocco," pozdravila som ho. Rocco súhlasne kýchol a dal mi ďalší lízanec. Položila som ho na zem, nech si poobzerá nový domov.

Urobila som chalanom čaj a toasty, pri ktorých sme hodinu sledovali zvedavého Rocca, ako oňucháva a spoznáva všetky kúty kuchyne. Potom sa pomaly pobrali, aby sme si mohli s Roccom na seba zvykať.

„Ideme sa prejsť do St. James parku a pofotiť niečo v tejto snehovej paráde," Wayne vytiahol foťák z tašky. „Títo dvaja mi budú pózovať," zasmial sa.

„Veľmi pekne vám ďakujem, chlapci," ďakovala som so slzami v očiach. Zakývali mi, natiahli si kapucne a pomaly sa stratili v zasneženej ulici.

Keď odišli, došlo mi, že nemám pre Rocca žiadne jedlo, ani postieľku, misku, bundičku či vodítko. Chudáčik malý, vyzeral vyhladovaný, ale moja kuchynská linka zívala prázdnotou. Prehrabávala som sa poloprázdnymi vreckami, plechovkami... kým nedočkavý Rocco na zadných oňuchával vône múky, korenín... Jediné, čo som pre neho našla, boli malé mliečka do kávy, tie, čo zvyčajne dostaneš v kaviarni. Jedno som otvorila a zvedavo pozerala, či mu bude chutiť. Skoro sa zbláznil. 😊 Pil ich jedno po druhom a pritom na mňa pozeral svojimi krásnymi, veľkými očiskami. Vypil ich šesť! Práve rozmýšľam, že to risknem a pôjdem na veľký havkáčsky nákup.

Piatok 3. december 14.56
Adresát: marikarolincova@hotmail.co.uk

Rocco nechce jesť! Udusila som mu hovädzinu, bravčové kotlety, ugrilovala kura... naservírovala v jeho novej červenej miske. Všetko oňuchal, potom sa zvrtol na krásnych zadných labkách a odpochodoval preč. A nielen to, dokonca odmietol všetky psie konzervy a vrecká, ktoré som nakúpila v päťkilometrovom okruhu.

Jediné, čo neodvrhne, sú tie blbé malé mliečka do kávy, ktoré som mu hlúpo „naservírovala", keď som doma nemala nič. Každé jedno mliečko mu musím osobitne otvoriť a držať v ruke, kým si ho nevyšpliecha a nevypije. S Chrisom chodíme veľmi frekventovane do kaviarne v Regent's Parku, jedinej kaviarne, kde sa dajú Roccove obľúbené mliečka zobrať. Je to drina, najmä keď je Londýn takýto zasnežený. Ulice sú prázdne a zaparkované autá sa premenili na ligotavé kopy snehu a ľadu.

Napriek nezáujmu o jedlo sa mu veľmi darí (vieš, že myslím na Rocca☺). Je strašne zlatý! Zavaľuje ma láskou, nepohne sa odo mňa ani na krok a dokonca sa snaží nečúrať vnútri v dome. Snaží sa, aj keď mu niekedy ujde. Každé dve hodiny štekne (rozkošne) pri zadných dverách, aby som ho pustila do záhrady. V snehu som mu lopatou odhádzala cestičku, tam sa pomotká, vyšpiní a vráti sa domov, kde na neho čakám s uterákom, do ktorého ho zababuším a zohrejem. Spáva v posteli, pritúlený ku mne!

Ako si užívaš to, že pre kalamitu zavreli školu? Škoda, že sa nemôžeš ku mne dostať. V obývačke sa zohrievam pri kozube.

Pondelok 6. december 6.14
Adresát: marikarolincova@hotmail.co.uk

Ani cez víkend nezačal Rocco jesť, tak sme ho s Chrisom vzali k veterinárovi. Sneh je veľmi hlboký a krpec taký krpatý, že som ho radšej niesla v pletenom košíku. Veľmi sa mu v ňom páčilo, uvelebil sa tam a spod deky vystrkoval zvedavú hlavičku. Veterinárka nezistila nič nezvyčajné, vraj je úplne zdravý. Poradila mi, aby som mu do tých malých téglikov od mlieka dala arašidové maslo a normálne jedlo a vyskúšala, či ho začne jesť. Veterinárka bola krásna írska baba, jej ambulancia bola plná fotiek, na ktorých pózovala so sexy tmavovlasým chlapíkom, asi frajerom.

Nemyslím si, že je v Londýne dlho. Keď som vložila Rocca naspäť do košíka, spýtala sa ma, ako dlho sme s Chrisom spolu! ☺

„Obaja sme nezadaní," vysvetlila som jej, ako sa veci majú. V očiach nedokázala skryť ľútosť.

„Chcel by som vedieť, ako ona môže mať chlapa?" položil si Chris vonku v zasnežených uliciach rečnícku otázku. „Minimálne polovicu svojho voľného času trávi s hlavou v kravskom zadku."

„Pochybujem, Chris. Je veterinárkou v centre Londýna, určite zarába kopu peňazí sterilizovaním kabelkových psov paničiek z Chelsea a Knightsbridgeu, takže je dobrou partiou pre množstvo chlapov. Nečudujem sa, že je zadaná!

Potrebovali sme sa rozveseliť, tak sme si to namierili do kaviarne Insomnia na pešej zóne v Marylebone. Kaviareň je vždy plná debilkov nalepených na notebookoch a latte stojí do päť libier, ale okrem kaviarne Regent's Park je jediná, kde majú košík plný mliečok pre Rocca. Kým som išla objednať drink, Chris si nimi naplnil vrecká. Našli sme si stolík v útulnom rohu. Spiaceho Rocca v košíku som položila na stoličku vedľa seba. Vyhrávala vianočná hudba a zopár baristov vešalo vianočné ozdoby.

„Nečrtá sa mi žiadna práca," povedal Chris, slepo zahľadený na poličku s vianočnými talianskymi koláčikmi.

„Absolútne žiadna, Coco."

„Ako sa vydaril Macbeth?"

„Nič z toho nebolo, akoby sa celá hra prepadla niekam pod zem. Žiadne recenzie, nič v médiách, nič..."

„A Julian?"

„Odsťahoval sa. Empétrojky sme nabíjali jeden pri druhom... chýba mi to. Viem, že to je chujovina, ale sú to maličkosti, ktoré tvoria veľký obraz."

„Ja mám stále Adamovu kefku, nedokážem ju vyhodiť."

Vtom sa kaviarňou ticho ozvala pieseň Tieto Vianoce strávim sám.

„Vieš čo, Chris, prečo nestrávime tieto Vianoce spolu? Toľkokrát sme to chceli spáchať, ale nikdy sme sa k tomu nedostali."

„Tak to je zase iný smutný príbeh, ktorý ti musím povedať. Pred pár dňami som sa zo smútku tak strašne opil, že som na druhý deň nepamätal takmer nič. V e-maile som si našiel online rezerváciu vianočnej dovolenky. Kúpil som si Vianoce v hoteli z ľadu v Laplande."

„Prečo si sa rozhodol pre Lapland? Viem, že si bol opitý, ale zimu neznášaš!"

„Nejasne si spomínam, že som prisadol ovládač, ktorý spustil dévedečko o tučniakovi Pinguovi, ktoré mám pre neterku, keď ma navštívi."

„Tak si dostal chuť stráviť Vianoce s malým plastelínovým tučniakom?" zasmiala som sa.

„Nie je to na smiech. Skontroloval som si účet v banke, cestovka mi z neho už stiahla šesťtisíc libier."

„Šesťtisíc, preboha? Čo si kúpil spiatočnú letenku aj Pinguovi?"

„Keďže som blbec, tak som si musel, samozrejme, rezervovať penthouse."

Rocco sa zobudil a kýchol ako malý hurikán. 😊 Zodvihla som z neho deku, ležal na chrbte s labkami vo vzduchu. Zatriasol svojou hrivou, pretočil sa na bruško a zúbkami mi potiahol rukáv.

„Musím ho nakŕmiť," otvorila som zopár malých mliečok. „Chvíľku mu trvá, kým sa prisaje na téglik."

„Preboha živého," zastenal Chris. „Život sa mi premietol pred očami. V tejto istej kaviarni, pred dvadsiatimi rokmi, si kŕmila Rosencrantza, samozrejme, vtedy bolo mlieko v inom balení."

„Spomínam si," povedala som zasnívane. „Vtedy som bola prirodzená blondínka, Amazon bol prales a nie internetová firma a google bol zvuk, ktorý vydávali deti..."

„A sme tu znovu, s tvojím novým dieťaťom, ak to tak môžem povedať. Veľa si odvtedy dokázala, ale ja som stále rovnako stratený ako pred dvadsiatimi rokmi."

„Nie si stratený, Chris."

„Prepáč, Coco, radšej pôjdem. Povedal som Rosencrantzovi, že sa stavím u neho v obchode. Dovolil mi nakúpiť vianočné darčeky s jeho zamestnaneckou diskontnou kartou. Mama chce novú bejzbalovú šiltovku na poľovačku."

„Chris, kedykoľvek sa ozvi, som tu pre teba." Objal ma z celej sily. „A, prosím ťa, povedz Rosencrantzovi, že ho prídem pozrieť, hneď ako sa Rocco naučí jesť normálnu stravu."

Chris zagúľal očami a vybral sa brodiť snehom za vianočnými nákupmi. Ja som ďalej popíjala päťlibrovú kávu a prichytila jedného z baristov, ako ma sleduje spoza kasy. Bol vysoký, vypracovaný a veľmi fešný. Žmurkol. Poobzerala som sa, aby som zistila, či žmurkol na mňa. Veru na mňa! Vtom začala hrať ďalšia krásna vianočná pesnička a rozsvietil sa vianočný stromček. Kaviareň vyzerala nádherne, atmosféru dopĺňali jemné vločky dopadajúce na okná.

Som maximálne nepripravená na tohtoročné Vianoce. Máš už stromček? Pohľadnice? Ozdoby? Vieš, čo si oblečieš? Kde budeš na Vianoce? Aký darček by ťa potešil? Ja ani neviem, čo chcem, ale viem, že si nemôžem od každého vypytovať pod stromček cigarety. Chris mi dnes ráno priniesol adventný kalendár, tak som v chvíľkovom ošiali otvorila šesť okienok naraz. ☺

Utorok 7. december 9.19
Adresát: chris@christophercheshire.com

Včerajší večer som strávila plnením prázdnych téglikov od mlieka mäsom, arašidovým maslom, psím jedlom... Vyzeralo to ako psie kanapky. Rocco je taký prešpekulovaný, že ma hneď odhalil, nenaletel ani na sekundu. Hladný ma ráno zobudil o štvrtej, potom o piatej a o šiestej. V dome nezostali žiadne mliečka, tak som ho musela zabaliť do deky, uložiť do košíka a vybrať sa s ním do Insomnie. Chvalabohu, že existujú ľudia s nespavosťou, inak by nefungovala táto kaviareň a Rocco by zostal hladný ako vlk. Kaviareň bola jedinou plne funkčnou a vysvietenou prevádzkou v mojej časti ešte rozospatého Londýna. Ten fešák barista, čo na mňa minule žmurkol, mal práve službu. Po lepšej „inšpekcii" som sa ho rozhodla povýšiť na chutného krásavca. Keď sa na mňa usmial, na tvári sa mu urobili rozkošné jamky: „Môžem niečo ponúknuť?"

Hneď mi napadlo viacero vecí, ktoré by mohol ponúknuť, ale vypýtala som si latte. 😊 Rocco vystrčil z košíka noštek.

„Aký druh?" opýtal sa ma a položil šálku pod striebornú trubicu kávovaru.

„Latte... kávu s horúcim mliekom."

„Nepýtam sa na kávu, viem, čo je latte," usmial sa. „Aký druh je váš psík?"

„Ahááá, maltezák." Barista mal na sebe obtiahnuté biele tričko a na hrudníku visačku s menom. Volá sa Xavier.

„Ja mám veľkú klobásu..." povedal Xavier. Začervenala som sa a oči mi nekontrolovateľne klesli na jeho bujný rozkrok v priliehavých nohaviciach.

„Jazvečíky sú perfektné plemeno," dokončil vetu.

„Samozrejme, jazvečík!" rýchlo som zodvihla zrak. V tom momente sa mi zasekla myseľ a nič som nevedela zo seba dostať. Ani slovko! Mlieko na kávu v kávovare začalo vrieť, vytvorilo bublinkovú penu. Xavier sa obrátil k mašine a dokončoval moju kávu. Rýchlo som si do vreciek na kabáte napchala toľko malých mliek, koľko sa zmestilo. Xavier mi podal kávu so sebou, nahol sa cez pult a nadvihol deku v košíku. Rocco sa vyvalil na chrbát, zazíval a vystrčil všetky labky do vzduchu.

„Na ceste domov buď dobrým strážcom, malinký," Rocco otvoril jedno oko a kýchol na Xavierovu ruku, potom sa uložil spať. Xavier nás vyprevadil k dverám a galantne ich podržal. „Dávajte si pozor na ľad," žmurkol. „Nerád by som vás videl na zadku." Pri brodení v snehu som sa trochu chvela, nie od zimy, ale z milého stretnutia.

Rocco doma doslova vychľastal šestnásť mliečok. Potom ma sledoval, ako mu pripravujem misku organickej ryže s diviačím mäsom (psia konzerva pre šteniatka za takmer osem libier!). Prišiel k miske, s nechuťou ju oňuchal, otočil sa a odišiel do chodby, kde sa vyčúral. Vieš, na čo som prišla? Zase mám na krku chlapa, ktorému vyváram a po ktorom musím upratovať. Ale tento je navždy. 😊

P. S.: Prosím Ťa, nepostrážiš na pár hodín Rocca? Sľúbila som Rosencrantzovi, že ho navštívim v novej práci.

Streda 7. december 15.37
Adresát: chris@christophercheshire.com

Práve som sa vrátila z Rosencrantzovho obchodu Abercombie & Fitch. Je to skôr diskotéka než obchod s oblečením. 😊 Je vo velikánskej historickej budove v ulici Savile Row. Miesto výkladov majú dve megaobrazovky a hudba je taká hlasná, že nepočuješ ani vlastné myšlienky. Silná vôňa ich voňavky človeka tresne po hlave už päťsto metrov od obchodu. Môžeš zavrieť oči a prečuchať sa dovnútra.

Oscar stál pred obchodom v pracovnej uniforme (hore bez, vypasované rifle a žabky) a náruživo vítal okoloidúcich potenciálnych zákazníkov.

„Dobrý, teta P!" vytešene sa na mňa usmial.

„Nie je ti zima, Oscar?"

„Mám dovolenú aj vlnenú čiapku, ak by som mrzol."
Skupinka hysterických japonských báb sa začala fotiť s Oscarom.

„Prepáčte, musím sa teraz koncentrovať," povedal s veľkou vážnosťou, akoby sa chystal operovať pacienta na áre. Baby sa na neho doslova hádzali a pišťali tak, že vyplašili vrany z korún stromov.

Vnútri boli svetlá stlmené, oblečenie veľmi jednoducho prezentované na stolíkoch a poličkách vyzeralo o to žiaducejšie. Obsluhujúci personál tvorili modelky a modeli (sebaisto tancujúci za zvukov lounge music), ktorí si tak vypĺňali čas medzi kastingmi.

Tancujúceho Rosencrantza som si všimla na druhom poschodí, vyštverala som sa za ním hore po tmavých hnedých schodoch.

„Ahoj, zlato," zakričala som upachtene.

„Ahoj, mami," neprestal sa vlniť. „Prišla si sama?"

„Áno."

„Manažér nie je nadšený z návštev mojej rodiny."

„A to už prečo?" čudovala som sa.

„Vravel mi, že ma včera prišla pozrieť babka Etela aj s kamoškou Irenou, ale nedošlo im, že Abercombie je obchod s oblečením. Babka išla k pokladnici a objednala malý radler a portské víno s citrónom. Babka bola strašne drzá k chalanovi pri pokladnici. Keď povedal, že jej drink nepredá, tak začala na neho útočiť, či má niečo proti starým ľuďom. Medzitým vtrhla za pokladnicu, chcela si naliať drink sama."

„Ako sa to skončilo?" opýtala som sa zhrozená.

„Chalanisko zavolal manažéra. Ten ich dal strážnou službou vyviesť z priestorov obchodu. Teraz je babka na čiernej listine a má doživotný zákaz vstupu do obchodov Abercombie a Fitch v celej Británii."

„Úplne som vybuchla. Nedokázala som sa prestať chichotať.

„Mama, to fakt nie je sranda. Po celej krajine je teraz v našich obchodoch vyvesená fotka babky, zachytená na kamere v akcii. Pod ňou je manuál, čo robiť, ak by sa objavila v ktoromkoľvek obchode!"

„Čo máte v takom prípade urobiť?" chechtala som sa ako krava.

„Zapnúť núdzový alarm, ktorým sa privolá strážna služba."

„Škoda, že nemám taký alarm nainštalovaný u seba doma," snažila som sa upokojiť.

„Mami, stretnime sa radšej v kaviarni oproti. O desať minút. Budem mať obednú prestávku."

O pár minút sme si už pochutnávali na morčacom sendviči s brusnicami a zázvorovom latte. Cez okno sme pozorovali davy bláznivých nakupujúcich. Vianočne vyzdobená ulica sa nimi len tak hemžila.

„Ponúkli mi vianočné šichty, dvadsiateho štvrtého, dvadsiateho piateho a dvadsiateho šiesteho decembra. Príplatok je tristopercentný. Zobral som ich... To znamená, že nebudem môcť ísť s tebou k tete Meryl."

„Meryl?" opýtala som sa udivene.

„Áno, na Vianoce..." Vtom si všimol môj prekvapený výraz. „Nejdeš k tete Meryl?"

„Nie, nebola som pozvaná."

„Ide otec aj babka Etela, tak som myslel, že aj ty... Teraz už dupľom nejdem!"

Zvyšok obeda som sa tvárila, že všetko je v poriadku, aj

keď nebolo. Vnútri to vo mne vrelo. Len čo som sa rozlúčila s Rosencrantzom, rozbehla som sa k najbližšiemu tichému obchodu a zavolala Meryl. Nebola doma, jej telefón ma presmeroval na odkazovač: „Pohrebníctvo Watson! Postaráme sa o každého..." Z odkazu a Merylinho piskľavého hlasu ma rozboleli uši. Rozmýšľala som, či nechať odkaz, ale zľakla som sa, že ma nakoniec pozve na Vianoce. To som nechcela, chcela som len nariekať, že ma nepozvali. ☺

Streda 7. december 20.37
Adresát: marikarolincova@hotmail.co.uk

Teraz mi prišiel vianočný e-mail od Meryl. Posiela ho každé Vianoce, všetkým príbuzným a známym, aby sa pred nimi ukázala, aký je jej život úžasný. Osobne si myslím, že jej preskočilo. Prečítaj si ho v prílohe.

PRÍLOHA

Odosielateľ: merylwatson@yahoo.com
Adresát: cocopinchard27@gmail.com

Drahí priatelia, rodina, známi, zdá sa, akoby to bolo len včera, keď som si sadla za stôl a písala Vám vianočné blahopriania. Stretávame sa znovu, s väčšinou z Vás aspoň takýmto spôsobom.

Ospravedlňujem sa, že Vás tento list zastihne formou e-mailu, ale, vďakabohu, asi lepšie povedané, bohužiaľ, toľko roboty ako za posledné mesiace sme v pohrebníctve ešte nemali. Nebolo kedy sa zorganizovať a kúpiť pohľadnice a známky. Mám na to aj iný dôvod, tento rok bojkotujem vianočné známky. Nie je šokujúce, že sa namiesto kráľovnej Alžbety na nich objavili Wallace a Gromit? Jednoznačne nám spoločnosť upadá. Ako nás môžu reprezentovať dve plastelínové postavičky? Prečo radšej nie je na známke vianočný motív s Ježiškom? A prečo nám vzali právo olízať vlastnú známku, prečo musím používať lepiace známky? Určite je na vine nejaký tupý európsky zákon. Staré známky asi obsahovali kalórie alebo sa báli, že si niekto poreže jazyk. Priznávam, Tony je spokojný, nikdy sa mu nepozdávalo, že bol vždy na Vianoce rodinným lízačom!

Rok 2010 bol skvelý – porodila som nášho milovaného syna. Bol veľmi presný a dorazil načas, ale „vďaka" nášmu úžasnému zdravotníctvu som nemohla rodiť v bazéne, ako som túžila. Pôrodná asistentka nám oznámila, že niekto ukradol z pôrodného bazéna štupeľ.

Rodila som veľmi dlho – 114 hodín – a s hrdosťou môžem povedať, že som to celé prežila len s pomocou jedného brufénu.

Wilfred Ogilvy Thatcher Watson prišiel na tento svet tri minúty po druhej ráno 14. marca a vážil 6,2 kilogramu (au-au-au)! Je mojím anjelikom, darom, ktorý som v mojom veku už nečakala.

Jejda, je to aj riadne nadané bábätko! Som si istá, že sa už naučil čítať. Vždy keď je hladný a z auta zbadá nápis Tesco, zatlieska s potešením v očiach.

Pohrebníctvo Watson zaznamenalo svoju historicky najlepšiu mesačnú tržbu v auguste 2010 (23 ľudí zomrelo po nákaze exotickou baktériou v jacuzzi v tunajšej plavárni), preto som sa v septembri rozhodla premaľovať a nanovo zariadiť všetky izby v dome. Obývačka číslo 1 a obývačka číslo

2 sú teraz vernou kópiou obývačiek z kráľovského Sandringhamského paláca (súkromné sídlo kráľovnej Alžbety). Aj zostávajúce izby sú prerobené podľa vkusu našej kráľovnej!

Nadchádzajúce Vianoce budú prvými Wilfredovými, preto ich budeme tráviť v kruhu najbližších, môjho brata Daniela, mamy Etely, synovca Rosencrantza a Tonyho rodiny. Určite sa opäť vyznamenám ako skvelá hostiteľka. Keďže sa s kráľovnou delíme o ten istý vkus a teraz aj nábytok a zariadenie, rozhodla som sa, že budeme mať aj rovnaké Vianoce! Budeme jesť rovnaké jedlo a mať rovnaký program, samozrejme, o 15. hodine sa nebudem prihovárať celému národu. To prenechám nášmu veličenstvu!

Želáme Vám veľmi šťastné a veselé Vianoce a úspešný nový rok

Meryl, Tony & Wilfred Watsonovci

Drzá krava, celé roky ma chodili na Vianoce vyžierať a teraz sa na mňa z výšky vysrala! Nevieš si predstaviť, ako to vo mne vrie.

Štvrtok 8. december 10.45
Adresát: chris@christophercheshire.com

Marika mi volala z práce, z kabinetu. Poprosila som ju o radu, neviem, čo mám robiť s tou Meryl.

„Prosím ťa, pripomeň mi, aký s ňou máš problém? Počkaj, počkaj. Nebola si k nej pozvaná na Vianoce. To je problém?

Nemusíš stráviť Vianoce s Etelou, Tonym a so svojím idiotom exmanželom..."

„Áno."

„A vždy si snívala o tom, že jedného krásneho dňa strávíš Vianoce osamote..."

„Správne..." nastalo hlboké ticho. „Marika, si ešte tam?"

„Som, som, len čakám, že mi konečne povieš, v čom je problém..."

„V princípe je problém," zamrmlala som.

„Ľudia, ktorí mrmlú o princípoch, sa v živote ďaleko nedostanú. Aké má Meryl číslo? Môžem jej zavolať, spomenúť princípy a žiadať od nej, nech ťa pozve na sandringhamské Vianoce."

„Neopováž sa!"

„Tak to nechaj tak, Coco! Je to jej problém, nie tvoj. Naser ju vianočným darčekom, kúp jej krém na prevenciu strií alebo zlatej žily!"

„A Tonymu kúpim čínsku viagru z internetu!"

„Keď už sme pri viagre, ako to ide s fešákom z kaviarne?"

„S kým? S Xavierom? Nič s nikým... nejde," zakoktala som sa.

„Koľkokrát si za ním bola?" usmiala sa Marika.

„Za ním nechodím, chodím tam kvôli Roccovým mliečkam. Xavier je zlatý, trochu so mnou flirtuje, ale o nič nejde."

„Možno by si s tým mala dačo urobiť, ženská. Na staré kolená budeš svoju plachosť ľutovať. Všetko si sťažuješ viac, ako treba, život je aj tak dosť komplikovaný...!"

Po našom rozhovore som sa zamyslela a rozhodla sa, že by som s tým asi mala naozaj niečo urobiť. Trochu oživenia mi určite nezaškodí.

Pondelok 11. december 11.36
Adresát: marikarolincova@hotmail.co.uk

Ďakujem za rady. Po našom rozhovore som mala celý víkend na premýšľanie, veci si naozaj komplikujem. Kašlem na Meryl a urobím si úžasné, sebecké, lenivé Vianoce so suši a s piksľou čokoládových cukríkov. Vyvalím sa pod strom a budem si hovieť... 😊

A dala som na teba aj s Xavierom. Podozrievala som ho, či nie je gay (sexy chlapi zvyčajne sú), tak som vytiahla Chrisa z postele a stiahla ho do Insomnie.

„Je heterák," ohodnotil ho Chris už vo dverách kaviarne. Xavier k nám nebol ani otočený, nahýnal sa cez prepravky mlieka a plnil chladničku.

„Ako to môžeš vedieť?" opýtala som sa potichu. Xavier mal na sebe priliehavé čierne pracovné nohavice a elegantné čierne topánky.

„Pozri, akú nosí spodnú bielizeň. Má na sebe sivé boxery od Vietnamcov. Každý normálny rešpektovaný gay s telom, aké má on, by mal na sebe značkové slipy od Armaniho, Calvina Kleina alebo Gabbanu, nie od Ho Či Mina!"

Xavierovi skutočne vytŕčali veľké sivé treniky.

„To je super," povedala som s úsmevom od ucha k uchu.

„Super pre teba," zamrmlal Chris, „vraciam sa do svojej postele."

„Nechceš kávu? Pozývam."

„Nie, dám si kávu zo svojho kávovaru... Ten ma aspoň neodmietne ako nejaký sexy heterák. Maj sa, moja." Otočil sa na svojich snehuliach a bol fuč.

Xavier mi urobil moje obvyklé latte. Keď zohrieval mlieko, zhlboka som sa nadýchla a pozvala ho k Angie na budúcotýždňovú vianočnú párty. Zostal prekvapený, ale súhlasil!
Šokujem ťa? 😊
P. S.: Mohla by si strážiť Rocca počas môjho rande?

Pondelok 11. december 13.12
Adresát: chris@christophercheshire.com

Práve som mala na telefóne Mariku (volala z kabinetu).
„Úplne ti preskočilo? Pozývaš cudzieho chlapíka z hocijakej kaviarne na Anginu vianočnú párty?"
„Nie je cudzí, je to Xavier."
„Okej, kde býva? Aké má priezvisko? Má manželku? Bývalú manželku? Má deti?"
„Neviem," odpovedala som rozpačito.
„Musíš to zistiť ešte pred večierkom. Ľudia sa ťa budú u Angie vypytovať, s kým si prišla, a všetko o ňom. Nemôžeš predsa odpovedať NEVIEM... Mysleli by si, že je to gigolo z nejakej eskortnej agentúry."
„Ale veď si mi kázala, nech s tým niečo robím! S Xavierom."
„Myslela som na flirtovanie! Coco, obedný zvonec ohlásil koniec prestávky, musím utekať..."
„Marika, čo mám teraz robiť?"
„Poviem ti to isté, čo som povedala svojim ôsmakom pred dokončením koncoročných písomiek."
„Čo?"

„Skontrolovať! Vráť sa pekne do Insomnie, zisti a skontroluj všetko, čo sa len dá."

Streda 13. december 08.12
Adresát: marikarolincova@hotmail.co.uk

Pri posledných troch návštevách Insomnie som pozisťovala o Xavierovi, čo sa dalo. Študuje architektúru a v kaviarni berie len ranné a víkendové služby. Nemá deti: „Aspoň o žiadnych neviem." (jeho vtipné slová) Priezvisko: Michael.
Včera sa mi dokonca podarilo zabudnúť na Adama, na celých šesť hodín. Potom som sa cítila blbo, že som na neho mohla zabudnúť na taký dlhý čas.

Štvrtok 14. december 09.15
Adresát: marikarolincova27@hotmail.co.uk

Rosencrantz mi práve preposlal e-mail od Meryl s programom jej sandringhamských Vianoc. Pri pomyslení, že som bola vydatá za jej príbuzného, človeka s jej krvou, sa trasiem.
PRÍLOHA

Odosielateľ: rosencrantzpinchard@gmail.com
Adresát: cocopinchard@gmail.com

Sandringhamské Vianoce rodiny Watsonovcov
 Na žiadosť Meryl, Tonyho a Wilfreda Watsonovcov ste srdečne pozvaní stráviť tento špeciálny deň v roku s nami v skutočne nezabudnuteľnom prostredí na motívy sandringhamských Vianoc. Kedy: 23. – 27. decembra 2010
 Kde: „Bonvivant", Abacus Bulvar, Milton Keynes, MK1 7TY
 Prosím, pred príchodom sa oboznámte s oficiálnym programom.

Vianočný predvečer
 (Predpísané oblečenie: ležérny tvíd)
 Príchod hostí je očakávaný o 16. hodine, keď bude podávaný čaj v mojej súprave kráľovského porcelánu Doulton, v bielej obývačke (menšia replika obývacieho salónu Sandrighamského paláca).
 16.00 – Čaj Earl Grey, sendviče, koláčiky a mafiny budú podávané v hojnosti. Bude to prvá príležitosť prezrieť si vianočný stromček, čerstvo vyťatý v Norfolku.
 18.00 – Otváranie darčekov (podľa nemeckej tradície otvárania darčekov deň pred Vianocami). Všetky darčeky budú prezentované na stoloch prikrytých bielymi ľanovými obrusmi. Každý dar bude označený menovkou (majte pripravený príhovor pre prípad potreby).
 19.10 – Po otvorení darčekov sa presunieme do barového salónika, kde sa budú podávať džinové koktejly a likér Dubonnet.
 19.45 – Po občerstvení Vás očakávame

nachystaných a oblečených na večeru. Dámy vo večerných róbach, džentlmeni vo frakoch. O 20. hodine ohlási gong večeru (úchvatný gong som kúpila v obchodnom dome). Kráľovná vždy pristupuje k večeri s malým omeškaním o 20.15, ja ako Vaša hostiteľka dodržím tento zvyk. Večerať sa bude v jedálni pri sviečkach a podávať sa bude takéto menu:

Predjedlo – krevetový kokteil

Hlavné jedlo – divina

Múčnik – obrátený koláč Tarte Tatin

22.15 – Káva, portské víno, brandy

00.00 – Posteľ

Štedrý deň
(Predpísané oblečenie: elegantný kostolný odev, žiadne rifle alebo tričká)

07.00 – Raňajky v jedálni. Slanina, klobásky, vajíčka, toast a čaj – budete mať možnosť výberu z tradičného anglického raňajkového menu.

11.00 – Vianočná bohoslužba v Kostole sv. Michala, slúžená reverendom Damianom Leviticusom. Kostol je na dosah pešou chôdzou, pre moju matku a prípadne pre malé deti bude pripravený odvoz taxislužbou.

12.30 – Obed – ozdobne naservírovaný moriak. Kráľovná bude mať vtáka zo svojej norfolskej usadlosti, tak my sme objednali vtáka z jej susedstva.

14.30 – Merylinin vianočný príhovor. Rozhodla som sa predniesť svoj vlastný príhovor, tesne pred tým od našej vládkyne, ktorý prednesiem naživo v bielom obývacom salóniku. Ak sa Tonymu podarí opraviť

videokameru, tak príhovor bude vysielaný zo záznamu.
15.00 – Príhovor kráľovnej
15.15 – Kráľovná (film s Helen Mirrenovou)
17.30 – Spoločenské hry na požiadanie (vyplňte priložený formulár so žiadosťou o konkrétnu spoločenskú hru)
20.00 – Zostatky z moriaka (predjedlo – čerstvý šalát z homára)
22.15 – Káva, portské víno, brandy
00.00 – Posteľ

Deň po Vianociach
(Predpísané oblečenie: odev z hrubého tvídu)
Pokúšam sa zorganizovať poľovačku na bažanty aj s požičanými psami korgi (obľúbená rasa kráľovnej), ktoré budú zbierať zabité vtáky. Dám ešte vedieť!

Sobota 18. december 03.37
Adresát: chris@christophercheshire.com

Včera som bola na vianočnej párty u Angie. Rocco bol zdevastovaný, že ho nechávam doma. Skuvíňal, plakal, štekal, behal hore-dole a ťahal ma za kabát, aby som nikam nešla.
„Čo to vlastne robím? Rande?"
„Je trochu neskoro na zmenu plánu," povedala Marika. „Xavier čaká vonku v taxíku."
„Nemôžem ísť!" pozerala som na Roccovu prosíkajúcu tvár. „Počúvaj, miláčik," zviezla som sa na kolená, on si stal na zadné chlpaté labky a predné labky mi položil na líca.
„Nebudem preč dlho, o pár hodín som doma," sľubovala

som. Očkami si premeriaval výraz mojej tváre, ale nepochopil a skuvíňal ešte hlasnejšie. Rýchlo som odišla. Jeho plač som počula ešte aj vonku na zasneženom chodníku.

„Ahoj," pozdravila som Xaviera a usadila sa v taxíku vedľa neho. Vyzeral chrumkavo ☺ v napasovanej červenej košeli s čiernym motýlikom a voňal ako sad ruží.

„Ahoj," usmial sa a pobozkal ma na líce. „Veľmi ti to pristane."

Na nič iné sme sa celou cestou k Angie nezmohli. V aute nastalo trápne ticho, taxikár nás sledoval v spätnom zrkadle a gúľal očami.

Angin dom bol nádherný. Bolo vidieť, že nič neodflákla. Obývačku s vysokými plafónmi vyzdobila toľkými svetlami, že aj Mikuláš musel závidieť. Treba však povedať, že veľmi vkusne. V obývačke mala tri vianočné stromčeky a vo veľkom kozube prebiehal nádherný balet plameňov. Napriek tomu, že boli všetky okná pootvárané, izba bola rozpálená.

„Ahoj, zlato," Angie sa ku mne predierala pomedzi spotených ľudí. „Kto je toto?"

„Xavier Michael, má tridsaťosem rokov a študuje architektúru."

Angie mu podala ruku: „Prepáčte, neprijímam nových zamestnancov, aj keď mi to tu robotníci riadne dodrbali..."

„Angie, on nehľadá prácu, zatiaľ iba študuje a momentálne pracuje ako barista."

„Nevyzeráte ako bagrista," Angie si potiahla z cigarety a žmurkla na Xaviera.

„Nie bagrista... pracuje v kaviarni ako barista, špecialista na prípravu kávy," zasmiala som sa.

„Aha, už chápem..." povedala lišiacky a nabrala kurz smerom k ostatným hosťom. Prešmykla sa okolo mňa a zašepkala: „Tigrica, vyhadzuješ si z kopýtka s vlastným čašníkom?"

„Angie je tvoja sestra?" spýtal sa Xavier a uchmatol dva drinky od okoloidúceho čašníka. Došlo mi, že o mne vlastne nič nevie, chystala som sa vyložiť karty na stôl, vtom sa vrátila Angie a priviedla so sebou aj svojho syna Barryho.

„Vysvetli mu potrebu vzdelávania a čo mu to dá do života," povedala Angie Xavierovi. „Pred pár dňami ho prepustili z polepšovne, mal by si z teba brať príklad, nech sa zase nezamotá do nejakých sračiek," Angie si vydýchla a stiahla ma so sebou na pokec s editorkou.

V dome bol veľký pohyb, ďalší hostia prichádzali, Xavier s Barrym sa mi stratili z dohľadu. Neskôr, po niekoľkých drinkoch a rozhovoroch s editorkou, knižným dizajnérom a PR ženskou z vydavateľstva (plánujú veľké promo pre moju knihu Špiónka Fergie), som sa vybrala pohľadať Xaviera.

Angin nový dom je velikánsky. Prešplhala som sa tromi poschodiami, prehľadala niekoľko spální, kúpeľní (všetky vkusne zariadené a vymaľované v pastelovohnedých farbách). Na najvyššom poschodí som si všimla pootvorené dvere. Nazrela som dnu. Za dverami bolo malé, romantické, ešte neupravené schodište. Vôňa čerstvého vzduchu ma vyviedla na plochú strechu. Xavier tam stál s Barrym, začali sa smiať.

„Kurvajz, myslel som si, že si moja mama," vykoktal zo seba Barry a prepadol záchvatu smiechu.

„Moja mama to teda neni!" aj Xaviera premohol smiech. Hlboko som sa nadýchla.

„Cítim tu marihuanu?" Xavier s Barrym na seba pozreli a opäť vybuchli.

„Fajčíte..." nenechali ma dopovedať.

„Nepovedz to mame, preskočilo by jej," Barry vytiahol spoza chrbta džoint a potiahol si.

„Čo? Ona niečo preskakuje? Je gymnastka?" vypytoval sa chichotajúci sa Xavier.

„Nie je gymnastka, je to moja literárna agentka a priateľka! A zabila by ťa, keby to zistila. Nie si z polepšovne von na podmienku, Barry?"

„Jasnačka," neprestával sa smiať.

„Barry, to naozaj nie je vtipné. Neviem, prečo sa neustále pokúšaš zlomiť mame srdce. A mariška ti prepečie rozum. Prosím ťa, neznič si život!"

Znenazdajky sa otvorili dvere. Barry odhodil džoint, ktorý padol medzi nás troch. Vo dverách sa zjavila Angie.

„Čo tu všetci robíte? Cítim marišku!"

Angie má vždy všetko pod kontrolou, ale keď sa snažila vyčítať odpoveď z Barryho tváre, vyzerala hrozne zraniteľná.

„Ja húlim marišku," vypadlo zo mňa, ani neviem ako.

„Ty fajčíš marišku?" pozrela na mňa nedôverčivo.

„Áno, fajčím," zohla som sa a zo zeme zodvihla džoint. „Prepáč, je to moje kúreníčko."

„Hm, ja, hm, ja som jej ukázal, kde môže húliť," vykoktal sa Barry.

„Coco, dopekla, prečo fajčíš trávu?" opýtala sa Angie.

„Dávam prednosť názvu medicínska marihuana," klamala som. Angie sa nevedela na mňa vynadívať, ani okom nemrkla. Nikdy predtým túto emóciu neukázala. Zostala som šokovaná.😊 Potiahla som si veľký šluk. Spoza Angie sa mi Barry všemocne snažil niečo naznačiť. O chvíľu som pochopila, mariška bola supersilná, zvalcovala ma ako prichádzajúci vlak.

„Coco, prečo potrebuješ medicínsku marihuanu?" potichu sa ma spýtala Angie.

„Hm, menopauza..." zamrmlala som.

„Okej... okej. Len, prosím ťa nefajči pred mojím synom. Vieš, aké bolo ťažké oslobodiť ho od týchto sračiek."

„Prepáč," zalapala som po dychu a zvyšok džointu odhodila cez okraj strechy. Všetci sme hľadeli, ako padá horiaca mariška.

„Barry, poď so mnou, chcem ťa zoznámiť s mojím autorom, prednáša na Cambridgei. Možno ťa tam dostane."

Angie s Barrym sa stratili za dverami. Xavier sa usmial popod fúzy (niežeby nejaké mal).

„Takže ty si spisovateľka a ona je tvoja agentka?"

„Áno, som," všetko sa predo mnou točilo.

„A práve si kryla jej neposlušného syna? Tak túto stránku som u teba ešte nevidel. Si divoška."

Xavier sa z ničoho nič ku mne nahol a bozkal ma. Bez rozmýšľania som ho bozkala aj ja. Mariška so mnou zakývala ako tajfún s loďou plachtou. Začala som mu rozopínať košeľu a hladkať jeho vypracovaný hnedastý hrudník. Vášnivo sme sa bozkávali, ruka mi pomaly prešla po jeho tehličkách až dolu... To, čo som práve dofajčila, sa so mnou teraz pohrávalo. Privrela som oči a predstavovala si, že to je Adam, s kým sa bozkávam a koho sa dotýkam.

Zrazu mi niečo veľmi rozohriate a veľké pristálo na dlani a pokračovalo až k zápästiu. Otvorila som oči a pozrela dolu... Xavier mal rozopnuté nohavice! V ruke som mala jeho obrovský penis, väčší som v živote nevidela (a to ešte vonku mrzlo). Zajačala som a odskočila od neho.

„Čo? Si v poriadku?" opýtal sa ma.

„Myslela som, že to je had!" zakričala som, načo on dostal

záchvat smiechu. Po chvíli si ho strčil späť do nohavíc, vyzeral zahanbený a trochu sklamaný. Uvedomila som si, že som k nemu nebola celkom férová a že som totálne rozbitá. Náhle mi zostalo nevoľno, rozbehla som sa k zábradliu na okraji strechy a vracala na ulicu. O chvíľu zo mňa vyšla ďalšia várka, pri ktorej mi Xavier držal vlasy. Potom mi ponúkol vreckovku.

„Prepáč, prepáč!" ospravedlňovala som sa. V tej chvíli by som sa najradšej videla v riti.

„Mám ťa zobrať domov? Chcem povedať odprevadiť k domu?" Slabo som prikývla.

Xavier mi pomohol dole schodmi, cez húf ľudí von na ulicu, kde postávali rozrušení hostia. Angie vehementne kývala odchádzajúcemu čiernemu taxíku.

„Čo sa tu deje?" opýtala som sa, pozerajúc na vynervovanú Angie.

„Tak toto teda niekto riadne podrbal, niekoho zabijem! Na párty som pozvala šéfa vydavateľstva HarperCollins UK, bola som sekundy od podpísania životnej zmluvy. Kontrakt na päť kníh! Vyšiel z auta, blížil sa k domu a vtom ho na schodoch pred mojím domom nejaký debil ogrcal. Dopadlo mu to na hlavu a roztieklo sa po celom obleku od Armaniho."

„Ježišmária... to je hrozné, Angie."

Xavier zdvihol obočie a rýchlo zastavil okoloidúci taxík. Poďakovali sme Angie, rýchlo naskočili a dali sa odviezť ku mne domov.

„Dobrú noc, Coco," Xavier sa rozlúčil, kým som sa snažila vytrepať von z taxíka.

„Dobrú noc, Xavier," potriasla som mu ruku. Pri dverách som sa otočila, ale taxík bol už preč. Doma som našla Mariku spať na gauči, Rocco spal pritúlený s hlavou na jej pleci. V kozube už nešľahal oheň, iba zopár vyhasínajúcich iskier tancovalo v pozadí. Marika aj pes vyzerali veľmi zasnívaní a veľmi spokojní, tak som sa pobrala do postele.

Sobota 18. december 12.53
Adresát: chris@christophercheshire.com

Ráno o šiestej ma zobudil prekliaty Skype. No, hádaj kto? Meryl. Sedela s plienkou v ruke v bielej obývačke, kde to vyzeralo, akoby tam vybuchol obchodný dom s vianočnými dekoráciami. Pri stene bol opretý rebrík a z vedľajšej miestnosti ziapal Wilfred.

„Coco, je toto podľa teba normálne?" zapišťala Meryl a do kamery strčila plienku.

„Je šesť hodín ráno!" zamrmlala som zachrípnuto.

„Wilfred urobil do plienky zelenáča! Stalo sa to niekedy Rosencrantzovi?"

V pozadí za Meryl sa pomaly prehýbal do polovice vyzdobený vianočný stromček, ktorý o pár sekúnd skolaboval. Po celej obývačke sa rozplesli vianočné gule...

„Do pekla nebeského!" zakričala nasrdená Meryl. Vyskočila zo stoličky a začala kopať do stromčeka. „Celú noc som ozdobovala tento nórsky smrek! Nečudujem sa, že kráľovná sa s tým neserie sama a má služobníctvo! Mám len tri dni na zdobenie a zorganizovanie poľovačky na tetrovy!" Ešte raz si kopla do stromčeka a usadila sa späť na stoličku.

„To chceš poľovať na tetrovy v Milton Keynes? Nie je to trochu..." Meryl ma nenechala dohovoriť.

„Mám všetko pod kontrolou, všetko sa dá, keď človek chce," zamrmlala cez zuby. „Coco, sústreď sa už na moju kakačku. Nie moju, Wilfredovu!" Prizrela som sa lepšie a potvrdila som, že je naozaj nezvyčajne zelená. Meryl začala vyskakovať a kričať: „Tony! TONY! Naštartuj auto, utekáme do nemocnice! Hneď teraz!" Preskočila cez spadnutý vianočný stromček a vybehla von z obývačky. Vtom som si na niečo spomenula.

„Nekúpila Etela nedávno Wilfredovi pastelky?" zakričala som. Meryl, oblečená v kožuchu, v jednej ruke s kľúčmi od auta, v druhej s použitou plienkou, utekala späť k obrazovke.

„Meryl, skontroluj, či chýba zelená pastelka!" Hodila na zem plienku a opäť vybehla z obývačky. Chvíľu som vysedávala a civela na prázdnu miestnosť, Wilfred vypĺňal čas nekonečným vreskotom. Rozospatá Marika, nahodená v župane, podišla ku mne a sledovala, čo sa deje. Na obrazovke sa zjavil Tony. Vystresovaný si nevšimol na zemi plienku a riadne sa na nej šmykol. Na zem dopadol s veľkým revom. Meryl pribehla do obývačky a radostne vykrikovala: „Zelená pastelka chýba! Opakujem, zelená pastelka je fuč!" Potom sa šmykla na rozpleštenej plienke a spadla na Tonyho.

„Čo pozeráš, Coco? YouTube?" opýtala sa Marika rozospato. Musela som vypnúť kameru, tak strašne som sa rehotala. ☺

O chvíľu zavolal Tony späť. „Vďaka" svojmu rehotaniu som sa cítila trochu previnilo. Vládol u nich chaos, Tony našiel v plienke zvyšky zelenej pastelky a Meryl kefovala koberec ako divá, aj keď škvrna sa nijako nechcela podvoliť. Vysávač hučal, tepovač hučal, Meryl hučala a Wilfred si myslel, že je v La Scale. Nechápem, že to decko nepríde pri toľkom vreskaní o hlasivky.

„Idem uvariť čaj, a keď sa nebude pozerať, strčím jej tam válium," povedal vyšťavený Tony. „Nespala niekoľko dní... tie prekliate sandringhamské Vianoce ju zabijú a mňa pripravia o rozum. Chcel som Vianoce stráviť pod stromčekom s Wilfredom a sledovať jeho tvár pri otváraní darčekov.“

Nikdy som Tonyho nemala veľmi v láske, ale teraz mi ho prišlo ľúto.

„Šťastné a veselé, Coco,“ rozlúčil sa s neveselým hlasom a výrazom na tvári.

S Marikou a Roccom sme sa šli do kuchyne naraňajkovať. Volské oko na toaste pre nás, kaviarenské mliečka pre krpatého. 😊 Pri raňajkách som jej porozprávala, čo som povyvádzala na párty u Angie.

„Kristepane, Coco, vedela som, že sa do randenia moc náhliš, ale vieš čo? Nikto nedokáže rozpútať toľko drámy ako ty... nič sa nedeje, na všetkom, aj na tom zlom, sa vždy dá nájsť niečo pozitívne.“

„Čo pozitívne môžem nájsť na zhúlenej párty, kde som ovracala šéfa najväčšieho vydavateľstva v Anglicku?“

„Aspoň teraz vieš, že Xavier má správne náradíčko do oddelenia spální,“ zasmiala sa Marika.

„Nebude v žiadnom oddelení.“ Potom som chcela povedať, že mám zajačie úmysly s trávením Vianoc osamote, no Marika ma predbehla.

„Ešteže máš Rocca.“ Krpec, usadený pri mne na zemi, vstal a štekol, akoby vedel, že sa bavíme o ňom.

„Ja viem,“ zodvihla som ho. „Čo ak nám bude na Vianoce spolu smutno? Čo ak upadneme do depresií? Sneh sa roztopil, vonku je opäť starý sivý Londýn a nemám ani chuť vyzdobovať.“

„Tak poď so mnou na Slovensko!“

„A čo s Roccom?“

„Zober aj jeho, daj mu urobiť pas a môžeme ísť autom.

Máš nové auto, na ktorom poriadne ani nejazdíš, mali by sme ho trochu prevetrať."

Pondelok 21. december 22.21
Adresát: chris@christophercheshire.com

Dnes som vybavovala Roccov pas. Ráno som ho vzala na vlakovú stanicu v Marylebone a snažila sa vyšpekulovať, ako ho usadiť do fotobúdky. Bola tam taká otočná stolička, akú majú klaviristi, tak som ju vytočila čo najvyššie, ale aj tak bolo Roccovi vidieť iba kúsok bielej hrivy. Ďalším problémom bol lesklý povrch stoličky, na ktorom sa nemal kde zachytiť. Šmýkal sa ako na klzisku. Nakoniec som stoličku znížila na najmenší možný bod a skrčila sa s Roccom usadeným na mojej hlave. Skúšali sme, skúšali, ale nedokázala som ho udržať na mieste, aby sa nevrtel, a pritom stlačiť gombík na mašine.

Vo chvíli, keď som to chcela vzdať, sa na búdke poodhrnul záves. V malej medzere sa zjavil Xavier.

„Ups, prepáčte," rýchlo zatiahol. O pár sekúnd sa opäť ozval jeho hlas: „Coco? To si ty?"

„Hm... Áno." Jeho hlava sa znovu objavila v búdke. Pozrel na mňa s Roccom na hlave, rozžiarili sa mu oči a na tvári mal úsmev od ucha k uchu.

„Snažíme sa o foto na Roccov pas," začala som sa červenať, „ale nevie si dať pohov ani na sekundu a stolička nie je dosť vysoká."

Xavier ponúkol pomoc. Učupil sa vedľa mňa na kolená z druhej strany stoličky, čím sme vytvorili Roccovi malú plošinu. Potom Xavier nosom stlačil gombík. Bol taký zlatý a srandovný a vôbec mi neprekážalo, že som sa s ním tlačila vo fotobúdke. Kým sme čakali na vyvolanie fotiek, mojkal sa s Roccom.

„Páčiš sa mu." Rocco mu oblízal ruku.

„Ako sa ti darí s plánom odvyknúť ho od kávových mliečok?"

„Nie veľmi, je strašne tvrdohlavý, ničoho iného sa nedotkne. Zacvakne ústa ako zverák a ja sa môžem aj zjančiť!"

Xavier sa prehrabával vo vreckách a vytiahol z nich zopár malých keksov ku káve.

„Môžem vyskúšať?"

„Nech sa páči, len nebuď sklamaný," usmiala som sa.

Roccovi ponúkol keksík. Ten malý sviniar bol z toho taký vytešený, že sa po kekse len zaprášilo. Hneď nato zhltol ďalšie štyri! Cítila som sa ako blbá klamárka.

„Malí psi sú veľkí herci, pred obecenstvom sa radi predvádzajú," povedal Xavier láskavo.

„Musíš si myslieť, že som šibnutá ženská, ktorá sa na párty na teba vrhne a vymýšľa si príbehy o tom, čo jej pes je, neje... Na objasnenie: po prvé, neklamem, po druhé, po chlapoch sa nehádžem, a po tretie, pred pár týždňami som dostala kopačky, čo ma dosť rozhodilo... zrútil sa mi celý svet..."

Xavier chcel niečo povedať, keď z fotobúdky vypadli do malého okienka fotky. Boli perfektné. Rocco sa na nich akoby vznášal a pozeral priamo do objektívu.

„Ďakujem! Bez teba by som to nedokázala."

„Coco, nemusíš mi nič vysvetľovať, nemáš sa mi za čo ospravedlňovať. Nemyslím si, že si šibnutá ženská, práve naopak. Si krásna... rozkošná. Ja sa ti chcem ospravedlniť za ten večierok, nechal som sa uniesť, nechcel som ťa vystrašiť mojím... hm..."

„Čo robíš na Vianoce?"

„Idem domov, k rodičom do Portsmouthu. Preto som aj tu, potrebujem fotku na vlakový študentský lístok."

„Študentský? Teraz sa cítim staro." Zaskočil ma.

„Dospelý študent!"

Usmiali sme sa jeden na druhého.

„Niekedy by sme mohli spolu vyvenčiť našich psov," navrhol. „Len venčenie, žiadny iný motív." Do ruky mi vložil vizitku so svojím číslom a odišiel.

Chvíľu som ho s úžasom pozorovala, jeho sexy chôdzu, zadok a dokonalý chrbát. Myšlienkami som zablúdila do iného sveta, kým ma Rocco neprištekal späť na zem, čím mi pripomenul, koľko vecí máme ešte povybavovať.

K zverolekárke sme dorazili okolo štvrtej. Vyše päť minút sa rehotala na Roccovej fotke. Vysvetlila mi, že som nepotrebovala fotku z fotobúdky, stačila hocaká domáca. Potom nám vydala opečiatkovaný pas. Cítila som sa ako hrdá mama, Rocco s vlastným pasom.

Domov sme prišli za tmy, ulice sa zmietali v ďalšej fujavici, silnejšej ako pred pár dňami. Teplota klesla pod nulu. Strašne sa teším na Slovensko, už sa neviem dočkať, len dúfam, že nám plány nenaruší počasie. Diaľnice nad Londýnom sú uzavreté, juh je zatiaľ v prevádzke. Na odkazovači som si našla čudný, nezrozumiteľný odkaz od Meryl, mrmlala niečo o minci, čo sa s ňou rozprávala. Skúsila som jej zavolať, ale nikto nezdvíhal.

Som rada, že sa Ti páči v ľadovom hoteli v Laplande a že tam máš dosť pálenky.☺ Stretol si sa s niekým, kto stojí za hriech a miesto v Tvojom spacáku?☺

Utorok 22. december 06.11
Adresát: chris@christophercheshire.com

Práve mi volal Tony. Meryl preskočilo! Dnes zavčasu ráno ju museli odviesť ľudia zo psychiatrie, v kazajke. Ráno o tretej ju našiel vonku v župane, ako dezinfikuje prístupovú cestu. Keď sa pokúšal dostať ju nazad do domu, chcela ho udusiť handrou, ktorou čistila, a kričala:
„Jej veličenstvo kráľovná k nám príde na Vianoce!"
Štyri dni nespala, nonstop všetko chystala na sandringhamské Vianoce a potom začala od únavy halucinovať. Spláchla všetky mince zo svojej peňaženky, lebo si myslela, že hlava kráľovnej na päťdesiatpencovej minci rozprávala, kritizovala jej hostiteľské a organizátorské zručnosti. Odviezli ju na psychiatriu do nemocnice v Milton Keynes. Upokojili ju sedatívami a zopár dní si ju nechajú na pozorovanie, zatiaľ k nej nikoho nepustia. Tonyho sestra a Daniel sú teraz u neho a pomáhajú mu s Wilfredom.
„Tony, je mi to veľmi ľúto! Ak ti môžem s niečím pomôcť, budem veľmi rada. Daj mi vedieť."
Tony si prečistil zachrípnuté hrdlo a váhavo začal rozprávať:
„Nuž... S niečím by si mi mohla pomôcť, Coco."
„Pokojne, s hocičím. Čo mám urobiť?"
„Ak by si mohla pozvať Etelu na vianočný obed, bol by som ti veľmi vďačný. Mám toho teraz priveľa, navyše cesty do Londýna sú pre snehovú kalamitu uzatvorené, nemám sa k nej ako dostať."
Nastalo hlboké ticho. V hlave mi explodoval poplach prvej triedy.

„Nooo... hmm," nevedela som zo seba dostať súvislé slovo. Vtom sa z telefónu ozval Daniel.

„Ahoj, Coco, viem, že sme spolu dlho nehovorili, ale, prosím ťa," úzkostne začal prosíkať, „viem, že sa s mamou veľmi nemusíte, ale toto je neobvyklá situácia."

„To si píš."

„Všetci susedia z domova dôchodcov odišli na Vianoce k rodinám, vrátnik bude mať dovolenku. Zostane tam úplne sama. Bojíme sa o ňu, veď vieš, v akej štvrti býva. Čo ak sa tam niekto vláme?"

„Mala by som ísť..."

„Kam by si mala ísť?"

„Nikam," povedala som sklesnuto. „Povedz Etele, že môže prísť."

„Ďakujem. Veľmi pekne ďakujem. Som ti dlžníkom. Šťastné a veselé, Coco."

„To teda áno. Aj tebe šťastné a veselé, Daniel. Ahoj."

DOFRASA FRASA...

Utorok 22. december 08.44
Adresát: chris@christophercheshire.com

Premýšľala som hodiť Etelu na Vianoce na krk Rosencrantzovi, ale pracuje, navyše na Štedrý deň je pozvaný k Oscarovi do Cotswoldu. Dosť sa z toho vytešoval, tak som mu radšej celý cirkus s Etelou nespomenula.

Zhlboka som sa nadýchla a zavolala Marike.

„Prečo nevezmeš Etelu s nami?" povedala bez rozmýšľania.

„Nečakala som, že toto bude tvoja odpoveď! Zaskočila si ma."

„Bez obáv, Coco, zavolám mame, nech nachystá rozťahovaciu posteľ."

„Počkaj, Marika, najprv porozmýšľaj, do čoho sa púšťaš. Naozaj chceš ťahať tú starú raketu cez pol Európy na vaše rodinné Vianoce?"

Nastalo ticho. „Vieš čo, drahá, myslím, že to je celkom dobrý nápad."

„Ako to môže byť dobrý nápad? Nerozprávame sa o hocikom, ale o Etele!"

„Mohla by byť potrebným rozptýlením."

„Rozptýlením z čoho? Z dobrej zábavy?"

„Nie, nie, rozptýlením pre moju mamu. Vieš, ako miluje hostí, dolámala by si aj hnáty, len aby bolo o hosťa postarané. A keď ide o starú paniu, tak to ešte vygraduje. Tým pádom nebude mať toľko času a priestoru spovedať mňa... Keď sa tak počúvam, je to skvelý plán. Dohodnuté!"

Nastalo opäť ticho, tentoraz som počula, ako sa mi telom presúvali raňajky.

„Coco, dnes som dala výpoveď v práci," povedala Marika so zovretým hrdlom.

„V akej práci? V škole?"

„Mám ešte nejakú inú prácu?"

„Čo budeš robiť? Nedávno si sa zadlžila až po uši kúpou bytu, odvody na poistenie, dôchodok..."

„Dobre, dobre, stačilo, veľmi mi tým nepomáhaš. Neviem, čo budem robiť. Jediné, čo viem, že nemôžem zostať v školstve. Rozhodne sa o tom nemôže dozvedieť mama, aspoň kým sa nerozhodnem, čo ďalej."

„Prečo si dala výpoveď?"

„Celé sa to dosralo tým inšpektorom z ministerstva."

„Nemohla si predsa vedieť, že to bol inšpektor. Pre teba to bol len chlap v bare."

„Presne tak, ale povedz to mojej riaditeľke. Mojej bývalej riaditeľke! Škola dostala dosť zlé hodnotenie a ona hádže vinu na mňa. Trafená hus. V posledný deň inšpekcie som pustila študentom film Duch s Demi Moorovou a Patrickom Swayzem."

„Však to je krásny film," prikývla som.

„Je, je... pri milostnej scéne vletela tá stará haraburda dnu a vypla film. Potom na mňa pred žiakmi ziapala, že im ukazujem pornografické snímky a že som ženská uvoľnených mravov."

„Neučíš náhodou sedemnásťročných?"

„Vtom sa vo mne niečo vzoprelo. Povedala som jej, nech si strčí robotu do svojej tlstej riti a vybehla som z triedy núdzovým východom."

„A čo decká?"

„Až na ulicu som ich počula tlieskať a skandovať moje meno."

„Je mi to fakt ľúto, zlato." Pohladila som ju po vlasoch.

„Potrebujem krásne Vianoce, chcem na všetko zabudnúť. Háčik je v tom, že mama vie čítať myšlienky. Vaša prítomnosť s Etelou ju úplne vygumuje. Prosím..."

„Ak ti Etelina prítomnosť dopomôže ku krásnym Vianociam, tak dobre, ale varujem ťa!"

Stále si nadávam, že som ten blbý telefón Tonymu zdvihla! Prečo nemohla vypadnúť elektrina, signál, čokoľvek, čo by ma zachránilo? Teraz by sme boli s Marikou a Roccom na ceste na Slovensko, za rozprávkovými Vianocami...

Utorok 22. december 15.47

Adresát: chris@christophercheshire.com

Mariku som vyzdvihla ráno o desiatej a vybrali sme sa po Etelu do Catfordu. Tá nás už čakala pred domom vo fujavici. Marika vybehla von, otvorila jej dvere a pomohla nastúpiť do auta.

„Zdravím, zlatíčka... aj teba, Rocco, štupel chlpatý. Marika, láska, dakujem ti, že si ma zavolala k vám na Vánoce, a tebe Coco, za šoférování."

S Marikou sme si vymenili prekvapené pohľady, nechápali sme, aká je milá.

„Auťák je parádny, Coco. Čo je zač?"

„Land Cruiser."

„Musel stát majland a ešte kúsek," Etela hladila koženú sedačku, kým jej Marika zapínala bezpečnostný pás. „Jeden by neveril temu, že si toto môžeš dovolit za písaní tvojich kníh!"

Neveriacky som prevrátila očami. Stačilo dvanásť sekúnd, aby sa z nej vykľula stará známa Etela s jedovatým jazykom.

„Je mi ľúto, čo sa stalo s Meryl," Marika sa pokúsila zmeniť tému.

„Zas to prehnala," povedala Etela prezieravo. „Ked bola malinkatá, často sem ju musela ukludnúvat, ked nescela ani po někólkých hodinách prestat s upratúvaním Bárbinho domu. Vždy sem jej šprtla do pudingu trochu brandy, to ždicky zabralo."

Zdvihla som kotvy a rútila sa zasneženými londýnskymi ulicami – smer Slovensko!

„Úúúú! Úúúú, to je čo?" pýtala sa prekvapená Etela.

„Zapla som ti vyhrievanie sedadla," upokojovala som ju.

„Velikánske poďakování Bohu za to. Už sem si myslela, že sem sa dočúrala!" zachechtala sa. Jej rehot znel ako škriabanie nechtami po tabuli.

Na cestách boli záveje. Centimeter po centimetri sme sa približovali k hraniciam. K tunelu do Francúzska sme sa konečne dopracovali o tretej poobede. Práve čakáme na vlak v rade pred rampami. Nevadí, nevadí... Zatiaľ vládne pohodička a vzrúšo z trávenia vianočných sviatkov v zahraničí. Možno som sa nakoniec nemusela vôbec obávať a tento výlet bude zábava!

Streda 23. december 10.44
Adresát: chris@christophercheshire.com

Práve vchádzame do Bratislavy. Za tunelom Dover – Calais som pokračovala v šoférovaní ja. Veľmi dobre sa mi išlo cez Francúzsko aj Belgicko. Marika ma vystriedala na benzínke pri Frankfurte a šoférovala až do siedmej rána, keď sme dorazili k rakúsko-slovenským hraniciam. Etela bola celú cestu čudne tichá. Myslím si, že je zo všetkého trochu mimo, nikdy necestovala, nieto až do srdca Európy. Jediné, čo viem, že v sedemdesiatom treťom bola dovolenkovať na juhu Anglicka na ostrove Isle of White.

Naraňajkovať sme sa išli do moderného McDonaldu v centre Bratislavy.

„Zlatíčka, pozývam vás!" prekvapila nás Etela. „Dajte si, čo stete, a kuknite, či majú čaj Tetley."

Marika komunikovala s predavačkou po slovensky, tá na

otázku, či majú Tetley, pokrútila hlavou. Etela vytiahla z kabelky čajové vrecko a poprosila Mariku, aby jej vypýtala horúcu vodu.

„Tá Marika je velice šikovné děvča," nadchýnala sa Etela. „Víš sa dohovoriť v nejakém iném jazyku?" opýtala sa ma.

„Celkom mi ide francúzština."

„Ve vojne nás evakúovali na sever a jediné, čo nás naučili, bolo pečení z lístkového cesta."

„Veď to je dobré, nie? Určite vieš piecť lepšie ako Marika a ja."

„Vy už nepotrebujete v dnešnej dobe také talenty, šecko sa dá neská kúpit," povedala Etela so sklamaním v hlase. „Božíčku, keby sa dal život zopakovat, tak by som robila šecko úplne ináč."

Po úspešnej likvidácii Mc raňajok skočila Marika na vecko a Etela sa ma spýtala, koľko je dvadsaťdva eur v librách.

„Medzi librou a eurom už nie je taký rozdiel ako kedysi. Bude to okolo dvadsať libier."

„Dvadsát libér? To sem minula dvadsat libér? Já sem práve minula dvadsat libér! Tá pažrana si toho naobjednávala, mohla to aspoň dojest," prstom ukazovala na zvyšok vajíčka na Marikinom servítku.

„Vravela si, aby sme si objednali to, na čo máme chuť."

„To som nevedela, jaké sú tu ceny, že ma takto odžubú. Ved to je zlodejina za denného svetla! Dvadsat libér za ranajky? Moja mama kúpila svoj prvý dvojizbový domek v Catforde za tridsatpet libér, a to jej ešte zostalo na mangel."

„To bolo dávno, v tisíc deväťsto dvadsiatom štvrtom."

Etelu to nezastavilo, pokračovala vo svojej slovnej *hnačke*.

„Svine cudzinecké. Nehovorila si, že ten tvoj zmatek chlpatý žere iba smotánu, čo dávajú zadarmo ku káve?"

Rocco zhltol dve zemiakové placky a miešané vajcia so šunkou a na znak, že mu chutilo, si medzi každým hltom vzrušene štekol. 😊

„Prečo si sa teda ponúkla, že kúpiš raňajky?"

„Myslela sem, že Mc jedlo ve východnej Evrópe bude hríšne lacné. Čítala sem, že po výbuchu téj elektrárne sa stalo Československo vychytenou dovolenkovou destináciou za pár drobných."

„Etela, po prvé, Československo už neexistuje, sme na Slovensku, po druhé, elektráreň, ktorú spomínaš, sa volá Černobyľ a je na Ukrajine, a po tretie, Černobyľ vybuchol v osemdesiatom šiestom. Teraz je dvetisíc desať!"

„Dvadsat libér," stále hundrala. Vtom sa vrátila Marika.

„Srdénko, už si naspet? Nemáš ešte na néčo chut?"

„Nie, stačilo. Ďakujem veľmi pekne, ste zlatá."

„Potešené na mé strane, srdénko," uškrnula sa Etela, „ospravedlnte ma, zlatíčka, idem sa poobzerat, na čo móžem ešte utratit centík alebo dva."

„Dávaj si pozor, aby si neutratila veľa centíkov," hodila som uštipačnú poznámku.

Etela na mňa škaredo zazrela a odišla. Nasmerovala si to k záchodu.

„Je veľmi milá, nezdá sa ti?" povedala Marika.

S Roccom sme na seba len neveriacky pozreli.

Streda 23. december 17.12
Adresát: chris@christophercheshire.com

Marikina mama sa nedávno presťahovala do dvojizbového bytu v Nitre (štvrť Klokocina, neviem, či som to dobre napísala), ktorý zdedila po sestre. Nitra je nádherná! Keď do nej vchádzaš, tak ťa jej krása pevne chytí za srdce. V strede mesta na kopci sa vypína prekrásny starobylý hrad a celému širokému okoliu dominuje vrch Zobor, romanticky v zime pokrytý snehom.

Zaparkovali sme pri jej paneláku. Bol zahalený do čierneho a bieleho fóliového „opláštenia", ktoré vďaka vetru vydávalo veľmi rušivé hlasné zvuky.

„Takto sa zdobá na Vánoce domy v Slovinsku?" mrmlavo povedala Etela, kým sme vyberali kufre z auta. „Sme na Slovensku, Etela, to by si mohla vedieť, nie?" Zlostne na mňa zagánila.

„Nie je to dekorácia, zatepľujú dom," vysvetlila jej Marika.

Marikina korpulentná mama s čiernymi kučerami (asi sa pamätáš, volá sa Blažena) nás privítala v byte s otvoreným náručím a veľkým potešením. Prvýkrát som stretla Marikinho nevlastného otca Fera. Nízky, dosť pri tele, plešatý šesťdesiatnik nemotorne vyšiel z obývačky s fľašou piva v ruke a hore bez. Keď ho zbadala Blažena, skoro ju šľak trafil, namosúrená ho zahnala naspäť do izby. Fero mrmlal a zabuchol za sebou dvere.

„Povedala mu, nech sa slušne oblečie na stretnutie s anglickými dámami," preložila nám Marika. Ja som si s úsmevom premerala Etelu a seba v dokrkvaných, prepotených handrách. Z Blaženiných úst to znelo, akoby na návštevu prišli anglické herečky Judi Denchová s Maggie Smithovou.

Marikina mama nás vystískala a jedným okom si premeriavala Mariku, ktorá tŕpla, aby nevydedukovala, že prišla o robotu. Našťastie sa vrátil Fero, nahodený v košeli, v ruke mu nechýbala fľaša piva. Blažena mu ju vychmatla a uviedla nás do obývačky.

Má ju zariadenú útulne a veľmi pekne. Na vianočnom stromčeku žiarili úžasné svetlá a krásne, ručne maľované gule v pastelových odtieňoch, ktoré na bielych stenách vytvárali nádherné obrazy. V izbe som narátala sedem sošiek Ježiša, tri ozdobené pozlátkami a ten najväčší na televízore mal na hlave mikulášsku čapicu. Blažena nás usadila za dlhý jedálenský stôl a naservírovala vynikajúcu slepačiu polievku, po nej neskutočnú pečenú kačicu so zemiakmi, knedľou (tá mi veľmi nechutila) a dusenou kapustou. To jedlo sa hádam nedá ani opísať! Lahodnosťou sa asi najviac približuje k Vivaldiho koncertu na jazyku. 😊

Dokonca aj malý Rocco dostal vlastnú misku s kačacou pečienkou. Zbaštil ju za pár sekúnd a potom zaspal pod vianočným stromčekom.

Jedli sme toľko, koľko sa do nás zmestilo, a Blažena sa za celú večeru ani nenadýchla, čo neprestajne rozprávala. V prvom rade grilovala otázkami Mariku. Prečo si ešte nenašla manžela? Či má poriadne vyupratovaný byt v Londýne, aby sa za ňu nehanbila. Kedy ju v škole povýšia? Marika zbledla a odpovedala tak šikovne, ako sa dalo. Hlavne pri poslednej otázke zostala v úzkych.

Pri každom pohybe vetra narobila fólia, v ktorej bol panelák obalený, veľký šuchot a hluk, Blažena rozhadzovala rukami, pozerala hore (k Bohu?) a hrešila ako pohan.

Keď sme už do úst nevládali dať ani špáradlo, niekto zazvonil pri dverách. Dovnútra sa vrútil húf babičiek s vianočným posolstvom a pekáčmi plnými maškŕt. Vždy keď som čo i len pootvorila ústa, niekto mi do nich napchal ďalší koláč alebo pagáč. Cítila som sa ako kŕmna hus, ale nechcem sa sťažovať. Milujem, akí sú Slováci milí, pohostinní a že by ti dali aj to posledné, čo majú. Do očí sa mi tlačili slzy. Poslednú osôbku, ktorú si pamätám, že sa takto ku mne správala, bola moja babička. U nás v Anglicku to už neexistuje.

Po zotmení a po odchode poslednej návštevníčky babičky 😊 sme sa s Marikou a Etelou vybrali pred dom vyvenčiť Rocca. Pozrela som sa zdola na vysoký panelák, každý balkón bol odstránený, kvôli zatepľovaniu. Veľa susedov malo aj tak pootvárané balkónové dvere a jedna pani dokonca sedela na schodíku, v kabáte a s cigaretou v ruke. Nohy sa jej hompáľali vo vzduchu (z piateho poschodia!). Masochistka! 😊

„Nie je to nebezpečné nemať balkón? V Anglicku by to nedovolili. Správcovi by šiel po krku inšpektorát bezpečnosti práce a sociálka, že riskuje životy," povedala som a po celom tele mi behali zimomriavky.

„Nie, moja, na Slovensku rozmýšľame inak," vysvetľovala Marika. „Ak si dosť sprostá na to, aby si si nevšimla, že ti odstránili z bytu balkón, potom nech ťa chráni Boh."

S Marikou, Etelou a Roccom sa delíme o hosťovskú izbu. Práve vylihujem v posteli a snažím sa stráviť päťtisíc kalórií, ktoré som skonzumovala. O hodinu je večera! Guláš s knedľou. Asi prasknem!

Štvrtok 24. december 06.30
Adresát: chris@christophercheshire.com

V noci som sa zobudila na čudesné zvuky. Počula som, ako ktosi škriabe na niečo nechtami a vyslovuje moje meno. Vstala som a usadila sa na posteli. Spod závesu žiaril mesačný svit. Vedľa mňa (delíme sa o posteľ) spala Marika ako zabitá. Medzi nami ležal Rocco, na chrbte, jeho chlpaté bruško stúpalo a klesalo každým nadýchnutím. Etele v rohu na rozťahovacej posteli nebolo vidieť ani hlavu, vyzerala ako kopa prikrývok nachystaných na skautskú stanovačku. Asi sa mi tie zvuky len prisnili, pomyslela som si.

Vystrela som sa späť do postele a zavrela oči, ale znovu sa mi zazdalo, že počujem svoje meno, tentoraz v nižšom vystrašenom tóne. Až mi stuhla krv v žilách. Prečo sa na to nezobudil veľký strážca Rocco? Zatriasla som Marikou, ale vôbec to ňou nepohlo. Sadla som si na kraj postele a všimla si, že teplota v izbe dosť klesla... mrzlo. Z úst mi išla para. Vrátili sa aj zvuky škrabkania a klopkanie neustupovalo...

„Coco, prosím, mrznem," ozývalo sa duchárskym hlasom. Nikdy predtým som sa s duchmi nestretla a vôbec sa mi to nepáčilo.

Aj keď som sa hrozne bála, vstala som a pomaličky vyšla do chodby. Dvere do obývačky a spálne boli zatvorené. Skoro som dostala mŕtvicu, keď barla zavesená na vonkajších dverách začala rachotiť.

„Coco! Otvor!" zahundral hlas. „Je mi zima!"

Srdce mi padlo do nohavičiek, pristúpila som bližšie k dverám. Na chodbe bolo ešte chladnejšie ako v našej izbe, nepríjemne chladno. Každú chvíľu sa zobudím z nočnej mory, nahovárala som si a otáčala som kľúčikom v zámke.

Dvere sa rozleteli dokorán, strašidelná postava si to namierila priamo ku mne. Mala krvavé oči a dovnútra vpadnuté pery. Čudo bolo biele od hlavy po päty a oblečené v neidentifikovateľných šatách, župane... neviem. Nikdy predtým som sa tak nebála.

„To ti teda trvalo prekláte dlho," zamrmlala opacha. Začala som vrieskať ako na koncerte Rickyho Martina, kolená sa mi podlomili a pred očami sa mi všetko rozmazalo...

Prebrala som sa pod vianočným stromčekom, svet bol farebnejší, hlavne od blikajúcich vianočných svetielok. Začula som brechot Rocca a ešte stále v zahmlenej vízii som zbadala Marikinu tvár.

„Coco! Si v poriadku? Bála som sa o teba," Marika mi podávala pohárik brandy. Vytešený Rocco sa ku mne rozbehol a začal mi olizovať tvár. Vzala som si pohárik a pomaly vstala. Etela sedela na gauči zabalená v osuške. Blažena jej uterákom a miskou teplej vody zmývala z tváre niečo, čo pripomínalo omietku.

„Etela sa v noci zobudila s veľkou chuťou na cigu," vysvetľovala Marika. „Zabudla, že mame odstránili balkón, vykročila von a padla do kontajnera plného polystyrénu a prachu z omietky."

„Sodoma, Gomora..." Blažena bedákala so zdvihnutými rukami vo vzduchu. „Ďakujme Bohu a stavbárom za polystyrén a omietku. Etela by teraz bola u nášho Hospodina."

Fero sa piplal s radiátorom, snažil sa vyhriať byt. Neveriacky som zízala na Etelu:

„Preboha, si v poriadku?"

„Naspet sem došla výtahem, sem v porádku," povedala rozpačito. „Prežila sem válku, víš, toto je nič." Blažena si vložila Eteline špinavé ruky do dlaní a začala jej niečo hovoriť, pritom si utierala slzy.

„O čem mele?"

„Je na seba nahnevaná," prekladala Marika. „Je smutná z toho, aká je hrozná hostiteľka, nechala svojho hosťa vypadnúť z vlastnej kuchyne."

„Netráp sa, moja," Etela potľapkala Blaženu po ruke. „Dopad nebol až taký hrozitánsky. Jak keby sem dopadla na kačacú duchnu."

„Myslela som, že tu straší a že ona je duch," odpila som si veľký dúšok z brandy.

„Áno, moja, sem vánočný duch tvojej budúcnosti a predpovedám ti, že sa hodíš na grabicu vánočných čokolád a skončíš s ritú velkú jak vagón!" Chytil ju záchvat smiechu, ktorý sa zmenil na kašľanie dusiacej sa starej ženskej. Blažena sa otočila k Marike a niečo jej povedala.

„Mama si myslí, že by Etela mala ísť do nemocnice."

„Né, zlato, trochu omítky ma nezabije," chytil ju ďalší záchvat kašľa.

„Asi by radšej mala ísť do nemocnice," ustarostene povedala Marika.

Všetci sme sa naukladali do môjho auta a odviezli Etelu do nitrianskej nemocnice. Bola moderná a čistá, Etele tam urobili röntgen, krvný test a kompletnú prehliadku. Dostala sa do rúk fešného doktora, ktorý s ňou dokonca komunikoval po anglicky.

„Tento dáma je zdravý, vo veľmi dobrom stav," povedal doktor lámanou angličtinou a tónom, akoby bola Etela medicínskym zázrakom.

Vytešená Blažena sa začala biť do pŕs a s vďakou sa modlila

k Bohu. Ja som nedokázala otvoriť ani ústa, stála som tam ako vyhúkaná múmia. Ako dokáže Etela vždy oklamať zubatú? Povedz mi ako, keď každý deň umiera množstvo úžasných ľudí pri hrozných nehodách? Domov sme sa vrátili o piatej ráno.

Štvrtok 24. december 22.45
Adresát: chris@christophercheshire.com

Zdá sa, že tesný „obšuch" so smrťou Etelu nijako nezmenil. Stále je to tá istá ušomraná stará raketa, ako bola pred pádom zo štvrtého poschodia. Od momentu, keď sa jej ráno rozlepili karpiny, začala hundrať. Ofrflala jedlo, nadávala na tvrdú vodu a na mäkkú posteľ. Mrmlala, že telka je častejšie vypnutá ako zapnutá a že namiesto svojho obľúbeného anglického vianočného programu musela pozerať Modré z neba (slovenský ekvivalent programov, kde moderátor rozcitlivie divákov, rozplače hosťa, vybraného z radov chudobných alebo nesvojprávnych, a potom ho rozveselí novou mikrovlnkou alebo víkendovým pobytom pre troch v poľských Tatrách). Hundrala aj na to, že si Blažena pred varením neumyla ruky! Taktiež je presvedčená, že Marikina rodina ju za chrbtom ohovára. Samozrejme, že ju neohovárajú, len sa o ňu stále strachujú po tom, čo sa jej stalo včera v noci.

Slovensko je veľmi katolícka krajina a od toho sa odvíjajú aj vianočné tradície. Jednou z nich je, že sa na Štedrý deň postia až do večere, keď sa podáva kapor so studeným zemiakovým šalátom. Aby som trochu odvrátila Etelinu pozornosť od pôstu, o druhej poobede som jej navrhla skypnúť Danielovi.

„Ooh, dobre zlato, môj malý Danny mi chýba." Položila som notebook na konferenčný stolík. O chvíľku sa na obrazovke zjavil Daniel v župane, v ruke s plechovkou piva, usadený vo fotelke svojho croydonského bytu!

„Ahoj, mami, čau, Coco."

„Prečo nie si u Meryl?" zostala som ako obarená.

„Už ju prepustili z nemocnice."

„Je v poriadku?"

„Je okej. Vyzerá to tak, že len potrebovala zopár nocí dobrého spánku a zopár pilúl."

„A Wilfred?"

„Tonyho sestra so švagrom u nich zostali na výpomoc. Cesty sú prejazdné, tak som sa ponúkol, že sa odpracem, aby mali väčší pokoj s menším počtom ľudí." Otvoril plechovku Quality Street čokolád, na oči si založil okuliare a začal čítať brožúrku s opisom rôznych čokolád.

„To nikomu ani nenapadlo oznámiť mi to?"

„Pozri na to," odignoroval ma, „prestali vyrábať moju obľúbenú arašidovú a toffe čokoládu... jéj, pridali zopár nových chutí!"

„Šecko mi tu chýba, som tu strčená v tejto díre," sťažovala sa Etela.

Blažena vošla do izby, priniesla nádherne obloženú misu plnú čerstvého ovocia, ktorú urobila špeciálne pre Etelu. Tá nad ňou len ohrnula nosom.

„Teš sa z teho, že môžeš byt na Vánoce doma. Táto banda jí kapre na štedrú večeru. Povec mi, čo je na tem štedré? Kaper? Nemajú moráka, opekané zemáky ani rúžičkový kel!"

„Ryba, to je dobrý nápad. Asi si objednám suši," vyškieral

sa Daniel. „A najem sa pod vianočným stromčekom pri plechovke čokolád. Spomínaš, Coco? Vždy si vravela, že to by boli tvoje vysnívané Vianoce!"

Zrazu sa vo mne niečo pohlo, niečo ma vytočilo do najväčších obrátok, stlačila som kláves END a zrušila hovor.

„Hééj, zapni ho naspák, Dannyho. Scem zistit, čo zač sú té nové bonbóny... Čo špekúluješ? Čo ti ruplo v bandaske?"

Na internete som vyhľadala stránku Ryanairu.

„To je neská," zavrešťala Etela, všimla si, ako vypĺňam rezerváciu letenky s dátumom 24. december.

„Marika, mohla by si priniesť Etelin pas z našej izby?" zakričala som do kuchyne.

O chvíľu sa zjavila s pasom.

„To je dobrý frk, moja," smiala sa Etela a sledovala, ako pokračujem vo vypĺňaní rezervácie na jej meno na let z bratislavského letiska o tri hodiny. Pomaličky sa jej úsmev vytrácal.

„To čo jéé? Počkaj, néé!"

„Coco, čo robíš?" opýtala sa Marika.

„Dávam Etele, po čom túži... Priority boarding – ÁNO. Pomoc s invalidným vozíkom – ÁNO. Poistenie – ÁNO. Prenajatie auta pri dolete – NIE." Klikla som na ikonku POTVRDENIE KÚPY a vytlačila letenku.

„Etela, nech sa páči. Odchádzame o desať minút."

„Čo ta to napallo?!" sánku mala padnutú až pod pás.

„Celý deň si sa sťažovala, že si tu na Vianoce. Sťažovala si sa dokonca aj pred Blaženou a Ferom, ktorí ťa tu od prvej sekundy rozmaznávali, akoby si bola anglická kráľovná. Ber to odo mňa ako vianočný darček."

Etela na mňa zízala s otvorenými ústami. Zobrala som sa do našej hosťovskej izby a začala ju baliť. O pár minút sa zjavila jej hlava medzi dverami a zárubňou: „Myslím, že by sem nemala nikam ísť." „Na to si mala myslieť predtým, drahá." Do izby vošla Marika.

„Coco, skutočne letí Etela domov, do Londýna?"

„Áno," zazipsovala som jej kozmetickú taštičku a zbalila ju pod sveter do kufra.

„Čo mám povedať mame?" opýtala sa zmätená Marika.

„Povedz jej, že Etela chce byť so svojou rodinou, že jej dcéra je chorá... je to pravda." Nikdy v živote som nevidela nemú Etelu, sledovala ma s otvorenými ústami, ako jej zatváram kufor.

O pár minút klopkala na dvere Blažena, v ruke mala zabalené jedlo pre Etelu na cestu. Utierala si slzy a Etele želala, aby sa jej skoro uzdravila dcéra.

„Ehm... Marika, povec mame, že díky za pohostinnosť," povedala Etela s malou dušičkou.

V malom výťahu sme sa ani jedna nezmohli na slovo. Marika stála medzi nami a vyzerala rozpačito. Vonku som naložila kufor do auta a zoškriabala ľad, ktorý pokrýval celé auto, najmä okná.

Na diaľnici som nastavila mobil tak, aby môj nasledujúci hovor počuli všetci prítomní, a vytočila som Danielovo číslo. Oznámila som mu, že Etela je na ceste späť do Londýna a nech ju vyzdvihne na letisku Luton o 21.30, dnes večer. Začal hučať ako medveď. Zrušila som hovor a užívala si výhľad na hviezdami posiate nebo. Na letisku sme boli za necelých štyridsaťpäť minút. Zaparkovali sme na parkovisku s krátkodobým státím (povolených 15 minút).

„Etela," ohlásila som ju, keď vyliezala z auta. „Šťastné a veselé Vianoce!"

Nadýchla sa, na jazyku sa jej formovala veta, ale očividne

si to rozmyslela a z auta vyliezla bez slova. Marika jej pomohla s kufrom do odletovej haly. Ja som sa dobrovoľne prihlásila strážiť auto pred odtiahnutím, ak by vypršalo povolených pätnásť minút.

Marika sa vrátila o polhodinu. To som už fičala na piatej cigarete, adrenalín opúšťal moje telo a začal ma opantávať pocit viny.

„Na check-ine jej dali invalidný vozík, z ktorého ju vyložia až pri východe v Lutone. Bude o ňu postarané," povedala Marika. Bola z toho trochu mimo, ale snažila sa stáť na mojej strane.

„Mali by sme zostať, kým jej neodletí lietadlo. Chcem to vidieť na vlastné oči!" poprosila som Mariku. Preparkovali sme a prehúlili sa až k momentu, keď sa lietadlo objavilo nad sklenou strechou terminálu a vytratilo sa vysoko do tmavých nebies.

„Kurvajz, Coco. Neverím, že si to dokázala. Vzoprela si sa Etele!"

„Alebo som práve vykopla starú paniu na Vianoce?!" hrýzla som si pery.

„Je to o tom, z akého uhla sa na vec pozeráš. Vianoce v Anglicku sú až zajtra. Dnes je pre ňu len predvianočný večer. Nemala by sa sťažovať, zaplatila si jej priority boarding."

„Koledovala si o to veľmi dlhý čas, raz to muselo prísť," povedala som hlasom, ktorý nebol ani zďaleka presvedčivý.

Marikina rodina na nás čakala s večerou. K Blažene a Ferovi sa pripojila Marikina sestra Adriana s manželom Števkom.

„Coco! Rada ťa opäť vidím," Adriana ma privítala veľkým objatím. Stále je krásna ako bábika.

„Svedčí ti to dnes," pridal sa šarmantný a veľmi sexy Števko. Usadili sme sa k stolu. Blažena sa pomodlila, poďakovala za nás Bohu a prosila ho, nech nás ochraňuje aj v nasledujúcom roku. Celá večera bola úžasná, hlavne v tom, že sa stále držia svojich tradícií, čo v Anglicku dávno nie je pravidlom. Bola som z toho unesená, ale keďže som nepoznala históriu väčšiny týchto tradícií, niektoré sa mi zdali dosť zábavné. Pod obrus dávajú peniaze, aby ich mali celý rok dostatok. Do rohov sme ponad plece hádzali orechy, Blažena s Ferom veľmi elegantne, tí mladší s uštipačnými poznámkami a úsmevom na tvári. Blažena nebola dvakrát nadšená, keď Števko orechom zvalil jednu zo sošiek Ježiška. Soška dopadla do Roccovej misky s vodou. Ježiško vyzeral, že sa topí, dokonca chvíľku vychádzali aj bublinky. Všetci okrem Blaženy sme vybuchli smiechom. Blažena sa preževnala a hodila na nás nasrdený pohľad. Potom sme začali s jedením. Najprv oplátky s medom a cesnakom (pre zdravie), potom rôzne druhy ovocia (z každého svojho kúska nakrájaš malé diely každému pri stole, aby ste sa takto stretli pri stole aj o rok), pokračovali sme čokoládou (Študentská pečať, Marikina rodina ju jedávala ešte za hlbokého socializmu).

Prepracovali sme sa k hlavnému jedlu. Blažena podávala úžasne voňajúcu domácu kapustnicu s hríbmi. Nasledoval vyprážaný, skvostne naaranžovaný kapor s majonézovým a so studeným zemiakovo-cibuľovým šalátom. Veľmi som si všetko vychutnávala. Nato sa ku mne natočila Blažena a začala sa ma vážne vypytovať:

„Odišla Etela kvôli pádu z balkóna?"

„Nie."

„Nemá rada ľudí v našej krajine?"

„Nie, nie. To nie je ten dôvod!"

„Nebol byt podľa jej gusta alebo sme sa jej nepozdávali my?" prekladala Marika. Bolo mi to trápne, cítila zodpovednosť za Blaženino trápenie, začala plakať. Utrela si slzy vonkajšou stranou ruky. Požiadala som Mariku, nech im povie celú pravdu, čo trvalo niekoľko minút. Všetci zostali sedieť vo veľkom tichu, ktoré prerušoval hlasný televízor z vedľajšieho bytu: „A čia je to smola? Vaša! Vaša!" Števko mi vysvetlil, že to je koniec veľmi obľúbenej slovenskej vianočnej rozprávky o Perinbabe a zubatej. Mala som taký pocit, že by som po dni, aký som mala, odišla aj so zubatou.

„Nechce sa mi veriť, že sme sa minuli s Etelou," povedala Adriana. „Teraz som ešte zvedavejšia ako predtým," usmiala sa.

Blažena sa začala prežehnávať, rukou urobila tvar kríža a vážne niečo šomrala.

Števko pokrčil čelo a obočie.

„Hovorí, že sa modlí za Etelu, ktorá je tiež Božím stvorením a na Štedrý deň zostala samučičká sama," prekladala Marika. „Ďalej vraví, že podľa Biblie nechal dokonca aj krčmár najesť Máriu a Jozefa."

„Dúfam, že si im vysvetlila záležitosť s Etelou tak, ako sa stala," zostala som prekvapená.

„Snažila som sa to prikrášliť, ako sa len dalo, ale faktom zostáva, že si na Vianoce vyhodila na ulicu starú ženu."

„Poznáš Etelu, nie?! A ja som si myslela, že si na mojej strane!"

„Chcela si, aby som im povedala pravdu!"

„Okej, tak keď máš náladu na pravdu, prečo im nepovieš, že si prišla o robotu?!" Adriana a Števko zostali prekvapení. Zabudla som, že rozumejú po anglicky.

„Dofrasa! Marika, prepáč!"

„Prišla si o prácu?" opýtala sa Adriana a potom to zopakovala aj po slovensky. Zrazu sa rozpútala tretia svetová. Blažena buchla po stole a začala kričať na Mariku, od hnevu jej sfialovela tvár. Marika sa nedala a rozkričala sa tiež. Blažena vyskočila a vrhla sa na Mariku. Svojím veľkým telom prevrátila celý stôl smerom na mňa a Fera. Kusy kapra sa rozleteli po obývačke, dva dopadli do môjho rozkroku. Poháre, misy, taniere... za velikánskeho rachotu popadali na zem, kapustnica a šaláty sa roztiekli po všetkom, čo bolo v ceste. Marika s krikom utiekla z izby, Blažena so zdvihnutými rukami hneď za ňou. Adriana so Števkom bežali za nimi a ja som len sedela ako mucha puk s lonom plným vyprážaného kapra.

Fero sa ku mne natiahol a nalial mi brandy.

„Na zdravie!" uškrnul sa. Na jeden ťah stiahol to svoje.

Dve hodiny prešli a hádka, ktorej vôbec nerozumiem, neutícha. S vystrašeným Roccom som sa zavrela do izby.

Práve mi prišla správa od Rosencrantza:

> ŠŤASTNÉ A VESELÉ, MAMI. ĽÚBIM ŤA – SI SKVELÁ – ĎAKUJEM ZA KINDLE ČÍTAČKU!

A správa od Daniela:

> VYZDVIHOL SOM MAMU Z LUTONU. JE VEĽMI NAHNEVANÁ. TENTORAZ SI TO PREHNALA – DANIEL

Rocco leží pri mne schúlený, s hlavou pod mojou bradou. Vďakabohu, aspoň psi nás nesúdia.

Šťastné a veselé Vianoce, Chris!

Coco

Cmuk

Streda 29. december 20.18
Adresát: chris@christophercheshire.com

Na Štedrý deň prišla Marika do postele neskoro v noci, lepšie povedané, skoro ráno a myksľovaním ma zobudila.

„Stále som na teba naštvaná, ale potrebujem, aby si ma odviezla," zasyčala. „Už ani sekundu nezostanem pod jednou strechou so svojou mamou. Stačilo." „Sú tri hodiny ráno," dostala som zo seba.

„To ma nezaujíma. Odchádzame!"

Rýchlo som si pobalila veci a nachystala Rocca. Fero chrápal vo fotelke v obývačke, koberec okolo neho bol stále „obložený" štedrou večerou. Blažena sa zamkla v kúpeľni s ružencom. Adriana so Števkom išli s nami do výťahu.

„Aj my odchádzame," vysvetľoval Števko. „Takmer som si vykĺbil rameno, keď som ťahal Blaženu od Mariky."

„Čo robila?"

„Mlátila ma Bibliou," povedala s vážnym výrazom Marika.

„Je mi to strašne ľúto, zničila som vám Vianoce."

„Netráp sa," utešovala ma Adriana, „nie je to tvoja chyba. Mama si vždy niečo nájde na rozptýlenie... Minulý rok ju dostalo, že otec zabudol kúpiť majonézu."

„Z nervov ho preplieskala po hlave polomŕtvym kaprom," smial sa Števko.

Marika sa rázným krokom vybrala k autu.

„Bojím sa, že sa so mnou nebude už nikdy baviť. Takúto som ju ešte nevidela."

Števko ma vrúcne objal a pohladkal Rocca. Adriana sa pripojila so želaním všetkého dobrého:

„Príď, keď bude lepšie počasie. Zoberieme ťa na Gedru,

lišiacky sa usmiala. Ani sa nečudujem, po tom, čo sme tam minulý rok povyvádzali.😊

Vonku bolo tma a cesty zľadovatené. Zasnežené bolo všetko, na čo sme dovideli. V aute bolo ticho, sem-tam na mňa Marika s Roccom na kolenách vyštekla, kam mám odbočiť. Sneženie veľmi rýchlo hustlo, cesta sa stávala neprejazdnou. Na benzínke sme si dali kávičkársku pauzu.

„Skutočne ma to mrzí. Prepáč."

„Skôr či neskôr by to zistila. Len som dúfala, že to bude neskôr a cez telefón."

„Strašne po tebe išla. Chudák Rocco sa z toho triasol."

„Keď sa naserie, vie byť dobrá sviňa, Bibliou ma riadne dotĺkla," Marika si pohladila hlavu na udretom mieste. „Ale veď nevadí, v nedeľu sa pôjde vyspovedať, farárovi hodí do zvončeka euro a v očiach Boha bude mať odpustené. Celé to je choré."

„Kam máme nasmerované?"

„Niekam, kde budem šťastná."

Na benzínke sme zostali do svitania. Po cestách prešlo zopár odhŕňacích áut, tak aspoň zvyšok diaľnice bol lepšie prejazdný.

Do Bratislavy sme prišli diaľničným mostom spájajúcim oba brehy Dunaja. Bolo to také rozprávkové vchádzať do mesta, keď sa slnko iba prebúdza. Cesty sú prázdne, obloha kobaltovomodrá. Cítiš sa, akoby ti všetko patrilo...

Marika ma nasmerovala k prístavu, ku kotviacej trojposchodovej lodi s bielym zábradlím a so žiariacim lampášom pri vchode.

„Prečo sme tu?"

„To je náš hotel."

Bol to botel, výletná loď na dôchodku, permanentne

zakotvená na brehu Dunaja, ktorý do nej zúrivo narážal. Botel je Marikiným obľúbeným miestom. Za mladých čias tu zvykla prespávať, keď žúrovala v Bratislave.

Dve ženské na recepcii zostali z nás vyvalené, keď sme sa dotrepali krátko po šiestej ráno. Jedna z nich rýchlo dožula zvyšok raňajok a hľadala, ktorú izbu nám môže ponúknuť. Bála som sa, že Rocca budem musieť prepašovať dnu v kabelke, ale našťastie boli z neho unesené a privítali ho na palube.

Nasledujúcich pár dní bolo ako balzam na dušu. Túlali sme sa historickými ulicami Bratislavy. Stará časť mesta je plná nádherných, elegantných, pastelovými farbami namaľovaných domov, pripomínali mi luxusné torty ozdobené jemnou kráľovskou polevou.

Každý deň sme robili to isté ako staré dievky. 😊 Vstali sme neskoro, zhltli obrovské raňajky, vybrali sa do Starého Mesta na jedno z krásnych námestí, kde sme si našli útulnú kaviareň, v ktorej sme donekonečna popíjali kávu a fajčili jednu za druhou. Aj Rocco bol spokojný s programom.

Po dvoch dňoch som si uvedomila, že sme toho veľa nenarozprávali. Sedeli sme v kaviarni s atmosférou francúzskeho filmu zo 17. storočia, s ružovým dekorom a vysokými stropmi.

„Prečo to vždy robíme?" položila som rečnícku otázku.

„Čo robíme?"

„Vianoce..."

„Nemáme veľmi na výber."

„Ale máme! A napriek tomu trávime kopu času organizovaním Vianoc pre ľudí, s ktorými by sme za celý rok nechceli stráviť ani desať minút." Pokračovali sme vo fajčení.

„Dúfam, že vieš, že ak by si potrebovala prenajať svoj nový byt a ušetriť nejaké peniaze, môžeš bývať u mňa."

Marika sa usmiala. „Ďakujem... Neviem, čo urobím. Neviem, čo budem robiť ohľadom práce..."

„Ale vedz, že sa nemusíš strachovať, môžeš u mňa zostať tak dlho, ako budeš potrebovať."

„Možno by som mohla organizovať vianočné výlety, aký si užívame my."

„Aké? Protivianočné turistické balíky?" opýtala som sa s úsmevom.

„Áno, bez príbuzných. Len relax s priateľmi." Rocco zaštekal.

„A, samozrejme, aj s havkáčmi," dodala Marika.

„Posledných pár dní sme nerobili nič, boli to najkrajšie Vianoce, odkedy... odkedy bol Rosencrantz malinký."

Zahľadeli sme sa na vyľudnené námestie, ktoré romanticky zakrýval padajúci sneh.

„Poďme, musíme stihnúť trochu viac ničnerobenia. Onedlho sa budeme musieť vrátiť do reálneho sveta, so skutočnými ľuďmi," to bol jej povel na objednanie ďalších chutných zákuskov.

Štvrtok 30. december 14.08
Adresát: chris@christophercheshire.com

Na rozlúčku s dokonalými Vianocami a Slovenskom sme sa vyfintili a išli do reštaurácie/baru UFO. UFO je úžasná reštika v tvare lietajúceho taniera☺, leží vysoko nad mostom s výhľadom na celú Bratislavu a Rakúsko. Dostaneš sa tam výťahom, ktorý ťa vyvezie vo veľmi čudnom uhle. Z reštaurácie vyjdeš po schodoch na strechu s rozhľadňou. Hore nás privítal čašník a oznámil nám, že so psom je vstup zakázaný. Po zrelaxovaných Vianociach sme s Marikou boli ako torpéda, odhodlané na všetko. Predstavila som sa ako manželka britského veľvyslanca. Marika vytiahla občiansky preukaz a predstavila sa ako sestra Dary Rolins (Rolincová – Marikina menovkyňa – veľmi populárna slovenská speváčka, niečo ako u nás... Cheeky Girls). A boli sme dnu aj s Roccom. ☺

Pri neskutočnom panoramatickom výhľade sme onemeli. Po chvíli Marika zodvihla svoj pohár s Mai Taiom: „Nech je rok 2011 tým najúžasnejším rokom!"

Ja som pozdvihla svoj džin s tonikom: „Nech je rokom úspechov a hlavne pracovných, keď sa nemusíš v škole starať o cudzie decká!" žmurkla som na ňu.

„A rokom bez Adamov, Danielov a inej zveri," usmiala sa Marika. Spomenutie Adamovho mena ma trochu zobralo. „Coco, musíš naňho konečne zabudnúť. Vypusti ho z hlavy." Zhlboka som sa nadýchla a pripila na našu skvelú budúcnosť.

Teraz sa chystáme na dlhú cestu domov. Mali by sme sa vrátiť zajtra poobede, budeš späť z ľadového hotela, Chris?

Štvrtok 31. december 15.43
Adresát: chris@christophercheshire.com

Sme doma! Trochu sa vyspíme, a ak máš chuť, príď k nám a prines so sebou aj Nový rok!
  P. S.: A nezabudni na pár fliaš šampanského! ☺

JANUÁR 2011

Pondelok 3. január 08.28
Adresát: angielangford@agenturabmx.biz

Šťastný nový rok! Z príchodu nového roka som vytešená, plná čerstvej energie, až ma mrle žerú, a nachystaná na nové začiatky s úspešnými koncami. Silvester som strávila doma s Chrisom a Marikou, dali sme si spoločné predsavzatie a prisahali, že každý z nás urobí veľké životné zmeny.

Chris strávil pomerne duchovné Vianoce v ľadovom hoteli. Bol totálne mimo z polárnej žiary, videl ju hneď niekoľkokrát, čo sa pošťastí len málokedy. V posledný večer videl na oblohe tvár Judi Denchovej, sformovanú z polárnej žiary. Je presvedčený, že to je znamenie skvelých režisérskych príležitostí, ktoré naňho čakajú.

Spoločne sme si pozreli film s Cameron Diazovou a Toni Colletteovou: Pozná ju ako svoje boty. Ak nič iné, inšpiroval Mariku na zmenu povolania, extrémnu zmenu! Chce sa stať profesionálnou venčičkou psov (musí byť na to aj lepšie slovo, len mi nenapadá).😊 Sťahuje sa ku mne, a ako Ti píšem e-mail, atakuje ulice Marylebone s letákmi, na ktorých ponúka svoje služby „venčičky".

Ja sa v roku 2011 sústredím na vymazanie Adama zo svojho života, veľká výzva! Rozhodla som sa sústrediť na svoju kariéru a novú knihu Špiónka Fergie. Tento rok je o napredovaní! Nie o obzeraní sa za minulosťou.

Pondelok 3. január 09.11
Adresát: chris@christophercheshire.com

Práve som na zem kládla staré noviny pre Rocca (nie na čítanie! Sem-tam mu ešte cvrkne aj doma), keď mi do oka padol tento článok s veľkým titulkom:

MUŽ OBVINENÝ ZO ZÁVAŽNÉHO PODVODU

V noci zo štvrtka na piatok polícia zatkla tridsaťosemročného muža z Marylebone, podozrivého zo závažného finančného podvodu. Podľa nemenovaného zdroja bolo spreneverených 200 000 libier. Polícia niekoľko hodín vypočúvala Adama Rickarda na policajnej stanici v Baker Street. V ranných hodinách bol až do súdneho pojednávania prepustený na kauciu. Adam Rickard pracoval pre agentúru XYZ, kde mal túto kriminálnu činnosť páchať vyše jedenásť mesiacov.

The Marylebone Comet to uverejnili 17. novembra 2010 – v rovnakom čase sa so mnou Adam rozišiel!

Pondelok 3. január 11.12
Adresát: chris@christophercheshire.com

Mám ďalšie novinky. Rosencrantz sa u mňa zastavil cestou na kasting. Prichytil ma, ako hypnotizujem článok o Adamovi.
„Mami, toto je bomba!"
„Skúšala som mu volať, telefón vôbec nezvoní. Musí byť odpojený."
„Pomôžem ti ho nájsť?" ponúkol sa Rosencrantz.
„Predsa máš kasting!"
„Môžem trochu meškať, podaj mi notebook a dáme sa do toho. Ten kasting je aj tak o ničom. Firemné video o tom, aká nebezpečná je inhalácia azbestu..."
Netrvalo ani tridsať minút, kým Rosencrantz vypátral, kde je Adam. Na twitteri sa „spriatelil" s jeho dcérou Holly. Práve cestuje po Amerike. Išla si tam na rok oddýchnuť. Od čoho, preboha!? Jej poslednou aktivitou bol kurz zdobenia zákuskov a tort. V živote nepohla ani malíčkom, jej najväčším talentom bolo drankanie peňazí od tatuška. Aj v našom prípade sa ukázala sila peňazí. Rosencrantz jej ponúkol sto libier cez PayPal. Hneď spievala ako kanárik.
Stála som nad Rosencrantzom a čakala, kým Holly napíše adresu, na ktorej sa Adam zdržiava.
„Mami, myslíš, že si sa rozhodla správne? Čo ak je vinný? Nie je to dobrá kombinácia – dostať kopačky od kriminálnika!"

„Som si istá, že Adam nič nespreneveril. Dvestotisíc libier? Nedokáže si domov zobrať ani cukor, čo dostane ku káve!"

„Hovoríš ako naivná žena."

„Nie som naivná!"

„Nevravela si kedysi, že otec by sa nikdy ani len nepozrel na inú ženu? Nenašla si ho náhodou v posteli s Pornulienkou omotanou okolo jeho..."

„Rosencrantz! Toto je úplne iné!"

„Mami, len ťa chcem varovať."

„Musím ísť za ním. Musím sa s ním porozprávať. Ak pre nič iné, tak aby som uzavrela jednu kapitolu."

„Aha," uškrnul sa Rosencrantz, „uzavrieť kapitolu? Len aby si z neho nepadla do kolien a neuzavrela mu niečo iné v ústach."

„Rosencrantz! Nie som tvoj kamarát, aby si sa so mnou takto bavil." Vtom cinkla prijatá správa na twitteri. „Rýchlo, otvor to!"

Rosencrantz klikol na správu od Holly. Na obrazovke sa zjavila adresa:

14 The Street
Rochester
Kent
ME1 6BV

„Čo robí v Rochestri?" zostala som prekvapená.

„Kde je Rochester?" opýtal sa Rosencrantz.

„Dve hodiny autom od Londýna... Prečo je tam?"

„Holly ponúka extra info o otcovi. Za dvesto libier," prečítal mi správu z twitteru.

„Dobrá zlatokopka! Chamtivá opica! Porozmýšľam. Najprv idem za Adamom do Rochestru. Postrážiš Rocca?" Rocco spal stočený na Rosencrantzových nohách.

„Samoška, inhalácia azbestu počká! Mami..."

„Prosím?"

„Nevyveď nijakú sprostosť."

Rocco pootvoril lišiacky oko, ktorým akoby vyjadril súhlas s Rosencrantzom. Prikývla som, schmatla kľúče a utekala k autu.

Nejakým zázrakom sa mi podarilo nastaviť v Land Cruiseri GPS, ale trčím v zápche na diaľnici M25.

Tuším sa začíname pohýnať, radšej idem... Pa

Utorok 4. január 10.12
Adresát: chris@christophercheshire.com

Na obed som bola v Rochestri. Mesto je úplné iné ako Londýn, vydláždené cesty, antikvariát na každom rohu... Starší pán s vykrútenými fúzmi ma zdravil klobúkom... radšej som pridala. Ako je možné, že práve tu skončil Adam? Nechápem. Nikdy nespomínal, že by tu mal tetu, babku, kamaráta...

Našla som ulicu zastavanú rovnakými domami. Otvorila som bránku, z komína sa dymilo. Na konci úzkeho chodníka boli nízke lesklé čierne dvere. Chystala som sa zaklopať, srdce mi padlo do nohavičiek, kolená sa mi triasli, keď sa zrazu dvere otvorili a v nich bol Adam.

Obaja sme zostali stáť ako obarení, ticho sa predlžovalo

každou sekundou. Premeriavali sme si jeden druhého. Bol vychudnutý, pod očami mal tmavé kruhy. Srdce mi bilo rýchlosťou svetla. Konečne som zo seba dostala pár slov: „Takže Rochester. Historické mesto."

„Áno. Nebol som ešte pozrieť zámok."

Vtom mi vystrelila ruka, skončila na Adamovom líci.

„Auuu!" zaskuvíňal a rukami si zakryl tvár. Pomedzi prsty mu vykúkalo šokované oko. „To si čo urobila?"

„Čo myslíš? To máš za všetko. Za to, že si mi nič nepovedal!" zakričala som. „A teraz si mi k tomu ešte aj poranil ruku... au," zaskuvíňala som.

„Ruku? Pozri na moju tvár! A ako si ma našla?"

„Holly. Podplatila som ju. Stovkou."

„Preboha! Prečo by ma zapredala?" opýtal sa sklamane.

Chcela som povedať, lebo je to predajná lemra, ale radšej som si zahryzla do jazyka.

„Nepozveš ma dnu?"

„Chystáš sa mi ešte vraziť?" kontroloval si pery, či mu netečie krv.

„Ešte som sa nerozhodla..."

Chvíľu pozeral, či ma ešte svrbia dlane, a potom ma previedol chodbou s nízkym stropom do obývačky. Izba vyzerala ako zo seriálu Vraždy v Midsomeri. Plná ornamentov, kvetinkových vzorov, fotiek mačiek, prezdobených čajových súprav...

„Toto je tvoj dom?"

„Prečo by to mal byť môj dom?"

„Neviem. Zdá sa, že toho o tebe veľa neviem. Voláš sa naozaj Adam?"

„Dom patrí Serene, mojej šéfke z bývalej práce."

„Myslela som, že Serena je lesba."

„Áno, je," zakašľal, prečistil si hrdlo a odpratal nejaké papiere z pohovky. „Si sklamaná, že nemá na stenách vyvesené fotky Ellen DeGeneresovej a Jodie Fosterovej?"

„Nie... Je doma?"

„Nie, je s frajerkou na dovolenke."

Ešte raz som sa poobzerala po izbe a potom som si sadla.

„Adam, čo sa deje? Prosím."

Pri káve mi všetko vyrozprával. Minulý rok jeho agentúra najala firmu na hĺbkovú finančnú kontrolu. Audítori zistili manko vo výške dvestotisíc libier. Peniaze boli postupne odčerpávané tisíckami falošných účteniek za používanie taxíkov.

Šestnásteho novembra si Adama zavolal šéf. V kancelárii na neho čakali traja policajti. Zatkli ho a obvinili zo spáchania trestného činu – finančného podvodu. Najprv si myslel, že si z neho niekto strieľa. Ako usvedčujúci dôkaz mu vyšetrovateľ ukázal výpisy z účtov, vedených na jeho meno. Boli na nich vyznačené dátumy a sumy za posledných jedenásť mesiacov, ktoré na chlp sedeli s falošnými účtenkami za taxíky.

„Ale to je očividne prehnaná suma za taxíky!" zostala som zaskočená.

„Naša agentúra je kolos, usporadúvame nenormálne množstvo podujatí, eventov. Každý deň stovka zamestnancov brázdi taxíkom ulice Londýna. Falošné účtenky vyšli na niekoľko stoviek libier za deň. Peniaze išli na môj sporiaci účet a každý deň boli zároveň vybraté z bankomatu. Dokopy sa za jedenásť mesiacov nazbieralo tých dvestotisíc."

„Ako si mohol nevedieť, čo sa deje s tvojím účtom?"

„Používali môj starý sporiaci účet, veľmi ho už nevyužívam. Museli to vedieť. Myslel som, že tam zostalo zopár drobných. Podľa mňa je jediným logickým vysvetlením, že mi niekto z firmy ukradol identitu."

„Ako? Veď ani ja neviem tvoje heslo." Adam zamyslene zmĺkol.

„Čo je, Adam?"

„Pamätáš si môj nástup do agentúry? Hneď v prvý deň som si zabudol peňaženku a zostala tam celý víkend."

„Pamätám, ale v pondelok si ju našiel na rovnakom mieste a nič nechýbalo."

„Asi som ti nespomínal, že som v nej mal lístok so všetkými svojimi heslami na platobné karty a internet banking. Nikdy si ich nepamätám. Bola to moja poistka. Celý podvod sa začal niekedy potom."

„Myslíš, že tvoji kolegovia by boli niečoho podobného schopní?"

„Tak asi áno."

„Kto?"

„Nemám ani tušenia. Kancelária je ako call centrum, bez stien, so stovkami stolov. Zamestnanci si prakticky dýchajú na krk. Kolegovia bežne podpisujú faktúry jeden za druhého, každý vie napodobniť podpis každého (šéf ich do toho hnal pre zrýchlenie podnikania). V každodennom chaose určite nie je problém objednať novú debetnú kartu na meno kolegu. Naša firma totiž funguje ako vláda v postkomunistickej krajine.

Nikto okrem majiteľa nemá prehľad o ničom."

„A čo kamery pri bankomate, odkiaľ peniaze vyťahovali? Mali by niečo dokázať."

„Ktokoľvek to robil, našiel starší bankomat, kde ešte nie je kamerový systém. A prešpekulovane na trase, ktorou chodím do práce."

„A čo teraz?"

„Som z činu obvinený, prepustili ma na kauciu, nemôžem opustiť krajinu a niekedy vo februári má byť súdne pojednávanie."

„Máš právnika?"

„Áno."

„Čo na to hovorí?"

„Vraví, že to zatiaľ nevyzerá veľmi dobre..."

„To neznie optimisticky," podišla som k oknu. Vonku sa stmievalo. Adam rozsvietil v obývačke, jas silnej žiarovky nás oslepil.

„Prečo? Prečo si mi nič nepovedal?"

„Chcel som ťa ochrániť. Celý život si drela na svojom spisovateľskom sne. Onedlho ti vychádza Špiónka Fergie a viem, že to bude riadna pecka. Daniel ti počas rozvodu skoro zničil kariéru, nechcel som ťa dostať do podobnej, hroznej situácie. Si úžasná spisovateľka s úžasnou kariérou."

„Úžasná kariéra nie je až taká úžasná bez úžasného chlapa po boku, s ktorým sa o ňu môžem deliť."

„Úžasný chlap, ktorý je dosť úžasný na to, aby si mu vrazila?" Pod svetlom som videla, ako mu opúcha tvár. Za ruku som ho previedla do Sereninej kuchyne a našla som ľad. Zabalený do utierky som mu ho jemne priložila na líce, tam sa mu vytvárala čoraz väčšia modrina.

„Musím sa ťa niečo spýtať," povedala som roztraseným hlasom, „potrebujem, aby si mi povedal pravdu. Urobil si to? Ukradol si tie peniaze?"

„Nie. Nič som neukradol." Niečo v jeho očiach mi povedalo, že neklame. Zhlboka som sa nadýchla.

„Okej. Verím ti. Teraz sa zbaľ. Ideš domov."

Po prvý raz som videla Adama plakať, nič to neubralo z jeho mužnosti. Dlho sme sa objímali, potom sa ma chystal pobozkať. Spomenula som si na Rosencrantzove slová („Len aby si z neho nepadla do kolien a...") a začala som radšej baliť Adamov kufor.

V aute sme toho veľa nenahovorili. Bola som v pomykove. Sčasti veľmi šťastná, sčasti vystrašená z toho, čo bude nasledovať.

V Londýne opäť vyčíňala fujavica. Z rohu mojej ulice som si pred domom všimla dodávku, zadné dvere otvorené dokorán, kolesá vyčnievali na chodník. Zaparkovala som pri obrubníku. Z dodávky vychádzal Oscar s veľkým matracom.

„Dobrý, teta P," oprel si matrac o zem a lapal po dychu.

„Čo sa tu deje?" Vyskočila som z auta.

„Pomáhame Marike so sťahovaním," vysvetlil už nadýchnutý Oscar.

Z dodávky sa ozval tlmený hlas: „Čo si zastal, sedlák?" spoza matraca vyšiel Wayne s čelnou posteľnou doskou. „Dobrý, teta P!"

Adam vystúpil z auta. Chalani ho očami zoskenovali zhora dolu ako kód na balenej hovädzine. V ich hlavách som takmer počula cinknutie na znamenie:

SEXY CHLAP! ☺ Boli z neho hotoví.

„Je to...?" zašepkal Oscar.

„Áno. Je. Som Adam, zdravím, chalani," podal im ruku. Oscar mu ju potriasol a tvár mu sčervenela ako čínska zástava.

„Zdravím," elegantne nastrčil ruku Wayne. „Prišli ste vhod. Už som sa začal obávať, že tu nebude nikto, kto vie narábať s mojím... šroubovákom," zakoktal sa.

Chudák Adam nevedel, ako na to reagovať.

Z domu vyšiel Rosencrantz s Marikou, za nimi vybehol Rocco, besnil sa v snehu, vyštekával od radosti. Keď si ma všimli, tváre sa im rozžiarili. Len čo zbadali Adama, zamrzli.

Rosencrantz na chvíľu zastal, potom pokračoval v „jazde" a objal ma. V očiach mal slzy.

„Ste v poriadku?" Adam prikývol. Marika bola zdržanlivá.

„Skôr ako budem rozdávať objatia, potrebujem nejaké vysvetlenie!"

„Chápem," povedal Adam. „Ak ma pustíte dnu, všetko vám poviem."

Po hodine a niekoľkých fľaškách červeného vína Adam dovysvetľoval, čo sa stalo. Kým on rozprával, ja som zohriala mrazené pizze, urobila šalát a usilovala sa zoradiť si všetky myšlienky o návrate Adama do môjho života.

„Kurvajz, to mi je fakt ľúto," Rosencrantz dolial Adamovi víno.

„Počkaj, počkaj," reptala Marika. „Nie je tvoj úver náhodou dvestotisíc?"

„Marika!" hlbším hlasom som ju upozornila a nakrájala salámovú pizzu.

„Čo? Coco, musíš premýšľať nad všetkými variantmi," vyhlásila ako generál vo vojne.

„Môžem odprisahať, že som žiadne peniaze nevzal."

„Tak potom nebudeš mať problém ísť na detektor lži," povedala Marika.

„Jéj, začína to tu byť ako v šou Jerryho Springera," zažartoval Wayne. Zagánila som naňho a na stôl položila taniere s jedlom.

„Prepáčte, teta P. Preberáme vážnu záležitosť."

„Veru, vážnu!" pritakala som.

„Detektor môže odbúrať všetky pochybnosti," nástojila Marika. „Inak ťa budú zožierať zvnútra, ak si rozhodnutá vziať ho späť."

„Ale veď on mamu nechal, aby ju ochránil," Rosencrantz sa zastal Adama, ktorý sedel ako rozhodca na tenise, hlava mu pendlovala zo strany na stranu.

„Na môj vkus sa vrátil až príliš rýchlo," pokračoval tajfún menom Marika.

„Spoznal som vás iba pred hodinou, ale viem, že ste fajn chlap. Neurobil to," vyjadril sa Oscar.

„No, ja neviem," váhal Wayne.

„Hej, všetci sa upokojte," rozčertila som sa. „Za vašu starostlivosť a názory vám veľmi pekne ďakujem, ale toto je môj dom a ja som rozhodla, že tu Adam bude žiť so mnou!"

„S tebou žiť? Ako to myslíš?" opýtala sa prekvapená Marika.

„Znamená to, že si od nikoho nežiadam povolenie. Adam tu je aj bude a zvykajte si na to."

„A čo bude so mnou?"

„Na našej dohode sa nič nemení. Miesta je tu dosť, môžeš zostať tak dlho, ako len chceš," natiahla som sa k Marike a potľapkala jej ruku.

„Ak nájdem niekoho s detektorom lži, pôjdeš?" opýtala sa Adama.

„Nemám s tým problém," povedal vážne. Na chvíľu nás opantalo trápne ticho.

„Okej," Marika zdvihla pohár a štrngla si s Adamom. „Preboha, môžeme už jesť?" prosíkal Rosencrantz.

„Prepáčte, samozrejme, pustite sa do toho."

„Chvalabohu," zamrmlal Wayne, „som taký hladný, že by som teraz zjedol aj mníškinu šušku."

Po jedle Adam pomohol chalanom nasťahovať zvyšok Marikiných vecí do hosťovskej izby. Ja som sa dala na misiu – hľadanie extra perín. Nebola som si istá, ako vlastne budeme s Adamom spať. Hneď by som s ním skočila do postele, ale malý piskľavý hlas v hlave mi kázal hrať nedostupnú, nech ma kocúr obletuje a nech vyzerám ako dáma.😊 Rozhodla som sa skočiť do vane v nádeji, že tečúca voda prehluší nemožný hlas.

Po hodine som bola rozmočená ako slivka, nakrémovaná, zabalená v uteráku a nasmerovaná do spálne. Adam tam nebol. Zaklopala som na dvere hosťovskej izby. Marika, Wayne a Oscar v nej skladali posteľ.

„Prepáčte, myslela som, že tu je Adam."

„Nevideli sme ho, odkedy sme vyprázdnili dodávku," povedala Marika a prehrabávala skrutky na zemi.

„Teta, povedzte Rosencrantzovi, že to nie je Svelvik, ale Lervik," poprosil ma Wayne.

„Prosím?"

„Marikina posteľ. Rosencrantz surfuje na nete, na stránke Ikey hľadá manuál k posteli," vysvetľoval mi Oscar.

Marika vstala a zamierila ku mne: „Pozri, Coco. Prepáč mi, ak som bola k Adamovi sprostá. Dobre vieš, že ho mám veľmi rada, len ťa nechcem vidieť sklamanú so zlomeným srdcom. Naozaj si myslíš, že je nevinný?"

„Stopercentne som o tom presvedčená!"

„Okej, okej... nebudem ti hovoriť, ako máš žiť svoj život. Pozri na môj. Odišla som z azda najstabilnejšej práce, akú môžeš mať počas recesie, a skončila na tvojej podlahe so svojou posteľou na cimpr-campr."

„Vaša posteľ bude onedlho pokope," ohlásil sa Oscar. „So šroubovákom to zvládnem raz-dva."

„Len keby sa ti podarilo dať raz-dva dokopy aj môj život," vzdychla Marika.

„Dobrú noc, zlato, všetko bude fajn," pozdravila som Mariku, „a chalani, ak by ste chceli prespať v obývačke, nechala som vám dole na gauči periny a vankúše."

„Ďakujeme, teta P," potešili sa.

Rosencrantza som stretla, keď vychádzal z mojej pracovne.

„Mami, som rád, že si vzala Adama späť. Potrebujete jeden druhého."

„Nezobrala som ho späť."

„Jasné, že zobrala," usmial sa. „Len sa na neho nevrhni hneď v prvú noc."

„Prosím? Asi som zle počula!"

„Ale, mama. Chápem ťa, veď on je sex box. Každý v dome si za ním ide krk vykrútiť."

„Okrem Mariky," opravila som ho.

„Aj ona mu príde na chuť... Dobrú noc, mami," zaželal mi Rosencrantz a objal ma.

Keď som zišla dole, všetky svetlá boli pozhasínané, ale dvere na terasu stále pootvorené.

Adam, zabalený vo veľkej zimnej bunde, sedel na schodíku vonku. Z chodby som si vzala bundu a šla za ním.

„Rocco ma zohrieva," usmial sa. Z vrchu bundy, pri Adamovom krku, sa vystrčil malý ružový jazyk a oblizol ho. Sadla som si k nemu, zapálila cigaretu a zahľadela sa do mesačného jasu, ktorý osvetľoval sneh. Vonku mrzlo.

„Prečo si sa rozhodla pre psa?" Rocco vystrčil z bundy celú hlavu.

„Dostala som ho ako dar od chalanov, lebo som bola..." Vetu som nedopovedala. Na jazyku som mala „zdevastovaná".

Po týždňoch, keď som bola naozaj zničená, som bola konečne šťastná. V mysli mi vírili otázky ako: Mala by som byť šťastná? Po tom, čo sa udialo za posledné dva mesiace, môžem byť šťastná?

„Nemyslel som, že sa sem niekedy vrátim," Adam mi nechtiac pretrhol myšlienky.

„Bolo to pre mňa hrozne ťažké," jemne ma chytil okolo pliec. „Môžem spať na gauči, ak chceš. Ak potrebuješ čas."

Zahľadela som sa mu hlboko do očí a v duchu si opakovala: sila vôle, sila vôle, sila vôle...

„Obidve sedačky sú obsadené, jedine, ak by si chcel spať s Oscarom a Waynom. Určite by sa potešili."

„A hosťovská izba?"

„Teraz je to Marikina izba."

„Druhá hosťovská?"

„Asi myslíš moju pracovňu. Tam sa už spať nedá."

„Takže jediná voľná posteľ v dome je tá tvoja?" Prikývla som.

Zostala nám riadna zima, tak sme sa vrátili dnu. Adam niesol Rocca. Zamkla som dvere, Adam si ma pritúlil a po schodoch sme sa vybrali hore. V spálni položil Rocca na posteľ, ten si v nej hneď vyhrabal pelech a uložil sa spať. Je strašne chutný, dokázala by som sa na neho pozerať hodiny. Raz mi preto prihorela aj polievka z vrecka.😊

Adam šiel do sprchy. O chvíľu sa zjavil vo dverách čistý a voňavý, oblečené mal len boxery. Je dosť vychudnutý, ale veľmi mu to pristane.

„Možno by sme sa dnes mohli len objímať," navrhla som nepresvedčivo.

„Samozrejme, Coco," Adam vliezol do postele a zakryl sa. Ja som pod perinu vhupla z opačnej strany, pomaly som sa k nemu prešuchla a hlavu si uložila na jeho svalnatom hrudníku. Malý chlpáč sa pritúlil medzi nás. Zhasla som svetlo. V tme sme si užívali vzájomnú prítomnosť a počúvali, ako Rocco pochrapkáva.

„Coco, možno skončím vo väzení."

„Neskončíš. Postarám sa o to."

Tajne som dúfala, že mám pravdu.

Štvrtok 6. január 13.15
Adresát: chris@christophercheshire.com

Adam sa dnes musel hlásiť na policajnej stanici v Marylebone (podmienka prepustenia na kauciu) a dohodli sme sa, že u mňa zostane bývať. Policajtka vo vstupnej hale bola nepolicajtsky priateľská. Dala mu vyplniť zopár formulárov a mne podpísať vyhlásenie, že ak zistím, že Adam chce ujsť z krajiny, musím im to oznámiť (v duchu som sa na tom bavila).

Pri čítaní oficiálneho obvinenia som zostala trochu zaskočená. Iné je počuť ho vo vlastnej hlave a iné vidieť to čierne na bielom. Neviem si ani predstaviť, čím prechádza Adam.

Na druhej strane ak chcem byť trochu pozitívna, na policajnej fotke mu to hrozne svedčí. Až tak, že ho Rosencrantz poprosil, aby mu zistil kontakt na policajného fotografa. Na kastingy potrebuje nové profesionálne fotky.

Piatok 7. január 10.12
Adresát: chris@christophercheshire.com

Práve som vynášala smeti na recyklovanie, keď z vedľajšieho domu vyšli Cohenovci. Kývnutím hlavy som pozdravila pána Cohena, ktorý nenápadne nazízal cez nízky spoločný múr. Cohenka sa natešene vyškierala, že majú viac recyklovateľného odpadu ako ja. Sedlaňa!

„Ránečko, pani Pinchardová," odzdravil Cohen.

„Dobré ráno aj vám," otočila som sa a vchádzala späť dnu, no Cohenka sa rozrečnila. Väčšinou mlčí s výrazom podozrievavej sovy na tvári.

„Pani Pinchardová, máte v pláne opraviť odkvapovú rúru?"

„Akú odkvapovú rúru?"

„Tú, čo máte za domom."

„Áno," a jednou nohou som už bola v dome.

„Mohli by ste byť konkrétnejšia? Viete, obávame sa, že vaša rúra ohrozuje štruktúru nášho múru."

„Veľmi skoro!" druhú nohu som mala na polceste do domu.

„Viete, váš múr je spojený s naším, neradi by sme videli, keby sa znížila hodnota nášho domu pre váš odkvap. Teda minimálne hodnota našej terasy."

„Chcete sa sťahovať?" opýtala som sa, dúfajúc v kladnú odpoveď.

„Ale nie," vrátil ma do reality starý Cohen. „Len, viete, je to jedna z tých maličkostí, ktoré môžu spôsobiť veľké škody, ak sa hneď nezasiahne." Zvrtla som sa tvárou k nim.

„Bude to opravené, skôr ako sa nazdáte. Hodnota vášho domu alebo terasy sa nezmení."

Všetci sme sa pozreli na koniec ulice, prekvapení zvukom policajnej sirény. Šesť policajných áut sa hnalo cez našu Steeplejack Mews. Autá poriadne ani nezastavili a pred schodmi stálo osemnásť policajtov.

„Hádam sme len nedomiešali sklo s plastmi?!" šepkala Cohenová manželovi.

Vysoký, prešedivený policajt sa ma opýtal:

„Pani Pinchardová?"

„Áno?"

„Máme súdny príkaz na prehliadku vášho domu."

Zvyšok policajtov si ma obzeral spod prílb. Cohenovci stáli šokovaní, až tak, že Cohen sa tváril, akoby mu ten môj odkvap vletel do otvoru jeho recyklovateľného zadku.

„Súdny príkaz?"

„Áno, pani Pinchardová, týka sa to prebiehajúceho vyšetrovania pána Rickarda." Srdce mi v tom momente vletelo do gatiek. Od strachu som zdrevenela.

„Mám na výber?"

„So súdnym príkazom? Pochybujem," povedal Cohen. Hlavný policajt si ho premeral.

„To sú moji susedia a práve sú na odchode." Cohenovci zagúľali očami a odišli. Vpustila som policajtov.

Mňa, Mariku a Adama (obidvaja boli ešte v pyžame) nasmerovali do kuchyne, kde nám kázali zdržiavať sa pod dozorom dvoch mladých policajtov, ženy a chlapa.

Ostatní policajti si navliekli latexové rukavice na prečesávanie domu. Pred chvíľou mi oznámili, že mi zhabú mobil a notebook, musím sa odhlásiť... Ak by mi mobil dnes nevrátili, budem na pevnej linke.

Pondelok 17. január 14.12
Adresát: chris@christophercheshire.com

Dnes ráno o šiestej mi neuniformovaný policajt vrátil notebook aj iPhone, nádherne „prezentovaný" v priehľadnej taške. Sklamaným hlasom oznámil: „Čisté, nič sme nenašli." Bol minimálne taký rozčarovaný ako jeho kolegovia po prehliadke domu. Zrejme dúfali, že za záchodovou misou nájdu strčených celých dvestotisíc libier. Nenašli nič.

Keďže sme už boli neplánovane zobudení, vzali sme Rocca na skorú prechádzku. Prešli sme sa po pešej zóne v centre Marylebone. Keď sme sa vracali späť, Rocco zodvihol nohu pri autobusovej zastávke. Už-už som ho chcela potiahnuť, aby sa vyčúral niekde inde, keď som zbadala, čo pošpinil. Veľký plagát mojej novej knihy Špiónka Fergie. Normálny profesionálny plagát s mojím menom na zastávke! Skoro som skolabovala. Samozrejme, mňa ako autorku diela sa nikto neunúval informovať o plagátovej a bilbordovej kampani mojej knihy. My spisovatelia sme vždy na konci knižného reťazca. Stála som tam bez slova a vzrušenie vo mne bublalo ako láva v sopke.

„Zlato, to je úžasné," Adam ma objal a obdaroval veľkou pusou. Vytiahla som mobil s prosbou, aby ma zvečnil pri reklame.

„Budem v kníhkupectvách dvadsiateho druhého februára," čítala som z plagátu.

„Presne v ten deň sa mi začína súd," Adamova neúmyselná poznámka nás znova vrátila na zem, s poriadnym rachotom.

Premýšľam, či by sme nemali vyhodiť jeho právnika.

Nepozdáva sa mi. Vyzerá ako zmlátený sociálny pracovník, bez duše, je neefektívny a veľmi negatívny. Rada by som ťa vzala za slovo a stretla sa s novým právnikom tvojho otca. Je to ešte možné? Potrebujeme niekoho veľmi vplyvného a presvedčivého.

Utorok 18. január 17.10
Adresát: marikarolincova@hotmail.co.uk

Boli sme dnes na stretnutí s právničkou vo firme Spencer & Spencer. Chris nám ju odporučil, lepšie povedané, Chris nás odporučil jej. Mala by byť dosť šikovná, prešpekulovaná, nedávno oslobodila kamaráta Chrisovho otca z megaspreneverý. A to bol vinný!

Londýnom šľahal silný lejak. Naskočili sme do čierneho taxíka, v ktorom sa napätie dalo krájať. Chudák Adam bol veľmi nervózny.

„Čo ak na mňa pozrie a povie NIE, hľadajte iného právnika?"

„Toho sa neboj. Nič také ti nepovie," upokojovala som ho.

„Pozná detaily môjho prípadu?"

„Áno, zlato, a vravela, že hľadá prípad, ktorý by bol pre ňu výzvou."

„Paráda, Coco, fakt paráda..."

„Nemyslela som to tak. Adam, ona je najlepšia z najlepších."

Adam si nervózne popravoval golier na novej košeli. Ráno som mu ju utekala kúpiť do Marks & Spencer, no omylom som kúpila o číslo menšiu.

„Coco! Dokelu, nechala si v golieri tú umelú volovinu," zvýšil hlas, „a špendlík!"

„Prepáč," jemne som vybrala umelý pásik so špendlíkom. „Neboj, všetko bude v poriadku... Nezabúdaj, si nevinný."

„Bude to veľmi drahá záležitosť," povedala Natasha Hamiltonová, atraktívna, no chladná bruneta. Nemá ani štyridsať. Sedeli sme oproti nej za velikánskym stolom. Pochmúrny deň v kombinácii s mahagónovým nábytkom na nás pôsobil veľmi depresívne. Jej oči sa napĺňali oceľovým odhodlaním, keď Adam vysvetľoval, z čoho je obvinený, a najmä keď spomenul výšku údajne ním spreneverenej sumy. Dvestotisíc libier. Natasha listovala v hrubom zväzku Adamovho prípadu, ktorý sme jej odovzdali od predošlého právnika.

Keď Adam dorozprával, nastalo hrobové ticho. Nechala nás vyčkávať na svoje rozhodnutie ako vo finále Superstar pri vyhlasovaní konečného víťaza. Bolo to hrozne frustrujúce. Z celého hrdla som chcela zakričať: Dostaň to už zo seba, ženská!!!!!

„Vzhľadom na časovú tieseň," konečne z nej začali vychádzať slová, „budem musieť dať narýchlo dokopy tím ľudí, aby prešli forenzné dôkazy a nič nám neušlo."

„Forenzné? Adam nie je obvinený z vraždy!"

„Mám na mysli dôkazy ako záznamy z počítačovej databázy bývalého zamestnávateľa pána Rickarda, agentúry XYZ. Ďalej faktúry, dáta... Musíme všetko presnoriť ako svorka vlkov, aby som dokázala postaviť nepriestrelnú obhajobu."

„Čo bude, ak na súde prehráme?" spýtala som sa s malou dušičkou.

„Minimálny trest bude štyri roky nepodmienečne," odpovedala mi veľmi ležérne.

„Štyri roky? Ľudia páchajú horšie veci a dostanú oveľa nižšie tresty."

„Výška trestu za finančný podvod sa odvíja od sumy, ktorú daná osoba spreneverila. Pod sedemnásťtisíc libier vyviaznete s pokutou alebo verejnoprospešnými prácami. V Adamovom prípade je suma významne vyššia. Súd prihliada aj na následky, ktoré môžu vinou kriminálneho činu nastať. Zo spisu som pochopila, že Adamov bývalý zamestnávateľ musel pre finančné komplikácie spojené s týmto prípadom prepustiť štyroch zamestnancov."

„Aj Adam prišiel o robotu. A nedostal odstupné!"

„Coco, vravel som ti. Som v riti. Musíš to pochopiť a prestať točiť o kuracom guláši."

„Kurací guláš?" nechápala Natasha.

„Nie guláš, Slepačia polievka pre dušu. Kniha o pozitívnom myslení. Verím, že pozitívnym myslením sa dá dosiahnuť strašne veľa."

Natasha zostala v pomykove. Myslím, že nie je veľmi na pozitívne knihy, skôr na knihy o histórii Salzburgu alebo o stavbe Kolosea.

„Pozrite," povedala Natasha so sebaistým úsmevom, „potrebujete ráznu právnu pomoc, ktorú vám moja firma dokáže zabezpečiť. V podobných prípadoch, až na malé výnimky, vždy nájdeme to, čo hľadáme. Nepresnosť v počítačových záznamoch, v dátach, nezrovnalosť v žalobe... Väčšinu týchto prípadov pre nedostatok dôkazov alebo nezrovnalosti vyšmarí predsedajúca sudkyňa zo súdu."

„Pojednávanie sa začína dvadsiateho druhého februára, myslíte si, že máte dostatok času?" nervózne som sa opýtala.

„Odporúčam vám, aby ste požiadali o odročenie súdu na neskorší termín. Len čo dostaneme vašu zálohu, pustíme sa do práce."

„Aká je záloha?"

„Päťtisíc libier," povedala bez mihnutia oka.

Po stretnutí sme „zaparkovali" v rušnom Starbuckse neďaleko stanice Charing Cross. Usadili sme sa so svojimi café latte na posledné voľné sedačky pri okne. Londýnom sa valil katastrofálne hustý lejak. V ňom sme sledovali červené machule poschodových autobusov, čierne machule taxíkov a mnohofarebné machule okoloidúcich, náhliacich sa na stanicu s dáždnikmi nad hlavou. Veľa dáždnikov prevrátil silný vietor naruby, bolo to riadne divadlo. Prečo my Briti vždy kupujeme lacné, nekvalitné dáždniky? Prší skoro každý deň a niet dňa, aby som v meste nevidela odhodené polámané dáždniky.

„Päťtisíc len záloha!" prerušil moje zadumanie Adam. „Radšej to risknem so svojím starým právnikom a pôjdem si posedieť. Povieme mu, čo nám vravela Natasha, a môže sa pokúsiť nájsť niečo v dátach, v počítačových záznamoch..." Vyzeral ako zbitý porazený pes.

Okno sa zahmlievalo jeho rezignovaným dychom.

„Tvoj bývalý právnik vyzerá, že si nedokáže nájsť ani vlastný zadok. A čo myslíš tým, že si to radšej pôjdeš odsedieť?"

„Štyri roky nie sú dlhý čas."

„Štyri roky nie sú dlhý čas? A čo zvyšok tvojho života? Kde ťa zamestnajú s takým záznamom?"

„Coco, nemôžem si dovoliť Natashu. Koniec diskusie."

„Natasha je profesionálka s vysokou úspešnosťou. Chris vravel, že kamarát jeho otca bol vinný ako diabol a vyhrabala ho zo sračiek."

„Aha, takže si teraz myslíš, že som to urobil?"

„Nie. Ale myslím si, že by sme do toho mali ísť s Natashou, ktorá dokáže tvoju nevinu. Niečo mám našetrené, a keď vyjde Špiónka Fergie, tak mi vyplatia zvyšok peňazí."

„Nie! V žiadnom prípade!"

„Si môj..."

„NIE!"

„Okej, nemôžeme požiadať o štátnu právnu pomoc?" rozmýšľala som nahlas.

„Nebudem predsa oberať ľudí o pomoc platenú z ich daní!"

„Sú to aj tvoje dane. Takže radšej budeš najhrdším väzňom v histórii štátu?"

Bezradne hľadel na zarosené okno.

„Prepáč, tak som to nemyslela," nežne som mu stisla ruku.

„Coco, radšej by si mala ísť a nechať ma, nech sa vo svojich sračkách topím sám."

„Som v tom s tebou, či sa ti to páči, alebo nie. Nezabudni, právne som teraz za teba zodpovedná a tvoja kaucia je založená na tom, že žiješ na mojej adrese."

„Dočerta! Je mi z toho naničl" zakričal Adam. Chytila som ho za kolená.

„Stretnutie dopadlo skvele! Natasha ťa chce zastupovať na súde, nevidíš to? Je kľúčom k úspechu. Len musíme niečo vymyslieť s peniazmi." Adam sa pokúsil usmiať.

„Coco, musíš zavolať Angie a oznámiť jej, že sa chceš zapliesť do môjho bordelu."

„Angie môže ešte chvíľku počkať." Potom som navrhla, aby sme sa išli rozveseliť dobrým filmom do kina na Leicester

Square. Bohužiaľ, dávali samé depresáky, z tých by nám slzy netiekli od smiechu, tak sme išli radšej domov.

Štvrtok 20. január 22.13
Adresát: chris@christophercheshire.com

Boli sme s Adamom zisťovať, či má nárok na právnu pomoc od štátu, a dozvedeli sme sa, že ako nezamestnaný by nárok mal. A tak sme sa poobede vybrali na úrad práce, ktorý máme, chvalabohu, za rohom. Mala som z toho čudný pocit, ale... Angie mi volala, práve keď sme čakali na úradníčku.

„Prečo si mi nedvíhala telefón?" vyhúkla na mňa netrpezlivo.

„Nemôžem teraz hovoriť," pošepkala som do mobilu. V čakárni vládla nepríjemná, zúfalá atmosféra a zo steny na mňa blikal obrázok s prečiarknutým mobilom.

„Trikrát mi dnes volali z vydavateľstva, chcú zorganizovať množstvo rozhovorov, autogramiád, čítačiek a všetko možné aj nemožné, len aby tvoja kniha vyrazila už zo štartovacích blokov ako víťaz."

„Angie, musím ísť."

„Coco!"

„Prepáč, zavolám ti naspäť," zrušila som hovor práve v momente, keď sa k nám valila Indiánka menom Rajadi, chcem povedať ženská z Indie, sú to dve totálne rozdielne veci, už mi asi hrabe.

„Prečo tu len tak sedíte?" spýtala sa arogantne. „Hľadajte si prácu, namiesto vysedávania," prstom ukazovala na dve strieborné škatule priskrutkované k podlahe, v ktorých boli počítače s dotykovým displejom.

„Dobrý deň aj vám," snažila som sa byť slušná, „chceme sa len informovať na pár vecí."

„Pracujete momentálne?" S Adamom sme sa na seba pozreli.

„Hm, nie. Momentálne nie," odpovedal jej Adam.

„Chcem sa len spýtať na štátnu právnu pomoc..."

„Chcete poberať nejaké dávky?"

„Myslím, že áno," Adam bol z nej nervózny.

„Ak chcete poberať dávky, musíte byť pripravený kedykoľvek pracovať, čo znamená, že si musíte teraz v počítači hľadať prácu," tvrdo vyhlásila Rajadi.

„Chceme sa len spýtať..."

„Neoberajte ma o čas, hľadajte si robotu," luskla prstami, akoby sme boli nesvojprávni škôlkari. Pod jej supím pohľadom sme pomaly prešli k displejom, na ktorých nás privítal obrázok usmievajúcich sa nezamestnaných, ktorí akože hľadajú prácu, hoci skôr pripomínali skupinku afrických prisťahovalcov, čo práve vyhrali lotériu.

Uškrnula som sa na Rajadi, ktorá nás neprestajne obletovala ako krvilačný sup, a rebelsky som do voľného okienka vpísala, že mám záujem o prácu striptérky v oblasti Londýn.

Na moje prekvapenie sa na displeji zjavilo šesť ponúk, plus ďalšia z Web Striptérka s opisom „Práca iného levelu. Pracujte z pohodlia vlastného domova".

Škatuľa, v ktorej bol umiestnený počítač, nahlas zarapčala a zospodu vypadli štyri kusy papiera. Rajadi, neviem odkiaľ, po nich vyštartovala a schmatla ich ako dravec.

„Čo robíte? To je moje!" zasyčala som.

„Budete si nárokovať na dávky spoločne?"

„Neviem, ako som už povedala, chceme sa len opýtať..."

„Pane, ste slobodný, ženatý, spolubývajúci?" vypytovala sa nedočkavo.

„Bývame spolu, pozrite, chcem len vedieť..." Adam sa pokúsil opýtať, ale opäť ho prerušila.

„Kedy ste boli naposledy zamestnaný?"

„Môžete ma konečne počúvať?" vzpriečil sa Adam.

„Nie, vy počúvajte mňa. Snažím sa prísť na to, ako vám môžem pomôcť."

„Nepracoval som posledných pár mesiacov, ale situácia je taká..."

„Dobre, musíte sa stretnúť s jedným z mojich kolegov," povedala prísne.

Ešte raz sme sa jej pokúsili opýtať na právnu pomoc, ale odpinkala nás s tým, že na všetky otázky nám odpovedia na šiestom poschodí.

Vyšplhali sme sa (nefunkčný výťah) na šieste poschodie, cestou sme pomohli mamičke s kočíkom, a usadili sa do ďalšej neútulnej čakárne. Na stenách viseli veľké fotografie zamestnancov, ako pomáhajú vysmiatym nezamestnaným ľuďom nájsť si prácu.

Ďalšou poradkyňou, ktorá prevzala štafetu, bola mdlá baba, dosť pri tele, s neskutočne piskľavým hlasom a ťažko vysloviteľným priezviskom Karliegh.

Zobrala nám výtlačky z úradného počítača, naťukala naše údaje a išla k tlačiarni, odkiaľ sa vrátila s ďalšími papiermi.

„Tak poďme na to, pán Rickard. Vidím, že ste pracovali v štátnej správe. A taktiež v súkromnej eventovej agentúre."

„Áno," pritakal Adam, „ale máte tam chybu. Napísali ste v štátnej správe s veľkým es: v štátnej Správe."

„Tak sa to píše, pane," povedala so zdrvujúcou sebaistotou. Alebo ignoranciou?

„Nie, nepíše. Píše sa to s malým es."

Nahnevane zafučala a opravila chybu. Potom zaostrila na mňa.

„Madam Pinchardová, hľadám vašu profesiu, áno, mám, mám... ste... striptérka?" hlas jej poskočil o oktávu vyššie. Zdvihla pohľad na mňa a premeriavala si ma, v čom som oblečená: rifle, sveter a na hlave okuliare. „Asi by ste mali trochu rozšíriť vyhľadávanie aj na iné profesie," povedala diplomaticky. Snažila som sa jej vysvetliť, že nie som striptérka, ale bolo neskoro. Mala ma zafixovanú ako chuderu v stredných rokoch, ktorá sa živí sexom, minimálne striptízom, a nechce si to priznať. Moje presvedčenie ešte potvrdila, keď zo šuplíka vytiahla leták s názvom: Postavte sa na nohy – Pomoc pre ženy v stredných rokoch pracujúce v sexbiznise.

„Prestaňte už, ženská!" ozval sa Adam. „Chcem len vedieť, ako to funguje s dávkami pri právnej pomoci. Ide mi o právnu pomoc. Kedy si ma všimnete ako človeka a začnete počúvať? Vy... ľudia... odkedy sme vstúpili do vašej budovy, správate sa k nám ako k nesvojprávnym idiotom, ktorí sú pre vás menej podstatní ako dobytok!"

„Vy ľudia?" osočila sa Karliegh. „Máte na mysli belochov? Mali by ste vedieť, že rasizmus berieme veľmi vážne. Ak ma budete osočovať rasistickými poznámkami, budem nútená ukončiť naše stretnutie."

„Povedal som ,vy ľudia' na úrade práce! Ste všetci totálni blbci?"

O pár sekúnd sa za Adamom zjavil chlapík z ochranky.

„Bratku, musíš sa schladiť!"

„Nie som tvoj brat!" zakričal Adam. „Táto ženská ma obviňuje z rasizmu a moju priateľku, že je striptérka. Nie som rasista!" Ochrankár si ma premeral, ako keď si farmár kontroluje novonarodené teľa. „Nie som striptérka!"

„Takto oplzlo na ňu nepozerajte!" Adam vyskočil zo stoličky.

„Nechaj tak, Adam," potiahla som ho za ruku. Na celom poschodí zavládlo ticho. Z kancelárií vykúkali vystrašené tváre zamestnancov a v čakárni vzrušené tváre nezamestnaných, ktorí očividne súhlasili s Adamom. Ten bol stále v postoji brániaceho hráča.

„Len pokoj... pane," poprosil ho znovu ochrankár. Karliegh sa s veľkou vážnosťou ponorila do našich vyplnených formulárov.

„Vidím, že obaja vlastníte nehnuteľnosť," konštatovala chladno. „Máte na ne pôžičky?" Žila na Adamovom čele vystupovala na nové maximá.

„Adam má pôžičku, moja je splatená."

„Vlastníte dom bez pôžičky na ulici Steeplejack Mews?" opýtala sa podozrievavo.

„Áno." Ochrankár si po mojej odpovedi zapískal popod fúzy a pozrel na Adama, že akú partiu si vybral.

„Tak vám niečo poradím," Karliegh na mňa znechutene zagánila, „začnite dom prenajímať a dávky radšej nechajte tým, ktorí ich potrebujú!"

„Ona od vás dávky ani nechcela!" zavrčal Adam.

„Vieš čo, Adam, poďme odtiaľto preč. Okamžite!"

Z úradu práce sme odišli s chvostom medzi nohami, zahanbení a nahnevaní na celý systém. Preboha, ako sa môžu takto správať štátni zamestnanci k daňovým poplatníkom, ktorí zúfalo potrebujú ich pomoc?

Vonku husto pršalo. Zazvonil mi mobil, na displeji som si všimla Angino meno. Rýchlo sme sa ponáhľali pod strechu autobusovej zastávky. Vnútri na nás svietila veľká reklama mojej knihy. Obaja sme na ňu bezducho pozerali, mobil neprestával vyzváňať.

„Asi by som mala zdvihnúť." Z telefónu sa ozval Angin hlas. Všimla som si Adama, ako zo zúfalstva kopol do zastávky.

„Coco, potrebujem od teba dátumy, časy... Tvoj vydavateľ mi neustále dýcha na krk, keby mi dýchal aspoň niekam inam," zasmiala sa.

Všetko som jej povedala. O svojej situácii, o Adamovi, o policajnom prehľadávaní domu... Keď som dohovorila, nastalo hrobové ticho. Veľmi dlhé ticho.

„Angie? Si tam?"

„Áno, moja, len som premýšľala nad tým, čo si mi práve povedala. Myslela som, že to je nápad na tvoju novú knihu. Mohol by to byť bestseller!"

„No, najskôr potrebujeme rozprávkový, šťastný koniec," smutne zo mňa vyšlo, „ktorý, samozrejme, príde," rýchlo som dodala a pozrela na Adama. Sedel zničený na lavičke, až mi srdce trhalo.

„Okej, zlato. Poviem ti, čo ideme robiť," nadýchla sa Angie.

„Nič."

„Nič?"

„Presne tak, nič. Zariadim minimum potrebných rozhovorov, PR akcií a na krste sa budeš tváriť, akože je všetko v najlepšom poriadku. Ak by sa prevalilo Adamovo obvinenie, tak to bude prinajhoršom pár týždňov po krste Špiónky Fergie, keď bude už dávno bestsellerom, takže to nič neovplyvní."

„Si si istá? Angie, prečo si taká milá?"

„Vôbec nie som milá. Len vymýšľam stratégiu. Škoda, že si mi to nepovedala skôr."

„Prepáč. Bola som v úzkych, nevedela som, čo mám robiť."

„Prosím ťa, ak by sa niečo zmenilo, hneď mi daj vedieť."

„Dobre, ďakujem, Angie."

To bol teda deň! A akoby to nestačilo, domov sme prišli ako zmoknuté myši. Adam zaliezol do sprchy. Počkala som, kým som z kúpeľne nepočula zvuk vody, a hneď som utekala vybaviť zopár telefonátov. Zavolala som do realitnej kancelárie. Presné čísla mi vraj môžu dať až po obhliadke, ale za prenájom domu tejto veľkosti v mojej štvrti by som mohla mesačne dostať aj niekoľko tisíc libier. Potom som sa spojila s Natashou a oznámila jej, že chceme, aby zastupovala Adama. Len čo som zložila, cez internet banking som previedla päťtisíc libier na účet jej právnickej firmy.

Marika ma prichytila, ako bezducho hypnotizujem počítač. Zhlboka som sa nadýchla a povedala jej, čo som urobila. Bez mihnutia oka navrhla, aby sme sa nasťahovali k nej a podelili sa o nájomné aj účty za energie. Vyjde nás to oveľa menej a pomôže to všetkým zúčastneným stranám.

Zdá sa, že sa sťahujeme!

Pondelok 24. január 10.12
Adresát: chris@christophercheshire.com

Meryl mi skypovala. Nevidela som ju odvtedy, čo jej ruplo v hlave, ale už vyzerá ako za starých čias, okrem nového účesu.

„Sťahuješ sa, Coco?" vyprskla vzrušene.

„Ako to vieš? Realitná kancelária dala dom na prenájom iba pred dvadsiatimi minútami."

„Cez službu Google Alerts. Vždy ťa upozorní na novinky o ľuďoch alebo miestach, ktoré si označíš. Ja ju mám nastavenú napríklad na Daniela, Rosencrantza, na Susan Boylovú aj na Steeplejack News. Tvoja adresa mi pred chvíľočkou cinkla, vyskočila na displej, tak som si povedala, že ti musím brnknúť."

„To znie ako sledovanie."

„Preboha, nie! Len rada viem, čo ľudia porábajú."

Vysvetlila som jej, prečo sa sťahujeme a čo sa deje.

„Chudáčik. Aha, tam je. Ahoj, Adam," začala mu kývať, keď zbadala, ako v župane vchádza do kúpeľne.

„Bože môj, to sú mi veci, dvestotisíc libier. Som si istá, že sa to nejako vysvetlí. Zaželaj mu od nás veľa šťastia a nech zlomí väz." Povedala to, akoby sa Adam chystal na majstrovstvá sveta v skokoch na lyžiach a nie na kráľovský súd.

„Si okej, zlato?" opýtala som sa ho. Odpoveďou bolo tresnutie kúpeľňovými dverami. Odvtedy, ako som sa s realitkou dohodla na prenájme domu a zaplatila Natashe za právnické služby, sa neustále hádame a je vo veľmi depresívnej nálade.

Otočila som sa k počítaču, kde na mňa zízala Meryl, vo výbornej nálade a s chuťou na vykecávanie.

„Coco, musím ti porozprávať, ako som sa mala v nemocnici."

„Dali ťa na samotku? V kazajke?"

„Kdeže, mala som novozariadenú izbu na

nízkobezpečnostnom oddelení. Krásne vymaľovanú. Minulý rok ju prerábali."

"Aha," myšlienkami som bola inde.

"Bola tam ženská, čo si myslela, že je matka Kate Middletonovej."

"Tak to ste asi dobre vychádzali..."

"Ale kde. Hneď ju brali na elektrošoky, nikdy viac som ju nevidela. Pri nej som si uvedomila, prečo som mala všetky tie vízie kráľovnej."

"Prečo?"

"Aby som sa vrátila nohami späť na zem. Nikdy zo mňa nebude kráľovná a nikdy nebudem schopná pripraviť repliku sandringhamských Vianoc. Ale mohla by som ísť v šľapajach Carole Middletonovej, Katinej mamy. O nej pred pár rokmi tiež nikto nevedel."

V odraze som si všimla Rocca, ako sa dobýja za Adamom do kúpeľne. Noštekom sa pokúšal otvoriť dvere. Meryl neprestávala mlieť: "Carole Middletonová bola obyčajná letuška a teraz? Teraz je matkou budúcej kráľovnej. Mohla by som skončiť ako ona. Cez Wilfreda sa môžem vypracovať na matku budúceho kráľa!" Rocco začal škriabať na dvere a kňučať.

"Coco, viem, že si myslíš, že som blázon, ale keď nad tým popremýšľaš, zistíš, že to je dosť reálne. Keď budú mať Kate a William bábätko, dievčatko, bude podobne staré ako Wilfred. Potom už len dáme Wilfreda na tú istú univerzitu, on ju zoberie na rande a šup."

Z kúpeľne som nepočula žiadne zvuky, Rocco sa do nej dobýjal celou silou.

"Už som si najala life kouča, bude ma sprevádzať životom, smerom k môjmu cieľu. Prvý krok mám za sebou."

„Prosím?"

„Môj účes. Dala som sa ostrihať na Carole Middletonovú!" pohladila si vlasy ako v reklame na šampón. Účes sa vôbec nepodobal na ten Carole Middletonovej, skôr akoby ju obstrihali okolo šalátovej misy.

„Meryl, prepáč, ale musím ísť. Idem pozrieť, či je Adam v poriadku."

Odrazu ma pochytil hrozný strach. Utekala som do kúpeľne a zabúchala na dvere. Adam sa neozýval, začala som na dvere trieskať.

„Čo sa deje?" opýtal sa Adam.

„Si v poriadku?"

„Áno."

„Čo robíš?"

„Čo myslíš? Sedím na záchode..."

„Okej, super... prosím ťa, nezamykaj sa."

Počkala som naňho, kým vyšiel von. Prešiel okolo mňa, vliezol do postele a strčil sa pod perinu.

Streda 26. január 12.45
Adresát: marikarolincova@hotmail.co.uk

Zatiaľ nemá nikto záujem o prenájom, žiadne prehliadky domu, nič... Mladý chalanisko z realitky, s ktorým som spísala zmluvu, bol presvedčený, že sa budú záujemcovia trhať o možnosť prenajať si môj dom.

Ráno prišiel Chris, práve som si robila kávu.

„Ahoj, zlatko," vrúcne ma objal a pobozkal. „Ako sa má Adam?"

„Štyri dni sa už neosprchoval ani neoholil. Je úplne na dne a je na mňa nasratý. Má pocit, že som ho zradila."

„Neboj, Coco, keď to prehrmí, bude ti vďačný."

„Ako ďaleko v budúcnosti?"

„Urobila si správnu vec, tak pre neho, ako aj pre seba. Natasha zmetie prípad na súde zo stola, to je najdôležitejšie. A dom prenajímaš iba na rok, takže nemáš čo stratiť."

„Prosím ťa, zmeňme tému," poprosila som Chrisa.

„Dobre, moja, mám novinku! Vyzerá to tak, že vízia Judi Denchovej v polárnej žiare mi priniesla šťastie.

Dostal som ponuku režírovať sezónu v divadle The Dominicans, v Devone." Pootvorila som ústa.

„Viem, viem. Divadlo nie je neodborníkovi priveľmi známe, ale v divadelných kruhoch je jedným z posledných prestížnych divadiel v Británii, v ktorých si človek môže urobiť meno a kariéru."

„Chris, to je skvelé! Gratulujem."

„Žiaľ, kvôli tomu sa musím dočasne presťahovať do Devonu. Odchádzam o dva dni."

„Ako dlho budeš preč?"

„Tri mesiace," povedal smutne.

„Tri mesiace?!" z očí sa mi začal liať vodopád sĺz, rýchlo som sa načiahla po papierovú vreckovku.

„Prepáč, teším sa. Naozaj, aj keď to tak nevyzerá."

„Ak ma teraz potrebuješ, nepôjdem," chytil ma za ruku a pohladkal po tvári.

„Neopováž sa! Budem v poriadku. Budeš mi veľmi chýbať."

„Aj ty mne, Coco."

Chris zostal asi hodinku a snažil sa ma rozveseliť. Dlhšie nemohol, musel ísť domov čítať divadelné scenáre, ktoré mu poslali z novej práce. Len čo odišiel, odpochodovala som do spálne za Adamom, ktorý sa medzičasom zakuklil do perín.

„Mohol by si vstať, chcem prevliecť periny."

„Nie teraz. Daj mi pokoj."

„Nie, potrebujem prevliecť periny! Aj ja v nich musím spať a v stave, v akom sú, sa to teda nedá." Ani sa nepohol. Schmatla som perinu a stiahla ju z neho. Adam ležal v klbku ako ježko. Pokúsila som sa ho objať, ale odstrčil ma.

„Adam..."

„Nič z toho, čo mi chceš povedať, nemôže ospravedlniť to, že si urobila rozhodnutie, ktoré malo byť na mojich pleciach. Radšej si šetri dych."

„Urobila som to, čo som urobila, lebo som ťa videla klesať ku dnu. Odmietam sa pozerať, ako ideš do basy, a dúfam, že keby som bola ja v tvojej situácii, zachoval by si sa rovnako..."

Čakala som na jeho reakciu, ale nič... Zakryla som ho a vrátila sa dole do kuchyne. Asi o dve hodiny začal vyzváňať telefón. Etela!

„Haló," ozvala sa na druhej strane linky. Nerozprávala som sa s ňou od Vianoc.

„Pozri, Etela, ak voláš, aby si sa hádala, teraz nie je vhodná chvíľa. Nemám žiadnu energiu. Je mi ľúto, že som ťa na Štedrý večer vykopla."

„Očúvaj, moja, nestem sa hádat, stem si pokecat s Adamom. Volala sem mu na mobil, nemá ho zapatý."

„Prečo sa chceš rozprávať s Adamom?" zostala som zaskočená.

„Rosencrantz mi vravel, že je prionďáty k posteli."

„Nuž, vyskúšať môžeš, ale z postele ho nič nevytiahne," varovala som ju a odniesla mobil Adamovi.

Položila som ho vedľa neho na vankúš.

O hodinu neskôr zišiel Adam dolu. Bol osprchovaný a v ruke držal použité obliečky. Nasledovala som ho do práčovne, kde ich išiel dať oprať (nikdy som ho u seba nevidela používať práčku). Oči mi skoro vyskočili z jamôk. Do nádobky nasypal prací prášok, aviváž, zapol práčku. Potom sa otočil ku mne a pobozkal ma.

„Ďakujem!" vypadlo mu z úst.

„Dokonca si si aj umyl zuby. Čo ti povedala?"

„Zopár starých dobrých životných právd."

Nemám ani tušenia, ako ho Etela dostala z postele, ale už si zorganizoval aj stretnutie s Natashou, v súdnej komore.

FEBRUÁR

Utorok 1. február 12.45
Adresát: angielangford@agenturabmx.biz

Adam má dnes predbežný výsluch na Kráľovskom súde v Southwarku. Budova súdu je nesympatické tehlové monštrum otočené chrbtom k Temži. Natasha mi vysvetlila, že predbežné vypočúvanie je oficiálne stretnutie zúčastnených strán, kde obvinená strana prednesie vyhlásenie obvineného a dohodnú sa detaily celého procesu.

Dnešný výsluch bol Adamov druhý. Prvý mal ešte v decembri s bývalým právnikom, na ktorom vyhlásil, že je nevinný.

Sudca, prešedivený starý suchár, bol naštvaný, už len keď zbadal Adama po druhý raz. Natasha sa veľmi snažila, aby pojednávanie (22. 02.) preložil na oveľa neskorší termín, ale suchár ho posunul iba o týždeň. No, lepšie ako nič. Takže súdny proces sa začína 28. februára.

Zo súdnej siene sme prechádzali dlhou chodbou, plnou

neplnoletých kriminálnikov. Dvaja z nich pozreli na Adama so solidaritou v očiach, akože je nám to ľúto, ale stretneme sa v cele. Schmatla som mu ruku, dúfajúc, že si uvedomia, že on nie je kriminálnik a je milovaný ženou, ktorá si nekupuje pančušky v second hande, ale v Marks & Spencer. Viem, znie to veľmi hlúpo, ale návšteva na súde mi pripomenula, aká je situácia vážna.

Vonku pršalo. S Natashou prišiel aj jej asistent, drobný mladík s velikánskym dáždnikom. Ráznym krokom nás predbehol a pred vchodom už čakal s roztiahnutým parazólom. Z diaľky pripomínal Mary Poppinsovú.

„Dva týždne? To nie je veľa času," pretrhla som ticho.

„Pre našu obrannú stratégiu to je veľmi pozitívny výsledok," Natasha zahnala moje pochybnosti a krpatý asistent múdro prikyvoval. „Čím viac sa budeme prehrabávať v spise a policajnom zápise, tým väčšie nedostatky v dôkazoch proti Adamovi nájdeme. Som už nedočkavá, mrle ma žerú, chcem byť v súdnej sieni a vyhrať!"

Chcela som sa povyzvedať oveľa viac, ale prišlo Natashino auto a odviezlo ju na ďalšie stretnutie. Premýšľali sme, že sa popri rieke prejdeme až domov, ale hustý dážď a čierňava na nebi boli proti. Radšej sme vbehli do metra a prešli popod Londýn ako krtkovia.

Doma nás čakalo prekvapenie, Daniel bol v mojej kuchyni a robil si čaj! Pri stole stál chalanisko v obleku, čo mu bol minimálne o dve čísla väčší.

„Čo sa tu deje?" opýtala som sa trochu rozladene.

„Volám sa Lee, som z realitnej kancelárie McMahon Lettings," chalanisko sa predstavil tínedžerským hlasom.

„Ty si môj realitný agent?" Nevyzeral ani na to, že je vo

veku, aby si už mohol kúpiť cigarety. „Myslela som, že záujemca príde na obhliadku až poobede."

„Bolo, bolo. Na žiadosť klienta som musel zmeniť čas."

„Keď sme prišli, netrpezlivo vyčkávali na schodoch pred domom," Daniel sa mi usiloval vysvetliť situáciu.

„Kto my? Kto oni?" bola som úplne mimo.

„Ja s mamou... Prišli sme si vyzdvihnúť zopár vecí, čo tu máme, skôr ako sa presťahuješ. A oni sú tvoj agent a záujemca o dom pán Trattore."

„Tak mi vysvetlite, prečo ste vy dvaja v kuchyni. A kde je zvyšok sprievodu?"

„Nuž, mama povedala, že dom pozná lepšie ako hocikto z nás, tak zobrala Trattoreho na obhliadku," vysvetlil Daniel, až sa mi z toho zakrútila hlava.

„Etela mu ukazuje dom?" zajačala som.

„Áno, kto si dá čaj?" zaklincoval to Daniel. Kabelku som šľahla na zem a rozbehla sa k schodom.

„Myslel som, že jej to pôjde. Je predsa žena, obkecávačky a všetky tie voloviny máte v krvi," zakričal mi Daniel hore na schody. Na poslednom schode som začula Etelin hlas: „... na a tu je en suite, en suite je francúzske slovo, keré znamená, že v spálni máte hajzlík..." Vošla som dnu vo chvíli, keď Etela demonštrovala bidet.

„Nevím, čo to znamená v angličtine, ale používá sa to na umývaní riti." Fešný Talian v tmavých džínsoch a pásikavej košeli si Etelin výklad maximálne vychutnával. Ceril sa od ucha k uchu.

„Oh, toto je tá, čo sem vám o nej tolko kecala," predstavila ma Etela.

„Dobrý deň, pani Pinchardová," pozdravil so silným

talianskym prízvukom. „Som Salvo Trattore. A rád by som si to tu prenajal.

„Výborne... skvelé, tak vám sa páči môj dom?"

„Hneď som si ho zamiloval. Je veľmi elegantný."

„Myslela sem, že by bolo dobré, keby prehládku ukončím bidetem," povedala Etela a nenápadne nápadne mi signalizovala, aby som jej pomohla zodvihnúť sa z bidetu.

Vrátili sme sa dolu do kuchyne, kde sa Salvo zoznámil s Adamom a ospravedlnil sa, že nemôže dlhšie zostať a musí utekať. Odprevadila som ho k vchodovým dverám.

„Patrí k domu?"

„Kto?"

„Gazdiná."

„Gazdiná?"

S ťažkosťami som sa snažila nesmiať. „Etela? Bohužiaľ nie. Etelu beriem so sebou."

„Veľká škoda... Dobrá gazdiná je ako diamant, ťažko sa hľadá, a keď sa nájde, tak sa dlho vybrusuje, kým je dokonalá." Salvo ma pobozkal na obe líca a pobral sa do svojho strieborného porsche.

V kuchyni som našla Adama, ako ukazuje Danielovi, čo má postláčať na kávovare.

„Vyzerá, že sa doma válá v peňázoch, ten Talánisko. Vyzerá velice milý, fajnový."

„Pýtal sa ma, či si súčasťou domu."

„Čo či sem?"

„Myslel si, že si moja gazdiná." Adam takmer vybuchol do smiechu, radšej sa otočil a zahryzol si do pery.

„Mysleu si, že sem tvoja upratováčka, že ti pucujem hajzel? Dúfam, že si mu nakopla tú jeho pizzovú ritisko!"

„Áno, samozrejme," lišiacky som žmurkla na Adama.

„Drzý bastard! Této šaty sem si kúpila v obchodném dome, né od Vítnamca. Stály ma majland!"

Asi sme trochu vystrašili agenta. 😊 Lee na nás celý čas pozeral so sánkou až na kolene. „Zariadim zmluvy a všetko, čo treba. Ozvem sa," pípol a vytratil sa do predsiene. Počula som iba, ako sa zabuchli dvere.

„Platíš im päť percent z prenájmu a mama tu za nich urobila všetku robotu," zamrmlal Daniel a na kávovare stlačil gombík. Horúce mlieko začalo striekať na plafón.

„Načo ste vôbec prišli?" naštvaná som schmatla utierku.

„Scem si vzát svoje klešte na šalát," povedala vyčítavo Etela, „nidy si mi ich nevrátila."

„Na mňa nepozeraj, ja len pomáham s odvozom."

V živote som nevidela Etelu jesť šalát alebo sa nachádzať v blízkosti šalátovej misy, ale aj tak som sa snažila byť nápomocná a povedala som Danielovi, nech pozrie na povale. Etela zostala s nami v kuchyni.

Chlipne sledovala Adama a priadla ako mačka.

„Jako sa držíš, mój?" Adam jej porozprával o novej právničke, o stretnutí na súde...

„Budeš v porádku, mój," potľapkala mu ruku, „pokecali sme si po dráte, pravda, mój. Povedala sem ti, že šecko bude lepšé, a vidíš, šecko je na dobré ceste. Vdaka mne Coco prenajala toto obrovitánske hnézdo."

„Etela, nepotrebujeme tvoje uštipačné poznámky," povedala som popri drhnutí plafóna.

„Vidíš, Adam, ždycky mi ste utrhnút hlavu..." Adam nevedel, čo na to povedať.

„A ždycky sem to já, čo sa snaží vyžehlit problémy medzi náma. Očuješ, moja? Na Vánoce ma vykopla z domu, jak keby sem bola nejaké štena..."

„Zabudla si spomenúť, že som ťa odviezla na letisko a kúpila ti priority boarding."

„Mala by ždycky opatrovat vlastnú rodinu. Vím, že sú s Dannym rozvedení, ale svokry sú neny len na Vánoce, svokry su naždycky!"

Adam prikyvoval (asi aby mal pokoj – chlapi sú v niektorých veciach prešpekulovanejší než my ženy), kým som ja doupratovala Danielov neporiadok.

Konečne sa vrátil Daniel, v ruke mal zaprášené šalátové klieště. Aspoň už môžu vypadnúť, myslela som si. Vtom zazvonil telefón.

„Pán Trattore si chce prenajať váš dom, za 4 200 libier na mesiac," oznámil mi Lee. „Cena je trochu vyššia, ako ste chceli, pretože sa chce nasťahovať už štvrtého."

„Štvrtého marca?"

„Nie, tento piatok štvrtého."

Zostala som stáť ako obarená.

„De budete bývat?"

„Sťahujeme sa k Marike," povedal Adam.

„Jééj! Budete len kúsek ode mna! Adam, ked budeš někedy potrebovat šalátové kléšte, víš, kde bývam!" s vyškerenou tvárou ho priklincovala ku stene.

Zdá sa, že sa tej starej korčule asi nikdy nezbavím.

Štvrtok 3. február 17.40
Adresát: chris@christophercheshire.com

Nikdy som nerátala s tým, že sa budem odtiaľto sťahovať. Dom je plný harabúrd štyroch generácií. Ešteže sa dá v kapitalizme vždy kúpiť nejaké riešenie. Zavolala som do firmy Big Yellow, ktorá poslala čatu chlapov, a o šesť hodín som mala celý dom zbalený a naložený vo veľkej dodávke.

K Marike si beriem iba to najnutnejšie: oblečenie, drogériu, zopár kníh, notebook a pracovné veci, ktoré naozaj potrebujem. Na všetko ostatné aj na nábytok som na rok prenajala úložný priestor vo veľkom sklade vo východnom Londýne.

Marika zobrala Rocca a moje auto, napráskané až po strechu. Ja pôjdem neskôr. Adam je na stretnutí s právnikmi z Natashinej firmy, prechádzajú spolu nejaké dôkazy.

Salvo Trattore si prinesie vlastný nábytok. Sedím v obývačke a cítim sa čudne. Nikdy predtým som ju nevidela prázdnu. Je strašne veľká. Prešla som sa všetkými izbami a uvedomila si, koľko tu máme priestoru.

Neviem si predstaviť, ako to zvládneme v Marikinej hosťovskej izbe. Ako sa ti darí v Devone?

Piatok 4. február 11.03
Adresát: chris@christophercheshire.com

Dnes ráno sme sa zobudili v našom novom (dočasnom) domove. Bolo to hrozne čudné. Izba je malá, ale, chvalabohu, sa nám podarilo naukladať kufre na jednu kopu (po plafón). Ja, Adam a Rocco sme chvíľku zostali v posteli, započúvaní do zvukov koľajníc, hučiacich pod prechádzajúcimi vlakmi. Neskôr sme si v kuchyni našli odkaz od Mariky, že doobeda bude v práci. Jej psičkársky biznis rastie ako z vody a pekne si na seba zarába. Je rada, že starostlivosť o deti zamenila za starostlivosť o psov. 😊

Na stôl nám nachystala uvítacie raňajky. Veľký obložený tanier so syrom, šunkou, s domácim maslom a čerstvými bagetkami. Na kredenci pri kávovare boli pripravené kapsuly Nespresso kávy, na ktoré dohliadala kartónová verzia Georgea Clooneyho v životnej veľkosti (v obchode na Regent Street podplatila predavača, aby jej ho dal).

V chladničke sme vyfasovali poličku, v kúpeľni každý jeden šuplík a pri telefóne bola korková nástenka s papierom, kde budeme zapisovať hovory, aby nikto na nikoho nedoplácal.

Celkom som si užívala zmenu, delenie sa o dom, o účty... až kým som si nešla do auta vziať vrece s topánkami, ktoré som nechala na zadnom sedadle.

Nejaký chrapúň rozbil tehlou vodičovo okno a ukradol vrece s topánkami, autorádio a z úložného priestoru moje Ray Bany. Preparkovala som na voľné miesto pred domom a práve obvolávam autoservisy, aby som zistila, kde mi najlacnejšie vymenia sklo.

CHÝBA MI MÔJ DOM!!!

Piatok 4. február 22.27
Adresát: chris@christophercheshire.com

Okno na aute vymenené. Hneď potom sme išli s Adamom na policajnú stanicu nahlásiť jeho zmenu adresy (kvôli kaucii). Nevieš si ani predstaviť, aký bol problém čo i len nájsť polišov. Policajnú stanicu sme našli neďaleko za rohom, na dverách nás privítala tabuľka s otváracími hodinami: piatok od 13.45 do 14.30 a oznamom, že stanica funguje na báze dobrovoľníkov. Práve bolo 14.50, z dverí vychádzali dve babičky. Jedna začala zamykať a druhá mala v ruke tácku s takmer poskladaným puzzle. Žeby tam nebola taká zločinnosť a auto nám vykradol turista? Sprostosť! Babičky boli zlaté a poradili nám, aby sme išli na najbližšiu funkčnú policajnú stanicu v Sydenhame.

Keď sme tam dorazili, zistili sme, že ju nedávno prerobili na pizzeriu! Po krátkom oddychu, pohári vína a pizzi (podelili sme sa o jednu) sme išli na veľkú a konečne funkčnú policajnú stanicu v Lewishame.

V budove sa striedali kriminálnici v putách závratnou rýchlosťou a my sme museli čakať vyše troch hodín.

K Marike sme dorazili večer, niečo po siedmej. Počuli sme, že je „zaneprázdnená" v spálni. Začala randiť s chlapom, ktorý tiež venčí psov. Spoznali sa v parku Hilly Fields.

V malom byte sa zvuky ozývali, ako keď Selešová hrá tenis. Adam preto navrhol, aby sme zobrali Rocca a išli sa prejsť do „tichších" ulíc.

V tmavej februárovej noci nebolo vonku čo obdivovať. Adam ma chytil za ruku a viedol našou dlhou ulicou, ukončenou na rohu novinovým stánkom a čínskou reštauráciou. Chytala som z toho depku, hlavne z pochmúrnych tehlových domov.

„Ako dlho chceš zostať vonku?" zamrmlala som. „Sme na nohách celý deň."

„Nechcem sa ešte vrátiť do Marikinho sexbrlohu. Ten jej chlap vyjde z izby a bude mi chcieť na pozdrav potriasť ruku, a to nechcem. Vieš, kde tá ruka práve bola?"

Zasmiala som sa a na ulici s obchodíkmi (potraviny Pán

Gogi, výroba kľúčov, práčovňa a minipošta) som si položila Adamovu ruku na pleci. Prešli sme okolo vlakovej stanice, za ktorou boli dve malé bránky. Chodník nás zaviedol do malého lesíka. Odopla som Roccovi vodítko, ten sa celý nadšený rozbehol po osvetlenom chodníku ku schodom.

V romantickom objatí sme ho nasledovali po schodoch, ktoré nás doviedli k prekrásnemu kostolíku. Bol malý, s vysokou vežou a v mesačnom svite vyzeral rozprávkovo. Sviečky zvnútra kostola žiarili cez vitrážové okná jemnou červenou, modrou a zelenou farbou.

„Ideme sa pozrieť dnu?" opýtala som sa Adama.

„Čo s Roccom?"

„Strčím si ho do kabáta."

Vnútri bol božský pokoj. Nežeby bolo vonku nejako extra hlučno, ale hranica kostolných dverí umlčala aj tie najjemnejšie vonkajšie zvuky. Sadli sme si do prednej lavice a vdychovali úžasnú atmosféru. Kostol bol zaprášený, nebol honosný, ale jednoduchý a romanticky nádherný s kamennými klenbami. Na oltári stála váza s ľaliami.

Cítila som sa veľmi bezpečne a uvoľnene. Chytila som Adamovu ruku a bez rozmýšľania sa ho opýtala:

„Nie je toto miesto dokonalé na sobáš? Nebolo by úžasné, keby sme sa tu vzali?" Otočil sa ku mne. „Nežiadam ťa o ruku," dodala som rýchlo. Adam pokračoval v obdivovaní kostola. „Chcela som povedať, že tento kostol je ideálny na svadbu..."

„Ty by si si ma vzala?" spýtal sa nedôverčivo.

„No, možno, hypoteticky... Nepožiadal si ma práve o ruku, alebo áno?"

„Nie, tiež hovorím hypoteticky," dodal rýchlo.

Niekoľko minút sme sedeli v nepríjemnom až trápnom,

ani neviem, ako to nazvať, okamihu, ktorý prerušovalo iba pochrapkávanie vychádzajúce z môjho kabáta. Obaja sme sa nadýchli, že niečo povieme, keď mi prišla esemeska. Marika mi oznámila, že vzduch je čistý. Dosexované!

Vyskočili sme z lavice, „ušli" z kostola a dychtivo sa náhlili do teplých perín. O svadbe už nepadlo ani slovo.

Doma sme sa spoznali s Marikiným chlapom, Gregom. Kedysi pracoval na burze cenných papierov, ale totálne sa tam vyšťavil. Nakoniec s tým sekol a začal s venčením psov.

Je celkom milý, aspoň na prvý pohľad, a fešný. V duchu sme si želali, aby bol trochu všímavejší a pozornejšie si zaviazal župan, keď sedel na pohovke.

Nedeľa 6. február 21.13
Adresát: chris@christophercheshire.com

Celkom som si obľúbila Marikinu štvrť. Sú tu výborné lahôdky, krásny park a super indická reštaurácia. Včera večer sme sa tam boli s Adamom, Rosencrantzom, Marikou a Gregom najesť.

Po večeri sme sa vybrali na spiatočnú cestu do tmavých ulíc. Kúsok chodníka osvetľoval veľký elektrický bilbord s reklamou na Špiónku Fergie. Zastali sme v tmavej uličke a išli si oči vyočiť.

„Mami, to je super!" O pár sekúnd naskočila ďalšia reklama. Bol to jeden z tých bilbordov, čo dookola opakuje tri reklamy za sebou.

„Čo obdivujeme?" opýtal sa podnapitý Greg.

„Maminu novú knihu."

Minútu sme vyčkali, kým naskočila opäť reklama s mojou knihou.

„Kúlové... dáš mi podpísaný výtlačok?" vykoktal zo seba Greg.

„Od vydavateľa dostane len pár kusov. Bude v predaji od dvadsiateho druhého," dodal Adam a ukázal na dátum na bilborde.

Greg sa vyhol zaplateniu večere obvyklým: „Zabudol som si peňaženku." Nič nám neostávalo, len za neho zacvakať. Ani by mi to neprekážalo, keby si neobjednal toľko jedla, že ho nevládal dojesť, a dal ho vyhodiť. Jedlo zapíjal trojitou dávkou tridsaťročnej whisky, ktorú nedopil. Asi si vieš predstaviť účet.

Nastalo trápne ticho.

„My si určite kúpime tvoju knihu, pravda?" povedala Marika nahnevaným tónom.

„To určite!" prikývol Greg a spolu s Marikou išli domov. My sme odprevadili Rosencrantza na stanicu.

Keď sme sa vrátili, Marika bola v kúpeľni a Greg sedel v kuchyni. Požieral mrkvovú tortu, ktorú som kúpila.

„Zdravím," povedal s plnými ústami. Čakala som, že sa aspoň poďakuje za tortu, ktorú vzal z našej poličky v chladničke, ale nedočkala som sa. Potom vstal a tanier s polovicou nedojeného kusa torty šľahol do drezu. Podotýkam, nedojedeného!

„Dobrú, ľudkovia," prešiel okolo nás a išiel spať.

Hrozne ma naštval.

„Upokoj sa, zlato," chlácholil ma Adam a silno ma objal. „Je to len kúsok torty..."

„Viem. Kúsok našej torty. Nie je drzý?" Zostáva mi len dúfať, že si ho Marika k sebe nenasťahuje!

Prosím, Bože...

Streda 9. február 10.31
Adresát: chris@christophercheshire.com

Angie organizuje vydanie mojej knihy v maximálnej tajnosti. Mám zakázané hovoriť s novinármi, povolila mi iba rozhovory cez e-mail, no na otázky odpovedá sama.

Dnes som si v metre vzala noviny Metro. V pohodovej nálade som ich začala čítať, kým som čakala na vlak. Od prekvapenia som stratila rovnováhu a skoro som padla pod prichádzajúci vlak. Bol tam rozhovor so mnou, v ktorom som povedala, že milujem kráľovskú rodinu a zbieram známky s podobizňou kráľovnej. Len čo som docestovala, zavolala som Angie.

„Nemilujem kráľovskú rodinu a nezbieram známky s podobizňou kráľovnej, nezbieram žiadne známky," vybliakla som do mobilu.

„Zlato, o čom melieš?"

„Rozhovor v Metre."

„Coco, povedala som ti, že musíme nadbiehať ľuďom, ktorí obľubujú žáner tvojich kníh. Všetkým tým pakom, čo sa odbavujú na kráľovských volovinách," vysvetľovala Angie.

„Tu sa píše, citujem: Coco a jej partner Adam každoročne usporadúvajú výročné oslavy kráľovských jubileí, pri ktorých prezentujú nové prírastky do svojej nemalej zbierky kráľovských známok," nasrdene som dočítala úryvok z článku. „Angie, ty si sa zbláznila!"

„Vieš čo, Coco, mala by si mi poďakovať! Snažím sa propagovať tvoju knihu, ako sa len dá. Vďaka mne ti dali veľmi slušný preddavok a posledná kniha sa predávala ako teplé rožky. Je tak?"

„Áno, ale…"

„Upokoj sa a dôveruj mi," skočila mi do reči. „Sklamala som ťa niekedy? Viem, čo robím! Myslíš, že J. K. Rowlingová má rada deti? Od jej agenta viem, že ich vyslovene neznáša, ale pozri, ako sa vďaka múdremu marketingu predávajú jej knihy a ako ju milujú tí malí sopliaci. Tvoje knihy sú skvelé, o tom niet pochýb, no bez marketingu si ich môžeš jedine vyložiť na poličku nad posteľou."

„Mohli by sme aspoň trošku upraviť imidž, aký si mi vytvorila? Inak si budú ľudia myslieť, že som nejaká staromódna dievka v kvetovanej zástere, ktorá k sebe pozýva ľudí na čaj a v kabelke nosí album so známkami."

Angie navrhla, aby som si otvorila účet na twitteri pod menom @CocoPinchard a krvopotne twittovala a vytvárala imidž, s akým nebudem mať problém (v rámci žánru 😊).

Až dnes mi došlo, čo vlastne twitter znamená. Čvirik, zvuk, ktorým vtáčik ohlasuje svetu svoje novinky. 😊 Nie je to milé?!

Štvrtok 10. február 11.44
Adresát: angielangford@agenturabmx.biz

Čvirikanie mi ide. 😊 Na twitteri mám už šesťdesiat followerov (záujemcov o môj život/novinky)! Väčšina z nich sú čitatelia mojich kníh.

Dokonca ma tam privítal novinár z denníka The Independent a ďalší z Daily Mail.

Čvirikanie je zábava. Ďakujem za radu!

Nedeľa 13. február 14.44
Adresát: chris@christophercheshire.com

Greg tu strávil šesť nocí, bez prestávky. Je tu pečený-varený, akoby tu býval. Vyžiera jedlo z našej poličky v chladničke a každé ráno čóruje noviny, ktoré si ja platím a dávam doručovať. Dokonca má na sebe Adamove nohavice, aj keď uznávam, že to je skôr nedorozumením, keďže si všetci sušíme oblečenie na rovnakom sušiaku v obývačke.

Chcela by som sa o Gregovi a hlavne tých nohaviciach porozprávať s Marikou, ale neviem, ako na to. Vyzerá s ním veľmi šťastná a ja sa správam ako pravá Britka, radšej všetko v sebe dusím, aby som nerozkolísala loď. Jedna dobrá správa, na twitteri mám päťsto followerov!

Utorok 15. február 12.22
Adresát: chris@christophercheshire.com

Adam mal včera stretnutie s Natashou, na súde. Pripravovala ho na možné otázky a útoky žalobcu. Vraj mu nič nedarovala a ugrilovala ho ako kura. Neskôr sme sa stretli v centre na The Strand. Celkom som zabudla, že bolo Valentína, myslela som, že aj on zabudol, pozval ma len do neromantického McDonaldu. Neprotestovala som, veď radšej si dám hamburger, ako by mal zistiť, že som si nespomenula. Vybrali sme sa cez St. Martin's Lane smerom na Leicester Square. Triasla som sa ako osika, fúkal chladný protivný vietor. Pred divadlom Duke of York's sme sa zaplietli do davu vychádzajúcich divákov, ich hlasný smiech signalizoval úžasnú pohodu. Až som im závidela. Chýba mi život v centre Londýna! Adam ma previedol cez križovatku na ulici Cranbourn, myslela som, že sa nevie zorientovať.

„Zlato, McDonald je tadiaľto," popravila som ho.

„Mám pre teba prekvapenie. Ideme dobre," na tvári sa mu zjavil krásny úsmev a viedol ma ďalej. Po chvíli sme zastali pred niekoľkoposchodovou budovou s luxusnou reštauráciou The Ivy.

„Dobrý večer," Adam pozdravil zamestnanca v cylindri, ako keby boli starí známi. Chlapík nám otvoril dvere a zaželal krásny večer.

„Kedy si toto všetko zorganizoval?" zostala som úplne unesená.

„Poprosil som Angie, aby zavolala do reštaurácie a postrašila ich, takže nám na poslednú chvíľu rezervovali stôl. Je Valentína!"

Cestou k nášmu stolu som si všimla, ako všetky ženy aj niekoľkí muži očami vyzliekali Adama. Do tej chvíle som si vôbec neuvedomila, aký je v obleku neskutočne sexy, jemná látka krásne priliehala na správnych miestach. Odtiahol mi stoličku ako pravý džentlmen. Naposledy mi odtiahol stoličku škuľavý Martin, ešte na základnej, lenže potom ju nezasunul na správne miesto a ja som skončila s tromi stehmi na hlave.

Jedlo bolo vynikajúce, prvý raz po dlhom čase som mala pocit, že sme mladá šťastná dvojica, ktorá dokáže všetko, a nie vystresovaný pár v stredných rokoch, ktorému sa stále lepí smola na päty. Po múčniku dorazilo k stolu šampanské vo vedierku s ľadom. Cítila som sa ako Julia Robertsová v Pretty Woman, niežeby som bola šľapka. Na sekundu mi napadlo, či priniesli značkový šampus Krug na správny stôl.

„Asi ste si pomýlili stôl, drahý," oslovila som čašníka.

„Nie, madam," povedal čašník veľmi jemným hlasom. Hrdlo fľaše zabalil do snehobieleho obrúska a vytlačil korok s tým najjemnejším zvukom. Keby som ho nesledovala, nevšimla by som si, že otvára šampanské. Potom ho nalial do krištáľových pohárov. Očami som Adamovi protestne naznačovala, že také drahé nemal objednávať. Nevšímal si ma, niečo hľadal vo vrecku saka. Vtom odstrčil stoličku a zohol sa k zemi.

„Spadla ti peňaženka?" odsunula som svoju stoličku a kľakla som si k nemu na zem.

Pozrel sa mi hlboko do očí, vtedy som si všimla, že kľačí na jednom kolene... a v ruke drží malú zamatovú škatuľku... a v nej je na malom vankúšiku položený prsteň! V tom momente mi to ešte nedošlo, pár sekúnd trvalo, kým moja myseľ spracovala, čo sa tu práve odohráva. Vtom mi to dorazilo do mozgového závitu.

„Nemala si byť na zemi so mnou," zašepkal Adam. Všimla som si hrozné ticho, ktoré zrazu v reštaurácii zavládlo. Množstvo nemých tvárí napäto sledovalo, kto koho požiada o ruku. Rýchlo som vstala a sadla si. Zhlboka sa nadýchol, ja som sa usilovala naštelovať tak, ako by budúca nevesta mala, a čakala som. Celé to bolo veľmi čarovné. Adamov expresívny pohľad, nádherné oči, jeho dlhé telo opierajúce sa o jedno koleno na fajnovom koberci...

„Coco, viem, že momentálne toho nie je veľa, čo by som ti mohol ponúknuť. V skutočnosti ti teraz môžem ponúknuť iba svoje srdce. Moje srdce bije len pre teba, a to veľmi silno. Chcel by som sa o teba starať a ochraňovať ťa po celý život. Zoberieš si ma za muža?" povedal potichu.

V hlave som si všetko rýchlo prebrala. Je úžasný, zábavný

a veľmi sexy. Z jeho ponuky na sobáš som sa skoro roztopila a hlavne ho nadovšetko milujem.

Vychádza mi z toho...

„Áno, áno, áno! Chcem byť tvojou manželkou!"

Zo škatuľky vybral prsteň a ladne mi ho nasunul na prst. Prsteň bol z bieleho zlata, veľmi jednoduchý, bez kamienka, vyzeral ako obrúčka (v našej finančnej situácii by som mu povedala áno, aj keby ma požiadal o ruku so želatínovým cukríkom). Adam sa ku mne nahol a pobozkal ma. Obom nám oči zaliali slzy a celá reštaurácia stála a tlieskala nám.

Zostali sme do neskorého večera, ešte vždy prekvapení a rozcitlivení sme pochlipkávali šampanské. Neustále som obdivovala svoj zásnubný prsteň, pri pohľade naň mi v žalúdku lietali motýliky. Z reštaurácie sme odchádzali medzi poslednými. Ulica nás privítala zahalená v tme. Na kostolných hodinách práve odbila jedna hodina.

„Ušiel nám posledný vlak, zlato," povedala som sladko pripito. „Čo teraz?"

„Čo keby sme boli kreatívni ako za starých dobrých čias?" spýtal sa so sexy úsmevom na tvári.

O pol druhej ráno sme sa zakrádali k mojej záhradnej chatke v Marylebone. Od jesene sme tam neboli. Mobilom som posvietila na bránu, cez ktorú sme preliezli do záhrady. Zem bola ožiarená mesačným svitom. K chatke sme kráčali po zamrznutej pôde pripravenej na zimu. Skoro som dostala infarkt, keď sa mi noha preborila cez zamrznutú mláku a praskajúci ľad sa ozýval ako echo v jaskyni.

„Došľaka!" Zalapala som po dychu opretá o susedovu chatku.

„Uvoľni sa, zlato, nikto tu nie je," uškrnul sa Adam. Podišiel ku mne, oprel o mňa svoje rozohriate telo... Oboma rukami mi chytil tvár a začal ma bozkávať. Zacítila som jeho svalnatú hruď na mojich prsiach, jeho mocné nohy a jeho rýchlo sa toporiaci úd...

„Poď," šepla som a ťahala Adama za sebou k chatke. „Musíš ma zohriať."

Ruky som mala také skrehnuté, že som nevedela trafiť kľúčom do dierky. Neviem, na ktorý pokus sa dvere rozleteli dokorán. Adam ma pritiahol k sebe a vášnivo pobozkal, čo spôsobilo, že sa mi roztriasli kolená ako pubertiačke na koncerte Jon Bon Joviho. Vykasala som mu košeľu a rukou prešla po jeho hodvábnom chrbte. Zhlboka sa nadýchol. Rozopla som mu opasok, ruky mi padli na jeho tvrdý, neskutočne sexy zadok. Na zem sme nahádzali všetky periny, čo boli poruke, a šupli sme sa na narýchlo vyrobenú posteľ. Adam stiahol zvyšok šiat zo seba aj zo mňa. Jeho nahé teplé telo prikrývalo to moje...

Po všetkom sme zostali pod perinami a pripili si s whisky z prasknutého pohára. Nebola elektrina, mobil bol totálne vybitý, keby nebolo mesačného svitu prenikajúceho zadným oknom, chatka by sa topila v tme.

Cítila som sa veľmi šťastná, bolo mi náramne dobre, ako už zopár mesiacov nie. Zaspávala som v Adamovom náručí, oči mi oťaželi: „My sa naozaj vezmeme? Myslíme to vážne?"

„Na sto percent. Pripravím ti takú svadbu, akú si ešte nemala... Bude to veľká plomba."

„Plomba? Chceš pozvať aj zubára?"

„Chcem povedať bomba!"

„Si pripitučký?"

„Áno, aj naša svadba bude taká, veľká a skvelá a pripitučká, so všetkými našimi priateľmi..."

„Veľká, tučná, pripitučká svadba!" opito som zo seba vykoktala.

„Presne tak... Budeš... krásna nevesta..."

„Neviem, či sa teraz môžem vydať v bielych šatách, po tom, čo sme práve vyviedli," Adam už nepočul, bol v siedmom nebi...

Ráno som sa prebudila na zvuk vŕzgajúcej drevenej podlahy a závanu ľadového vzduchu. Otvorila som oči, Adam ma prikrýval svojím nahým telom. Takmer všetky periny sa cez noc zošuchli na zem, vďaka čomu som mala skvostný výhľad na Adamov dokonalý zadok. Z otvorených dverí sa na nás valili ranné slnečné lúče. Vo dverách stála Agatha Belfourová, šéfka záhradkárskej asociácie, spolu s mladým párom a dvoma malými deťmi. Civeli na nás s otvorenými ústami. Vtom sa spiaci Adam pohol, roztvoril ešte viac nohy a po mojej nohe sa mu zošuchol penis aj s celým príslušenstvom a zostal mu tak visieť v chladnom vánku. Jedno z detí sa zľaklo a začalo vrieskať. Chytro som Adama zakryla.

„Pani Pinchardová!" zajačala Agatha s hororom v očiach. „Okamžite sa oblečte a dostavte sa ku mne!" Tresla dverami. Už som len počula, ako sa jej gumáková chôdza vzďaľuje od chatky. Nato sa zobudil Adam.

„Dobré ráno, zlatko," usmial sa. Povedala som mu, čo sa práve udialo.

„Dofrasa," vyskočil a navliekol si rýchlo boxery.

„Čo?"

„Mali by sme sa ísť ospravedlniť," povedal vyľakaný.

„Prečo sa jej máme ospravedlňovať? Stále je to moja chatka a záhrada. Ona neprišla do svojho!"

„Coco, šéfuje celej asociácii."

„A čo? Mám už dosť tej starej bosorky, tvári sa, akoby to tu bol nejaký päťhviezdičkový rezort, sú to len posraté záhrady! Vieš, čo mi povedala? ,Dostavte sa ku mne.' Ako keby som bola nejaké nevychované decko na základnej..."

O chvíľu som už oblečená kráčala hore kopcom k Agathinej záhradnej chatke (šopa to je, keď už). Podpätky sa mi zabárali do zeme pokrytej topiacim sa snehom. Adam sa ponáhľal za mnou, zakasával si košeľu a zapínal zips.

Do Agathinej šopy som vtrhla bez zaklopania.

„Chcem vedieť, prečo ste mi do chatky priviedli cudzích ľudí?!"

Agatha pozrela na mňa a na tanierik odložila striebornú lyžičku, ktorou si miešala čaj.

„Pani Pinchardová," povedala bez mihnutia oka, „zaviedla som ich tam preto, lebo vy už žiadnu chatku ani záhradku nevlastníte. Aspoň nie v mojom rajóne. Tí cudzí ľudia boli záujemcovia o nedávno uvoľnenú chatku, ktorá kedysi patrila vám."

Adam dobehol dnu a zadýchaný sa pozdravil.

Agatha zdvihla papier.

„Súhlasí, že vaša nová adresa je 12A Berry Road, Honor Oak Park, Londýn SE23 1BZ? Nechala som vám odkaz na vašom odkazovači, na ktorý ste sa neunúvali odpovedať."

„Pani Pinchardová," dala si dole okuliare. „Na záhradku máte nárok, iba pokiaľ bývate v štvrti s poštovým smerovým číslom NW1."

„Bývam... vlastním tu dom."

„Momentálne tu nemáte trvalé bydlisko, pani Pinchardová."

„To nie je fér!"

„Ja pravidlá nevymýšľam, pani Pinchardová. Napríklad

brunejský sultán vlastní prenádherný dom s výhľadom na Regent's Park a ani on by tu nemohol mať záhradku, lebo tu nemá trvalý pobyt. A keby tu aj mal záhradku, som si istá, že by v nej lepšie čistil burinu ako vy."

„S tým súhlasím, má na to niekoľko manželiek," ozval sa Adam. Otočila som sa a hodila na neho vražedný pohľad.

„Len hovorím," zašepkal.

„Radšej nehovor!"

„Máte sedem dní na vypratanie chatky, pani Pinchardová. Zbohom."

Vyzerá to tak, že po niekoľkých rokoch sa Agatha naozaj dočkala a splnil sa jej sen. Vykopla ma. Prišla som o záhradu.

Dolu kopcom sme sa vracali zahanbení ako zločinci po vyrieknutí rozsudku.

Pri ceste sme čakali na taxík. Pomedzi prázdne koruny stromov som dovidela na strechu svojho domu. V hlave sa mi premietal obraz Salva Trattoreho, ako je pohodlne usadený v kresle a zohrieva sa pri kozube, pri mojom kozube... s tiramisu na tanieriku.

„Coco, prepáč," ospravedlnil sa Adam, keď si všimol môj smutný výraz a oči zaliate slzami.

„Nemáš sa za čo ospravedlňovať, miláčik!" silno som ho objala a dúfala, že naša láska je jediná vec, ktorú potrebujeme k šťastiu.

Streda 16. február 13.01
Adresát: angielangford@agenturabmx.biz

S potešením Ti oznamujem: SOM ZASNÚBENÁ!! Nikto z mojich priateľov nie je z toho nejako extra nadšený. Chris sa slušne vyhol akejkoľvek grandióznej reakcii a odpinkal ma slovami: „Gratulujem, musím utekať, potrebujú ma na kostýmovej skúške." Na Mariku som vyrukovala s inou taktikou: „Pôjdeš mi za družičku?" Vybuchla do veľkého smiechu (skoro sa zadusila) a verbálne zareagovala, až keď zbadala, že to myslím vážne.

„Dopekla, dúfam, že žartuješ, Coco?!"

„Nie. Zatiaľ sme neurčili dátum..."

„Jasné, že nemáte dátum. Od procesu na Kráľovskom súde ho delí deväť dní." Totálne ma odrovnala.

„Čo tým myslíš? Na súde ho oslobodia, ide len o veľké nedorozumenie. Natasha je o tom presvedčená a ona je najlepšia právnička v Londýne."

„Preboha živého, počúvaš sa? Coco, povedala si vôbec Adamovi, aby išiel na detektor lži?"

„Nie."

„Aj som si myslela. Zobuď sa, ženská!"

„Prosím? A čo tak Greg?"

„Čo tak Greg?" vyštekla Marika, oči jej nebezpečne blikali.

„Nasťahovala si si ho k sebe rýchlosťou svetla!"

„A čo? Je to môj byt!"

„Platíme ti polovicu nájomného, ktoré ti zase platí hypotéku! Čo platí on? Ledva prispeje na mlieko, nie ešte na nájomné!"

Vchodové dvere sa otvorili. Greg mal skvelé načasovanie,

akoby počúval za dverami. V rukách držal mlieko, chlieb a noviny.

„Čau, zlatino," pozdravila ho Marika. „Ale pozrimeže, Coco, čo nám Greg kúpil."

„Nič sa nedeje, mica, myslel som, že by som mohol už aj ja na niečo prispieť."

„Coco má novinku," povedala Marika. Greg zdvihol hlavu a pomaly si ma premeriaval od prstov na nohe až k poslednému vlasu na hlave. Vieš čo, Angie, ešte vždy ma vie prekvapiť, že ľudia, ktorí sú ti najbližší, ťa vedia zraniť najviac. Cítila som sa ako malé decko na pieskovisku, dievčatko v kvetinkových šatočkách, ktoré šikanuje jeho dovtedy najlepšia kamarátka, a to len preto, lebo nerobí to, čo jej „kamoška" kázala.

„Som zasnúbená," povedala som tichým hlasom.

„S Adamom? Aha, gratulácia," nahol sa ku mne a na líce mi vylepil nerozvážnu pusu. „Mali by sme to ísť osláviť."

„Áno?" vyslovili sme s Marikou jednohlasne, len tón našich hlasov bol dosť rozdielny. Do očí sa mi vovalili slzy (nie od šťastia), rýchlo som zodvihla Rocca a zobrala ho na dlhú prechádzku.

Štvrtok 17. február 22.22
Adresát: chris@christophercheshire.com

Zásnuby som oznámila svojim sedemsto followerom na twitteri. Ľudia, ktorých vôbec nepoznám, mali z toho väčšiu radosť než moji blízki.

Adamova dcéra Holly si to všimla a twittla mi naspäť:

#Gratulujem svojej novej nevlastnej mame @CocoPinchard a otcovi... Kedy sa zacina otcov proces pre financnu spreneveru?

Keď som si to všimla, spanikárila som. Chcela som jej odpísať, nech to hneď zmaže, ale omylom som to preposlala všetkým svojim followerom! Nakoniec sa mi podarilo poslať jej správu, ale trvalo viac ako hodinu, kým si ju všimla a vymazala celý odkaz na čvirikovej sieti. Nezvládala som to napätie, išla som sa s Roccom uvoľniť na prechádzku. O pár minút mi zazvonil mobil, Angie mi oznámila, že vydanie knihy Špiónka Fergie sa odkladá.

„Na ako dlho?"

„Nuž, kým sa neskončí súdny proces a nebudeme vedieť, ako dopadne Adam... Vďaka tej jeho kreténskej dcére a jej twitteru sa vydavateľ dozvedel o Adamovi a jeho problémoch so zákonom."

„To im tak záleží na Adamovom procese? Nemali by sa skôr sústrediť na moju knihu? Je výborná a môžu byť radi, že som nešla do iného vydavateľstva!"

„Za normálnych okolností by im to neprekážalo, ale práve prebiehajú rokovania o fúzii s veľkým vydavateľstvom Tranzplanet, ktorú musí odobriť vláda..."

„... a nechcú, aby si vláda myslela, že reprezentujú spisovateľku, ktorá randí s kriminálnikom."

„Presne tak, moja. Nič iné v tom nie je. Ide im o to, že len nerandíte, ale ste aj zosobášení..." „Nemyslíš, že to je prehnane kruté?"

„Stalo sa to predtým, môže sa to opakovať. V dnešnej finančnej kríze vydavateľstvá nerady riskujú. Som nasratá, Coco. Si magnet na pohromy a pre nás, ktorí sa spoliehajú na tvoju prácu, je to už riadne únavné. Vieš, že za týchto okolností odložili poslednú čiastku tvojho preddavku? To znamená, že aj moja provízia je v p... Minimálne do konca súdneho procesu."

Chris, čo mám teraz robiť? Asi budem musieť predať auto.

Sobota 19. február 16.22
Adresát: chris@christophercheshire.com

U Mariky to ide dolu z kopca, minimálne alpského! Celé dni pozerá s Gregom kung-fu filmy (ako vieš, Marika ich vždy neznášala).

S Adamom sme strávili celý deň zatvorení v našej malej izbietke. Bývať v cudzom znamená, že sa nemôžeš sťažovať. Takže po sebe syčíme namiesto poriadnej hlučnej hádky.

Včera strašne vynadal po telefóne Holly pre to, ako nám zavarila na twitteri. Nikdy som ho nepočula tak kričať. Adam nechce, aby som predala auto. Povedala som mu:

„Zlato, nemáme na výber, je zbytočné, aby nám pred domom sedelo štyridsaťpäťtisíc libier železa. Do mesta na ňom nejazdíme, na benzín momentálne zvyšné peniaze nemáme, tak..."

V noci sa nám doň opäť vlámali. Rozbili predné sklo a spolujazdcovo okno. Okrem automapy Slovenska, ktorú som kúpila pred Vianocami, nič neukradli. V aute nechali mapu Európy, čo dokazuje, akí tupci to boli. Určite prepadli zo zemepisu, aby sa dostali na Slovensko, musia prejsť pol Európy.

Chris, mohla by som nechať auto pred tvojím domom,

kým ho nepredám? Odparkovala by som ho tam budúci týždeň, len čo vyprázdnim záhradnú chatku.

Adam práve spí a ja čítam Wolf Hall od Hilary Mantelovej. Je to skvelá spisovateľka, lepšia ako ja. Pripomenulo mi to, čo vydavateľ robí so Špiónkou Fergie, a zosmutnela som.

Chcela by som byť ako Hilary Mantelová, upútať svet literárnou fikciou a byť nominovaná na všetky ocenenia ako ona. Na druhej strane by som sa nechcela na ňu podobať. Hlava sťa hrášok, upírske zuby (navyše žlté ako moč v čerstvom snehu), blonďavá hriva pripomínajúca cukrovú vatu na špajdli a v tvári výraz vyhúkanej sovy. Aby som nebola len sviňa, priznávam, farbu očí má nádhernú ako Plitvické jazerá. No aj tak by som ju nechcela v noci stretnúť v tmavej uličke. Donútilo ma to premýšľať nad tým, či človek môže byť súčasne krásny aj talentovaný. Opýtala som sa to polospiaceho Adama, odpovedal, že som krásna. To som počuť nechcela.

Ako ide divadlo? Si spokojný v Devone?

Utorok 22. február 14.44
Adresát: chris@christophercheshire.com

Dnes som sa podujala vyprázdniť chatku. Pri balení letných stoličiek, minichladničky, prikrývok... mi zostalo smutno. Spomenula som si na naše skvelé letné posedenia pri pijatike a ako sme vždy, keď sa zjavila Agatha, vyskočili a tvárili sa, že záhradkárčime.

Pri vynášaní posledných vecí som sa zastavila pri ostrihaných ovocných kríkoch. Boli z nich len prútiky, hlavne z čučoriedkových. Jahody boli po zime skapané... všetky rastliny vyzerali veľmi smutne. Neuvidím ich na jar v rozkvete... nezacítim tú lahodnú vôňu jahôd... bude mi to chýbať.

Nakoniec priletela vrana s lesklým zobákom a perím, zobkala si v zemi. Bol to krásny poetický koniec môjho záhradkárskeho života. Ľadový vietor mi zdvihol sukňu, akoby mi chcel povedať, že je čas ísť... Kľúčik som zavesila na Agathinu chatku a pobrala sa so svojimi piatimi „slivkami" k autu.

Na kolese bola papuča!

Obišla som auto, pátrala som po nejakej informácii, papieriku, kde mám zavolať... vtom som si všimla, že na papuči pod blatom je telefónne číslo. Vytočila som ho, párkrát zazvonilo a na druhej strane sa ozvala Agatha Balfourová. Rýchlo som hovor zrušila. Myslela som, že som vytočila nesprávne číslo, prsty som mala zamrznuté na kosť, tak by to nebolo prekvapujúce. Znovu som vytočila číslo a znovu sa mi ohlásila stará Balfourka.

„Kto je?" spýtala sa.

„Coco Pinchardová... vaše číslo je napísané na papuči, ktorou je zablokované moje auto." Stručne mi oznámila, že tam bude za moment, a položila.

O chvíľku sa vyteperila z bránky, v ruke mala zväzok kľúčov, v ktorých sa prehrabovala. Podišla k prednému kolesu, vycapila naň svoju špinavú bagančuu, zohla sa k papuči a do zámky strčila kľúč. O pár sekúnd bolo moje auto oslobodené. Stála som tam v údive a čakala na vysvetlenie. Keď som videla, že sa mi nechystá nič vysvetliť, oborila som sa na ňu:

„Dopekla, kto si myslíte, že ste, aby ste mi tu dávali papuču na auto?"

„Zaparkovali ste pred bránou. Je to hlavný vstup na záhradné pozemky. Mám povolenie na papučovanie ľudí, ktorí zablokujú príjazd."

„To je teda riadna kravina! Veď tým skôr vy blokujete vjazd do záhrad. Už som mohla byť dávno preč."

„Čo by fungovalo lepšie, pani Pinchardová? Máte azda návrh? Miesto papuče mám rezať pneumatiky? Vypišať sa na kufor?"

„Prosím?"

„Pani Pinchardová, keď si už myslím, že som všetko videla a všetko počula, vy ma vždy presvedčíte o opaku a klesnete ešte nižšie."

„Parkovala som tu necelú hodinu!"

„Parkovanie je to najmenej! Rozprávam o chudáčikovi pánovi Rickardovi."

„Adamovi?"

„Áno, o Adamovi! Kedysi bol rešpektovaným členom komunity, usilovným sekretárom záhradkárskej asociácie s tým najfajnovejším rukopisom, aký som kedy videla. Potom ste mu prišli do života vy. Nahovorili ste ho, nech sa vzdá záhradky... Nato ho nájdem in flagranti vo vašej chatke... A teraz sa dozviedam, že je podozrivý z finančného podvodu, zo sprenevery dvestotisíc libier!"

„Nič o mne neviete, Agatha!" Slzy som mala na krajíčku.

„A ani si neželám o vás niečo vedieť. Váš život je jedna veľká žumpa! Nechcem od vás ani poplatok za odomknutie papuče. Budem to brať ako darček, že vás už v živote neuvidím."

Zvrtla sa s papučou v ruke a zmizla v bránke. Bojovala som so sebou, aby som nerumádzgala.

Auto som zaparkovala u Teba. Tvoja sestra bola veľmi zlatá a nechala ma zaparkovať v garáži.

Viem, že to znie čudne, ale chcem, aby sa súdny proces začal čím skôr, potrebujeme sa pohnúť so životom vpred. Čakanie je neznesiteľné!

Pondelok 28. február 19.27
Adresát: angielangford@agenturabmx.biz

Proces sa začal dnes ráno. S Adamom sme išli do Southwarku na Kráľovský súd o trochu skôr, ako sme mali. Vonku bolo tma a poprchávalo. Hrdlo som mala zovreté, keď som ho pobozkala pred vchodom súdnej budovy. Adam sa mal stretnúť s Natashou na doladenie posledných detailov. Ja som si od hipíka v stánku kúpila kávu a sadla si na lavičku k rieke. Z nervov mi bolo na vracanie, nedokázala som ani dopiť kávu, radšej som sa pustila do čítania Wolf Hall. Odporúčam, skvelá kniha.

Práve som dofajčievala, keď som zbadala autorku svojej rozčítanej knihy. Hilary Mantelová v plnej kráse (nie doslovne) si objednávala kávu v stánku, kde som si ja kúpila svoju! Schmatla som kabelku a postavila sa do radu tesne za ňu. V ruke som mala vytrčenú jej knihu aj s perom, nachystanú na podpis. Hilary na mňa pozrela kútikom oka.

„Práve som dočítala vašu knihu. Podpíšete mi ju, prosím?" Zazrela na mňa rozčarovane aj nasrato zároveň.

„Ja som Wolf Hall nenapísala."

„Určite?" opýtala som sa nedôverčivo a pridržala stranu s autorkinou fotkou pri jej tvári. „Tá podoba, ste si istá?!"

„Nie som Hilary Mantelová," zavrčala a odpochodovala so svojou kávou.

„Arogantná krava, kto si myslí, že je?" povedala som hlasnejšie, ako som chcela. Hilary sa otočila a zagánila na mňa s neskrývaným hnevom.

Hipík zo stánku sa ma opýtal, akú chcem kávu. Odskočila som, aby mohol obslúžiť ľudí, ktorí stáli v rade a kávu skutočne aj chceli.

Na súd som dorazila o tristvrte na deväť a postavila sa do radu čakajúceho na prechod bezpečnostnou kontrolou a detektorom kovov. Snažila som sa byť pozitívna, predstavovala som si, že čakám v rade na letisku. Onedlho ma zaviedli do súdnej miestnosti. Usadila som sa v sektore pre verejnosť, hore na balkóniku.

Členovia poroty postupne zapĺňali vyhradené miesta, dôkladne som si ich poprezerala. Šesť mužov, šesť žien, veľmi dobrý mix rôznych rás a veku. Dúfam, že je to dobré znamenie. Adam vošiel dnu s Natashou. Zakývala som mu, asi až priveľmi vzrušene, lebo to vyzeralo, akoby som prišla na predstavenie do bábkového divadla. Zopár členov poroty si ma všimlo, rýchlo som stiahla ruku a uvedomila si, že sa musím správať neutrálne, dôstojne. Potom napochodovala prokurátorka. Zavalitá, tmavovlasá babizňa menom Annabel Napierová. Mala šikmé obočie, mačacie oči a na Adama hľadela ako hladná šelma na ulovenú korisť.

Keď už všetci zaujali svoje miesta, hlas zdola ohlásil, aby sme povstali. Prichádzala hlavná sudkyňa lady Ruby

Hautová-Puczová. Mohutné dvere sa otvorili dokorán a ja som skoro umrela. Do miestnosti vstúpila ženská v talári, o ktorej som si myslela, že je Hilary Mantelová.

Strach ma priklincoval k stoličke. Skutočne som pred chvíľou nazvala hlavnú sudkyňu arogantnou kravou? Natasha mi prízvukovala, akú dôležitú rolu zohráva hlavná sudkyňa. Aj keď oficiálne nemá veľké slovo pri verdikte, pri rozhodovaní môže veľmi ovplyvniť porotu.

Usadili sme sa. Hlavná sudkyňa v sudcovskej parochni sa prihovorila súdu. Na mňa to bolo celé až príliš teatrálne. Chcela som vrieskať: parochne, sudcovské taláre, sebavedomí porotcovia, zrazu presvedčení o svojej dôležitosti, a tímy právnikov nachystané na boj. Celé to divadlo zatienilo môjho nevinného Adama, ktorého osud sa ocitol v rukách cudzích ľudí. V miestnosti to vrelo. Vieš si predstaviť, keď do boja tiahnu ženy. Obhajkyňa, prokurátorka aj hlavná sudkyňa – všetko ženy.

Spozorovala som závan spriaznenosti medzi Annabelou Napierovou a sudkyňou. Obe považovali mladšiu a krajšiu Natashu za hrozbu a pozametať podlahu v súdnej sieni s chudou Natashinou kostrou bolo ich dnešnou úlohou číslo jeden.

Neviem, či budem schopná obsedieť na tejto stoličke počas celého procesu, môže sa to ťahať niekoľko týždňov. Začína mi šibať z môjho paranoidného premýšľania. Analyzujem každý pohyb porotcov, vždy keď niektorý z nich zívne a tvári sa, že sa nudí, mám chuť trafiť ho do hlavy cukríkom (v kabelke mám zásoby, aby mi prešiel rýchlejšie čas a nevytiekli mi nervy).

Súd otvorili príhovory zúčastnených strán, Natashin za obhajobu a Annabelin za obžalobu. Oba boli veľmi presvedčivé, pokojne sa to môže zvrtnúť na hociktorú stranu.

Po pojednávaní zostal Adam s Natashou v jej kancelárii, aby prešli body obžaloby, ktoré dnes zazneli na súde. Ja som si kúpila kávu a nervózne vyčkávala na sudkyňu pred budovou. Vyšla ovešaná taškami.

„Prepáčte, že som k vám bola ráno hrubá," rezkým krokom som skackala popri nej, aby mi neušla. „Vravím, že mi to je ľúto. Myslela som to ako kompliment. Ja by som bola rada, keby si ma niekto pomýlil s víťazkou najprestížnejšej literárnej ceny, aj keď je škrata. Nechcem tým povedať, že vy ste škrata! Vy ste Puča, chcem povedať lady Hautová-Puczová..." jazyk mi stŕpol.

„Nemôžem sa s vami rozprávať, pani Pinchardová," povedala dôrazne. „Mali by ste to vedieť." Zrýchlila chôdzu, ja som zastala na mieste a sledovala ju, ako sa postupne mení na malú bodku. Dofrasa, nemôžem si pomôcť, ale asi som to úplne posrala. Adam je v riti!

Od Adama mi prišla esemeska, aby som išla domov, že to vyzerá na dlhý večer.

Popri rieke som sa vybrala na stanicu London Bridge, prešla som cez Tooley Street a zastavila na rohu križovatky pri veľkom poschodovom parkovisku. Z parkoviska vybehol veľký range rover, ktorý musel dať prednosť autám na hlavnej ceste. Pomaly sa na ňom sťahovalo tmavé okno. Na bielom koženom sedadle v ňom bola kráľovsky uvelebená sudkyňa Hautová-Puczová s tenkou dlhou cigaretou v ruke.

„Keď mám čas na knihu, tak to musí byť dobrá komédia," povedala so zrakom upretým na prechádzajúce autá. „Wolf Hall? Nevedela som sa dostať do deja... Poľovačka na lady Dianu ma veľmi pobavila, skvelé dielko..."

Zrazu mala priestor na hlavnej ceste, tak odfrčala do centra Londýna prepchaného autami. Stála som tam ako mucha puk s očami prilepenými na jej aute, kým sa nevytratilo. Čo to znamená? Znamená to niečo? Dúfam, že mi aspoň odpustila...

Možno si myslí, že Adam je nevinný.

MAREC

Streda 2. marec 18.11
Adresát: chris@christophercheshire.com

Obžaloba strávila posledné dva dni prepieraním prípadu a poukazovaním na každý, aj ten najmenší detail, ktorý by mohol Adama usvedčiť. Som rada, že to vidím všetko len zhora a nedívam sa žalobkyni do tváre. Adama predstavila v tom najhoršom svetle, ako mohla, skutočne v hroznom. Celý deň som sledovala tváre porotcov, ktorých výrazy potemneli po každom negatívnom slove, ktoré Annabel vyriekla v súdnej sieni. Koncom dňa na Adama pozerali očami, v ktorých sa dal čítať rozsudok: vinný.

Annabel Napierová je impozantná žena s neskutočným hereckým talentom, krásne artikuluje. Patrí medzi tie moletky, ktoré vedia, ako sa starať o svoj zovňajšok. Je kočka. Má nádherné lesklé gaštanové vlasy, elegantne zviazané na šiji, pleť hebkú ako porcelánová bábika a pod upraveným obočím vynikajú smaragdovozelené oči. Vidieť, že vie, čo jej pristane. Mejkap má vždy dokonalý, jesenné odtiene vyšperkované čiernou linkou perfektne vyzdvihujú práve jej krásne oči. Za celé hodiny, počas ktorých útočila na Adama, sa jej ani kúsok mejkapu neroztiekol, nerozmazal. Určite nenakupuje v librových obchodoch. Jej tvár je reklamou na nóbl šminky vysokej kvality.

Počas prestávky som sa k nej dostala bližšie. Na toalete som si prečesávala vlasy, keď Annabel vyšla z kabínky a podišla si umyť ruky k umývadlu vedľa mňa. Zrazu som sa cítila nesvoja. Lepšie povedané, keby sme boli v inej budove, v inej situácii, poprosila by som ju o radu na očné tiene. (Roky skúšam, čo sa dá, a stále nie som spokojná. Naposledy som skombinovala tyrkysové tiene s koralovoružovými, no vyzerala som ako Priscilla, kráľovná púšte.☺)

Potom by som jej vysvetlila, aký je Adam skvelý chlap, dobráčisko... všetko to, čo na pojednávaní určite nezaznie. A možno by som ju aj pozvala na grilovačku. No v reálnom svete som sa bála na ňu čo i len usmiať. Doumývala si ruky a išla k sušiču. Obidve sme sa tvárili, že tá druhá neexistuje.

S Adamom a Natashou sme obedovali v jej kancelárii na súde. Keď sa Adam vybral na záchod, zdôverila som sa jej, že mám veľké obavy po tom, čo práve predviedla obžaloba.

„Coco, viem si predstaviť, aké to musí byť pre teba ťažké," povedala s ústami plnými sendviča. „No nezabúdaj, že po nej budem mať slovo ja. Veľa vecí svedčí v prospech Adama. Tých dvestotisíc libier polícia nikde nenašla, z toho môžem vyvodiť žiadne peniaze, žiadny zločin. Navyše máme video zachytávajúce Adama v inej časti Londýna, než je bankomat, z ktorého mal práve v tom momente vyberať peniaze. A to dokonca v štyroch prípadoch," natiahla sa ku mne a stisla mi ruku.

„A to hlavné som ešte nepovedala...“

„Čo, Natasha?" opýtala som sa nedočkavo.

„Ja svoje prípady nikdy neprehrávam!" Nestihla som na to zareagovať, Adam sa vrátil, popravujúc si viazanku.

„Rozprávate sa o babských vecičkách?" Natasha mi hľadala v tvári odpoveď.

„Áno, zlato."

Pohladkal mi vlasy a zohol sa pobozkať ma. Vtom nám súdna úradníčka oznámila, že pojednávanie pokračuje.

Annabelin útok sa skončil tesne pred pol piatou.

Posledné slová z jej úst zneli takto:

„Uisťujem ctenú porotu, že v nasledujúcich dňoch rozoberiem veľmi slabé dôkazy a obhajobu pána Rickarda ako popraskaný múr, tehlu po tehle, takže rozsudok VINNÝ nebude len potrebný, ale dokonca aj naliehavý."

Skôr ako Annabel poďakovala porotcom, nechala im v hlavách doznieť svoje slová... Ako šéf cirkusu, čakajúci na potlesk publika po predstavení.

Po pojednávaní sme sa išli najesť do reštaurácie Wagammama. Pozvala som aj Natashu, ale tá sa ospravedlnila, že musí zostať v kancelárii:

„Ďakujem pekne, Coco, ale potrebujem sa nachystať na zajtrajšie pojednávanie."

Vonku opäť pršalo, cez Tooley Street sme prešli na druhú stranu, dostali sme sa k väzenskému múzeu Clink, z ktorého viseli horiace fakle. Mladík v kostýme stredovekého väzňa rozdával reklamné letáky s ponukou na lístky 2+1. Zdá sa, že zlé znamenia nás prenasledujú všade. Asi sme mali prejsť cez most na opačnú stranu Temže, mali sme však strašnú chuť na cestoviny z Wagammamy.

Rozprávať sa s Adamom o súdnom procese nie je vôbec

ľahké, no dnešná konštelácia hviezd mi to sťažila ešte väčšmi. V reštaurácii nás usadili za stôl na dlhú lavicu, kde sa tlačí plece pri pleci a nie je priestor na súkromnú konverzáciu. Dojedli sme rezance a vykročili smerom k stanici. Chodníky sa hemžili uponáhľanými ľuďmi, takže opäť nebol priestor na debatu. Vo vlaku sme sa tisli ako sardinky, opäť nič. Ešte aj cesta zo stanice k Marike bola plná ľudí.

Doma boli svetlá povypínané, Marika s Gregom ležali na gauči pred televízorom a pozerali Zelenú míľu! Ďalšie zlé znamenie. Rocco k nám vystrelil a vzrušene vrtel chvostom.

„Ahojte," pozdravili sme ich. „Marika, kedy bol Rocco vonku?"

„Prepáč, zlato, naposledy okolo obeda," povedala s očami prilepenými na obrazovke. Greg nás odzdravil mávnutím ruky, kým druhú hlboko ponoril do misky s čipsmi.

Adam sa ponúkol, že vyvenčí Rocca. Osprchovala som sa a zabalená v uteráku prešla do našej izby. Neviem ako, no celý stoh naukladaných kufrov sa zosypal a padol na posteľ, kde sme mali nachystané oblečenie na zajtrajšie pojednávanie. Práve som ich zhadzovala z postele, keď do izby vletel Rocco s mokrými, zablateným packami. Skočil na bielu košeľu a pojašený na nej predvádzal svoje tančeky.

„Kristepane, Adam!" zakričala som. „Osuš mu nohy, si slepý, nerozmýšľaš?" Zrazu som začula trúchlivý nárek. Otočila som sa k Adamovi, stál vo dverách, neplakal, len smutne vzlykal. Rocco k nemu skočil a celý zmätený sa rozštekal. Zodvihla som ho a objala Adama.

„Zlato, o rok sa pri pomyslení na dnešné problémy budeme rehotať," pobozkala som ho na čelo.

„O takomto čase o rok... budem mať pred sebou... štyri roky v base," povedal zajakavo.

„Bojím sa. Nedokážem sa vrátiť na súd, nemôžem sa tam vrátiť... a pozerať sa na porotcov, ako si ma premeriavajú, odsudzujú... Prečo majú rozhodovať o mojom osude oni? Vôbec ma nepoznajú!"

Objala som ho ešte pevnejšie a odrazu som bola vydesená aj ja. Náš život sa prevrátil hore nohami, ako na strašidelnom kolotoči, a my stojíme vyľakaní v malej hosťovskej izbietke zapratanej popadanými kuframi. Nebolo ľahké udržať v sebe to, čo som cítila, a s revom nevybehnúť do tmavej ulice. Hrdlo som mala zovreté, ruky spotené. Naozaj som veľmi vďačná Marike, že máme aspoň strechu nad hlavou, ale nemať vlastný priestor v našej situácii je hrozné. Zaľahli sme do postele pod nepríjemne svietiacu lampu, z obývačky sa valil zvuk hučiaceho televízora.

Adam sa konečne upokojil, vstala som a zhasla svetlo. Z ulice na nás svietila žltkastá žiara pouličnej lampy. Vtom ma k posteli priklincoval vreskot z filmu Zelená míľa. Išla práve scéna so sfušovanou popravou na elektrickom kresle. Musela som ten smrtiaci vreskot zastaviť.

Vyletela som z izby a utekala plnou parou do obývačky.

„Prosím vás, mohli by ste to stíšiť?" zakričala som. Marika vyskočila a vytiahla Gregovu ruku zo svojej blúzky. Začala narábať s ovládačom, zvuk slabol.

„Mohla si povedať skôr," zamračila sa. „Telka takto hučala, odkedy ste doma, a až teraz ti to vadí?"

Z kuchyne som zobrala dva poháre a vrátila sa do našej izby. Adamovi som podala veľký voňavý uterák a kázala mu, nech sa osprchuje. Zatiaľ som poupratovala izbu a usilovala sa ju prerobiť, aby sa aspoň trochu podobala na tú, čo sme mali kedysi doma. Naliala som nám preventívnu dávku whisky a Adamovi k nej pridala aspirín.

Myslím, že vyplakanie mu pomohlo. Rýchlo zaspal s Roccom uloženým do klbka na jeho vankúši. Potichu, po špičkách, s pohárikmi v ruke som odišla z izby. Marika upratovala obývačku a Greg sa sprchoval.

V krátkosti som jej povedala, čo sa stalo, ale ľady to medzi nami neprelomilo. Atmosféra je dusná a byt je zrazu preplnený.

Vrátila som sa do tmavej izby a premýšľala. Verila som, že u Mariky to bude fungovať, že spoločné bývanie bude zábava.

Keď sa skončí súdny proces, nájdem nám útulný bytík, ktorý bude celý náš.

Štvrtok 3. marec 3.41
Adresát: chris@christophercheshire.com

Natasha začala obhajobu ako riadna dračica. Bola nebojácna, charizmatická a krásna. Nádherne vyzdvihla Adamovu ľudskosť, dobrotu... rozprávala o jeho silnom poctivom charaktere a opísala ho ako obeť ukradnutej identity. Na porotcoch som videla, ako mäknú, ako prebiehajú na našu stranu.

Lenže na súde je nemenej dôležité aj to, čo sa nepovie. Popri Natashe porotcovia detailne pozorovali aj Annabelu a sudkyňu Hautovú-Puczovú, ktoré zase sledovali Natashu. Hľadeli na ňu pohŕdavo, s úškrnom – akože neberte ju vážne, je príliš pekná na to, aby vedela, o čom rozpráva.

Hnevám sa sama na seba, že Ti o tom vôbec píšem, ale každý detail má na súde svoju váhu. Keby proces viedli dvaja muži, nikomu by nenapadlo, ani v najdivšom sne, montovať do toho výzor. Okrem stenografky, ktorej očividne chýba prítomnosť mužov a neprestajne vyzývavo poškuľuje po Adamovi, s prstami nezávisle pracujúcimi na klávesnici a so znudeným výrazom na tvári.

Natasha argumentovala, že štyri videozáznamy z pouličných kamier dokazujú Adamovu neprítomnosť pri bankomatoch, odkiaľ sa vyberali v tom čase kradnuté peniaze, a to, že počítačový systém v eventovej agentúre XYZ nemal nainštalované ani základné ochranné programy. Svoje vystúpenie ukončila slovami:

„V dnešnom modernom svete, v ktorom sa naše dáta prenášajú neviditeľnými prúdmi, vo svete, v ktorom písomné transakcie, prevody ustúpili do pozadia, je čoraz viac našich súkromných dát otvorených machináciám podvodníkov, kriminálnikov. Keďže internet banking sa stal normou, sme nútení na seba prebrať prácu bankára – bez zaškolenia. Môj klient je možno vinný z nepostačujúcej ochrany svojich počítačových dát a z pochabého vedenia svojich účtov, ale nezaslúži si, aby bol vyhlásený za vinného namiesto neznámeho chamtivého a nečestného indivídua. Pán Rickard bezpochyby nespáchal tento podvod. Jeho zázemie, jeho charakter a čistý register trestov poukazujú na ukážkového občana, ktorý sa stal obeťou ukradnutej identity."

Konečne som mala z niečoho dobrý pocit, aspoň kým sme nešli domov. Pri predstave, že sa musíme vrátiť k Marike, sa mi nepríjemne zovrel žalúdok, takýto pocit som pri Marike nikdy predtým nemala. Očividne jej narušujeme teritórium. Dala by som všetko za to, keby sme mohli ísť domov, do Marylebone a túliť sa pri kozube.

Domov (k Marike) sme dorazili pred siedmou. Nebola tam, ale aj tak sme do seba radšej rýchlo nahádzali vyprážanú rybu s hranolčekmi, ktoré sme si kúpili po ceste. Chceli sme minimalizovať čas v kuchyni, aby sme na ňu a Grega nenatrafili. Vyvenčila som krpca, Adam sa išiel osprchovať. Keď som sa vrátila, Marika už bola doma. Adam ležal v posteli a Greg sa sprchoval.

„Ahoj," pozdravila som so stiahnutým hrdlom. Marika vybaľovala nákup do chladničky.

„Ahoj, Coco. Toto je tvoja ryba?" V ruke držala v alobale zabalené zvyšky ryby.

„Áno."

„Budeš ju ešte jesť? Pýtam sa len preto, že z nej smrdí celá chladnička."

„Asi nie. To najlepšie má za sebou, je trošku stará..."

Marika ju vyhodila do drezu. Zhlboka som sa nadýchla.

„Chcela by som ti povedať, Marika, že po skončení súdneho procesu sa s Adamom odsťahujeme..." Marika prestala vybaľovať a vykukla ponad dvere chladničky.

„Výborné načasovanie, chcem si sem nasťahovať Grega."

Veľmi ma to prekvapilo.

„Ako dlho ste spolu? Päť týždňov?"

„Štyri a pol," popravila ma a zatvorila chladničku.

Nastalo ticho.

„Skvelé, gratulujem."

„Ďakujem," preložila si ruky a nastala ďalšia dlhá pauza. Nemali sme si čo povedať. Kedy sme si my dve nemali čo povedať?

„Mala by som ísť do postele, zajtra nás čaká ďalší náročný deň."

V izbe som našla spiaceho Adama a Rocca oblizujúceho jeho tvár. Ako ho to nezobudilo, to teda neviem. 🙂 Ľahla som si k nim a začala sa psychicky pripravovať na zajtrajšok, keď by sa mal proces roztočiť na plné obrátky.

Pondelok 7. marec 15.06
Adresát: chris@christophercheshire.com

Piatok strávila obžaloba aj obhajoba vypočúvaním podplukovníka Thomasa, ktorý riadil hĺbkovú kontrolu v Adamovej bývalej firme.

Z výsluchu nevyšiel nikto víťazne, bola to remíza medzi Annabel a Natashou. Celý prípad je založený na fakte, že na zločin bol použitý Adamov bankový účet. Keby si včas všimol, že niekto zneužíva jeho účet a nahlásil to na polícii, tak by sme tu dnes neboli. Nemali by ho z čoho usvedčovať.

Celý víkend sme sedeli zatvorení v izbe a pozerali filmy, ktoré sme si nepamätali, hneď ako sa skončili. Sú z nás totálni zúfalci.

Nadnes predvolala Natasha nášho prvého svedka, Adamovu bývalú šéfku, Serenu. Nanešťastie pre nás jej vážne ochorela mama a musela utekať za ňou do nemocnice. Výsluchy mali trvať celý deň, a keďže sa stalo, čo sa stalo, sudkyňa Hautová-Puczová odročila pojednávanie až dozajtra. Po dlhom víkendovom čakaní musíme teraz čakať ešte dlhšie. S Adamom sme sa rozhodli nevrátiť domov, ale ísť do centra, do kina na Leicester Square.

Piatok 11. marec 23.19
Adresát: chris@christophercheshire.com

Celý týždeň prebiehalo vypočúvanie svedkov a myslím si, že máme navrch. Serena sa konečne dostavila na svedeckú lavicu a opísala Adama vo skvelých farbách. Forenzný bankový expert taktiež svedčil v náš prospech, kritizoval nekvalitný počítačový systém v kanceláriách Adamovej firmy.

„Len blázon by použil počítače firmy XYZ na citlivé operácie, nieto na manipuláciu s bankovými účtami alebo na internet banking. Čudujem sa, že firma ešte funguje a nie je na kolenách. Ich IT systém môže byť nabúraný pri bežných každodenných operáciách."

Očakávali sme, že tento týždeň sa na svedeckú lavicu dostane aj Adam, ale pre jednodňový schodok všetko mešká, a to má pred ním ešte vypovedať nejaký zamestnanec jeho bývalej firmy.

Nedeľa 13. marec 19.27
Adresát: angielangford@agenturabmx.biz

Marika išla s Gregom na víkendový pobyt, tak sme mali s Adamom svätý pokoj. Prišiel nás pozrieť Rosencrantz, priniesol nám kávu a orechový koláč, ktorý upiekol Wayne. Oscar po ňom poslal fľašku slivkového džinu. Objednali sme si pizzu, popíjali džinové koktaily, požičali si dévedečká... usilovali sme sa aspoň chvíľu tváriť, že všetko je v normále. Celý víkend sme zdvíhali hovory od Etely, Chrisa, Meryl,

Tonyho... Adamovej dcére Holly a jeho exmanželky, ktorých zaujímalo, ako sa darí Adamovi... čo je nové na súde...

Zlatým klincom víkendu bolo, keď Adam položil Rocca do prázdnej škatule od pizze a ťahal ho po celej obývačke. Roccovi sa to hrozne páčilo a Adam sa po prvýkrát zasmial.

Utorok 15. marec 05.06
Adresát: chris@christophercheshire.com

Včera predvolala Annabel svedka z agentúry XYZ, zamestnankyňu menom Sabrina Jonesová. Má tak do dvadsaťpäť. Vychrtlé blonďavé špáradlo s vybielenými zubami a jemnými zápästiami. Annabel začala otázkou, akú pozíciu zastáva vo firme.

„Mám na starosti služobné cesty zamestnancov."

Annabel potom strávila neprimerane dlhý čas vypytovaním sa na to, v akom stave je firma odvtedy, čo sa prevalil podvod. Sabrina s veľkým pôžitkom opísala, ako musela firma prepustiť päť zamestnancov. Potom sa Annabel opýtala, v akom psychickom stave sú zamestnanci.

„Námietka!" rázne vyhlásila Natasha. „Ako je morálka vo firme XYZ relevantná?"

„Chcem, aby páni a dámy vo váženej porote pochopili, aký dosah mal tento podvod na firmu a nevinných zamestnancov," vysvetlila Annabel.

„Námietka zamietnutá," povedala sudkyňa. Annabel sa líšiacky pousmiala.

„Môžem sa vás spýtať, slečna Jonesová, aký je váš vzťah

k dotyčnému pánovi Rickardovi?" Uši sa mi postavili do pozoru. Sabrina si zvodne olízala pery a povzdychla:

„Mali sme aféru."

Videla som, ako Natasha spozornela, zneistela, bolo to neočakávané, ale držala sa. Bohužiaľ, ja sa neviem tak dobre kontrolovať. Nasrdená som sa oprela o okraj balkónika. Annabel pokračovala:

„Môžete mi povedať, ako dlho trvala vaša aféra?"

„Asi dva mesiace," Sabrina sa nahla bližšie k mikrofónu, aby sme všetci dobre počuli. Adamova hlava sa prudko natočila ku mne, krútil ňou celý zmätený.

„A prečo aféra nepokračovala ďalej, prečo sa skončila?"

„Prosím?" Sabrina nepochopila rozvitú vetu. „Um, Adam začal byť žiarlivý, privlastňoval si ma, tak som to ukončila. Deň nato som ho v kancelárii prichytila, ako sa mi hrabe v kabelke. Vybral z nej môj mobil a chcel vidieť, kto mi posiela esemesky..."

Počúvala som s otvorenými ústami, ale viacej som nemohla... prudko som vyskočila zo stoličky a zakričala:

„Je to klamárska suka! Určite si vymýšľa!"

Všetky hlavy v miestnosti sa otočili na mňa s výrazom hrôzy a pohoršenia. Najhororovejší výraz mala Natasha. Sudkyňa Hautová-Puczová zatrieskala dreveným kladivkom.

„Pani Pinchardová, chápem, že vás to znepokojilo, ale..."

„Nie som znepokojená, ona je skurvená klamárka!" mimovoľne mi vystrelilo z úst. Porotcovia predychávali môj výstup, sudkyňa zaklepala kladivkom znovu, tentoraz ešte tvrdšie.

„V poriadku! Nebudem tolerovať vulgarizmy a takéto správanie vo svojej súdnej sieni. Prosím vás, vyveďte pani Pinchardovú." Podišiel ku mne zriadenec v modrej uniforme a poprosil ma, aby som s ním odišla zo súdnej miestnosti. Zavrela som ústa, bola som úplne mimo, v šoku, dúfajúc, že Sabrina klame. Zúfalo som chcela vziať späť, čo mi práve vyletelo z úst.

Vykázali ma z pojednávania. Porotcovia všetko videli.

„Prepáčte, musím vás vyviesť von," povedal zriadenec ospravedlňujúco.

„Áno, v poriadku," odvetila som s malou dušičkou. Výťahom ma zviezol dole a odprevadil až pred hlavný vchod. Rozlúčil sa ľútostným pohľadom. Prešla som až pod kraj striešky a zapálila si cigaretu. Nohy sa mi nekontrolovateľne triasli, musela som sa oprieť o stĺp, aby som nepadla.

O malú chvíľu sa za mnou otvorili dvere, Natasha s celým svojím právnickým tímom a Adamom vychádzali von.

„Čo sa deje?" spýtala som sa prekvapene.

„Nadnes sme skončili," chladno povedala Natasha.

„Prečo?"

„Svedkyňa nedokázala pokračovať vo výsluchu, je preľaknutá."

„Svedkyňa?! A čo ja? A čo..." Adam bol od bolesti úplne mimo.

„Musíš pochopiť, že to, čo si práve urobila, je nesprávne, môže to mať vážne následky," s vážnosťou v hlase vysvetľovala Natasha. „Proces je odročený nazajtra. Určite ti nepovolia vstup do súdnej siene, aby mohla svedkyňa pokračovať vo vymenovávaní dôkazov."

„Nemá dôkazy, sú to..."

„Musím ísť," odpinkala ma Natasha. „Potrebujem vymyslieť nový plán, ako sa z tohto dostaneme, a vy dvaja sa potrebujete porozprávať."

Natasha zmizla v aute a my s Adamom sme zostali stáť úplne stuhnutí.

Pomedzi autá som prekľučkovala na druhú stranu a šprintovala k stanici. Pretlačila som sa pomedzi davy čakajúcich na nástupišti a naskočila na vlak. Nepozerala som, či je Adam za mnou, prešla som na koniec plného vozňa. Cítila som prvé pohyby vlaku a zbadala Adama predierať sa medzi ľuďmi smerom ku mne.

„Coco, nie je to pravda!"

„Tu nie," zasyčala som. Pozerala som von na ubiehajúci Londýn, byty, vysoké budovy, staré historické budovy, stavby obklopené nekonečnými lešeniami, ďalšie byty, ďalší ľudia...

„Tak kde?" zasyčal naspäť. „Nemôžeme sa rozprávať na súde, nemôžeme sa rozprávať vo vlaku, tobôž u Mariky!"

Nakoniec sme skončili na rozľahlom cintoríne za stanicou Honor Oak Park (neďaleko Mariky).

„Nespal som s ňou, prosím ťa, ver mi." Na pol zadku som sedela na prehnitej lavičke veďľa starého náhrobného kameňa pokrytého machom. Adam prešľapoval z jednej strany na druhú ako tiger v klietke.

„A?" hnala som ho ku komplexnejšiemu vysvetleniu.

„A čo?"

„To je všetko? Nespal som s ňou, bodka? Čo ti mám na to povedať? Okej, Adam, poďme domov a nachystáme si oblečenie nazajtra..."

„Neviem, čo ti mám ešte povedať."

„Kto je tá Sabrina?"

„Niekto, s kým som pracoval."

„Nikdy si ju nespomenul."

„Lebo som ju ledva poznal."

„Tak prečo je predvolaná ako svedkyňa na posúdenie tvojho charakteru?"

„Neviem."

„Preboha, nebuď tupec, musí byť nejaký dôvod."

„Naozaj som s ňou nespal, pracovala na úplne opačnej strane kancelárie."

„Som blbá?" opýtala som sa sama seba. „Neustále za teba vymýšľam výhovorky, ale ty si tie prachy možno ukradol a možno si mal aj aféru. Aspoň mi povedz, kde si ich schoval, nech to má nejaký význam a nech z toho aspoň niečo mám!"

„Annabel! Ona ju predvolala ako svedkyňu, aby nám znepríjemnila život, mňa chcela poškvrniť a teba vyprovokovať, čo nebolo až také ťažké."

„Prosím?"

„No, vďaka tvojim vulgarizmom na súde čaká teraz Natashu poriadna drina..."

„Chudiatko Natasha aj s jej značkovým kostýmom v miniveľkosti a s päťsto librami za hodinu."

„Teraz žiarliš už aj na Natashu?"

„Nežiarlim na ňu, ty idiot!" zvreskla som. „Som zo všetkého neskutočne rozčúlená a smutná: z tohto, zo mňa, z teba... Zo svojho posratého života!" Nazúrená som si z prsta stiahla zásnubný prsteň a šmarila ho medzi stromy na kraji cintorína.

„Coco!" zakričal Adam, keď som vstala a bola na odchode. „Coco, prečo si to urobila?"

„Prestaň klásť sprosté otázky a zobuď sa. Prevezmi na seba nejakú zodpovednosť!" revala som z diaľky cez plece.

Večer bol jeden z mála tých, keď Greg neprespal u Mariky. Prešla som sa s Roccom, osprchovala sa a pozrela si seriál Eastenders. Marika si vedľa mňa maľovala nechty na nohách.

„Kde je Adam?"

„Musel ešte zostať na súde s našou právničkou..."

„Ako to ide?"

„Dobre." Opýtala som sa jej, ako sa volá farba jej laku.

„Hm, zmyselná fuksia."

„Pekná."

„Ďakujem..."

Zvyšok seriálu sme dopozerali v tichu, po ňom som odišla do postele. Ležala som s Roccom a sledovala malé hodiny na preplnenom nočnom stolíku jedným šibnutým uslzeným okom. To druhé zostalo suché, ale smutné.

Začula som otváranie vchodových dverí. Adam niečo zamrmlal Marike, prišiel do našej tmavej izby a ani nezasvietil. Rocco sa k nemu natešene rozbehol, pooblizoval ho a privítal kňučaním. Adam ho na revanš vyobjímal, potom vliezol do postele. Ja som sa odtiahla, on sa však prisunul ku mne a snažil sa ma objať. Zdvihol mi ľavú ruku a s ľahkosťou mi navliekol zásnubný prsteň.

„Našiel si ho?"

„Po chvíli hľadania..." pootvorila som ústa, chcela som niečo povedať.

„Coco, prosím ťa," nadýchol sa, „prosím ťa, lež pri mne, aspoň dnes v noci. Veľmi ťa potrebujem."

Chytila som mu ruku, položila ju na seba a čakala, kým zaspí. Keď aj s Roccom zaspali, pomaly som vstala z postele, prešla do kuchyne a zapla kávovar. Je päť hodín ráno a stále som v kuchyni.

Utorok 15. marec 22.31
Adresát: chris@christophercheshire.com

Natasha mi poradila, aby som až do konca vypočúvania Sabriny Jonesovej nevstúpila do súdnej siene. Nie som oficiálne persona non grata, ale nechce nič riskovať. Bola oveľa pokojnejšia ako naposledy a sľúbila, že Sabrinu pre údajnú aféru s Adamom ugriluje.

Žrali ma mrle, nemohla som len tak zostať doma, išla som s Adamom na vlak a premýšľala, čo urobím so svojím dňom.

Bol to prvý deň zaváňajúci jarou, teplý a slnečný, tak som si kúpila kávu a sadla si k rieke neďaleko súdu. Pri lavičke bol rozkvitnutý zlatý dážď a Temža sa trblietala v slnečných lúčoch. Strávila som zopár príjemných hodín pofajčievaním, opaľovaním sa a nepremýšľaním... Okolo jedenástej mi prišla správa od Adama, že pojednávanie je na chvíľu prerušené, nespomenul, ako to ide.

Vtom som zbadala Sabrinu Jonesovú, stála neďaleko mňa, pri zábradlí vedľa rieky. Asi si vyšla na cigaretu. Zazvonil jej mobil, vytiahla ho z kabelky. Neviem, či to bola pomoc zhora alebo len správny vietor, no keď začala rozprávať, vial mojím smerom aj s jej konverzáciou. Počula som každé slovo.

„Jasnačka, neni to žiadna makačka," povedala známemu do mobilu. Na sebe mala krátku bundu s kapucňou, spod ktorej jej vykúkali dlhé vychrtlé nohy. Mimo súdnej siene nevyzerala ako jemný, naivný kvietok, skôr ako tvrďaska, čo má všetko pod kontrolou a vie sa o seba postarať. Potom začala rozprávať vážnejšie.

„Simon, daj si pohov... pokoj. Nikto nič nevie, nemajú ani najmenšieho tušáka." Sabrina sa otočila a rozhliadla, či je čistý vzduch. Rýchlo som sa schovala za zlatý dážď. Potom samoľúbo pokračovala: „Nebude s tým žiadny problém. Viem, čo robím. Som dobré, jemné žieňa, beloška proti černochovi... Simon... musím ti stále hovoriť, že som len svedkyňa?!" Vietor zmenil smer, musela som nastrčiť uši.

„Simon, nikto nevie, kto si... Nikto nemá dôvod spájať to s tebou. Sledovala som porotcov. Sú presvedčení, že to urobil on. Nie, nechaj tašku tam, kde je... Počkáme, musíme počkať, neunáhlime sa, keď príde správny čas, potom to presunieme... O mesiac dám výpoveď a potom s tým môžeme začať. Nie, Krista, upokoj sa! Kto by mi už len odpočúval mobil? Mám Blackberry. Sú to najťažšie odpočúvateľné mobily na trhu."

Sabrina náhle zmenila tému a trepala ďalších päť minút. Poprosila Simona, aby z mrazničky vybral pizzu...

Zostala som stáť ako ukrižovaná. Hneď mi napadlo, že to musela rozprávať o ukradnutých peniazoch. Takže Sabrina má dvestotisíc libier v nejakej taške!

Počkala som, kým sa neotočila a neodišla naspäť na súd, zavesila som sa na ňu a sledovala ju. Keď prešla bezpečnostnou kontrolou, potom som ňou prešla aj ja a naskočila som do voľného výťahu. Z výťahu som utekala do Natashinej kancelárie a vletela dnu ako víchor. Práve sa s Adamom chystali, že sa vrátia do súdnej miestnosti.

„Viem, kto to urobil! Viem, kto ukradol peniaze!" vyhŕkla som. „Sabrina!"

Natasha s Adamom na mňa pozreli.

„Má peniaze doma schované v taške!"

Natasha vyskočila a zavrela dvere. Povedala mi, nech jej vysvetlím, čo sa deje. Zobrala si pracovný zápisník a zapisovala. Bolo to vzrušujúce, myslela som si, keď som jej všetko hovorila: Adam bude vyhlásený za nevinného!!

Všimla som si, že Natasha prestala zapisovať a klikala s perom na svojom žltom pracovnom zápisníku.

„Čo?" zostala som zmätená.

„To, čo si mi práve opísala, je konverzácia, ktorú si počula vo vetre bez akéhokoľvek svedka."

„Áno! Ale všetko priznala!"

„Nie, nepriznala," povedala Natasha. „Rozprávala o presúvaní tašky."

„Plnej peňazí!" dodala som.

„Spomenula peniaze?"

„No, priamo nie, ale o čom inom asi hovorila?"

„Presne to je tá vec, mohla rozprávať o čomkoľvek. Nepočula si konverzáciu osoby na druhej strane hovoru, ktokoľvek to bol, mohol pokojne zmeniť tému. Mohli rozprávať o sťahovaní domu alebo niečom úplne inom, mohol to byť drogový díler..."

„Tak to je potom dobré. Ak jej, dajme tomu, frajer je drogový díler, jej dom môže byť oficiálne prehľadaný, kvôli drogám."

„Coco," Natasha si pretrela svrbiace oči, „nemôžem spovedať svedka z činnosti, ktorá nemá nič spoločné s naším prípadom."

„Natasha, prišla som za tebou s informáciou, s ktorou by si mohla tento prípad zmiesť zo stola ako omrvinku... Oslobodiť nevinného Adama."

„Sudkyňa by to zamietla ako klebetu, nemáš svedka, nemáš dôkaz. A taktiež si ju počas pojednávania nazvala klamárskou sukou!"

„Niekto s tým musí niečo urobiť! Koľko ti platíme, Natasha?"

„Coco, upokoj sa," povedal Adam a vstal zo stoličky.

„Päťsto libier na hodinu plus nemalú hotovosť tvojim asistentom!" z uší mi syčala para.

„Coco, robím, čo sa dá."

„Nuž, to ma má upokojiť?!"

Na dvere zaklopala zriadenkyňa a ohlásila koniec prestávky. Vrátila som sa k rieke, rozčúlená a vytrasená. Zobrala som si ďalšiu kávu, usadila sa na lavičke a zapálila si cigaretu.

Až vtedy mi došlo, že Adam je nevinný. Nemal s ňou aféru, neukradol peniaze. Prehrala som si v hlave Sabrinin rozhovor so Simonom. Možno by som na súde neobstála, ale ja viem, že Adam je NEVINNÝ!

Adama som stretla cez obednú prestávku, šťastne som si poskakovala.

„Natashe sa nepodarilo naštrbiť Sabrininu výpoveď. V očiach porotcov zostala ako chúďatko, napospas osudu pohodené šteniatko," povedal Adam.

Veľmi silne som ho objala.

„Čo sa deje?"

„Neurobil si to, pravda? Nič z toho si neurobil. Uvedomujem si, že Natasha pochybuje o tom, čo som dnes počula, ale ja viem, čo som počula."

„Proces sa vyvíja veľmi zle a zajtra budú vypočúvať mňa."

Zobrala som ho do milej krčmičky a znovu som mu porozprávala, čo povedala Sabrina chlapíkovi do telefónu.

Štvrtok 17. marec 19.44
Adresát: chris@christophercheshire.com

Prepáč, že som sa Ti pár dní neozvala, ale všetky dni sa zlievajú do jedného. Ráno sme hore o šiestej a nikdy sa nevrátime pred ôsmou večer.

Adamov výsluch dopadol dobre. Bol skvelý, pokojný, s chladnou hlavou a nedovolil Annabel, aby ho rozleptala. Na druhej strane, celý prípad je ako šmykľavý íl. Strašne veľa dôkazov je nepresvedčivých. Myslím, že Adamov šarm mu nahráva do karát. Máme dvanásť porotcov, asi päť zo šiestich žien dohnal k úsmevu a dvaja mužskí porotcovia, ktorí podľa všetkého majú radi mužov, boli z neho namäkko, to máme sedem porotcov na našej strane.

Adamovu výpoveď ukončila Annabel vetou:

„Adam Rickard je jediný človek, ktorý mal prístup k účtu, tým pádom je jediným človekom, ktorý mohol ukradnúť peniaze."

Natasha však argumentovala, že k Adamovmu účtu sa mohol dostať ktokoľvek, teda aj ktokoľvek mohol ukradnúť peniaze. (Tieto dve vety sa dnes opakovali na pojednávaní veľmi často.)

Sudkyňa Hautová-Puczová zosumarizovala výpoveď férovo, ale varovala porotcov, aby sa rozhodovali na základe dôkazov a nie na základe šarmu pána Rickarda.

„Krása je skrytá v rôznych formách," povedala vodcovsky, „krása môže byť dobrá aj zlá a vy sa musíte prezieravo preniesť cez túto krásu, aby ste našli pravdu, lebo bez pravdy sme ničím."

Informovala porotcov, že bude akceptovať iba väčšinový

verdikt, a o štvrtej poobede poslala porotcov, aby išli zvážiť svoje rozhodnutie.

Chvíľu sme sa motali okolo budovy súdu, ak by náhodou dospeli k spoločnému verdiktu (malá šanca), a po hodine čakania sme išli na vlak domov. Keďže sme skončili skôr, ako sme mysleli, povedala som Adamovi, že by som chcela ísť k tomu krásnemu kostolíku v Honor Oak Park a na chvíľku si tam posedieť v tichu. Nikdy v živote som nebola takáto napätá.

„Okej, ale idem len kvôli tomu, aby som sa vyhol Marike a Gregovi, bozkávajúcim sa na gauči," povedal Adam.

V kostole sme sa usadili na jednu z predných lavíc a užívali si božské ticho. Všimla som si, že dni sa predlžujú, bolo niečo po piatej poobede, slnečné lúče sa odrážali od veľkého kríža na oltári a zaliali kostol zlatou žiarou. O chvíľku potichu vošiel farár a jednu po druhej zapaľoval sviečky na večernú omšu. Sálal z neho pokoj, láskavosť. Zrazu mi niečo napadlo. „Prepáčte," prelomila som ticho. „Sobášite?"

Otočil sa a podľa zvuku nás hľadal.

„Pochválen buď Ježiš Kristus. Sobášim, zlatinko."

„Mohla by som si u vás rezervovať dátum na svadbu?"

„Bez problémov, zlatinko," usmial sa. „Idem si po diár," pokojným krokom sa vytratil do sakristie, jeho sutana ho nasledovala s malým oneskorením.

„Čo robíš?" zasyčal Adam.

„Chceš si ma vziať?" zašepkala som.

„Áno."

„Tak dôverujme osudu a spravodlivosti a rezervujme si svadbu."

„Ale čo keď..."

„Žiadne čo keď... Uznajú ťa za nevinného, verím tomu. Takže si rezervujeme dátum. Okej?"

Adam zalapal po dychu a prikývol. Farár sa vrátil s veľkým ošúchaným diárom a položil si ho na koniec našej lavice.

„Nech sa páči, kedy sa chcete vziať, hrdličky?" usmial sa.

„Čím skôr," povedala som.

„Čím skôr?" žmurkol na mňa.

„Nie som tehotná."

„Nič také som nenaznačoval, zlatinko!" Usmial sa, prelistoval krasopisom zaplnený diár a dostal sa k augustu.

„A máme to, sobota devätnásteho augusta je voľná. Vyhovuje vám?"

„Áno," súhlasila som.

Adam prikývol. Farár si to poznačil a zapísal si všetky nevyhnutné údaje.

„Budem potrebovať malú zálohu, päťdesiat libier." Adam sa pohrabal vo vreckách a vytiahol peňaženku.

„Nech sa páči," podal mu svoje posledné peniaze.

Farár nám vypísal potvrdenku.

Berieme sa DEVÄTNÁSTEHO AUGUSTA!

Piatok 18. marec 11.34
Adresát: angielangford@agenturabmx.biz

Teší ma, že sa vydavateľ zaujíma o verdikt. Hneď ako ho budeme vedieť, ozvem sa. Sedíme tu celé ráno a nervózne vyčkávame. Mám v sebe toľko kofeínu, že sa trasiem ako osika. Nijaká správa je dobrá správa...

Piatok 18. marec 17.44
Adresát: angielangford@agenturabmx.biz

Porotcovia sa nezhodli na verdikte, sudkyňa ich poslala na víkend do hotela.

Pondelok 21. marec 5.46
Adresát: angielangford@agenturabmx.biz

Ideme dnu. Porota má verdikt.

Pondelok 21. marec 18.15
Adresát: angielangford@agenturabmx.biz

Verdikt – VINNÝ. Porota sa vrátila s verdiktom vinný. Adam so sebou nemá nič. Zobrali ho odo mňa, bez ničoho. Som v malom obchodíku na stanici a snažím sa mu kúpiť drogériu.
    Rosencrantz hľadá obchod s oblečením, ktorý je ešte otvorený. Adam nemá v čom spať. Pyžamo má doma pod vankúšom. Neviem, čo bude teraz.

Sobota 26. marec 03.01
Adresát: chris@christophercheshire.com

Som stále v šoku, ale hlava sa mi trochu prečistila. Celý čas som v sebe živila predstavu, ako s Adamom vychádzame zo súdu po triumfálnom verdikte. Stáli sme na najvyššom schode a do vzduchu som mu zdvihla ruku na znak víťazstva. Až do poslednej chvíle pred vyhlásením verdiktu som verila, že Adam bude oslobodený.

Hlasovali 10 – 2 v jeho neprospech.

Adam bol odsúdený na osem rokov. Za predpokladu, že sa bude vzorne správať, prepustia ho po štyroch rokoch v marci 2014.

Na výraz jeho tváre nikdy nezabudnem, strach a sklamanie z nespravodlivosti. Zo súdnej siene ho odviedli strašne rýchlo. So sebou má len oblečenie, v ktorom predstúpil pred porotu. Po vynesení rozsudku sa všetci vytratili, Annabel, Natasha, sudkyňa, porota... všetci. Ja s Rosencrantzom sme zostali sedieť na balkóniku a zmätene hľadeli do prázdna.

Odtiaľ sme išli Adamovi kúpiť zopár potrebných vecí. Zaniesli sme ich na súd a dúfali, že mu ich dajú. Neviem, či sa k nemu dostanú. Rosencrantz ma vzal taxíkom k Marike a Gregovi. Nespomínam si, čo mi kto vravel, viem len, že som stála medzi nimi v malej kuchyni a z úst sa im hrnuli slová. Pamätám sa, ako som im povedala, že Adama odviedli do väznice Belmarsh, a na Gregov výraz, že tá basa je hrozná.

Odvtedy som na mobile, každý deň vyvolávam do väznice, aby som zistila, čo sa bude diať teraz. Dnes mi priateľský hlas oznámil, že Adam prechádza väzenským systémom a že o pár dní budú vedieť, čo je.

„Čo tým myslíte, že o pár dní budete vedieť, čo je?"

„Bude zaradený do určitej väzenskej kategórie. A, B, C alebo D, nemalo by to už dlho trvať, a potom sa zaradí medzi spoluväzňov vo svojej kategórii."

Jeho priateľský vytešený hlas znel, akoby Adam pricestoval na Rokfort a čakal, kým mu Maggie Smithová capne na hlavu hovoriacu kúzelnícku čiapku.

„Prosím vás, mohli by ste mu odovzdať odkaz?"

„Prepáčte, to nie je povolené, ale môžete mu napísať list." Nadiktoval mi adresu, ktorú som si načmárala na zdrap papiera.

Vkladala som list do obálky, keď sa Marika vrátila z venčenia psov. Cez týždeň venčí asi tridsať psov a zarába viac, ako keď bola učiteľka. Posledné dni som ju nevidela, čo ma dosť škrelo. Rocco sa ku mne rozbehol a olizoval ma. Ľúbi sa venčiť s Marikou a jej ostatnými psami.

„Je veľmi panovačný," povedala Marika, zohla sa k nemu a dala mu kostičku. „Mám vlčiaka a dalmatínca, čo sa ho boja."

Rocco nahlas zaštekal.

„Čuš, Greg spí," utíšila ho. Čakala som, že sa ma opýta na Adama, namiesto toho naplnila kanvicu na kávu.

„Práve som napísala list Adamovi."

„Musí to byť čudné, písať listy. Dáš si kávu?"

„Nie."

Marika otvorila kredenc a zobrala si šálku.

„Prosím ťa, nemáš známku?"

„Jasné," otvorila šuplík a podala mi malú známkovú knižku. Hneď som si všimla, že sú to známky druhej triedy (pomalá pošta).

„Nemáš prvú triedu?"

„Hmm, počkaj..." prehrabala sa v šuplíku a na stôl hodila knižku so známkami prvej triedy.

Začala som na obálku písať adresu:

Väzeň 48723
HMP Belmarsh
Londýn
SE28 0EB

„Môžem niečo povedať?" Marika na mňa pozrela, do šálky si sypala kávu.

„Čo?"

„Toto napätie je hrozné... Len to povedz. Myslíš si, že Adam je vinný, je tak?" Marika ani nepípla.

„Nerob sa. Tváriš sa, akoby sa nič nestalo. Adam je teraz sám, sám v base. Nemám sa s ním ako skontaktovať a ty mi dávaš známky druhej triedy! Prečo si myslíš, že by som chcela, aby mu tento list prišiel čo najneskôr?"

„Čo ak to Adam urobil?" Marika sa otočila tvárou ku mne.

„Prosím?"

„Poznáš ma, vždy poviem, čo si myslím... Coco, potrebuješ sa začať pozerať na veci otvorenými očami."

„Čo tým myslíš?"

„Nikdy nešiel na detektor lži, nespomínaš si? Nepoznáš skutočnú pravdu."

Z ničoho nič mi vyletela ruka a dala som Marike facku. Tvrdú. Obidve sme zostali stáť v šoku.

Marika na mňa pozrela cez prsty, ktorými si držala tvár. Potom pokojne odišla do svojej izby a capla dverami. Zalapala som po dychu a ušla do svojej izby. Rýchlo som zbalila naše veci a potom som do igelitového vreca zozbierala tie, ktoré sme mali vo zvyšku bytu. Nakoniec som zavolala taxík.

„Zlatko, a kam to bude?" opýtal sa šofér do mobilu. Chvíľu som premýšľala. Mala som len dvadsať libier – sprostaňa sprostá, včera som dala Marike nájomné na ďalší mesiac, neviem, prečo som tam chcela ešte zostať. V zúfalej situácii robíš zúfalé rozhodnutia.

„Lewisham. Niekde k pešej... nebude vám prekážať môj psík? Je to dobrák."

„Ak je dobrák, tak bez problému," povedal milý taxikár.

Zhora som si k obrubníku nanosila všetku batožinu aj tašky a na stolíku som nechala svoje kľúče. Taxík prišiel, práve keď som Roccovi dávala vodítko.

O pol hodiny sme stáli pred Rosencrantzovým domom. Na moje vytrvalé zvonenie otvoril Wayne, oblečený v domácom župane s turbanom na hlave.

„Prekvapko, teta P, poďte dnu. Chalani, teta P čaká na schodoch so šiestimi kuframi a vrecami!" Rocco zaštekal. „Aj s jej malým kuťom!"

Oscar vyšiel z obývačky v krátkych boxerkách a Rosencrantz v pyžame s miskou cereálií.

„Kruci, mami," položil misku a vrhol sa na mňa s velikánskym objatím.

„Kde je lokaj, nosič batožiny, keď ho potrebuješ?" Waynovi behali oči po mojich kufroch. Spolu s Oscarom začali nosiť moje veci po schodoch hore. Rosencrantz ma zaviedol do obývačky. Rocco behal vytešene okolo chalanov.

Oscar s Waynom prišli za nami vo chvíli, keď Rosencrantz nachystal čaj.

Boli zlatí, povedali mi, ako im je všetko ľúto, a Wayne mi ponúkol svoju izbu.

„Vyspím sa na pohovke, ďakujem."

„V žiadnom prípade, teta P. Okrem toho trpím insomniou, takže toho veľa nenaspím."

Jeho izba je natriesknaná vecami, ale útulná. Na jednej stene má poličky preplnené pamätnými šálkami. Má tam šálku vyrobenú pri príležitosti svadby kráľovnej a princa Phillipa a ďalšiu z jej korunovácie v roku 1953, zo svadby Diany a Charlesa, Andrewa a Fergie, ale aj zo svadieb menej dôležitých členov kráľovskej rodiny. Na konci postele stojí veľký mobilný vešiak na odevy, zaplnený divadelnými kostýmami. Pri ňom má malý stolík so šijacím strojom a niťami všetkých farieb.

Chlapci mi povedali, že môžem zostať tak dlho, ako len chcem, no ja viem, že sa potrebujem rýchlo spamätať. Bezradná tu ležím, o tretej nadránom... a neviem, ako ďalej...

APRÍL

Piatok 1. apríl 16.33
Adresát: chris@chritophercheshire.com

Keď som sa zobudila, pred očami sa mi zjavili rozmazané figúry ľudí... Vtom som počula Etelin hlas:

„Eééj, zistila som, čo to je... stará čína."

Zrak sa mi vyjasnil, Etela podávala škatuľku mojej niekoľkodňovej číny Rosencrantzovi a Oscarovi a potom ich vypoklonkovala z izby.

„Krásne poobedíčko želám," zažartovala Etela a roztiahla závesy. „Suseďá si musá myslet, jaký tu máš sexmaratón, ked si nevíš otevret ani závesy."

Počula som, ako otvára okno. Zrazu ma ošľahol závan studeného vzduchu. Natiahla som si perinu až k brade, Etela sa usadila na pol zadku na konci mojej malej postele.

„Kde je Rocco?" opýtala som sa.

„Wayne ho zebral ze sebú na beh do parku. Aj ked nevím,

nevím. Nevím si ho predstavit bežat, jedine, keby mu pred čumákom zavírali cukrárnu."

„Wayne je veľmi milý mladý muž a stará sa o mňa. Všetci traja sa o mňa starajú."

Zodvihla šálku (výročie korunovácie kráľovnej) a podozrievavo na ňu pozrela: „Asi nemá význam, aby sem sa vypytúvala, či má frajírku."

Vtom jej pozornosť upútal strieborný zvonček na nočnom stolíku.

„Čo je toto?"

„Chalani mi ho dali, aby som im mohla ohlásiť, keď niečo potrebujem."

„Ježíšové nožiská! Si na gebulu padla? Čo si vdova po kniežati z Lewishamu?"

„Etela, prišla si sa sem vytešovať z mojej mizérie?"

„Moja, nedošla sem, aby sem sa vytešovala z tvojej pizzerie... Prišla sem ta kopnut do tej tvojej ritisko, aby si sa spamatovala a vstala z postele. Ešte dva dni a budeš mat preležaniny, jako mal mój starý."

„Som šťastná tam, kde som, v posteli a v stratene," otočila som sa k stene.

„Musíš ma očúvat. Keby mala Judy Garlandová takú svokru, jak sem já, a nechala si ode mna pomóct, tak by dopadla úplne inak a né na zemi pri prázdnej flaši alkoholu a pilulách. Móžu za to té bukvice, kerými sa obklopúvala a kerí jej stále tvrdili, jaká je hrdinka, úžasná a krásna a nevím jaká onaká."

„Wayne a Oscar sa na mňa nepozerajú ako na tragickú hrdinku..."

„Néé? Ze šeckého ti robá velmi pohodlný, vankúšikový

život. Takto sceš žit štyri roky? Spat v zadnej komórke a mat okolo seba tri bukvice, čo ti budú jedlo servírúvat na strébornom táce až do huby?"

Cez hlavu som si pretiahla perinu. „Štyri roky si odsedí pod podmienkou vzorného správania."

„Teraz ma očúvaj," Etela schmatla vankúš, „neni si to ty, kdo je strčený v Belmarshi, ale ten tvój nevinný chudáčik. Musíš byt silná, už len kvóli nemu!" Oči mi zaliali slzy.

„Nerev, moja! Teraz vstan, umy sa a něco porob s týma tvojíma vlasáma. Ked ta zbadá Adam, musí ta videt v dobrom svetle, aby sa mal na čo tešit domov. Keby ta zbadal v takémto stave, utekal by za guvernérem, nech mu predĺži rozsudek."

„Neviem, kedy sa uvidíme. Nechcú ma k nemu pustiť," povedala som zajakavo.

„A čo je toto?" v ruke držala povolenie na návštevu do väznice Belmarsh. Schmatla som ho, čierne na bielom v ňom stálo, že v pondelok môžem navštíviť Adama!

„Etelaaaa! Ako si sa k tomuto dostala?" prvý raz v živote som jej skočila do náručia, aspoň si myslím, že to bolo prvýkrát.

„Bolo to na rohoži, pred dveráma," slušne ma zo seba striasla.

„Moja, teraz musíš íst za právnikem, aby začal s odvóláním, a potom si musíš nájst vlastné bývaníčko. Nemóžeš scet od tučka, aby ve vlastném dome spal na diváne."

„Ty si myslíš, že Adam je nevinný?" posadila som sa.

„Jasná vec, že je nevinný! Šak si očula tú Sabrinu, jak vyprávja o skrytých peňázoch. Musíš len dokázat, že to vyvédla tá suka."

„Ako to dokážem?"

„No, v posteli určite nenájdeš žádny dókaz."

Asi najviac som bola prekvapená z Etelinej viery a z toho, že stála na mojej strane. Veľmi ma to povzbudilo a dodalo mi novú nádej.

„Coco, sme famíilia, či sa ti to lúbi, či né. Rodina sa stará o svojich. A teraz sa ber do kúpelky a umy sa, a porádne. Myslela sem, že to smrdí tá stará čína, ale bohužál si to ty!"

Keď som sa vrátila z kúpeľne, Etela bola fuč. Na vankúši mi nechala povolenie na návštevu aj s formulárom, ktorý som musela vyplniť a poslať naspäť do väznice, a obálku so známkou prvej triedy. Vo svojom bordeli som si vyhrabala čisté šaty, nahodila mejkap a urobila vlasy. Vzala som si vlak na Charing Cross. Pred stanicou som zašla k poštovej schránke a vhodila do nej návštevné povolenie, potom som išla do kancelárie Spencer & Spencer na ulici The Strand.

U právnikov som nemusela čakať, hneď ma zaviedli do Natashinej kancelárie a dokonca mi ponúkli kávu. O chvíľu som pochopila, prečo boli takí milí. Natasha mi podala obálku s účtom za jej služby. Nenápadne som nazrela do obálky a zbadala sumu. Štyridsaťšesťtisíc libier. Rýchlo som ju strčila do kabelky a dúfala, že si Natasha nevšimla, ako som zbledla.

„Bola som veľmi sklamaná, že verdikt, ktorý sme dosiahli, nebol ten, po ktorom sme tak veľmi túžili," povedala v typicky právnickom žargóne.

„No tak, ale prehrala si prípad," povedala som nemilosrdne. Natasha na mňa hodila zamrznutý úsmev.

„Chcela by si sa odvolať?"

„Odvolaj sa tak skoro, ako je možné! Kedy myslíš, že môžeme byť späť na súde?"

Natasha ma potom nepríjemne prekvapila.

„Coco, nemôžeme sa odvolať len tak, ako sa nám chce. Potrebujem nájsť nový dôkaz, solídny dôkaz, niečo, čo polícia prehliadla, aby som mohla odôvodniť odvolanie. Súdy stoja tisíce libier."

To teda áno. Pomyslela som si pri poťažkaní kabelky s imaginárne ťažkým Natashiným šekom. Pracovným telefónom jej sekretárka oznámila ďalšieho klienta.

„Takže si ma chceš ponechať na zastupovanie Adama?"

„Áno. Ako prvé musíš preveriť Sabrinu, svedka Sabrinu. Sabrinu Jonesovú."

„Áno, Coco, samozrejme," Natasha pozerala na počítač a mysľou bola už s ďalším klientom. „O dva týždne sa ti ozvem, čo sme na ňu vyhrabali."

„Len pre moju informáciu, nech mám šajnu, na koľko ma to vyjde, koľko tvojich právnikov bude hrabať? Prehrabávať sa v Sabrine?"

„Iba jeden. V počiatočných štádiách budú účty primerane nižšie..."

Vyšla som z Natashinej kancelárie a zapadla rovno do krčmy naproti. Sedím tu obklopená alkáčmi s fľaškou librového piva a snažím sa naplánovať, čo a ako ďalej. Potrebujem predať auto, bleskovo. Asi budem tiež potrebovať pôžičku. Natashin mastný účet musím vyplatiť do dvadsiatich ôsmich dní.

Ozvala sa Ti Marika? Myslela som, že mi zavolá. Rozprával si sa s ňou? Ak áno, čo vravela?

Sobota 2. apríl 22.14
Adresát: angielangford@agenturabmx.biz

Ďakujem za odkaz s novinkami. Takže vydanie Špiónky Fergie bolo presunuté na neurčito. Aj som si myslela. Prepáč. Viem, že si na poslednú časť preddavku čakala rovnako netrpezlivo ako ja.

Včera som dostala vyúčtovanie od Adamovej právničky, hneď som ho išla zapiť do krčmy. Po niekoľkých pivách do mňa vošla hrozná zlosť a uvažovala som nad tým, koho by som mohla zo všetkého obviniť.

Myšlienky ma vždy zaviedli k Sabrine Jonesovej.

S lacným pivom v žilách som sa vybrala do Holbornu a čakala na druhej strane cesty pred kanceláriami Adamovej bývalej firmy, eventovej agentúry XYZ. O 18.06 vyšla Sabrina z veľkých sklených dverí a kráčala po ulici s hlavou sklonenou nad mobilom. Chcela som za ňou utekať a konfrontovať ju, ale namiesto toho som zostala kúsok za ňou a sledovala ju domov...

Viem, znie to šialene, ale v tej chvíli ma zistenie, kde býva, hrozne lákalo. Chcela som získať nad ňou trochu moci, tak ako má ona nad mojím životom.

V metre išla linkou Central line, na stanici Bank prestúpila na Docklands Light Railway. Kráčala som tesne za ňou a naskočila na DHL vlak smerom na Woolwich Arsenal. V tej chvíli počúvala hudbu cez slúchadlá a čítala časopis, takže nebolo ťažké byť jej tieňom. Sedela som v kúte vozňa. Keď vlak dorazil do Woolwich Arsenal, stmievalo sa. Pri vystupovaní som sa zapletla medzi ostatných cestujúcich. Sabrina prešla kontrolnými bariérami a automaticky nastavila preukaz odložený v peňaženke tak, že ho nemusela ani vyberať. Začala som hľadať v kabelke svoj mesačný lístok a modlila sa, aby som mala na ňom nejaký kredit. Inak by sa moja rozbiehajúca sa kariéra detektívky skončila predčasne. Chvalabohu, prešla som bez problémov. Pred stanicou som ju zbadala, ako míňa starší polorozpadnutý dom. Vyštartovala som za ňou. Asi im na ulici zajtra vynášajú smeti, pomyslela som si. Na chodníku som musela preskakovať nespočetné množstvo vriec s odpadom. Väčšina domov bola prerobená na byty a pred nimi boli malé záhradky, zasypané cementom.

Sabrina zrazu zabočila a stratila sa mi z dohľadu. Zvyšok ulice bol vyľudnený ako po Hirošime. Prešla som na druhú stranu cesty a zrýchlila tempo. Teraz už bolo takmer tma. Väčšina lámp nesvietila a ja som stála pod nebom, z ktorého sa liali kvapky dažďa. Rozmýšľala som, do ktorého domu mohla Sabrina odbočiť. O minútu sa rozsvietil luster na hornom poschodí. Svetlo z jej okna dopadalo na chodník predo mnou. Sabrina sa zjavila v okne, niečo naprávala na závese. Rýchlo som skočila a schovala sa za kopu vriec so smeťami. Pozerala som na jej spokojnú tvár, keď sa za ňou objavil chlapík s vyholenou hlavou. Objal ju okolo pása, ona sa na neho usmiala a záves sa zatiahol ako na konci divadelného predstavenia. Zostala som v totálnej tme.

Pričupená za odpadkami som od hnevu chrlila oheň. Prečo má ona právo vrátiť sa do svojho vyhriateho domova, k svojmu partnerovi? V tom okamihu ma opantala zúrivosť. Vstala som, odhodlaná zabúchať na dvere a konfrontovať tú mrchu, no mala som stŕpnutú nohu a musela som sa zachytiť o vrchnú kopu vriec, aby som nespadla.

Pomrvila som prstami na nohe, snažila sa zbaviť nepríjemného mravčenia v nohe. Z neďalekého rohu sa približovali svetlá auta, ktoré mierilo mojím smerom. Bolo to dlhé volvo a zastalo hneď vedľa mňa (stále šmarenej na kope odpadu). Okno sa spustilo dolu a tvár, ktorú som poznala, sa naklonila cez prázdne miesto spolujazdca ku mne. Bol to pán Cohen, môj sused z Marylebone.

„Pani Pinchardová?" opýtal sa neisto.

„Aáá, dobrý večer, pán Cohen."

„Toto nie je vaša obvyklá štvrť!"

Nevedela som, čo povedať. Nejako som sa vykoktala, že som bola na čaji u kamarátky.

„Odveziem vás? Nie je to tu veľmi bezpečné, hlavne v noci. Behajú tu rôzne typy a človek nikdy nevie."

Hlavou mi prebehlo, že ma sused zachránil pred spáchaním veľkej hlúposti.

„Ďakujem pekne, pán Cohen, veľmi mi tým pomôžete," nastúpila som do jeho vyhriateho auta. Zadné sedadlá mal zahádzané knihami.

„Čo tu vlastne robíte?"

„Vo Woolwichi mám sklad pre svoje kníhkupectvo."

„Kníhkupectvo?"

„Áno, knižný antikvariát v pešej zóne na Marylebone High Street. Woolwich je lacný a dobre strážený, nikto tam nemá záujem kradnúť knihy!" usmial sa.

„Nevedela som, že máte kníhkupectvo," povedala som s prekvapeným výrazom.

„Áno, áno, som muž plný tajomných záhad," elegantne sa zasmial.

Stretnutie s mojím starým susedom na mňa pôsobilo prekvapivo utešujúco. Rýchlo sme sa približovali k centru Londýna, keď som si uvedomila, že tam už nebývam.

„Prepáčte, pán Cohen, práve som si uvedomila, že už v Marylebone nebývam."

„Nie?"

„Nie, musela som dom prenajať."

„Ale..." očividne čakal, že mu poviem dôvody alebo dokonca celý príbeh, no keď sa nedočkal, spýtal sa ma: „Kde bývate teraz?"

„Lewisham... ak pôjdete cez Blackheat, je to po ceste." Na viac sa nepýtal, onedlho sme zastali pred Rosencrantzovým domom.

„Ďakujem vám veľmi pekne, pán Cohen," odopla som si bezpečnostný pás. „Som vašou dlžníčkou. Urobili ste si obchádzku, len aby ste mi pomohli."

„S potešením. Viete, že by ste pre mňa mohli niečo urobiť?"

„Áno?"

Pán Cohen sa zhlboka nadýchol:

„Veľmi vás mám rád, pani Pinchardová, viac, ako si viete predstaviť, a vždy som chcel, aby ste pre mňa niečo urobili, ale zároveň som sa hanbil."

Odopol si pás a nahol sa ku mne. Od prekvapenia som zdrevenela. Zdalo sa, že ma ide pobozkať. Spanikárila som a ako pravá Britka som nevedela, čo robiť. Nechcela som ho uraziť, predsa ma odviezol... V poslednej chvíli zmenil kurz, natočil sa za moje sedadlo a rukou začal šmátrať v škatuli.

„Aha! Tu ju máme," potešil sa a vytiahol prvú edíciu Poľovačky na lady Dianu.

„Podpíšete mi ju? Snažím sa dať dokopy sekciu podpísaných prvých vydaní vo svojom kníhkupectve."

„Áááno, áno... samozrejme," usmiala som sa od ucha k uchu a zároveň sa mi veľmi uľavilo.

„Pani Pinchardová, čo ste si mysleli, že od vás budem chcieť?" opýtal sa zmätený.

„Hm, jaaá... mala by som ísť, ďakujem." Keď som zabuchla dvere, na tvári som mu čítala: ona je blázon.

Doma som utekala do kúpeľne, chcela som zo seba zmyť ten pocit šialenej ženskej, ktorý bol na mne po dnešnom dni prilepený. Po sprche som si išla ľahnúť, v posteli ma privítal zobúdzajúci sa Rocco. Pretiahol sa, zívol a zízal na mňa.

„Nie som blázon, či áno?" držala som ho v rukách. Svojimi múdrymi očami na mňa pozeral, akože nemáš k tomu ďaleko, moja.

Prosím Ťa, daj mi vedieť, ak sa niečo pohne, pracovne. Ak zmenia názor a rozhodnú sa vydať Špiónku Fergie alebo ak príde nejaká ponuka na písanie, akákoľvek.

Utorok 5. apríl 09.41
Adresát: chris@christophercheshire.com

Včera som bola navštíviť Adama. Hrôza, hrôza, hrôza. Celý proces, celá situácia, celé väzenie... a to v ňom nesedím ja.

Na stanicu Plumstead som sa doviezla vlakom, vyzeralo to tak, že som sedela vo vagóne manželiek väzňov. Popravde musím povedať, že som z nich mala strach, aj z ich deciek napumpovaných cukrovinkami. Všetky sme vystúpili na upršanej stanici a ako husi sa hnali k väzenskej bráne. Vnútri nás nechali čakať v návštevníckom centre. Okná boli zarosené a celá miestnosť smrdela po dezinfekčnom prostriedku na podlahy. Postavili nás do radu pred detektor kovov a veci sme si museli zamknúť do skriniek. Na skrinku si potreboval librovú mincu, čo väčšina tých ženských nemala, takže im museli veci uskladniť vo vreckách, ktoré uložili do kancelárie. Trvalo to večnosť. Potom nás previedli do čakárne s výhľadom na tehlový múr. Bol plný letákov na protidrogovú osvetu a plagátov upozorňujúcich na poruchy príjmu potravy.

Nakoniec nás ohlásili a zaviedli do miestnosti, ktorá pripomínala telocvičňu zaplnenú radmi plastových stolov a stoličiek. Všetci väzni boli usadení tvárou k nám a cez trup mali prehodené žlté šerpy (neskôr som zistila, že preto, aby nezapadli medzi návštevníkov a nevyparili sa).

Adama som zbadala sedieť pri stene. Zrýchlila som krok, preletela po parketách a hodila sa mu do náručia. Cítila som, že schudol, a v očiach mal nekonečný smútok, pohľad porazeného. Bol oblečený v tom, čo som mu poslala. Objímali sme sa veľmi dlho a vášnivo, po chvíľke si ma odtiahol a pozrel na mňa.

„Strašne som rád, že si tu," pošepkal mi.

„Jedávaš, zlato?" ustarostene som sa ho spýtala.

„Áno."

„Spávaš?"

„Áno aj nie..." oči mal krvavé, tvár dorezanú od holenia a pokožku vysušenú, na rukách a prstoch popraskanú. Povedal mi, že na sprchovanie majú to najlacnejšie mydlo a holiť sa musia jednorazovými lacnými žiletkami, ktoré po použití musia okamžite odovzdať.

„Prečo?"

„Aby nemohli byť použité ako zbrane." Preglgla som a zmenila tému.

„Aké je jedlo?"

„Nedá sa jesť."

„A spolubývajúci?" Nechcelo sa mi veriť, že sa rozprávame o takýchto veciach...

„V cele som sám, vďakabohu, ale každý deň som zamknutý na dvadsaťtri hodín."

Čas šiel strašne rýchlo. To, čo mi pripadalo ako pár sekúnd, zabralo pätnásť minút našej vzácnej hodiny a mali sme toho strašne veľa, o čom sme sa chceli porozprávať.

„Vieš niečo o mojom odvolaní? Pôjde to?" oči sa mu rozsvietili nádejou. Povedala som mu, že som bola za Natashou a tá sa mi ozve s novinkami o dva týždne.

„Dofrasa... Coco, čas v base ide hrozne pomaly. Pripadá mi, že som tu už mesiace."

Pochválil sa, že dostal množstvo pohľadníc a listov: od Chrisa, Etely, Rosencrantza aj chalanov, od kamarátov z bývalej práce, dokonca od Daniela a Mariky. Meryl s Tonym mu poslali veľmi milú pohľadnicu s bizarným knižným kupónom do kníhkupectva Waterstone's a k tomu pripísali:

Dúfame, že sa dostaneš do „otvorenej" väznice. V novinách The Daily Mail sme čítali, že tam môžu chodiť väzni na nákupy! S láskou Meryl a Tony

Usmieval sa, keď mi to vravel, a na pár sekúnd som mala pred sebou svojho starého dobrého, neboleného Adama. Povedal mi, že ho zaradili do skupiny D, čo je najnižšia kategória pre dôveryhodných väzňov, u ktorých nepredvídajú útek a ktorí majú predpoklad na transfer do otvorenej väznice.

„To je výborné," povedala som vzrušene, akoby práve vyhral jackpot.

„Som na čakacej listine na transfer. Môže to trvať mesiace."

„Dovtedy tu budeš strčený s vrahmi a násilníkmi?!"

„Pssst, Coco," zasyčal.

Poobzerala som sa, ale nikto nezaregistroval moju poznámku.

„Nie je to fér. Aj keby si spáchal zločin, za ktorý tu sedíš, mali by ťa držať niekde úplne inde a nie s touto..."

„Rozprávajme sa o niečom inom. Ako sa máš?"

Povedala som mu o hádke s Marikou a že si idem hľadať nové ubytovanie. Tvár mu zatienil smútok.

„Prečo stojíš pri mne, Coco? Zničil som ti život. Mala by si si nájsť fajn chlapa, ktorý by sa mohol o teba postarať."

„Nezničil si mi život a ty si ten fajn chlap. Si oveľa viac ako fajn chlap," stisla som mu ruku.

„Milujem ťa a som odhodlaná dostať ťa odtiaľto, aby sme mohli byť spolu. Si nevinný. Vydám sa za teba a zvyšok života prežijeme spolu."

Pritiahol si moju ruku, zamilovane sa na mňa pozrel, natiahol sa ku mne a vášnivo ma bozkal. Po pár sekundách začali ostatní väzni vypiskovať. Jeden zo strážcov k nám podišiel a prikázal nám s tým seknúť (doslova).

„Teraz ma budú prehľadávať určite dôkladnejšie, ale stálo to za to!" Adam na mňa žmurkol.

„Prečo by ťa prehľadávali dôkladnejšie?"

„Bozkávaním sem pašujú drogy."

Nepríjemný zvuk zvonca ohlásil koniec návštevnej hodiny a tým sa to pre nás skončilo.

„Bol to krásny koniec, Coco. Milujem ťa."

„Aj ja ťa milujem, veľmi!" pevne som ho objala, musela som sa od neho nasilu odtrhnúť. Obracala som sa za ním, až kým sa mi nestratil z dohľadu.

Vo väzení som si zistila, že ho môžem navštevovať dvakrát do mesiaca na hodinu a e-mailovať mu dvakrát za týždeň, ale Adam nesmie odpovedať. Správy mu môžem posielať na oficiálnu väzenskú e-mailovú adresu, kde si ich cudzí človek prečíta, potom vytlačí a až potom sa dostanú k Adamovi. Každý väzeň má týždenne nárok na telefónnu kartu s dĺžkou hovoru do dvanásť minút. Listy mu môžem písať tak často, ako len chcem, a aj on môže písať listy a posielať ich, pokiaľ má peniaze na známky.

V dnešnom modernom digitálnom svete mi to pripadá hrozne zaostalé a neférové. Najhoršie je to, že Adam sedí v base len sedem míľ od Rosencrantzovho bytu v Lewishame (kontrolovala som to na google.maps), no v podstate akoby bol na inej planéte.

Po stretnutí s Adamom som cítila veľké odhodlanie. Som presvedčená, že toto prežijeme, a som odhodlaná dostať ho von. Musím si sadnúť a prepočítať peniaze, aby som bola schopná nájsť byt a postarať sa o svoju budúcnosť.

Štvrtok 7. apríl 12.12
Adresát: angielangford@agenturabmx.biz

Večer som hodila na internet inzerát na predaj svojho auta, v priebehu štyridsiatich minút som mala prvého záujemcu. Poslala som mu e-mail a dohodli sme si stretnutie u Chrisa dnes ráno (mám u neho zaparkované auto).

Rosencrantz sa ponúkol, že pôjde so mnou, ráno zišiel dole oblečený v čiernom obleku s vlasmi učesanými dozadu.

„Vyzeráš trochu moc elegantne na predaj starého auta," podotkol Wayne, ktorý servíroval mne a Oscarovi volské oká na hrianke.

„Vieš, chcem vyzerať..."

„Elegantne?" dopovedala som.

„Ako heterák," dodal zahanbený Rosencrantz.

„Ale, prosím ťa," Oscar vo volánikovej zástere mu pred tvárou šermoval kúskom ryby na vidličke. „Si homo, buď na to hrdý. Neustále predstieranie, kto si a kto nie, je únavné a ničí to ľudskú dušu."

„Môžeš byť gay, ktorý rozumie autám, nie?" povedal Oscar. „Čo vieš o autách?"

„Hm..." Rosencrantz zmĺkol.

„Budem tam aj ja zlato, neboj," chcela som ho upokojiť.

„Vyznáte sa v autách, teta P?" opýtal sa Oscar.

„Raz sa mi parilo z kufra a nemala som problém s dolievaním vody do radiátora!" povedala som hrdo.

„Nechcem si vás ani predstaviť s pariacim kufrom, teta P!" uškrnul sa Wayne. „Určite by vám slušal viac ako Lopézke!"

„Chalani, myslím to vážne, mamine to musí dnes vyjsť," upokojoval ich Rosencrantz.

„Tak potom by si sa nemal volať Rosencrantz," povedal vážne Wayne.

„Okej, tak dnes sa volaj Dean," vymýšľal Oscar. „S Deanom by som sa nezahrával a Dean vie určite všetko o autách."

Rosencrantzovi zažiarila v oku iskra. Z vrecka vybral hrebeň: „Jasnačka. Som Dean, som tvrďas." Rocco zaštekal na nášho nového Deana. 😊

„Teta P, zoberte si radšej pomalší vlak, nech má Rosencrantz viac času na nacvičovanie," radil mi Wayne.

„Čo?" opýtal sa zamyslený Rosencrantz.

„Momentálne si skôr Dean – bukva. Cvič, len cvič," rehotal sa Oscar.

K Chrisovi sme dorazili pred jedenástou. Pre zmenu

svietilo slnko a jeho dom na konci Regent's Street vyzeral veľmi idylicky. Od terakotovej strechy sa odrážali slnečné lúče, motýliky poletovali nad upravenými živými plotmi a záhrada bola plná rozkvitnutých tulipánov a narcisov. Na ulici parkoval rolls royce. Keď sme boli neďaleko neho, dvere sa otvorili a z auta vystúpil nízky tlstý chlapík, asi päťdesiatnik, s desivo vysokou peroxidovou dvadsiatkou. Nahodený bol v handrách, ktoré by viac slušali tínedžerovi a nie starému chruňovi, v ruke držal kufrík. Babizňa mala minišaty, ktoré jej ledva zakryli... ako to slušne povedať, škatuľku.☺ Obaja sa vybrali pomalou chôdzou k nám. On jej ledva siahal po plecia. Chlapík sa volal Nick a jeho frajerka Dahlia.

Kým sa s nimi Rosencrantz rozprával, vbehla som do garáže a požičaným kľúčom ju otvorila. Vycúvala som svoj úžasný biely, vyleštený land cruiser na príjazdovú cestu, kde pod slnečnými lúčmi ešte väčšmi vynikla jeho krása. Túžobne som naňho pozerala.

„Nemá viac ako sedem mesiacov a najazdených má len niekoľko sto míľ," povedala som „zamilovanému" páru.

Nick sa vybral na inšpekčnú prehliadku, Dahlia v jeho stopách pozerala cez okná. Otvoril dvere na šoférovej strane a džentlmensky pomohol Dahlii vhupnúť do môjho koženého sedadla. Našpúlila veľké pery a uchopila volant.

„Čo myslíš, princeznička?" opýtal sa jej Nick.

„Páči ša mi," vyslovila šušlavým detským hlasom. „Môžem ho mať?"

„Samozrejme, princeznička," povedal, akoby jej kupoval novú maskaru.

„Máte od neho papiere?" Z kabelky som vytiahla čiernu fóliu s dokladmi a podala mu ju. Bleskovo si ich prelistoval.

„Máte nejakú fotoidentifikáciu?"

„Pas? Vodičský preukaz?"

„Aby som videl, že ste to vy, že papiere súhlasia s fotkami." Prehrabávala som sa v kabelke a našťastie som mala pri sebe pas (neviem, prečo nemôžeme mať občianske preukazy, ako má Marika zo Slovenska, uľahčilo by to človeku život). Porovnal si ma s fotkou v pase, potom porovnal všetky info s autovými papiermi a vrátil mi pas. Dahlia si stále užívala volant☺, predstierala, že šoféruje.

„Takže, vraveli ste dvadsaťdvatisíc?"

„Dvadsaťpäťtisíc," upozornil ho Rosencrantz. Chlapík si nás premeral.

„Nuž za dvadsaťpäťtisíc by sme ho mali počuť v akcii! Máte kľúč?"

„Auto sa štartuje vnútri tlačidlom pri volante," prstom som ukazovala kde (zo začiatku som mala problém zvyknúť si na štartovanie týmto gombíkom).

Dahlia naštartovala s veľkým detským chichúňaním a tlieskaním sa dostala do extázy. Nick položil kufrík na kapotu a jedným ťahom ho otvoril. Bol plný päťdesiatlibrových bankoviek, z ktorých vybral jednu kôpku prelepenú páskou.

„Chcete mi platiť hotovosťou?" oči mi takmer vyskočili z jamiek.

„Ako inak?" zahundral Nick. Pozrela som na Rosencrantza. Dahlia zapla autorádio, z reproduktorov hučala Shakirina pesnička *Waka*. No, bol to pohľad ako z lacného mafiánskeho filmu. Malý trpaslík s neskutočnou hŕbou peňazí na kapote a peroxidová obryňa, tancujúca v aute ako trojročné decko.

Prepočítavali sme peniaze, dostali sme sa k desiatim

tisícom, keď sa na Chrisovom dome rozleteli dvere. Von vyletela na kosť vychudnutá ženská s vysokým čelom, napriek teplému počasiu navlečená v dlhom kožuchu, a mávala na nás pištoľou.

„Okamžite prestaňte so svojimi pofidérnymi aktivitami, toto je súkromný pozemok!" kričala. Z úst jej trčali veľké aristokratické zubiská. Uvedomila som si, že to je Chrisova mama, grófka Edwina.

„Ste drogoví díleri?" spýtala sa. „Vypni tú svoju raketu, umelina!" namierila pištoľou na Dahliu, ktorá stále dupala do tónov Shakiry. Dahlia zbadala pri hlave zbraň a začala jačať.

„To som ja, lady Chesirová," zakričala som cez Shakirino ziapanie. „Nepamätáte si ma? Stretli sme sa na divadelnom festivale v Edinburghu, Chris tam režíroval moju hru... Som jeho kamarátka."

Dahlia zhasla rádio. Všetci sme zostali stáť s rukami nad hlavou.

„Áno, v divadle nie sú žiadne peniaze, v dnešných časoch," povedala snobsky, akoby mala v ústach veľký zemiak. „Boh mi môže dosvedčiť, ako som Christophera od divadla odrádzala, ale som si istá, že napriek tomu ani jeden z vás nie je odkázaný na obchod s drogami!"

„Hej, mám vlastnú stavebnú firmu!"

Lady Edwina vyzerala ešte väčšmi znechutená.

„Rebecca!" zakričala grófka smerom k svojmu domu. „Na príjazdovej ceste máme zopár novozbohatlíkov..."

Chrisova sestra Rebecca rázne vybehla pred dom. Je celkom pekná na zavalitú aristokratickú ženskú. Ako vždy bola upravená, s trblietavou sponou vo vlasoch.

„Mamička, ty moje chúďatko, to je predsa Coco, predáva

svoje auto..." povedala trošku upišťaným, snobským hlasom. Lady Edwina konečne stiahla svoju zbraň.

„Prečo predávate auto?" vyzvedala.

„Právnické účty, lady Edwina."

Tento dôvod akosi upokojil všetky zainteresované strany a Nick pokračoval v počítaní hotovosti. Rebecca nám priniesla špeciálnu fixku, ktorou sa kontroluje pravosť bankoviek. Našťastie, všetky boli okej.

Po dopočítaní peňazí sme si s Nickom podali ruky a on sa vrátil do svojho roycea. Dahlia išla šoférovať moje, vlastne už svoje auto.

„Za koľko mi predáte kožuch a tú pištoľku?" opýtala sa Edwiny.

„Je to rodinné dedičstvo nášho vznešeného rodu, nie je na predaj!" nahnevane odpovedala aristokratka.

„Okej, maj sa, Dean," Dahlia žmurkla na Rosencrantza a plnou parou, lepšie povedané, perou 😊 odfrčala preč.

„Prečo ťa volala Dean?" nechápala Chrisova mama.

„To je dlhý príbeh, pani grófka."

Lady Edwina sa ponúkla, že zavolá do kráľovskej banky Coutts a objedná vyzdvihnutie peňazí z jej domu, aby sme ich nemuseli brať do mestskej dopravy.

„Ďakujem veľmi pekne, pani grófka, musím si nájsť pobočku svojej banky, Halifax."

„To je čo?" otočila sa a cestou do domu si hundrala popod nos.

Zvyšok dňa ubehol veľmi rýchlo. Do banky som vložila peniaze a vzala si pôžičku, ktorá sa vyparila po zaplatení Natashinho účtu.

Všetko som si sčítala, odčítala (nabok som odložila peniaze na Adamovo odvolanie)... a vyšlo mi, že po odrátaní splátok úveru mi zostáva na živobytie 900 libier na mesiac, s čím sa v Londýne nedostanem ďaleko. A to mi vyjde len na šesť-sedem mesiacov.

Prosím Ťa, ozvi sa mi s hocijakou pracovnou ponukou!

Streda 13. apríl 11.14
Adresát: prijem@vazenielink.net

E-MAIL PRE HP BELMARSH VÄZŇA – 48723 (Adam Rickard)

Drahý ADAM, môj prvý e-mailový pokus. Dúfam, že sa môj e-mail k Tebe dostane. Mal by si ho dostať 24 hodín po tom, čo stlačím tlačidlo ODOSLAŤ. Poslala som Ti aj zopár listov, ale tie sú trochu... zmätené. Nechcela som sa sťažovať na svoju životnú situáciu, vzhľadom na to, aká je tá Tvoja. Našla som si bývanie v rámci svojho rozpočtu, tak Ti poviem, ako som k nemu prišla.

Prvé dni hľadania prostredníctvom realitiek (je ich hrozne veľa) v okolí mi dali riadne zabrať. Žiadna z nich nemala byt v cene, akú som si mohla dovoliť. No ponúkali veľa odporných izieb na prenájom. Jeden chlapík prenajímal izbu zamorenú smradom z výparov. Na záchode okolo popraskaného potrubia bola od výkalov rozleptaná tapeta. A vieš, čo mi povedal?

„Madam, je mi ľúto, ale psa vám nemôžem dovoliť, mohol by mi zničiť nábytok."

Druhá ženská prenajímala izbu vo veľkosti malej špajzy pod podmienkou, že Rocco bude bývať v búde na konci záhrady.

Ďalšia izba bola inzerovaná pod hlavičkou ZADARMO – výmenou za „šteklivú fotografickú prácu"!

Na tretí deň som so sklonenou hlavou a s Roccom stála pred obchodíkom s novinami a so základnými potravinami v Brockley (snažila som si zrolovať cigu – sú lacnejšie), keď som si všimla starého pána, ako zvnútra vylepuje do výkladu medzi inzeráty ručne vypísaný lístok. Dotyčný prenajímal jednoizbový byt za 550 libier, vrátane účtov za energie!

Vypľula som tabak a čakala, kým vyjde von. O pár minút bol pred obchodom, v ruke zvieral noviny The Guardian. Nadšene som sa predstavila. Bála som sa, aby mi nepovedal, že mám zavolať na telefónne číslo z inzerátu a rezervovať si obhliadku, ale našťastie bol veľmi milý a šarmantný, v elegantnom tvídovom saku a baretke. Pod nosom mal ježaté fúzy. Predklonil sa k Roccovi a poškrabkal ho pod bradou. Rocco vycítil, že to je veľmi dôležitý moment pre naše životy, teatrálne sa postavil na zadné labky a na deduška rozkošne pachtil s vyplazeným jazykom. Vtedy mi napadlo, či ma nepošle kadeľahšie, keďže vidí, že mám psa.

„Pozrite, zúfalo potrebujem podnájom, ale musím k vám byť úprimná. Rocco je úžasný pes, vychovaný, nikdy nerobí bordel, ale nemôžem vám garantovať, že sa náhodne v byte nedociká."

„Za úprimnosť," povedal deduško. „Moja nebohá sestra mala taktiež problém s ovládaním mechúra, preto aj koberce nie sú v najlepšom stave a potrebujú dobre vydrhnúť." Nevedela som, čo mu na to povedať, ale keďže nepovedal nie, padol mi kameň zo srdca.

„Chceli by ste si pozrieť byt, drahá? Je hneď za rohom."

Byt bol naozaj len kúsok od obchodu, v malej uličke s viktoriánskymi domami. Mnohé boli prerobené na byty. Na bránkach som podľa zvončekov zistila, že v niektorých ich bolo aj šesť. Odhadovala som, že som asi dvadsať minút od Marikinho bytu v Honor Oak Parku.

Deduško otvoril dvere do spoločnej tmavej dlhej chodby, ktorá viedla do starého jednoizbového bytu. Všade bolo svedectvo o jeho najstaršej sestre, ktorá tu kedysi žila. Vlastne to vyzeralo, ako keby ešte vždy žila. Na konferenčnom stolíku mala kôpku knižiek od Danielle Steelovej. Navrchu preukaz z knižnice, na ktorom som si zvedavo všimla, že o týždeň majú byť späť v knižnici. Vedľa knižiek ostal pohár s vodou aj s nachystanými liekmi. V kresle bola pohodená modrá štrikovaná deka.

Pri stene stála velikánska ťažko vyzerajúca polička (megaveľká, od zeme až po strop) plná románov, zdrapov papiera, polepených rozbitých ornamentov a kvetináč so svokriným jazykom. Pri fotelke mala vysokú lampu a pod oknom, z ktorého bol výhľad na zachovalú záhradku, písací stolík s televízorom. Zo spodnej poličky stolíka na mňa blikal gombík (zapínanie a vypínanie) videoprehrávača. Vedľa neho mala videokazety, väčšina z nich s nápisom Vraždy v Midsomeri. Koberec bol fľakatý (nie vzormi – špinou), ale bol veľmi pekný, starý Axminster. Sedačka a závesy sa nemilostne bili kvetovými vzormi a volánikmi. Na moje veľké potešenie na bočnej stene boli staromódne drevené okná. Aj keď sa farba olupovala, boli oveľa elegantnejšie ako tie plastové ohavy.

V druhej časti izby bola bledá umakartová kuchyňa s rúrou na pečenie a so sporákom, na ktorom bol položený chlebník. Na malom jedálenskom stolíku sedela mikrovlnka s kanvicou. Vedľa rúry stála vysoká chladnička a na nej hrdzavá mraznička. Z kohútika kvapkala voda do drezu zaplneného špinavým riadom.

Deduško ma previedol chodbou s oknom a výhľadom do susedovej záhrady. Bielizeň bola vyvešaná na zničených šnúrach visiacich z hrdzavej konštrukcie a na zanedbanom trávniku sa váľali hračky vyblednuté od slnka. Keď som sa otočila, stála som pred kúpeľňou. Trochu smrdela, avokádová maľovka sa olupovala zo stien a podlaha bola korkovo hnedá. Rocco sa prednými nohami oprel o vaňu a pozrel dnu na zaprášené dno. Záchod bol čistý, no zanesený vodným kameňom.

Na konci chodby bola spálňa. Tá ma šokovala najviac. Posteľ neustlaná, na stoličke ležalo zopár kvetovaných šiat. Pri stoličke stála vysoká drevená starodávna almara. Pripadalo mi, že pani, ktorá tu bývala, nestihla poriadne odísť. Lepšie povedané, že nechala za sebou celý svoj život a dokonca aj kúsok seba, doslovne. Jej protéza ležala v poháriku na nočnom stolíku!

„Prepáčte, drahá, nečakal som, že tak rýchlo budem niekoho sprevádzať bytom," ospravedlňoval sa zadychčaný starý pán. „Viem, že to nie je ideálne pre modernú ženu, ako ste vy, pani..."

„Pinchardová," predstavila som sa. „Pokojne ma volajte Coco."

„Teší ma, Coco. Ja som Mason, Thomas Mason," slušne sme si potriasli ruky. Potom sa Mason natočil k oknu, aby trochu vyvetral. Konečne bol v byte prúd čerstvého vzduchu. Z okna som si všimla pás betónu smerujúci k bytu, prechádzajúci medzi susediace ploty. Napriek všetkým nedokonalostiam a bordelu sa mi byt páčil.

„Čo na to vravíte, drahá?" opýtal sa ma pán Mason.

„Je perfektný. Kedy sa môžem nasťahovať?" zaujímala som sa nedočkavo.

„Nuž, neviem. Teoreticky aj dnes, ale, ako vidíte, musím niekoho zavolať, aby prišiel pobaliť sestrine veci, a zaplatiť niekoho, aby to tu vypratoval a vyčistil."

„Pozrite, pán Mason..."

„Pre vás Thomas, drahúšik..."

„Thomas," usmiala som sa. „Vlastním byt v Marylebone, na rok som ho však musela prenajať, aby som právničke vyplatila účty, takže mám stály príjem. S nájomníkom mám zmluvu, môžem vám ju priniesť ukázať ako dôkaz."

„Dobre, drahá, veľmi dobre."

„Môj rozpočet na byt je 500 libier na mesiac... Rozmýšľala som, že by som sa mohla dnes nasťahovať, pomohla by som vám pobaliť sestrine veci a všetko, čo chcete, zadarmo... Samozrejme, nie zadarmo, ale už dnes vám môžem zaplatiť nájomné v hotovosti na dva mesiace vopred."

Na chvíľku sa na mňa zahľadel. Myslím, že som sa ukázala ako riadna zúfalka.

„Utekáte pred zákonom?"

„NIE!" povedala som presne tak ako človek, ktorý pre niečím uteká.

„Len žartujem, drahúšik," usmial sa. „Dohodnuté. Môj syn pripravil zmluvu a nejaké papiere, tak sa stavte o piatej popoludní a byt je váš. Vyhovuje?"

„Áno, to je úžasné. Ďakujem, Thomas."

Potriasli sme si ruky, Thomas si kľakol a podával ruku Roccovi, ten mu vystrčil svoju labku.

„To sa mi nechce ani veriť," potriasol si ruku s mojím zlatým chlpáčom, ktorý mu ešte priateľsky zaštekal. Nechcela som Thomasa sklamať, tak som mu nepovedala, že ho to naučil Rosencrantz a robí to s každým. Tak či onak, Roccovo načasovanie bolo dokonalé! 😊

Ponáhľala som sa domov, myslím tým k Rosencrantzovi. Chcela som sa s chalanmi podeliť o skvelú novinku, ale nikto nebol doma. Chcela som Ti zavolať, čo som, samozrejme, nemohla. Tak som išla zavolať Marike, aby som jej oznámila, že sa sťahujem neďaleko nej, zrazu som si spomenula, že sa nebavíme... Potom som zavolala Chrisovi, no v mobile sa mi ozval odkazovač. Nuž...

Začala som baliť svoje veci a upratovať po sebe. Prezliekla som Waynove periny, povysávala, poutierala prach atď., atď. Myslela som si, že Rocco sa bude vysávača báť, ale zamiloval si ho. Vysadol si naň a packami sa ho držal ako malý olympijský toboganista. 😊 Vysávala som spolu s ním celý byt. Rosencrantz s chalanmi sa vrátili, práve keď som si podonášala kufre a vrecia k dverám.

„Ach, teta P, nemuseli ste nikam chodiť a prenajímať si byt," povedal hrozne smutný Wayne. „Ste tu viac ako vítaná, pokiaľ potrebujete... je tak, chalani?" Rosencrantz s Oscarom pritakali.

„Ďakujem, chlapci, ale musím sa postaviť na vlastné nohy."

„Môžeme ti pomôcť so sťahovaním a s upratovaním nového, mami?" opýtal sa Rosencrantz, keď som mu porozprávala o novom byte.

„Áno, môžeme pomôcť? Zoberiem si svoj nový turban!" zatlieskal vzrušene Wayne.

Poďakovala som, no zamietla som to. Asi by sa nehodilo, keby som so sebou v prvý deň priviedla troch chlapov, aby mi pomáhali s balením kvetovaných šiat po predošlej majiteľke, a ešte horšie by bolo, keby si ich Wayne chcel vziať do svojej zbierky kostýmov. 😊

„Ako sa karta obrátila, mami. Teraz ťa z domu odprevádzam pre zmenu ja," povedal Rosencrantz, keď prišiel taxík. „Chceš si zobrať Beštiu, aby ti nebolo smutno?"

„Nie, nie, je to tvoj macík pre šťastie. A neodpustila by som si, keby ho Rocco roztrhal na cimpr-campr." Vyobjímala som chalanov a naskočila do taxíka.

Pán Mason čakal pred domom s mladšou verziou seba samého, ktorú mi predstavil ako svojho syna Calluma. Bol mi maximálne nesympatický, nepomohol mi ani s jedným kufrom a bol nafučaný ako vrecko pukancov. Ja s Thomasom sme ponosili kufre a vrecia do chodby. Callum nervózne postával so zmluvou v ruke. Keď sme donosili kufre, previedol nás do obývačky/kuchyne.

V izbe boli pri stene naukladané vrecia plné vecí Thomasovej sestry.

„Callum myslel, že bude lepšie, ak my pobalíme sestrine veci," ospravedlňujúco povedal Thomas.

Nechápala som, prečo sa ospravedlňuje, kým mi Callum nedal podpísať zmluvu. Typická zmluva na šesť mesiacov, nič nezvyčajné, až na sumu 650 libier za mesiac.

Opýtala som sa, prečo je v zmluve suma o 150 libier vyššia od tej, na ktorej sme sa dohodli s Thomasom. Callum skoro vyskočil z kože, tvár sa mu pokrčila ako tomu psovi, neviem, ako sa volá. Povedal mi, že som zneužila dobrotu starého človeka, že nájomné musí byť vyššie, keďže je vrátane účtov za elektrinu, vodu...

„Ale vraveli ste, že účty sú v cene nájomného."

„Môj syn vravel, že cena je veľmi dobrá na túto štvrť," povedal zahanbený pán Mason. Uistila som Calluma, že som nikoho nezneužívala, a postupne sme sa dopracovali ku kompromisu 600 libier za mesiac. Nemala som na výber, bola som zúfalá a v chodbe mi stáli kufre s vrecami. Callum chcel 1200 libier v hotovosti, s Roccom sme museli ísť vybrať ďalších dvesto libier za roh do bankomatu. Aspoň som si nakúpila aj jedlo pre Rocca (samozrejme, milostivý pánko ľúbi to najdrahšie), novú kosť, čaj, chlieb, maslo, med, mlieko a vajcia. Na poslednú chvíľu som zobrala handričky a sprej na čistenie všetkých povrchov. Keď som sa vracala k domu, Callum nakladal vrecia do kufra svojho auta. Podala som mu peniaze (prerátal si ich dvakrát), podpísali sme zmluvu a dal mi potvrdenie o prijatí platby.

„Prepáčte, Coco," ospravedlnil sa za svojho syna pán Mason a podal mi kľúče od dverí. Callum začal vytrubovať.

„Zavolajte mi, ak budete niečo potrebovať... hocičo."

Keď aj s autom zmizli za rohom, došlo mi, že mi nedali na seba číslo.

Zobrala som Rocca dnu a odopla ho z vodítka. Vytešene zaštekal a rozbehol sa do práce, poctivo preňuchával každý kúsok nášho nového domova. Callum zobral všetky papierovačky z domu, takisto aj videoprehrávač a televízor (nechal mi videokazety). V kuchyni chýbala mikrovlnka aj kanvica a takisto obrazy, po ktorých na stene zostali špinavé kruhy a štvorce. Prešla som do spálne, skriňa bola prázdna, no posteľná bielizeň neprezlečená. Aj nočná lampa bola fuč, ale protézu nechali vo vode v pohári na nočnom stolíku!

Aj napriek tomu všetkému som si vydýchla a bola som veľmi pokojná a spokojná, prvýkrát po veľmi dlhom čase. Nakŕmila som krpca – nechali mi taniere, príbory a poháre. Uvedomila som si, že som ešte neskontrolovala záhradku, namierila som si to k úzkym dverám, ale boli zamknuté. Kde tak asi mohla stará pani schovať kľúč od záhrady? premýšľala som. Zrak mi padol na svokrin jazyk. Samozrejme, pod misku! Vyšla som s Roccom von. Na jednej strane betónového pásu bol tenký drevený plot. Trochu som bola zmätená, nevedela som si vybaviť, ako sa dostanem do záhrady, ktorú som videla zo spálne. Potom som si všimla, že tá pekná záhradka je za plotom a patrí bytu nado mnou. Pretisla som sa okolo starej hrdzavej práčky, pohodenej vonku, a podišla k časti plota s dierou. Uvidela som schody. Prechádzali z balkóna do záhradky s kvetmi a krásnym trávnikom.

Bola som z toho totálne zničená. Zdalo sa mi, že počujem akýsi čudný zvuk, ako keď ti škvŕka v žalúdku. Vychádzal z rohu, kde sa po dome tiahlo potrubie. Vystrelil z neho prúd sivej vody a zalial kanál, ktorý nestíhal prečerpávať. Voda prudko tiekla smerom k nám. Do studeného vzduchu z nej stúpala para. Vystrašený Rocco cúval preč a štekal ako blázon. Schmatla som ho a vytiahla som sa s ním na práčku. S pôžitkom som si zapálila cigu a božsky si ju užívala, akoby bola posledná v mojom živote. Vyhúlila som dve. Potom sme sa s Roccom vrátili dnu a išli skontrolovať, či tá voda išla od nás alebo z iného bytu.

Chcela som si len vybaliť a povešať oblečenie, no nakoniec som vyčistila a vyumývala celý byt. Hlavne kúpeľňu, tú som vydrhla tak, že by si tam mohol zo zeme aj jesť. Povyhadzovala som všetko jedlo z chladničky, ktoré mi tam Callum láskavo nechal, väčšina bola plesnivá alebo tri roky po záručnej lehote, pekne som ju vyumývala. V skrinke na chodbe bol elektromer, bojler a starý, ale funkčný vysávač. Prach som všade vyutierala ponožkami. Prezliekla som periny, povyhadzovala staré, moľami rozožraté prikrývky a prevrátila matrac na opačnú stranu. Nakoniec som si povešala oblečenie a zorganizovala svoje maličkosti, rádio, MP3 prehrávač, notebook, mobil, tlačiareň. Papiere a dokumenty som odložila na konferenčný stolík.

V kúpeľni nie je sprcha, iba vaňa. V kuchyni som našla veľkú plastovú odmerku na varenie, poslúžila mi na sprchovanie. Sprchovala som sa ako kedysi naši starí rodičia, Rocco sa na mňa pozeral a vrtel chvostíkom.

Konečne! O jednej ráno som bola osprchovaná. Byt bol ako-tak čistý a mohla som jesť. Urobila som si volské oká na toaste s veľkou šálkou sladkého čierneho čaju. Vyvalila som sa do kresla a počúvala predpoveď počasia pre lode. Neviem, čím to bolo, ale pri lodnej predpovedi počasia som sa cítila veľmi... pokojne, bezpečne. Započúvaná v teple a suchu do rád pre lodníkov na otvorenom mori, ktoré ich navigujú v ťažkom počasí smerom domov do bezpečia. Potom som myslela na to, aké by bolo krásne, keby si tu bol so mnou!

Zaspala som na pohovke a vstala ráno o jedenástej, vďaka Roccovmu jazyku, umývajúcemu moju rozteč enú maskaru. Vonku bolo krásne slnečno, tak som otvorila dvere obývačky dokorán. Rozospatá som si naliala vodu, zobrala cigy a išla za Roccom von. Pohár som si položila na práčku a so zapálenou cigaretou v ústach som ho sledovala, ako sa vyhrieva na slniečku a naháňa rôznofarebné motýliky. Zodvihla som pohár, a až keď som si ho priložila k perám, zistila som, že to je pohár s protézou! Večer pri upratovaní som ho dala von (nechcela som ju vyhodiť, čo ak by sa vrátili po zuby?).

Zajačala som a šmarila pohár čo najďalej od seba. Zuby z neho vyleteli a dopadli do susedovej záhrady.

Zoskočila som z práčky, chcela som lokalizovať protézu, ale nie som taká vysoká, aby som videla cez plot. Nešlo mi to, ani keď som sa postavila na špičky. Našla som si dierku v plote, cez ktorú som uvidela protézu, lesknúcu sa v slnečných lúčoch na trávniku. Na ostrom slnku vyzerala ešte hroznejšie. Pozrela som sa hore do okna, či neuvidím suseda, ktorému patrí záhradka. Závesy boli zatiahnuté. Mala som veľkú dilemu a chcela som vedieť, ako by to riešili v publikácii o etikete: Ako vziať protézu zo susedovej záhrady, s ktorým ste sa ešte nestretli? Rozmýšľala som, že sa prehodím cez plot, schmatnem zuby a fuč domov. Lenže bola som iba v dlhom rozťahanom tričku a pod ním som nemala nič. Vrátila som sa dnu a šla sa obliecť.

Vyšla som zo spálne oblečená v teplákoch a prvýkrát som počula zvoniť svoj nový zvonec na vchodových dverách. Rocco štekal ako blázon. Zodvihla som ho a šla otvoriť. Vo dverách stál vysoký, krásne opálený chudý chalanisko s vlasmi po plecia. Asi dvadsiatnik s veľkým úsmevom a ešte väčšími snehobielymi zubami. Stál tam v rifľových kraťasoch a pončo, obuté mal žabky.

„Zdravím," povedal austrálskym akcentom. „Som Shane a bývam o poschodie vyššie."

„Dobrý deň, Shane."

„Mám pre vás čudnú otázku," vyslovil trochu zahanbene. „Vyhodili ste Dorisinu protézu do mojej záhrady?" Vytiahol ju zo svojho pončá.

„Ono to bolo trochu inak, nebolo to naschvál."

„Preboha živého, ľudia! Každý týždeň k nej posielajú inú opatrovateľku... Mali by ste sa k nej lepšie správať, je veľmi chorá." Pozrel na mňa pohľadom vraha.

„Môžem ju ísť pozrieť, keď už som tu?"

„No, vy asi neviete... Ona je... zomrela."

„Dopekla. Kedy?"

„Neviem, som tu nová podnájomníčka."

„Chcete povedať, že si to tu prenajímate?"

„Áno, volám sa Coco." Vysvetlila som mu, ako skončili zuby v jeho záhrade.

„Dopekla, Coco, prepáčte, že som na vás tak vyskočil. Zo sociálnej starostlivosti jej posielali riadnych idiotov opatrovateľov, a keď som ju včera ráno videl, vyzerala veľmi krehko."

„Vy ste ju videli včera ráno? Živú?" zmeravela som.

„Áno, vedel som, že jej veľa nezostáva... Bola veľmi milá. Ale asi je tak lepšie. Trápila sa."

„Ja som sa sem včera nasťahovala!"

„No, aspoň vidíte, ako rýchlo tu fičia nehnuteľnosti a podnájmy." Z vrecka vytiahol vreckovku a zabalil do nej protézu.

„Mohli by ste ju dať Dorisinej rodine. Viem, že by bez nej nechcela byť pochovaná."

Stále som tam stála stŕpnutá. Rocco sa labkami oprel o moju nohu, natiahol sa k zubom, ktoré mi položil Shane do dlane, a oňuchal ich.

„Vitajte u nás, Coco. Dajte vedieť, ak budete potrebovať s niečím pomôcť." Berúc schody po dvoch, odskackal hore do svojho bytu.

Zamkla som dvere a rozhliadla sa po izbe úplne inými očami a s inými myšlienkami.

Zostala som trochu vyplašená. Viem, ľudia umierajú stále, ale... V celom byte som pootvárala okná a dvere, aby mohla Doris odísť, ak tu niekde ešte zostala jej duša alebo duch. Som rada, že tu mám aspoň Rocca. Cítim sa s ním bezpečnejšie, ale odvtedy vždy, keď sa sprchujem, bojím sa zavrieť oči. Pre istotu. 🙁

Nuž, ale nemala by som sa veľmi sťažovať. Mám strechu

nad hlavou a veľmi sa teším na ďalšiu návštevu u Teba... Ľúbim Ťa, miláčik, a hrozitánsky mi chýbaš!!

P. S.: Krucinál! Snažila som sa Ti poslať tento e-mail, ale zistila som, že byt nie je pripojený na internet a dokonca tu nie je ani signál na mobil – musela som ísť do kaviarne za roh, aby som Ti ho mohla poslať. Musím niečo vymyslieť s pripojením na net. A taktiež nesmiem zabudnúť zobrať Rocca von vždy, keď budem čakať na Tvoje povolené telefonáty. Aby si sa mi dovolal.

Ľúbim Ťa, láska
Vždy Tvoja Coco
Cmuk

MÁJ

Pondelok 2. máj 23.14
Adresát: prijem@vazenielink.net

E-MAIL PRE HP BELMARSH VÄZŇA – 48723 (Adam Rickard)

Drahý Adam, keďže prvý e-mail mal taký veľký úspech, podujala som sa na ďalší. ☺ Po dlhom zvažovaní som si dala zaviesť internet a pevnú linku, totálne mi to nabúralo domáci rozpočet, ale teraz sa mi môžeš domov dovolať a ja môžem posielať e-maily z pohodlného kresielka. ☺ Bolo by krásne, keby si bol prvým volajúcim práve Ty. Moje nové číslo: 0207 946 0789

Mala som aj iný dôvod, prečo som chvíľku rozmýšľala nad zavedením internetu. Celkom som si zvykla, že som bola odseknutá od sveta, hlavne toho digitálneho, a taktiež som sa vďaka tomu dokázala vžiť do Tvojich pocitov odrezanosti od života...

V piatok som sa snažila obchádzať kráľovskú svadbu, ako

sa len dalo. Shane zhora (stihli sme sa spriateliť) ma vystrašil, keď mi zaklopal ráno na dvere. Priniesol mi bylinky, koriander, petržlenovú vňať, čili papričky, všetko stopercentne organické zo svojej záhrady. Spomenula som mu, že sa pokúšam variť. 😊

„Ďakujem, Shane, a ty neoslavuješ kráľovskú svadbu?"

„Ňéé! Som republikán. Na tejto svadbe nie je nič, čo by ma dokázalo vzrušiť."

„Okej, práve som v rádiu počula, že sestra Kate Middletonovej, Pippa (nezdá sa Ti to meno trošku prehnané? 😊), má v družičkovských šatách veľmi chutný zadok," povedala som s úsmevom od ucha k uchu. „To ťa ako chlapa predsa musí vzrušiť, aj keď si republikán!"

„Dávajú ju v telke?" spýtal sa so záujmom.

„Určite áno, ale ja televízor nemám, tak ti to nesľubujem. Počula som to iba v rádiu."

„Ak chceš, môžeš si svadbu pozrieť u mňa."

„Ďakujem pekne, ale nemám chuť, Shane." Nechcela som mať nič spoločné so žiadnou svadbou. Neviem, prečo z toho robia taký veľký cirkus. Odmietla som aj pozvanie od Rosencrantza s chalanmi, Etele a Meryl som povedala veľké tučné NIE. Zorganizovala veľkú svadobnú „kukačku" (na veľkom plátne) a zneužila ju na promovanie novej tváre ich pohrebnej služby. Firmu premenovali na Pohrebné kúsky, slovná hračka k Párty kúsky (firma mamy Kate Middletonovej Carole). Najznepokojujúcejšie na tom celom je, že ich nová stránka www.pohrebnekusky.co.uk mala toľko návštevníkov, že totálne padla.

Chris ma zastihol ráno na mobile pri venčení Rocca. Spočiatku znel trochu čudne.

„Coco, prečo si sa mi niekoľko týždňov neozvala?"

„Asi zabúdaš, že ani ty si ma nekontaktoval, Chris." Nastalo hrobové ticho.

„Bál som sa o teba, ale nevedel som, čo ti mám povedať... Prepáč."

„Nič sa nedeje. Ja som sa presťahovala a v novom byte nemám signál."

„Áno, áno. Rosencrantz mi spomínal, že bývaš v nejakom babičkovskom byte – babička odkväcla a teraz ti prenajímajú jej byt!"

„Jej posteľ bola ešte teplá, Chris, až tak rýchlo mi ho prenajali."

Chytil ho záchvat smiechu. Uvedomila som si, ako veľmi mi chýbal.

„Hej! Poďme na drink. Strašne by som ťa chcel vziať do baru v St. Pankras, majú tam najdlhší bar v Európe a najsexy barmanov, ktorí podľa mojich veľmi zaručených informácií majú tie najdlhšie..."

„Ďakujem za pobavenie, ale... nemôžem, Chris. Nepovedal ti Rosencrantz, že na týždeň mám šesťdesiatdeväť libier?"

„O nič sa nemusíš starať, zlato, pozývam ťa."

„Nie, ďakujem. Rada ťa uvidím, ale odprisahala som si, že budem stáť na vlastných dvoch nohách. Už si mi veľa pomohol. Príď ku mne na drink, uvidíš byt, niečo navarím."

„Niečo navaríš? Čo vieš variť, zlato?" zasmial sa.

„Učím sa. Navarím ti niečo mňami," zaklamala som.

„Nepremýšľaj, príď. Chýbal si mi."

„A čo Marika?" nervózne a opýtal.

„A čo Marika?!"

„Býva kúsok od teba..."

„Neozvala sa mi."

„Pýtala sa na teba."

„Ale nezavolala!"

„Okej... Okej, prídem o ôsmej. Môže byť?"

Po telefonáte som zostala dosť mimo, dynamika našej skupinky sa úplne zmenila. Začala som rozmýšľať, čo navarím. Chrisovi som nepovedala, že pri mojom kuchárskom učení som mala dosť veľa katastrof a zničila niekoľko panvíc. Taktiež som premýšľala, čo by som mohla urobiť s bytom, aby nevyzeral tak babičkovsky.☺ Nemám žiadne lampy, iba lustre, v každej izbe jeden so 60-wattovou žiarovkou.

Rocca som venčila v neďalekom útulnom parku Hilly Fields. Boli sme už na odchode, keď si krpec zmyslel, že ide na veľkú potrebu. Nemala som pri sebe vrecko, ale našťastie tu minulý týždeň umiestnili (ani neviem, ako sa to volá...) skrinky s jednorazovými vreckami na psie výkaly. Sú zúfalé, zbytočne veľké z bieleho tenkého papiera a na spodku majú čudný kartónový štvorec. Keď ním chceš zdvihnúť hovno, je to, akoby si ho zdvíhal pomocou čínskeho lampiónu.

V tom momente som vyriešila problém, ako skultúrniť svoj babičkovský byt. Odtrhla som si poriadne veľké množstvo vreciek a nabrala smer domov. Po ceste sme sa zastavili v rožnom obchodíku. Kúpila som dve fľašky najlacnejšieho bieleho vína (1,49 libry za kus), liter limonády (29 pencí), čipsy (49 pencí) a dve avokáda (9 pencí/kus), ktoré sa v prepravke váľali celý týždeň, boli už trochu po záruke.

Doma som avokáda pomágala, pridala cottage syr, čili papričky od Shana, korenie a urobila z nich guacamole. Papierové vrecká na psie výkaly som porozkladala po obývačke/kuchyni a zapálila v nich čajové sviečky. Vonku sa stmievalo, keď na dvere zaklopal Chris.

„Preboha živého!" zvolal prekvapene. „Máš to tu krásne, idylické! Dúfam, že sa ma nechystáš zvádzať," zasmial sa.

Je sranda, ako správne svetlo dokáže navodiť atmosféru. Čajové sviečky dodali bytu romantiku.

„Je to tu úchvatné, zlato," prešli sme si sadnúť von na moju cementovú „terasu", od ktorej sa sviečky prekrásne odrážali. Vďaka tme nebolo vidieť vysoké ploty, jediný priestor, ktorý priťahoval zrak, bola nádherná obloha posypaná hviezdami a poprekrižovaná bielymi čiarami od lietadiel.

Naliala som mu ľadový biely strek (lacák) a na stôl položila devätnásťpencové guacamole, dekorované Shanovými čili paprickami.

„Aké je to víno?" opýtal sa Chris.

„Hm... je z miestneho organického vinohradu," zaklamala som.

„Je úžasné! A tento dip nemá chybu! Wau! Chutí ako originál z Maroka!"

„Ten je... z miestneho farmárskeho trhu..."

Aj napriek mojim do očí bijúcim klamstvám mal Chris pravdu, všetko chutilo vynikajúco. Otázka je, na čo som celé roky míňala majland, keď som hostila návštevy? Tridsaťlibrové fľaše vína a ešte drahšie pokrmy z nóbl supermarketov?

Vonku pod hviezdami sme sedeli na malých vankúšoch, Rocco pochrapkával pri mojich nohách. Bavili sme sa o kravinách, popíjali, pojedali... Bol to krásny večer. Chris je v Devone veľmi spokojný, režírovanie mu vyšlo, zamilovali si ho tam. Chce, aby sme sa s Marikou išli do Devonu pozrieť aspoň na jednu z jeho divadelných hier, ale nie som si istá, či to je dobrý nápad. Musela by som pohľadať niekoho k Roccovi, nemám peniaze a s Marikou nekomunikujeme.

„Aspoň nad tým porozmýšľaj, Coco. Mohlo by vás to dať dokopy."

Asi sa mu u mňa páčilo, zostal niekoľko hodín, domov sa odviezol taxíkom. Chris sa snaží veľmi nepiť a musím povedať, že mu to celkom ide, asi aj vďaka tomu vyzerá oveľa šťastnejší. Dúfam, že mu niekde ponúknu ďalšie režírovanie, aby bol vždy takýto šťastný.

Na druhý deň ráno sa stalo niečo podivné. Išla som nakŕmiť Rocca a v obývačke na zemi ležala fotka nás dvoch. Veľmi dávno som ju nevidela. Sme na nej v bare na festivale v Edinburghu po poslednom predstavení môjho muzikálu Poľovačka na lady Dianu. Nepamätám sa, že by som tú fotku balila, keď sme sa sťahovali z Marylebone. Pozrela som na poličky, ale na ne som nijaké svoje veci nevykladala... a okrem toho všetky Tvoje fotky mám buď v peňaženke, alebo v mobile.

Zdvihla som telefón a zavolala Chrisovi, chcela som vedieť, o koľkej včera odišiel.

„No, neviem. Zdá sa mi, že okolo pol jedenástej," povedal neisto. „Prečo?"

„Boli sme opití?"

„Vôbec nie... nemyslím si. Ja som mal asi tri streky, čo je nevídané!"

„Prezerali sme si nejaké fotky?"

„Nie..."

Na chvíľu som stratila reč.

„Okej, len som sa chcela uistiť, že si došiel bezpečne domov."

„Dobre, zlato. Koľko je hodín?"

„Niečo po deviatej."

„Idem dospať. Jaj, a ešte niečo, nezabudni mi dať kontakt

na ten tvoj organický vinohrad, kde si kúpila víno."
S prekríženými prstami (to nuluje klamstvo) som mu to
prisľúbila. Po telefonáte som sa pozrela na fotku a bola som
ešte zmätenejšia. Odkiaľ sa tu tá fotka vzala?

Trochu sa bojím ísť spať. Veľmi mi chýbaš, Adam!!

Zo srdca Tvoja Coco

Cmuk

Streda 4. máj 11.14
Adresát: chris@christophercheshire.com

Včera mi volal Adam, presťahovali ho do spoločnej cely,
o ktorú sa delí s väzňom kategórie A, dostal doživotie za
trojnásobnú vraždu. Volá sa Kip, má dvadsať a dlhú
neudržiavanú bradu. Jediné, čo zje, sú trojuholníkové syry.

Kip dokonca ostatným väzňom v ich krídle ponúkol
výmenu trojuholníkových syrčekov za cigarety alebo pranie
špinavej bielizne.

Adam mu už niekoľko dní odovzdáva svoje syry hneď po
obede za požičanie jeho rádia.

„Stále na mňa zíza," povedal Adam. „Čokoľvek robím,
sleduje ma a prežúva svoje syry. Do vrecka si z nich odkladá
strieborné fólie, a keď dožuje, ide do postele, kde si ich počíta.
Čudák."

„Si spodok alebo vrch?" opýtala som sa Adama, aj keď
neviem, či to nie je jedno. Myslela som, že vrch môže byť
lepší.

„Som naspodku." Potom som sa ho snažila priviesť na iné
myšlienky, ale nie veľmi úspešne. Nedokážem i ani predstaviť,

aké to musí byť pre neho ťažké. Vravel, že sa bojí, vtom sa prerušilo spojenie. Dúfam, že sa mu len minul kredit.

Nepozná Tvoj otec niekoho vplyvného, kto by mohol urýchliť Adamov transfer?

Štvrtok 5. máj 21.23
Adresát: chris@christophercheshire.com

Chvalabohu, bol to Adamov nulový kredit, prečo nás prerušilo. Práve volal. Mal znepokojujúcu správu. Keď ich dnes večer spoločne vypúšťali z ciel, Kip nožom napadol iného väzňa. Pokojne podišiel k mužovi, ktorý hral biliard, a vrazil mu ho do krku. Vďakabohu, strážca bol pohotový. Kip je teraz na samotke a napadnutý väzeň je v stabilizovanom stave v nemocnici. A nôž? Vyrobil si ho z niekoľkých stoviek nazbieraných syrčekových obalov.

Adam sa snaží na to nemyslieť, ale asi mu nie je všetko jedno. S Kipom strávil zavretý v jednej cele dve noci. Roztraseným hlasom povedal, že to mohol byť on, koho Kip bodol.

„Teba by nebodol, Adam," upokojovala som ho, aj keď som vedela, že nemám pravdu.

„Pokojne som to mohol byť ja, Coco. S tým chlapíkom, čo hral biliard, sa vôbec nepoznal, bol to náhodný výber."

Povedala som mu, že Tvoj otec prehodil slovo s riaditeľom belmarshskej väznice, a ak všetko dobre dopadne, bude sa sťahovať veľmi skoro.

Ďakujem, zlato!
Coco

Pondelok 9. máj 16.12
Adresát: chris@christophercheshire.com

Celý víkend som čakala, že sa mi ozve Adam, no nič. Ja krava som si vygooglila stránku „príbehy z basy" a našla historku o tom, ako si jeden väzeň zabrúsil záchodovú kefu a dobodal ňou spoluväzňa. Bála som sa, že mi zavolajú z basy a oznámia mi zdrvujúcu správu, že Kip sa vrátil a...

Chvalabohu, dnes ráno ma čakal v schránke list z Belmarshu oznamujúci Adamov transfer do HMP Cambria Sands v Norfolku, väznice pre väzňov kategórie D.

Prišiel mi aj list od Adama, očividne písaný v zhone. Informoval ma, že ho prekladajú do väzenia v Norfolku a že zatiaľ nemôže volať. Musí čakať, kým mu vydajú telefónnu kartu.

V sobotu ráno mu zaklopali na celu a oznámili okamžitý transfer. Narýchlo si pobalil veci do priehľadného vreca vrátane Kipovho syrčekového rádia.

Cesta do HMP Cambria Sands v horúčavách a bez vody trvala tri a pol hodiny. Hovoril, že nové väzenie má dosť voľný režim a je veľmi komfortné. Ide o staré panské sídlo na pobreží neďaleko Cromeru. Je tam iba 149 väzňov, každý má vlastnú celu. Majú tam aj fitko a jedlo je vraj oveľa lepšie. Teraz je odo mňa o 130 míľ ďalej, ale keďže sa tam bude mať lepšie, som Ti nesmierne vďačná.

Si NAJ, Chris! Môžeš mi dať otcovo číslo? Chcem sa poďakovať aj jemu.

Coco

Cmuk

Streda 11. máj 15.14
Adresát: prijem@vazenielink.net

E-MAIL PRE HMP CAMBRIA SANDS VÄZŇA – AG 26754 (Adam Rickard)

Konečne mi povolili návštevy. Prídem za Tebou tento PIATOK! Lístok na vlak mám už kúpený. Dorazím zrejme okolo jedenástej.

Zavolala som Chrisovmu otcovi a poďakovala sa za Tvoje preloženie.

„Bez problémov, drahá Coco. Poznám sa s guvernérom belmarshskej väznice roky rokúce, starý Gádži to je."

„Gádžo?"

„No, volá sa Reginald, Reggie... Na univerzite v Etone sme mu dali prezývku Gádži. Chudák, nebolo dňa, aby si z neho niekto nerobil... prču."

„Gadži? To je dobré."

„Áno, drahá..." zarehotal sa. „Ako sa vodí tej našej... vašej právničke?"

„Nijako. Na nič neprišla. Zatiaľ."

„Je to hrozný prípad. A ako sa má Adam?" Začala som mu rozprávať, ale mal ďalší hovor, tak sa ospravedlnil. Potom ma prepojil na Chrisovu sestru, ktorá so mnou chcela hovoriť.

„Ahoj, Coco," pozdravila ma piskľavým hlasom. „Christopher bol včera so mnou a s mamičkou na obede a veľa nám rozprával o tvojom rozkošnom útulnom bytíku!" Premýšľala som, čo im tak mohol povedať, a napadlo mi, že im určite rozprával o mojom osvetlení (psie vrecká na výkaly).

„Mám tu niečo, čo by sa ti mohlo hodiť. Práve sme sa vrátili z výstavy, kde sme mali svoj stánok, a máme množstvo reťazových svetielok a drobností, ktoré nepotrebujeme. Nechcela by si ich do svojej záhradky?"

Cítila som sa ako chudera, ale svetielka a...drobnosti by nám s Roccom bodli, tak som súhlasila.

„Super, Coco, nadiktuj mi adresu a jeden z mojich šoférov ti to prinesie."

„Rebecca, pokojne ich môžeš poslať poštou, nesúri to tak."

„Nie, nie. Očakávaj môjho šoféra." Poďakovala som sa a celkom sa tešila, že si to tu trošku spríjemním, aspoň vizuálne.

V to isté popoludnie som čistila dom, keď niekto zazvonil. Pred dverami stáli štyria chlapíci oblečení v rovnakých pracovných montérkach s logom Cheshire, s. r. o., predstavili sa a povedali, že ich posiela Rebecca Chesirová so zásielkou. Otvorila som im dvere do betónovej záhradky a vrátila sa k vysávaču. Po polhodine mi napadlo, prečo odišli bez pozdravenia. Prešla som k zadným dverám, vyšla von a zostala stáť v šoku s padnutou sánkou. Cementový spodok „záhradky" bol vyčistený a pokrytý bujným umelým trávnikom. Vyzeral ako skutočná tráva. Nado mnou, zavesené na tyčiach, sa tiahli siete svetielok, ako z rozprávky.

Mala som skutočnú záhradku.

„Koľko ma to bude stáť?" panikárila som. Chlapi na mňa pozreli z rohu záhradky, kde dokončovali ukladanie umelého trávnika.

„Nič," povedal jeden z nich. „Toto všetko bolo poslané na skládku. A to ste ešte nevideli, aké pekné kúsky máme v dodávke. Nechcete črepníkové rastliny?"

Zobrali ma k dodávke plnej rôznych vecí zo súkromných párty a výstav... Nastávajúcu polhodinu som strávila kupovaním zadara. Mal si ma vidieť. 😊

Takže mi doma a v záhradke pribudli nádherné bambusy v krásnych exotických kvetináčoch, štyri juky a tri menšie, stále kvitnúce čerešne.

No, ale skutočnou bombou bolo moje nové sedenie! Videl si také nižšie, polystyrénom vypchané, mäkulinké sedačky, ktoré sú teraz strašne trendy? Tak ja mám také dve, biele (s nápisom MOËT & CHANDON) a k nim ešte stolík rovnakej značky.

Po tom, čo mi všetko nanosili do záhradky, som zostala bez slova. Naozaj som nevedela, čo mám od radosti povedať. Peňazí na tringelt som veľa nemala, tak som im každému dala fľašu vína (1,49-librového).

„Wau, to je z toho organického vinohradu?" opýtal sa jeden z chlapov. „Šéf sa ho snaží nájsť cez internet."

„Áno," zaklamala som. „Je výborné. Ďakujem vám, páni." Odišli veľmi vytešení.

Upravila som si celú záhradku, naaranžovala sedačky, zorganizovala rastliny popri plotoch a zažala svetlá. Bolo to krásne a zalial ma pocit šťastia, ako keď dieťa po prvýkrát uvidí vianočný stromček. Dlaňami som si prikryla oči, aby som nevidela ošarpané susedné domy. Pokojne som mohla byť v nejakej exotickej krajine.☺ Išla som si dnu po cigarety. Zrazu som začula čudný zvuk, taký klopkavý, nemala som ani šajnu, čo to môže byť. Šla som za zvukom, ktorý ma doviedol na chodbu ku skrinke s poistkami a elektrometrom. Otvorila som ju. Merač sa pretáčal ako šialený, čísla skákali nezastaviteľnou rýchlosťou.

Rýchlo som vypla vonkajšie svetlá a vrátila som sa k osvedčeným psím výkalovým vreckám.

Dnes ráno pri opaľovaní v mojej exotickej záhrade ma

vyrušil vchodový zvonec. Zodvihla som štekajúceho Rocca a otvorila dvere.

Stála tam Marika!

Trochu som bola prekvapená, po takom dlhom čase... (odvtedy, čo som jej dala facku, ubehlo šesť týždňov).

„Ahoj," pozdravila ma.

„Ahoj," zopár dlhých sekúnd sme sa na seba iba pozerali.

„Môžem ísť dnu?"

„Prepáč, samozrejme."

Vošla do chodby a začala sa vyzúvať.

„Prosím ťa, nemusíš. Pozri, ako vyzerajú koberce." Zohla sa k vytešenému Roccovi, ktorý si ľahol na chrbát a nechal si škrabkať brucho.

„Dáš si kávu?" Prikývla, že áno.

„Krásne si si to tu urobila, Coco," previedla som ju do záhradky. „Toto je ako... stánok šampusu z nejakej luxusnej výstavy..."

„Myslím, že to bol stánok šampusu na výstave v Earl's Court," zaškerila som sa.

Usadili sme sa ku káve v mojom šampus-bare.

Chvíľu sme popíjali v totálnom tichu.

„Prepáč, že som naznačila, že Adam by mohol byť vinný."

„Ty mi prepáč, prosím ťa, že som ti dala facku." Pokračovali sme v tichom popíjaní.

„Coco, chcem ti niečo povedať," ozvala sa trochu neisto. „Rozišli sme sa s Gregom."

„To ma mrzí," zapálila som dve cigarety a jednu som podala Marike.

„Ja som sa s ním rozišla... Predpokladám, že to bol len ďalší ‚Marikin úlet', ako to s Chrisom nazývate."

„Nenazývame..."

„Počula som vás, ako ste to s Chrisom hovorili."

„Prepáč, mrzí ma to."

„Mrzí? Určite? Mám pocit, že s Chrisom ste radšej, keď som nezadaná. Nezadaná strelená Marika. Ani si sa neopýtala, čo sa stalo."

„Nedala si mi šancu! Čo sa stalo?"

„Je ženatý a má decká."

„Koľko detí?"

„Päť."

„Päť?"

„Áno. Celá rodinka žije vo Forest Hill. Päť minút od môjho domu, dopekla!"

„A vôbec nič si netušila?"

„Jasné, že nie, som krava trafená. Sem-tam som sa čudovala, prečo stále chodí kupovať lístky na každý ťah lotérie, v sobotu, v nedeľu a ešte aj v strede týždňa."

„A, ako si to zistila?"

„Boli sme v Tescu a poprosil ma, či mu nepomôžem s vypĺňaním lotériového lístka. Nevedel, ako sa to robí. Vtedy mi to celé došlo…"

„Je mi to naozaj ľúto," natiahla som sa k nej a priateľsky jej stisla ruku.

„Chýbala si mi, Coco," oči sa jej zalievali slzami.

„Mohla si mi zavolať."

„Marika, ak si nespomínaš, prechádzala som hrozným obdobím s Adamom. Trvalo ti šesť týždňov, kým si ma prišla pozrieť."

„Dala si mi facku! Ja som sa ťa ani nedotkla."

„Adama práve vtedy poslali do basy! Čo si čakala, že budem reagovať ako dospelá vyzretá žena? Potrebovala som ťa viac ako kedykoľvek predtým."

„Prečo sa cítim, ako keby som bola pre teba a Chrisa v inej kategórii, ako ste vy? Kategória: To je len Marika, jej život je jeden veľký bordel, ľúbi sa nachňápať a randiť s chlapmi, ktorí jej po sexe vytrhnú srdce z hrude a potom naň dupnú."

„V živote som nič také nepovedala."

„No, ale je to pravda, vždy si nechám zlomiť srdce nejakým chumajom a nikdy sa z toho nepoučím."

„To nie je pravda... No, ale aspoň vieš, ako vyplniť lístok na lotériu." Marika na mňa pozrela a potom nás chytil záchvat smiechu.

„Coco, ty si ale krava."

„A ty ešte väčšia, Marika... nezostaneš na toast s fazuľkami v mojom výstavnom šampusovom stánku?" uškrnula som sa. Ona sa uškrnula späť. Zalial ma pocit, že medzi nami to bude zase okej. Vonku bol teplý, príjemný večer. Zarozprávali sme sa do neskorej noci, takže nakoniec u mňa Marika prespala na pohovke.

Skôr ako ráno odišla venčiť, mi povedala, že mala celú noc strašne čudné sny a že vyzerali veľmi reálne. Snívalo sa jej o nejakej babke, čo utierala prach na poličkách za pohovkou. Povedala som, že aj mne sa sníva ten istý sen.

„Aspoň vidíš, aké máme na staré kolená vzrušujúce životy," usmiala sa Marika.

Je to fakt pravda, mne sa o tej starej panej snívalo už trikrát... Asi to bude spôsob, akým sa môj paranoidný rozum vyrovnáva so všetkým tým voľným časom.

Teším sa na piatok, neviem sa dočkať, kedy Ťa budem mať v náručí.

S láskou Tvoja Coco

Cmuk

Sobota 21. máj 17.12
Adresát: marikarolincova@hotmail.co.uk

Musím Ti napísať o svojej prvej návšteve v Adamovej novej väznici. Londýnska časť cesty bola okej – vlakom sme preleteli okolo nového olympijského štadióna a boli sme hneď v Essexe. Potom som musela prestúpiť na prípoj v Norwichi a tam sa život spomalil.

Na nástupišti som sa spýtala výpravcu, či prichádzajúci vlak ide do Cambria Sands. Pozrel na mňa, ako keby som mu položila finálnu otázku v Milionárovi.

„No, neviem, asi áno," znela jeho odpoveď.

Našťastie išiel. Vlak prevŕzgal celú cestu z Norwichu. Za mestom sme sa ocitli v zachmúrenom počasí sprevádzanom nadzemnými hmlami. Prešli sme okolo blatovohnedých vodných kanálov s hnedým rákosím vejúcim vo vetre. Vlak sa medzi nimi kľukatil ako had.

Bola som jediná, ktorá vystúpila na stanici v Cambria Sands. Stanica bola ponorená v hustej hmle a bolo dosť chladno. Od pobrežia sa tiahli ponad polia pískajúce zvuky vetra. Stanica, to boli vlastne len dve tyče s názvom mesta a prístrešok. Aká romantika.☺

Po odchode vŕzgajúceho vlaku som si vybrala mobil a vyťukala číslo, ktoré bolo na hrdzavej reklamnej tabuli označené ako „taxi". O desať minút som si maximálne premrznutá v diaľke všimla taxík, rýchlo sa rútiaci mojím smerom.

„Kam to bude, madam?" opýtal sa veselý taxikár. Keď som povedala „basa", ani nemrkol. Asi prežíva vďaka tej base.

Šoféroval smerom k moru. O niekoľko minút sa na

horizonte objavilo väzenie. Najväčšmi ma šokovalo to, že okolo basy neboli ploty, múry, nijaký ostnatý drôt a že ma šofér vysadil pred bránou, akoby sme prišli k pamiatke zapísanej do kultúrneho dedičstva.

„Prepáčte, sme na správnom mieste? Toto je väznica?" Ničomu som nerozumela.

„Áno, moja, otvorené väzenia nemajú vysoké múry. K väzňom sa pristupuje s dôverou, že neutečú."

Predstavila som si, ako vychádzame s Adamom von a utekáme preč, čo nám nohy stačia. Myslím, že šofér mi to zbadal na očiach. 😌

„No ak by ich čapli na úteku, hnili by po zvyšok trestu aj s prídavkom v base pre väzňov kategórie A," vysvetlil mi, skôr ako pridal plyn a zmizol za, nemôžem ani povedať bránami... no, skrátka, odfičal.

Kontrolný proces, akým som musela prejsť, bol podobný ako v Belmarshi, no keď som ním prešla, uviedli ma do miestnosti pre návštevy, ktorá vyzerala ako nádherná knižnica s kaviarňou s pohodlnými kreslami a nízkymi stolíkmi. Čakala som, že spoza rohu vyjde čašníčka s bielou zásterkou a ponúkne nám ľadové latte. Návštevné hodiny sú rozdelené do blokov, v každom bloku je povolených pätnásť návštev. Adam vyzeral oveľa lepšie ako naposledy. Veľmi pevne sme sa vyobjímali a mali sme dokonca povolené prechádzať sa ruka v ruke. Zobrala som Adama k automatu a kúpila mu šesť kitkatov a päť pikslí koly.

„Si si istá, Coco? Zostanú ti peniaze na stravu?" opýtal sa za zvukov padajúcich plechoviek. Otočila som sa k nemu a dala mu pusu. Povedal mi, že má pre mňa novinu, potešila som sa, myslela som, že zlú už nemá mať akú. Posadili sme sa do útulných kresiel a oznámil mi:

„Rozhodol som sa neodvolať proti rozhodnutiu."

„Čo?!" celá miestnosť sa obrátila a pozerala na nás.

„Prosím ťa, vypočuj ma. Včera tu bola Natasha."

„To je od nej pekné, že o tom ani nepípla."

„Od konca procesu si zaúčtovala štyritisíc libier za troch asistentov, ktorí na nič neprišli. Jedine na zopár nezrovnalostí vo vyhodnotení dôkazov z počítačového systému..."

„Prečo sa nezameriava na Sabrinu Jonesovú?! Ona v tom má prsty, ona ukradla tie peniaze!"

„Vravela, že ju preverili, všetko preverili. Nič na ňu nenašli."

„To nie je možné!"

„Coco. Prosím..."

„Prečo to robíš? Prečo si sa rozhodol akceptovať nespravodlivosť bez boja?" chcela som kričať na plné hrdlo.

„Ak sa odvolám, pošlú ma naspäť do Belmarshu. Nový proces by mohol trvať mesiace alebo by ho dokonca zmietli zo stola, ale ja by som musel prechádzať znovu celým systémom kategorizácie... a bez pomoci Chrisovho otca by to mohlo trvať aj osemnásť mesiacov."

„Takže chceš zostať v base?"

„Áno, Coco, po inom netúžim, je tu fantasticky," zamračil sa a položil si moju ruku do dlane. „Mám tu vlastnú celu. Ani sa to tu nevolá cela, ale izba... Môžem chodiť na prechádzky, vidieť more. Pracujem tu v pohodlnej kancelárii. O pár mesiacov budem mať ešte väčšiu slobodu a na budúcu jar budem mať povolené vychádzky domov, budem ťa môcť prísť navštíviť v tvojom novom byte."

„Štyri roky, Adam!"

„Coco, prosím," povedal smutným hlasom. „Ak to mám nejako prežiť bez samovraždy, tak toto je jediná možnosť."

Zostala som zaskočená a stisla mu ruku.

„Čo? Premýšľal si nad…"

„Áno, iba raz. To, že na mňa vonku čakáš a myslíš na mňa, je jediné, čo ma drží nad hladinou." V očiach som mu videla veľkú bolesť, utrpenie.

„Okej. Okej. Neodvoláme sa."

„A ani nebudeš prenasledovať Sabrinu. Počul som, ako si ju vysliedila až domov."

„Od koho?"

„Od Etely. Píše mi každý týždeň."

A tým sme skončili konverzáciu. Zazvonil väzenský zvonec. Držala som ho v náručí tak dlho, ako som len mohla, hlavu som si položila na jeho teplú hruď.

Adam si položil hlavu na moje plece, potom musel ísť.

Až keď som si obliekala kabát, všimla som si, že vrch môjho svetra bol mokrý od jeho sĺz.

Spiatočná cesta trvala večnosť a bola hrozná. Našťastie sa už nestmieva príliš skoro a na vetristom nástupišti som nemusela čakať veľmi dlho. Domov som prišla pred desiatou, Rocco bol v extáze, keď ma zbadal.

Štvrtok 26. máj 18.11
Adresát: marikarolincova@hotmail.co.uk

Dnes ma prišiel pozrieť Rosencrantz. V záhradke sme si dali pohár vínka. Povedal mi, že pracoval na misii ADAM.

„Čo tým myslíš?" zapálila som nám obom cigu.

Z ruksaku vybral tašku a podal mi ju.

„Čo to je?"

„No veď to otvor, mami." Vnútri bol album 21 od Adele a digitálky.

„Narodeniny mám až o niekoľko týždňov."

„Je tam aj list," povedal Rosencrantz s Roccom v lone. Ten všetko zvedavo sledoval. Vytiahla som list. Bola som dojatá, tak som Ti ho naskenovala.

PRÍLOHA ADAM1

23.05.2011 Drahá Coco,

na väzenskom živote mi lezie na nervy strašne veľa vecí, hlavne to, že tu nie si Ty. Chcel by som sa s Tebou každý deň deliť o spoločné zážitky, myšlienky a… veď vieš. ☺ Strašne mi chýbaš, chýbajú mi naše chvíle strávené v záhradnej chatke, počúvanie hudby, ako sme zvykli v pohodlí Tvojho domu…

Ako vieš, mám CD prehrávač (vďaka syrovému Kipovi), a napadlo mi, že by sme si mohli zorganizovať spoločné počúvania hudby.

Spoluväzeň z vedľajšej cely, Keith, mi požičal nový album od Adele. Tak veľmi sa mi páčil, že som Ti chcel o ňom povedať a chcel som si ho s Tebou vypočuť.

Poprosil som Tvojho skvelého syna, aby nám kúpil dva Adeline albumy. Jeden z nich máš v ruke. Taktiež máš digitálne hodinky nastavené na veľmi presný čas, podľa rádiového signálu v Greenwichi. Moje hodinky sú nastavené presne ako Tvoje, takže o 20.30 (po mojej večierke), mohla by si zapnúť prehrávač a prvú pesničku na albume? Ja urobím to isté a budeme počúvať spolu.

Ľúbim Ťa z celého srdca, chýbaš mi z celého srdca a chýbaš aj môjmu nižšie položenému orgánu… ☺

Navždy Tvoj – Adam

P. S.: Posielam Ti nekonečne veľa bozkov...

„Adam sa ospravedlňuje, že ti nemôže tento týždeň zatelefonovať. Tentotýždňový kredit minul na organizovanie prekvapenia," povedal mi Rosencrantz.

S veľkou vďakou som pokývala hlavou.

„A nezabudni počúvať presne načas." Na ruku mi upevnil hodinky.

„Budem, nezabudnem," poutierala som si slzy.

V sobotu mám rande! S Adamom! Aspoň takouto formou.

Pondelok 30. máj 16.37
Adresát: rosencrantzpinchard@gmail.com

Ešte raz som sa Ti chcela poďakovať za organizovanie Adelinho „koncertu". Presne o 20.30 som ho počúvala a cítila som Adamovu prítomnosť. Album 21 som si hneď zamilovala, nečudujem sa, že každý o ňom rozpráva a že valcuje rebríčky hitparád.

Pred chvíľkou som bola na čaji s Tvojou babkou v kaviarni The Brockley Mess. Bolo pekne slnečno, tak sme popíjali vonku na terase. Práve sa vracala z cintorína, bola zaniesť dedkovi Wilfovi kvety na hrob. Dnes uplynulo presne tridsaťjeden rokov odo dňa, čo zomrel.

Čakala som, že bude melancholická, ale nasrdene pripochodovala k stolu a šmarila naň svoju kabelku.

„Sem hrozne nasratá. Ten môj starý, Wilf."

„Čo sa stalo? Vandali zničili hrob?"

„Nééé, je len celý zadrbaný holubíma sračkáma, a ked sem

ich zeškrabovala pilníkem, dolámal sa mi." Z kabelky vytiahla dve polovice pilníka a strčila mi ich pod nos.

„Ale to nie je Wilfova chyba."

„Není? Víš, že mój starý bol velikánskym milovníkem holubú? Lúbeu ich vác jak mna a teraz ich pritahuje ešte aj k hrobu, kde ho celý oserú. Ešte aj spod zeme sa ma snaží vytáčat."

Po objednaní čaju som jej povedala o Adamovi, ako zorganizoval celú vec s Adele.

„Ach, ten Adam, je dobrý jak echt zlato, škoda, že je prásknutý v lochu," poľutovala ho Etela. „Já milujem tú Adélu, my šecky dámy v zlatom veku u nás v dome máme dvadsatjednotku album. Ví ten svój hlas vytáhnut až do... nebés."

„Veľmi sa mi páči Rolling in the Deep a Someone Like You mi láme srdce (je o tom, ako aj po bolesti zlomeného srdca Adele verí, že nájde niekoho, ako bol on ☹)."

„Moja oblúbená je Set Fire to Lorraine (Zapáľ Lorraine)," povedala Etela a pochlipkávala si čaj.

„Tá pesnička sa volá Set Fire to the Rain."

„Né, né, moja, jasne spívá zapál Lorraine."

„Nie, nespieva..."

„Spívá a čuš!"

„Nespieva!"

„Moja, ty si ten album ešte len vyfasúvala, já ho mám zapatý od februára a hovorím ti, je to Zapál Lorraine."

„Nie je! Nedáva to ani zmysel. Je to metafora, zapáľ dážď!"

„Očúvaj ma, moja. Mala by si si prečítat články, keré boli po šetkých novinách a magazínech, o tem, jak Adela píše songy o zlých mileneckých rozchodech, polámaných srdcách.

V tejto písničke spíva o tem, jako moc neznáša tú ženskú, s kerú ju jej bývalý podvédol."

„Chceš mi povedať, že Adele spieva o tom, že podpáli druhú ženu?"

„Jasnoška, opýtaj se hockeho... Ježíšuvé nožiská, Coco, nigdy sem si nemyslela, že jedného dna budem kúlovejšá jak ty."

„Adele nie je tupaňa. Žiadna žena by nespievala o podpaľovaní inej ženy."

„Určite? Si si istá? Stavím aj svojú protézu, že by si s velikánsku radostú oblála Sabrínu benzínem a potom škrtla zápalku!"

Hádali sme sa ešte hodnú chvíľu, dokonca som aj obvolala kamarátov, aby potvrdili, že mám pravdu, ale nikto sa nehlásil. Opýtala som sa aj čašníka, ten však ani len netušil. Nakoniec sa grády stupňovali, začali sme na seba ziapať. Tak som sa vytočila, že som vstala a v hneve odišla domov. Moje prvé kroky v byte viedli k cédečku Adele. Vybrala som ho zo šuplíka.

A je to tak, pesnička sa volá Zapáľ dážď!

Neznášam, keď si Etela myslí, že vie všetko. Pamätáš si, keď pred niekoľkými Vianocami všetkých presviedčala, že John Bon Jovi sa volá Bomb Jon Bovi a že tvoja teta Meryl mala rádioaktívnu štítovú žľazu? 😊

Nejako som sa rozpísala, prepáč, zlatko. Ešte raz, ďakujem veľmi pekne. A ak stretneš svoju babku, povedz jej, že pesnička sa volá Zapáľ dážď!

Mama

Cmuk

JÚN

Pondelok 6. jún 10.19
Adresát: prijem@vazenielink.net

E-MAIL PRE HMP CAMBRIA SANDS VÄZŇA – AG 26754
(Adam Rickard)

V sobotu som bola na krste Wilfreda. Bolo to také príšerné, ako som očakávala.

Rosencrantz bol prezieravý a vymyslel si šikovnú výhovorku, aby nemusel ísť. Nakoniec mal aj tak divadelnú skúšku, takže si veľmi vymýšľať ani nemusel. Idú robiť osvetové predstavenie po školách s hrou Nepi, nefetuj!

Do Milton Keynes som išla s Etelou a Danielom. Exsvokru som nevidela od našej „Adele debaty" (jemne povedané) a Daniela som nevidela... ani si nespomínam. Keďže sme všetci traja na tom finančne biedne, išli sme lacným autobusom z Victoria Coach Station. Cesta stála libru tam, libru naspäť a tak to aj vyzeralo. Zničené, špinavé sedačky a okná, zamaľované sprejermi, sa nedali otvoriť, takže sme sa celú cestu škvarili vo vlastnej šťave, v našich syntetických outfitoch. Ja som mala ružový kostým, Etela zaujímavo kvetovanú záhadu s klobúkom à la kráľovná matka aj s perami, ktoré jej pĺzli a lepili sa nám na prepotenú kožu. Daniel mal na sebe hnedý oblek.

„Jakú starú handru máš na sebe?" spýtala sa ho Etela s desivým výrazom. „Na krstinách budú šeljaký nóbl ľuďá!"

„Mama, stál ma stopäťdesiat libier," obraňoval sa Daniel.

„Je prekláte hňadý a máš k nemu čérne pantofle!"

„Čo hovoríš ty, Coco?"

„Mne sa páči," odvetila som úprimne.

„Ďakujem, Coco," povedal veľmi vďačne.

„A to háro, čo si z Boney M?" Daniel si nechal narásť vlasy a teraz mu siahajú kúsok pod plecia. Nechal si narásť aj bradu, strnisko to tuším volajú. Ľútostivo som na neho hľadela, keď mu Etela povedala, že by sa mal hanbiť, a potom dodala: „Ideš do Božého stánku a né do stávkovej kancelárie."

„Viním teho Rosencrantza," pokračovala po chvíli v útoku, „odkedy ti kúpeu k narodeninám dévedečko True Blood o tých upíroch a vlkolakoch, tváriš sa, jak keby si bol jeden z tých vlkolákú!"

„Prepáč, úplne som zabudla na tvoje narodeniny," ospravedlnila som sa Danielovi.

„V pohode, Coco. Máš toho dosť na starosti."

„A nemáš ani žádnu robotu," vyrútila sa na mňa. „Čo nejdeš na sociálku a nevybavíš si nejáke dávky?

Mohla by si tento štát obrať o slušné peňáze."

„Mama, nechaj ju!" zdvihol na ňu hlas Daniel. Motor autobusu nabral na obrátkach a onedlho sme prešli cez rampu na diaľnicu M25. Niekde pred nami musela byť havária, lebo sme zostali trčať v zápche.

„Hergot, kurnik..." zamrmlala Etela. „Hej, šoférko, nemohli by ste zapat rádijko?" Šofér ochotne pustil rádio nastavené na stanici Magic FM.

„Možná nám zahrajú Zapáľ Lorraine," povedala som s úškrnom.

„Alebo ďalšiu klasiku od Adele: Chasing Payments. Je to pesnička o vymáhačovi oneskorených platieb, ktorý neznáša svoju robotu." S Danielom sme chytili záchvat smiechu.

„Neni ste vy dvá náhodú rozvedení? Nemali by ste sa neznášat?" zakričala na nás Etela, ale nás to nezastavilo. Nakoniec sklapla a celú cestu do Milton Keynes strávila v rohu autobusu. Aspoň sme sa s Danielom dobre porozprávali. Nevie si nájsť prácu, štyri mesiace už poberá dávky v hmotnej núdzi.

„Nigdy sem nemyslela, že jedno z mojích decék skončí na sociálnem úrade," prerušila nás Etela. „Mal by si makat! Nemáš ani padesát rokóv!"

Daniel mi povedal, že býva v jednoizbovom byte v Croydone a má spolubývajúcu, Natalie – hrá na fagote.

„Samozrejmá, že ma s ňú ešte nezeznámil," opäť nás prerušila Etela.

„Nechcem ju odplašiť," zrušil ju Daniel.

„To není fér, Danny. Podporúvala sem ta, ked si začal obsmŕdat okolo Coco. Neni tak?" Tak to nás už úplne zlomilo a od rehotu nás boleli bruchá.

Keď sme dorazili do Milton Keynes, vzali sme si na zvyšok cesty taxík. Kostol bol zaplnený do posledného miesta, veľa ľudí dokonca muselo stáť. Zostala som prekvapená.

Tony a Meryl prešli „zmenárňou". 😊 Totálne zmenili imidž. Tonyho lesklé béžové sáčka a mokasínky a Meryline kvetované strašiakovité šaty sú už minulosťou. Všimla som si ich v druhom rade lavíc s veľmi elegantne upravenými účesmi. Tony bol nahodený v Armaniho obleku a Meryl v jemne modrom chanelovskom kostýme, doplnenom milým klobúčikom, posadeným na boku hlavy. Ak by si zažmúril oči, tak by si si ich mohol pomýliť s ich novými idolmi – rodičmi Kate Middletonovej. Wilfred v dlhom bielom čipkovom krstinovom oblečení bol usadený na Meryliných kolenách.

„Rezervúvali mi místo?" hundrošsky sa opýtala Etela a z kabelky vybrala jednorazový foťák. „Asi nie, nevidím žiadne, Etela." „Ááách," zosmutnela.

Práve sa začínal obrad, keď sme sa usadili do jednej zo zadných lavíc.

Krst prebehol okej, vieš, ako to chodí.

Po obrade sme pešky prešli do domu Tonyho a Meryl, kde mali nachystané švédske stoly. V záhrade bol veľký (veľmi pekný) šiator a všetko to bolo označené ich novým biznis logom Pohrebné kúsky. Pred šiatrom bola vystavená poodkrytá truhla, z nej trčala veľká penová ruka so vztýčeným palcom, akože okej.

Meryl sa správala čudne, akoby sa za mňa, Etelu a Daniela hanbila. Spomedzi jej pozvaných snobských nóbl hostí, všetko biznismenov (regionálna elita) a ich nezdravo vychrtlých ženušiek s konskými hlavami a zubami, sme dosť vytŕčali.

Niekto im povedal, že si v base, tak mali hrozný záujem dozvedieť sa všetky detaily. Hraničilo to s nechutnosťou. Niekoľkí ma doslova grilovali svojimi nevhodnými otázkami. Čašníci nás obletovali s táckami plnými lahodných letných kokteilov. Jedna ženská s dlhou tvárou v dvojdielnom kostýme z Marks & Spencer a s perlovým náhrdelníkom bola strašne zvedavá, aké to je v base. Bažila po akejkoľvek informácii. Vypytovala sa na drogy, vraždy, rôzne hnusačiny...

Keď som jej porozprávala o syrovom zabijakovi Kipovi, celá sa od vzrušenia roztriasla! Čím to je, že britská stredná trieda je taká posadnutá škandálmi, sexom a vraždami?

Práve som hovorila Etele, nech spomalí s kokteilmi (v ruke mala siedmy), keď Tony zaťukal nožíkom na pohárik a chcel predniesť príhovor/prípitok. Meryl stála vedľa neho s Wilfredom.

„Moji lordi, dámy a páni, vitajte!" povedal do mikrofónu.

„Kto je tuná lord?" povedala Etela veľmi hlasno.

„Nido." Nastalo hrobové ticho.

Meryl mi očami naznačila, aby som ju utíšila.

„Chcel by som sa vám všetkým poďakovať, že ste nás poctili svojou prítomnosťou na krste Wilfreda Thatchera Watsona, nášho malého zázraku."

„Jééé, to je zázrak. Vedeli ste, že Meryl je neplodná jak stará marhula, kerú sme mali s Wilfem za domom!" Celé osadenstvo sa otočilo a so spadnutými sánkami zízalo na Etelu. Tony prehltol a pokračoval:

„Nech sa páči, pochutnajte si na dobrotách, sme radi, že ste... všetci u nás." Vtom mu Meryl vytrhla mikrofón a preložila Wilfreda na druhé koleno.

„Ak budete mať chuť, prosím, prezrite si našu novú stránku www.pohrebnekusky.co.uk. Máme všetko, čo potrebujete, aby ste mohli poslať svojich milovaných do vyššieho sveta tak, ako si to zaslúžia... A teraz mám pre vás niečo vzrušujúce. Wilfred sa učil na túto príležitosť krátku básničku a rád sa s vami o ňu podelí."

Wilfredovi priložila mikrofón k ústam a začala recitovať básničku od W. B. Yeatsa, no Wilfred o tom nechcel ani počuť a začal napodobňovať štekanie psa.

„Wilfred, opakuj po mne," precedila Meryl cez zuby.

„Maminka začne od začiatku: Povstanem a pôjdem, pôjdem do Innisfree...“

Wilfred od seba odsotil mikrofón.

„Ježíšuvé nožulénky, daj tomu chudákovi pokoj!“ zahučala Etela.

„Prepáčte, nepoznám tú paniu,“ zaklamala Meryl.

„V pohodéé, já sem len sku... á babička... Nazdár, Wilfrédko, to sem já, babinka!“ Wilfred si ju všimol a zostal celý bez seba, od radosti začal tlieskať.

„Mama! Prestaň! Nehreš pred Wilfredom, nechcem, aby jeho prvé slovo bolo...“

„Ách, žádné strachy, Meryl. Má to najlepšé ze šeckých strán... vyraste fajnovúčko.“ Etela si všimla, že sa na ňu každý pozerá. „Vidíte šeci, jak naša nóbl Meryl vyzerá v nóbl záhrade s vami nóbl ľuďáma? To, čo nevíte, je, že bola temer bastard!“

„Okej, odchádzame, mama, OKAMŽITE!“ zavelil Daniel. Chytili sme ju každý z jednej strany a vliekli zo šiatra von.

„Bola!“ kričala Etela prechádzajúca okolo šokovaných hostí. „K oltáru sem išla v bílych šatách s bruchem jak lodný kufer!“

Domov som sa dostala hodinu pred polnocou. Autobus musel na každom parkovisku zastavovať, aby sa Etela vyvracala.

Napustila som si vaňu, pekne dlho som sa v nej máčala a ďakovala Bohu, že Ťa mám, Adam. Premýšľala som nad tým, že čakanie na Teba, akokoľvek dlho to môže byť, je tým najkrajším životom, aký môžem mať.

S láskou Tvoja Coco

Cmuk

Sobota 11. jún 22.47
Adresát: marikarolincova@hotmail.co.uk

Bola som v polovici našej Adele – počúvačky s Adamom, keď sa ozval zvonec.

„Vyvolávala som ti večnosť," spustila Holly, Adamova dcéra. „Nakoniec som musela ísť z letiska Heathrow vlakom."

„Môj mobil tu nemá signál. Myslela som, že si v Amerike?!"

„Nuž, nie som," povedala vážne, pre prípad, že mi to nedošlo. „Skončili sa mi pracovné víza." Prešla do obývačky s velikánskou kabelou zavesenou na malinkom zápästí.

Stretla si Holly? Je krásna, štíhla ako prútik, ale dosť tupá.

„To tu fakt nemáš signál?" Z kabelky si vybrala iPhone. „A ako si zisťuješ veci od Siri?"

„Siri?"

„Vieš, na iPhone... Ja sa jej vypytujem na všetko. Kde je najlepšia reštaurácia, čo mám robiť, keď mám voľno, kde si môžem dať urobiť nechty..."

„No dobre, tak ju popros, nech ti prinesie kufre dnu." Ukazovala som na otvorené dvere a kopu kufrov, ktoré nechala vonku.

„Čo?"

„Nie som lokaj. Vidím, že tu asi zostávaš..."

„No, jasné, si otcova... otcova...?"

„Snúbenica."

„Môžem zostať?" Povedala som, že to je v poriadku. Rocco vletel dnu zo záhrady a začal na ňu štekať.

„Wau, to je čo?"

„Rocco, môj pes." Štekal ešte hlasnejšie a behal okolo jej nôh. Holly začala vyskakovať.

„Čo to robí?" Rocco ju postupne vytláčal z izby, smerom k jej kufrom von.

„Chce, aby si si podonášala kufre," odpovedala som jej. Rocco sa usadil vo dverách, a kým si nepodonášala kufre, štekal na ňu. Urobil na mňa veľký dojem.😊 Moje malé maltézske šteniatko dosiahlo viac ako jej dvaja rodičia so šekovými knižkami za celý život. Aby si nemyslela, že som totálna krava, napustila som jej vaňu, a kým sa okúpala, urobila som jej syrové toasty a naliala pohárik vína. Čakala som na ňu vonku v záhradke. Holly vyšla s vlasmi v uteráku, v dlhom basketbalovom LA Lakers tričku a denimových minikraťasoch. Vyzerala neskutočne krásne. Usadila sa na polystyrénom vypchanej Moet sedačke a začala si zobkať toasty.

„Páči sa mi tvoja záhrada. Pripomína mi letný salónik v hoteli Beverly Hills v L. A..." Poobzerala sa po mojom umelom trávniku, kde boli vedľa starej hrdzavej práčky šmarené vyčaptané, špinavé žabky, a povedala som si, že Holly je asi len slušná.

„Tak čo sa ti stalo s vízami?" opýtala som sa jej.

„No, poplietla som si svoje americké pracovné víza s mojou Visa kreditkou... Platnosť kreditky vyprší v dvetisíc štrnástom, a to som si myslela, že dovtedy môžem zostať v Amerike. Povedala som to aj policajtom, tí ma aj napriek tomu deportovali."

„Prečo ťa vôbec zastavili?"

„Na Hollywood Boulevard som prechádzala na červenú."

„A čo si robila v Los Angeles?"

„Chvíľu som pracovala. Také niečo ako zdobenie

tort/modelka. S modelingom som prestala kvôli tým šovinistickým chlapom. Potom som začala pracovať pre cukrárenskú firmu. Jej šéf nebol o nič lepší, nazval ma sprostou kravou!"

„Prečo?"

„Namiešala som nesprávnu červenú na cukrovú polevu na Spiderman tortu... Nemyslíš, že červená je červená?"

„A čo si robila potom? Mám celkom dobrý prehľad, keďže Visa kreditka, o ktorej hovoríš, je na meno tvojho otca a ja ju splácam."

„Chcela som ti o tom povedať. Nájdem si prácu a všetko ti splatím," usmiala sa. Bol krásny letný večer a takmer som jej závidela, že žije na úplne inej planéte ako väčšina z nás, celý život má na cimpr-campr a vôbec ju to netrápi.

Chcela vedieť, kedy môže ísť navštíviť Adama.

„Môžem ti to vybaviť na budúci týždeň, keď pôjdem ja." Nečakane vstala a objala ma.

„Zo všetkých žien, s ktorými otec spal, si tá najlepšia."

Myslím, že to myslela ako kompliment. Ospravedlnila sa, že je z letu a zo zmeny časového pásma veľmi unavená, tak som jej išla vziať perinu a ustlala som jej na pohovke. Potom som sa vrátila von aj s notebookom. Je krásny večer a okrem Hollinho chrápania v obývačke aj veľmi idylický.

Nemám šajnu, ako dlho u mňa bude. Ako vždy, vyjadruje sa dosť neurčito...

Nateraz asi toľko, zlato. Dúfam, že si v poriadku.

Štvrtok 17. jún 09.41
Adresát: chris@christophercheshire.com
marikarolincova@hotmail.co.uk

Holly ma dnes ráno milo prekvapila donáškou kávy a tanierikom koláčikov s červenou polevou do postele.

„Všetko najlepšie k narodeninám. Pozri, urobila som ti koláčiky so Spidermanom..."

„Aké vhodné k narodeninám štyridsaťšesťročnej ženskej," posadila som sa v posteli a zasmiala.

„Kto má štyridsaťšesť?" opýtala sa nevinne.

„Ja mám."

„Preboha živého, to je aká staroba?!"

Prestala som sa usmievať. „Kedy si ich stihla urobiť? A kde si našla všetky suroviny?"

„Bola som v obchodíku na rohu. Nemala som žiadne peniaze, majiteľ bol veľmi milý... povedal, že môžem zaplatiť neskôr."

„Dal ti to všetko zadarmo?"

„Nie, musím niekedy zaplatiť," hrala sa s končekmi vlasov. Nechcelo sa mi to veriť, starý Gogi je hrozný žgrloš. Raz mi chýbala jedna penca za rajčinu a nedovolil mi, aby som mu ju dala nabudúce, keď prídem.

„Nie je to krásna a dobrá červená na Spidermana?" Holly držala v ruke koláčik.

„Áno," zaklamala som. Holly sa natešene usmiala.

Odhryzla som si a vychválila koláčik do nebies.

Po raňajkách sme sa vybrali na dlhú cestu za Adamom. Docestovali sme tesne po obede. Vyzeral dobre a bol veľmi šťastný, že ho Holly prišla pozrieť. V base dostal novú prácu so zodpovednosťou. Pracuje v nemocničnom krídle a dokonca ho presťahovali do lepšej izby s vlastnou kúpeľňou.

„Ty máš sprchu?" opýtala som sa. „Lepšia ako ja. Moja sprcha je džbán vo vani," sotva som to vyslovila, už som ľutovala, že som to vôbec povedala.

Adam mi dal narodeninový darček, malú obálku. Otvorila som ju, bol v nej štvorec tvrdého čierneho papiera. Na jednu stranu napísal strieborným perom (požičal si ho od „kolegu" z vedľajšej cely) Všetko najlepšie k narodeninám, mojej krásnej Coco, život je na žitie...

„Otoč ju," povedal Adam. Na druhej strane bolo prilepené biele pierko.

„Wau..." vydýchla Holly. „Čo je to?"

„Pred niekoľkými dňami som sa večer vrátil do svojej cely a modlil sa, čo nezvyknem. Modlil som sa, aby si bola v poriadku, v bezpečí. Na druhý deň ráno som našiel na zemi toto pierko."

Vyzeralo ako vtáčie, snehobiele a krásne sformované.

„Neviem, odkiaľ prišlo. Dvere som mal zamknuté, nemáme páperové periny ani matrace a aj okno bolo zatvorené. Keď som to povedal jednému chlapíkovi v nemocničnom krídle, presviedčal ma, že nevysvetliteľné zjavenie sa bieleho pierka je znamením strážneho anjela, takže chcem, aby si ho mala."

„Ja?"

„To je milé, oci. Ja som cez colnicu na letisku prepašovala slzný plyn, to je moje znamenie strážneho anjela."

Usmiala som sa a nahla k Adamovi, aby som ho pobozkala.

„A kedy bude ten veľký deň?" opýtala sa Holly. „Kedy sa vezmete?"

„Nuž, svadbu máme rezervovanú na devätnásteho augusta, ale..."

„Počkaj, počkaj," zastavila ma Holly a vytiahla si iPhone. „Myslím, že v ten deň mám čas... Siri, kedy je londýnsky módny týždeň...?" spýtala sa svojho mobilu.

„Ale tvoj otec je vo väzení na... asi na štyri roky."

„Ach, prepáčte. Bože, ja som tupá..." ospravedlnila sa Holly.

Našťastie zazvonil zvonec (ukončenie návštev) a nemusela som to komentovať. Adam vyobjímal Holly a povedal jej, nech si dáva na seba pozor a nech ho hocikedy príde pozrieť. Potom ju poprosil, aby nás nechala na chvíľku osamote.

„Coco, chcem, aby si pre mňa niečo urobila."

„Čokoľvek, zlato."

„Začni žiť svoj život."

„Prosím? Čo tým myslíš?" zostala som v pomykove.

„Vonku na mňa len vyčkávaš. Žiješ v chudobe v odpornom byte, nemôžeš si dovoliť nikam chodiť."

„Čakám na teba." Stisla som mu ruku.

„Vieš, že by si mohla čakať do roku dvetisíc osemnásť?"

„Myslela som, že ťa prepustia skôr."

„To nie je garantované. Popremýšľaj nad tým. V dvetisíc osemnástom budeme päťdesiatnici. Nemôžeš stále len prežívať... Budúci rok sa budeš môcť nasťahovať späť do svojho domu a..."

Čo sa mi snažíš povedať? Nechceš so mnou už byť?! Neopováž sa mi dať kopačky na moje narodeniny, Adam Rickard. Nedostanem hádam kopačky od chlapíka vo väzení na narodeniny!"

„Nie, nedávam ti..." Adam si vložil hlavu do dlaní a vtom prišiel bachar a upozornil ho, že už musí ísť.

„Neznášam basu..." nahnevane kričal Adam, keď ho bachar ťahal odo mňa.

„Počkám si na teba!" kričala som mu. „Či chceš, alebo nie!" Neviem, či to vôbec počul. Holly to všetko sledovala z diaľky, prišla ku mne a objala ma.

„Otec je šťastný človek, že ťa má," povedala. „A aj ja."

Cestou späť sme toho veľa nenahovorili. Domov sme prišli veľmi neskoro, rýchlo som vyvenčila Rocca, a keď sme sa vrátili, Holly bola pod perinou v siedmom nebi.

V posteli som nemohla zažmúriť oka, hlavou sa mi preháňali myšlienky. Je čudné, že keď ti život toľko zoberie, začneš premýšľať nad nadprirodzenými, tajuplnými vecami a svetmi.

Keď sa nám s Adamom darilo, nikdy sme neverili na anjelov a nemodlili sme sa.

Ručne vyrobenú narodeninovú pohľadnicu od Adama som si položila na nočný stolík a hľadela na ňu, až kým som nezaspala.

Vstala som po deviatej. Po špičkách som sa zakrádala vypustiť Rocca do záhradky.

Nechcela som zobudiť Holly, no ona už vonku popíjala kávu.

„Nejako skoro si vstala," usmiala som sa na ňu.

„Myslím, že je čas, aby si mala svoj priestor sama pre seba. Idem na vlak, pôjdem k mame. Volala mi miliónkrát, aby som prišla."

„Si si istá? Začala som si zvykať na spoločnosť."

Pomohla som jej pobaliť sa a urobila jej na cestu sendvič. Okolo obeda si zavolala taxík, aby ju odviezol na stanicu.

„Coco, ďakujem. Ďakujem, že si mi dovolila zostať, že si mi dala posteľ."

„Dúfam, že pohovka bola pohodlná."

„Nikdy som sa nevyspala lepšie. Ale mávala som hrozne čudné sny o starej panej oprašujúcej poličky s knihami... no, možno sa mi to len zdalo, som len tupá blondínka!"

Keď Holly odišla, pootvárala som všetky okná a dvere, dnu prenikali príjemné slnečné lúče. Urobila som si toast a Rocco si vychutnal svoje raňajky. Nebála som sa, ale za posledný týždeň sa mi snível ten istý sen štyrikrát!

Ľúbim Vás, moji

Coco

Cmuk

Sobota 25. jún 21.13
Adresát: marikarolincova@hotmail.co.uk

Adam je v base 100 dní! Začínam počítať 1 284 dní, ktoré mu zostávajú do prepustenia – ak ho podmienečne neprepustia skôr! Snažím sa nemyslieť na čísla, inak ma natiahne. Asi budeme musieť čoskoro začať počúvať iné cédečko. Adele ma aj napriek svojmu bezchybnému hlasu a krásnym melódiám ponára do čoraz hlbších depresií.

JÚL

Streda 13. júl 20.47
Adresát: prijem@vazenielink.net

E-MAIL PRE HMP CAMBRIA SANDS VÄZŇA – AG26754 (Adam Rickard)

Pred pár dňami som začala venčiť s Marikou psy a v horúčavách to je podstatne ťažšie, ako sa to zdá. Je s nimi vonku okolo šesť hodín denne! Tento jej „venčiarsky" biznis doslova prekvitá. Dokonca od niekoľkých klientov dostala ponuky na prenocovanie. Pre psov, nie pre seba, zle som sa vyjadrila. ☺

Svojej mame sa nepriznala, čím sa živí. Blažena si myslí, že pracuje na polovičný úväzok na mestskom úrade, a jediný dôvod, prečo sa z toho teší, je, že jej to Marika opísala ako skvelé miesto na stretnutie bohatého ženícha.

Na spiatočnej ceste z venčenia sme si na Brockley Road našli novú, veľmi útulnú kaviarničku. Robia tam výbornú ľadovú kávu s vanilkovou zmrzlinou, v pekných malých zaváraninových pohároch.

Som od nej závislá. Začala som si ju robiť aj doma (nie je až taká fajnová, ale je dobrá). Do plastovej fľaše od minerálky si zarobím instantnú kávu. Pridám trošku cukru a dám do chladničky. Potom si do pohárika od detskej výživy dám kopček vanilkovej zmrzliny, zalejem kávou a vrch posypem škoricou. Keď Ťa prepustia, urobím Ti takú!

Nedávno som mala troch návštevníkov. Očakávala som Rosencrantza, no chvíľu po ňom sa dostavili Meryl s Wilfredom.

„Ach, Coco... máš to tu... útulné," to bola dnu len jednou nohou.

„Teta Meryl, ahoj," Rosencrantz vošiel dnu zo záhradky. „A, samozrejme, malý Wilf! Ahoj." Wilfred bol oblečený v krátkych nohaviciach a sáčku, na hlave mal plstený klobúk s pierkom. Jeho bucľaté líčka boli veľmi červené.

„Krpec, hovadsky ti to sekne," povedal mu Rosencrantz.

„Prosím ťa, Rosencrantz, neželám si toaletný slovník. Žijem v strachu, že Wilfredovo prvé slovo bude k... alebo p...!"

„Nemusíme používať žiadne slová, Wilfík. Pravda?" maznavo mu vravel Rosencrantz a šteklil ho. Vytešený Wilfred sa rehotal a kopal nohami. Meryl mu dala dole klobúčik a položila ho na zem, nech si polezie.

„Meryl, nevysávala som," upozornila som ju, keď sa začal Wilfred motať po zemi ako malý had a zmizol za pohovkou.

„To je v poriadku, chcem, aby si vybudoval imunitu, preto sa ho snažím vystavovať baktériám a špine, je to aj jeden z dôvodov, prečo sme prišli k tebe." S Rosencrantzom sme na seba pozreli.

„Dáš si kávu?" ponúkla som ju napriek urážke.

Pri ľadovej káve v mojej Moet záhradke nám Meryl povedala, že ide práve od Etely, ktorej bola vypláchnuť žalúdok za jej správanie na krste.

„Nerozumiem svojej mame. Snažím sa niečo zo seba urobiť, z ničoho som sa vypracovala až na svoje postavenie v spoločnosti... mám nádherný dom s vonkajším záchodom... Myslela som, že bude hrdá na mňa, na to, čo budeme môcť dať s Tonym Wilfredovi."

„Myslím, že mohla byť väčšou súčasťou krstu. Úplne si ju odstavila."

„Tony mi povedal to isté. Bolo to tak preto, lebo... vieš, nikdy nie je nič pre nikoho postačujúce..."

„Čo tým myslíš, teta?" Rosencrantz si na kolenách nadhadzoval Wilfreda.

„Mohla som urobiť najlepší krst, mať na sebe svoje najdrahšie šperky v tom najväčšom šiatri, ale aj tak by si ľudia pošuškávali: vedela si, že vyrástla v chudobnej časti mesta, neurobila maturitu a..."

„Prečo sa staráš o to, čo ľudia vravia?" spýtal sa jej Rosencrantz.

„Asi to bude výsada nás bohatých. Nemyslím to v zlom. Preto tak veľmi obdivujem Carole Middletonovú, vypracovala sa z ničoho. A teraz je matkou budúcej kráľovnej."

„To isté vraví Wayne o mame," zasmial sa Rosencrantz.

Meryl nepochopila.

„Rosencrantz," naznačila som mu, nech si z nej neuťahuje. Bolo to fascinujúce: Meryl nikdy nerozpráva o svojich pocitoch. Jediné, čo som za tie roky z nej vytiahla, boli kuchárske recepty.

Meryl chcela pokračovať, ale Rosencrantzovi sa rozzvonil mobil. Podal jej Wilfreda a zdvihol.

„Coco, skoro som zabudla, mám pre teba výborný recept na syrové cestoviny. Veľmi rýchlo sa pripravuje. Pošlem ti ho e-mailom."

Rosencrantz sa zrazu rozplakal.

„Dostal som kšeft!" začal vyskakovať. „Dostal som hovadskú robotu. Prepáč, teta." Wilfred sa zachechtal, začal tlieskať a Rocco štekal a behal okolo stola.

„Akú robotu?"

„Televíznu reklamu na poisťovňu! Budem chlapík, ktorý si zlomí nohu pri tancovaní spoločenských tancov."

„Spoločenských tancov?" nechápala som. „Myslela som, že poisťováci sa skôr zameriavajú na pracovné úrazy, napríklad pád zo žeriavu, úraz pri pílení..."

„Veď áno, ale chcú rozšíriť rady poistencov. Teraz rozhadzujú siete na tanečné parkety. Vieš, aké je populárne Let's Dance a Tancuj s hviezdami? Prišli na to, že to neskutočné množstvo ľudí, ktoré začalo vďaka tým programom navštevovať tanečné kurzy, nemožno len tak ignorovať. V hlave už kalkulujú, koľko ľudí pri tancovaní padá a doláme si končatiny. Vieš, aké sú prešpekulované poisťovne. Keď zacítia peniaze, riadia sa zákonom divočiny. To ako keď vlk zacíti krv... hneď vyletí a zver nemá tú najmenšiu šancu."

Obidve sme ho objali a zagratulovali mu.

„Musíš mi dať autogram!" povedala Meryl.

„No, dobre. Ale daj si pozor, aby si si dala podpísať papier, teta. Minulý týždeň po predstavení na základnej škole chcela jedna z mám, aby som sa jej podpísal na prso!"

„Nemusíš sa báť, ja chcem podpis len do zošita," povedala Meryl nervózne.

„Viete, čo je najlepšia vec na mojom novom džobe?"

uškrnul sa na nás Rosencrantz. „Päťtisíc libier za deň natáčania!"

Nakrúcať sa bude budúci týždeň. Je to hrozne čudný pocit, keď tvoje dieťa začne zarábať viac ako ty!

To je nateraz moje hlásenie. Vonku je príjemne teplo, tak sa ešte vyhrievam, aj keď je už takmer desať hodín.

S láskou Coco
Cmuk

Piatok 15. júl 20.14
Adresát: chris@christophercheshire.com

Včera večer som sa po katastrofálnej ceste od Adama vrátila veľmi neskoro. Nič nešlo tak, ako malo. Miesto vlaku som musela cestovať náhradným autobusom bez klímy a namiesto troch hodín to trvalo šesť. Doma som od únavy odkväcla do postele o jedenástej a vstávala som neskoro ráno. Chladnička bola prázdna. Obliekla som sa a vybehla do rožného obchodu, no pre výpadok elektriny bol zatvorený. Musela som sa prejsť až do obchodu v Honor Oak Parku (chodievali sme tam s Adamom, keď sme bývali u Mariky). Pri pokladnici som zaplatila za nákup, a keď som sa otočila, predo mnou stál Xavier, ten sexoš z kaviarne v Marylebone.

„Ahoj, Coco!" usmial sa.

„Ahoj, čo tu robíš?" zostala som prekvapená.

„Bývam tu, a ty? Prišla si niekoho navštíviť?" Vyzeral neskutočne božsky!!! Nahodený v ľahkom bielom tričku s vyhrnutými rukávmi a v riflových krátkych nohaviciach, na nohách mal žabky. Vymakané ruky opálené krásne do karamelova. Vlasy čierne ako havran sa mu vlnili do čela. Voňal lákavo, jeho sprchovací gél mi vzrušujúco brnkal na struny. Naskočili mi zimomriavky...

„Nie, aj ja tu bývam," povedala som, kolená sa mi začali triasť ako na prvom rande.

„Fakt? Kde?"

„Kúsok odtiaľto, v Brockley."

„Tak to sme susedia..." V ruke držal vodítko so svojím malým hnedým psíkom. Mal krásne dlhé mihalnice (ani Xavierove neboli najkratšie) a bol veľmi poslušný. Sedel na zemi, kým ho Rocco oňuchával ako svoju novú korisť. Vedela som, že sa musím čo najskôr dostať z obchodu, inak by som začala robiť to isté Xavierovi. Bol taký nádherný a chutný, ako som si ho pamätala.

„Prepáč, musím ísť."

Vyznelo to trochu neokrôchane, ale v mysli sa mi zväčšovala túžba po sexy chlapovi a alarmujúco to nebol Adam.

„Tak, hádam sa niekedy uvidíme, susedka," žmurkol Xavier. „Chodím venčiť na Hilly Fields."

Úsmev som mu opätovala a rýchlo vyšla s Roccom z obchodu. Doma som si musela dať dlhú ľadovú sprchu, nemyslím, že to bolo pre teplé počasie...

Len čo som si zazipsovala rifľové kraťasy a hodila na seba tričko, zazvonil pri dverách zvonec. Stál tam Xavier (asi sa so mnou niekto zahráva)!

Pozeral na mňa a ja som na ňom išla oči nechať. Od suseda hučala kosačka a voňala čerstvo pokosená tráva.

„Toto si nechala v obchode," v ruke držal moju peňaženku.

„Ach, ďakujem."

„Povedal som, že ti ju prinesiem, vnútri si mala adresu...

Majiteľ obchodu/predavač chcel poslať svojho otca Zoltána, no nemyslel som, že by sa sem tak ľahko dostal v týchto horúčavách a na mobilnom skútri." Zasmiala som sa. Xavier bol prepotený z horúčavy.

Chvíľku sme tam stáli a iba sa na seba pozerali.

„Dáš si ľadovú kávu? Práve som si išla robiť." Viem, že som ho nemala pozývať dnu, ale veď nič sa nemusí stať, myslela som si. Nie je predsa nič zlé na obdivovaní mužskej krásy a za posledné mesiace bol môj najerotickejší zážitok opieranie sa o zapnutú práčku vo verejnej práčovni.

Xavier vošiel dnu aj so svojím psíkom, ktorého volá Kolumbus. Rocco hneď vytešene dobehol a po chvíľke očuchávania a štekania spolu vybehli do záhradky. Ak by som rozumela psej reči, som si istá, že ich konverzácia bola takáto:

Rocco: Hej, chceš sa zahrať? Mám svoju vlastnú záhradu!

Kolumbus: Super! Poďme!

„Prečo sa usmievaš?" opýtal sa ma Xavier, keď som bola myšlienkami v psom svete.

„Iba som si predstavovala, o čom sa bavia."

„Kto?"

„Psi..."

Pozrel sa na mňa udivene.

„Idem urobiť tú kávu." Z mrazničky som vytiahla zmrzlinu.

„A prečo si sa presťahovala do Brockley?" obzeral sa po obývačke.

„Nuž... musela som dať svoj dom do prenájmu a tu môžem písať pri menších výdavkoch a je tu tichšie..."

Bola to celkom pravda, ale nepovedala som mu ten hlavný dôvod, Adama. Pokračovali sme v príjemnej konverzácii, ale hlas v hlave mi začal skandovať:

Adam, Adam, Adam, Adam...

„Choď sa usadiť von a ja o chvíľku prinesiem kávu."

Xavier šiel von. Zmrzlinovou naberačkou som do pohárikov naložila zmrzku, preliala ju kávou a posypala škoricou.

Skandovanie v mojej hlave neutíchlo: Adam, Adam, Adam, Adam...

„Budeš ticho!" zasyčala som sama na seba. „Chcem iba kúsok nevinného vzrušenia." Kávu som vyniesla von na tácke.

Xavier sa slnil, po hrudníku mu stekali kvapky potu lesknúce sa od slnečných lúčov.

„S kým si sa rozprávala?" zaskočil ma svojou otázkou.

„No... predsa s... s... mojimi rastlinami."

Rýchlo, aj keď trochu hlúpo som sa vynašla. „Počula som, že sa im lepšie darí, keď sa s nimi rozprávaš. Robím to často."

Ďalšie minúty sme strávili v tichu, popíjaním kávy.

„Veľmi sa mi páči tvoja záhrada. Má šmrnc. Aj ja by som chcel záhradku, na posilňovanie s činkami."

„A kde cvičíš teraz?"

„Musím vždy poodťahovať nábytok, ale to nič, aj tak sa dá, veď pozri na to," zdvihol si tričko a ukázal mi svoje neskutočne vypracované tehličky. Nemal na sebe ani deko tuku, všimla som si, ako mu vypracovaný sval prechádza od boku smerom do stredu a stráca sa v kraťasoch.

„Nádherné," muselo to znieť, ako keď Meryl prechádza katalógom farieb v Baumaxe.

Budem si musieť dať ďalšiu ľadovú sprchu, premýšľala som.

„Čo chceš robiť s tou starou hrdzavou práčkou?" ukazoval na ňu lyžičkou.

„Tak tá mi lezie už dlho na nervy. Nefunguje, ale neviem, ako sa jej zbaviť.

„Ak chceš, pomôžem ti s ňou."

„Ďakujem, nemusíš."

„Brácho si budúci týždeň prenajíma veľký kontajner, často prechádzam okolo tvojho domu, tak sa môžeme zastaviť a prehodíme ti ju cez plot."

Nedal sa odbiť, nakoniec som ho musela prezvoniť, aby mal moje číslo. Chvíľu sme sledovali psov, ako sa milo spolu hrali, potom sa Xavier ospravedlnil, že už musí ísť.

„Niekedy by sme ich mohli spolu vyvenčiť," povedal horlivo.

„Možno," uškrnula som sa a zakývala jemu aj Kolumbusovi k bránke.

Som totálne nadržaná a nepáči sa mi to!

Streda 20. júl 15.03
Adresát: marikarolincova@hotmail.co.uk

Rosencrantz mi včera večer volal, aby mi povedal, že reklamu bude nakrúcať zajtra (už dnes) a hádaj kde? Hneď za rohom v tanečnej sále The Rivoli Ballroom.

„Kde?" nikdy som si nevšimla, že by tu niečo také bolo.

„The Rivoli Ballroom, je to naproti potravinám Coop, pri hlavnej ceste k Marike," vysvetľoval mi. „Mami, príď, ak budeš mať čas."

Etela sa zastavila po mňa ráno a spolu sme sa vybrali za Rosencrantzom do Rivoli. Rocca som nechala doma, bol hlboko v ríši snov v kúpeľni. Budova s tanečnou sálou bola ukrytá medzi obchodíkmi.

„Strašne dávno sem tu nebola. Ani nepamatám," povedala Etela, lapajúc dych. „Ja a mój Wilf sme semká chodili tancúvat."

Vonku stáli dva dlhé kamióny s otvorenými zadnými dverami. Z nich sa tiahlo do budovy nespočetné množstvo dlhých káblov a bolo tam veľa veľkých kovových škatúľ, asi aparatúra. Hlavné dvere do budovy boli otvorené dokorán, ale z polodrepu som toho vnútri veľa nevidela.

Išli sme hore schodmi k dverám, keď nám skočila do cesty mladá babizňa so slúchadlami na ušiach, prežúvajúca sendvič, a nepustila nás ďalej.

„Dnu nemôžete, dnes je to tu uzavreté. Natáčame reklamu." Snažila som sa jej vysvetliť, kto sme a že mój syn je vnútri a je herec v tej reklame, ale babizňa nemrkla ani okom. Potom niečo povedala do vysielačky (s plnými ústami, tak som nerozumela) a o chvíľu sa na nás vyrútil obrí ryšavý smradľavý strážnik v kraťasoch a v nechutne špinavom tričku, ktorý nám povedal, aby sme odišli.

„Je to posraná poistovácka reklama, aby si sa z teho nedosrál," vyštekla naštvaná Etela. „Neni sme v národnej opere, ty trt."

„Nemôžete dnu," povedal neoblomný chlapík.

Vtom sa otvoril núdzový východ a stará šedivá pani v zástere, asi v Etelinom veku, vyšla von s metlou v ruke.

„Etela Larterová?" vyslovila otázku so širokým úsmevom.

„Bunty Brownová?" opýtala sa Etela. „Neverím, to musá byt roky, čo som ta nevidela. A není som Larterová, ale už hodnú chvíľu Etela Pinchardová."

Bunty sa oprela o metlu a v slnečných lúčoch prižmúrila oči.

„Toto je Coco," prstom ukazovala mojím smerom.

„Dobrý deň, teší ma," slušne som sa pozdravila.

„Si v tejto reklamičke?" vyzvedala Etela.

„Ale né, preboha. Len tunák upratujem. Chcete ísť dnuká?"

Otvorila nám dvere a rýchlo sme s Etelou vpochodovali dnu, napriek kyslým tváram strážnika a televíznej pipky. Očakávala som, že vnútri to bude ako v starom kultúrnom dome s diskoguľami a otrasným osvetlením z osemdesiatych rokov. Viac som sa ani nemohla mýliť.

„Je to jediná zachovalá tanečná sála z päťdesiatych rokov v celej krajine," pošepla nám Bunty. Do sály sme prechádzali cez halu v štýle art déco. Bunty otvorila velikánske vchodové dvere, ktorými sme vstúpili dnu. Sála bola nádherne gýčová, farebná... cítila som sa, akoby sme prešli strojom času. Tri velikánske krištáľové lustre viseli z klenutého stropu, medzi nimi veľké čínske lampióny a svetlá mušľovitého tvaru. Steny pokrývali panely čalúnené červeným zamatom a na nich boli upevnené prázdne zlaté obrazové rámy. Tanečný parket s farbou javorového sirupu bol dokonale naleštený. Pod rozmanitými svetlami sa krásne leskol, mala som taký pocit, akoby som ho niekedy predtým videla.

„Tina Turner tu natáčala, asi poznáte pesničku Private Dancer," zašepkala Bunty. „Stále sa tu niečo točí, filmy, reklamy, hudobné videá."

Kamera bola nastavená a štáb pobehoval ako mravce na mravenisku. Režisér, prešedivený fešák v krátkych ležérnych nohaviciach a tričku sedel pred monitorom vo svojej stoličke vyrobenej na mieru s nápisom režisér a okolo krku mal slúchadlá.

„Okej, pripravíme sa," zvolal. Krištáľové svetlá sa naplno rozsvietili. „A ideme!"

Na vyvýšenom pódiu sa roztvorili červené zamatové závesy a Rosencrantz vyšiel v napasovaných tanečných nohaviciach a flitrovej košeli. Vlasy mal vygélované dozadu a na tvári ligotavý mejkap. Jeho partnerka, počerná mladá baba v zelených flitrových šatách, sa trblietala pri zostupovaní schodmi.

„A tancujte... dva, tri, štyri," vydal pokyn režisér. Rosencrantz s partnerkou zatancovali bez hudby malú choreografiu. Flitre a koráliky sa jagali po celej sále.

„Aaaa... Rosencrantz... PADNI," zakričal. Rosencrantz sa potkol a zosypal sa na zem.

„Stop, stop! Naspäť na miesta a opakujeme..."

Rosencrantz k nám rýchlo utekal. „Ahojte. Neni to tu kúlové?"

„Čo netančíte k muzike?" opýtala sa Etela.

„Hudbu pridajú až v postprodukcii."

„A to ti zaplatá pettisíc len za to, že drbneš na hubu?"

„Presne tak, babi."

Bunty s Etelou spovedali Rosencrantza ešte chvíľku, potom ho ohlásil režisér a musel ísť makať, rozlúčili sme sa s ním a odišli. Vonku na schodoch som sa opýtala Bunty, koľko by stál prenájom sály. „Myslím, že by tu mohla byť krásna svadobná hostina."

„Nóó, svadby tu nerobia," odpovedala mi. „Zničili by im to tu. Všetká tá mládež... Mimo toho, to neni miesto pre také rárohy, ako sme my tri. Nezaplatili by sme to."

Až keď som prišla domov, mi došlo, čo vlastne Bunty

povedala. Ľahkosť, s akou ma zaradila medzi staré dievky, ma vyplašila. Išla som sa omrknúť do zrkadla v kúpeľni. Mám vyrastený centimeter šedivých vlasov a došiel mi päťdesiatlibrový zázračný krém na tvár. Vyzerám... no... staro.

Štvrtok 28. júl 21.14
Adresát: chris@christophercheshire.com

V Londýne nepríjemne praží (toto leto je úplne na hlavu). Posledných pár dní preležal Rocco na zemi v kúpeľni, na najchladnejšom mieste v celom byte. Skoro som sa k nemu dnes ráno pridala, keď som si k nemu líhala, všimla som si na zemi za záchodom šedivý chlp (nebol môj). Pripadalo mi, že ten chlp zvestoval začiatok ďalšieho veľmi dlhého dňa, keď si budem pripadať stará a neatraktívna. Som Ti veľmi vďačná za tie úžasné krémy na tvár, čo si mi naposledy dal. Viem, že to znie hlúpo, ale vďaka nim som sa opäť cítila ako vo svojej vlastnej koži.

Poobede som sa vybrala na nákup, ale cestou ma prepadol pocit, že sa strašne veľa vecí spojilo, aby mi znepríjemnili deň. Pred bránkou som skoro stúpila do čerstvej kopy zvratkov (zostalo mi z nej zle) a o kúsok ďalej niekto rozbil susedovi predné sklo na aute. Na rohu pred križovatkou ležal na ceste sprešovaný krásny čierny kocúr, ktorého som zvykla mojkať. Bolo na ňom množstvo múch. Otočila som sa a vrátila sa domov. Sadla som si k notebooku a usilovala sa písať. Žiadne myšlienky mi neprichádzali, tak som to vzdala. O tretej poobede mi niekto zvonil pri dverách. Otvorila som a pri bránke stál Xavier s mladším, nie až takým fešným bratom.

„Ahoj, Coco, toto je môj brat Sam. Prišli sme po práčku." Xavier mal oblečené čierne tielko a futbalové kraťasy. Pod tenkou látkou mu vystupovali svalnaté stehná. Vyzeral ako boh sexu!

„Ďakujem," zaviedla som ich do záhrady. Chvíľu si práčku prezerali a rozmýšľali, ako ju najjednoduchšie uchopiť. Xavier sa zohol a pri zdvíhaní napol svaly. Spod kraťasov mu vykúkal úžasný, pevný zadok. Myslela som, že mi vypadnú oči. Sam chytil a zdvihol druhú stranu a za častého nadávania práčku dostali pred dom. Nakoniec ju silným švihom a s veľkým výkrikom vyhodili do dodávky. Sam si sadol za volant, utekala som dnu skontrolovať do zrkadla, ako vyzerám, upraviť si vlasy... Počula som štartovanie motora a ako dodávka odišla. Zostala som v pomykove, prečo sa Xavier nerozlúčil. Vtom vošiel dnu s prepoteným tielkom v ruke. Oči mi klesli na jeho dokonalé spotené torzo.

„Na druhom konci pomôžu bráškovi kamaráti," povedal. Tielkom si utieral spotenú hruď a tehličkové brucho. „Môžem si umyť ruky?"

„Nech sa páči, Xavier," rukou som mu ukázala kúpeľňu. O sekundu som do dverí strčila hlavu a spýtala sa ho, či si dá drink. Stál nad umývadlom a mydlil si ruky. Na chrbte mal vytetovaného veľkého orla. Cez lopatky sa mu tiahli rozprestreté krídla, modročierne farbivo nádherne vyniklo na počernej pokožke. Telo orla pokračovalo po hodvábnej pokožke pomedzi lopatky k spodnej časti chrbta. Keď sa pri umývaní hýbal, svaly sa mu napínali a s nimi aj krídla orla. (Na sekundu mi napadlo, že by to asi nemalo rovnaký efekt, keby mal vytetovanú andulku). 😊

Neviem, ako dlho som tam v „bezvedomí" stála. Rýchlo som si zatvorila ústa, keď sa otočil.

„Áno, dal by som si tvoju výbornú ľadovú kávu." Usmial sa a mokrými rukami si prečesal vlasy. Sledovala som, ako mu stekajú kvapky k predlaktiu cez veľký biceps. Preglgla som.

„Okej, idem urobiť jednu... dve, samozrejme, dve, jednu pre teba, jednu pre seba a jednu pre Rocca. Som krava, Rocco neľúbi ľadovú kávu, niežeby pil inakšiu kávu... No, skrátka, idem urobiť dve ľadové kávy, budú za malý momentík," konečne som sa vykoktala, dlane som mala spotené.

„Teším sa," usmial sa. Určite si všimol, aká som pri ňom nažhavená a rozklepaná. Rocco, odfukujúci na kúpeľňovej podlahe, otvoril oči a hodil na mňa odsudzujúci pohľad.

Zamestnala som sa prípravou kávy a usilovala sa zbaviť neetických myšlienok. Xavier vyšiel z kúpeľne, s tričkom v ruke, futbalové kraťasy sa mu plantali na tých správnych miestach...

„Kde ma chceš?" opýtal sa.

„Hmmm, to je otázka za milión, asi vonku v záhradke," nepovedala som mu, kde by som ho naozaj chcela. Hlas v hlave sa vrátil hlasnejšie ako naposledy: Adam, Adam, Adam, Adam...

Kávu som položila na tácku a vybrala sa von. Cestou som zakopla o zárubňu a doletela som von na zem s velikánskym buchotom. Hanbila som sa ako malé decko. Xavier ku mne skočil a pomohol mi postaviť sa. Chvíľu som skackala, kým mi neprešla prvotná bolesť. Xavier pozbieral poháre, tácku a mokré ich položil na stolík. Oprela som sa o plot a snažila sa stáť len na ľavej nohe, keďže pravá ma bolela viac a aj opúchala.

„Ukáž, pozriem sa ti na to," povedal jemne. Pokľakol si na koleno a rukou mi nežne prechádzal po kolene.

„Moc to bolí?"

„Nie... áno." Masíroval mi koleno.

„Nemyslím, že niečo je zlomené," uisťoval ma. Chlapi to vravia vždy, ale ako to naozaj vedia? Čo sú všetci doktori? Zaťala som zuby, veľmi to bolelo.

„Musí sa to dlhšie masírovať, aby sa koleno prekrvilo. Potom to nebude tak bolieť," povedal Xavier, polosediac pri mojom kolene. Jeho prsty neprestávali s masírovaním, spomalili a prešli až pod moju sukňu, jemne mi prechádzali po stehne. Veľmi ma to vzrušovalo a tajne som túžila, aby prešiel ešte vyššie. Pozrela som dolu na neho. Pramienok vlasov mu spadol cez čelo. Ruku som položila na jeho svalnaté plece. Vstal, zostali sme stáť zoči-voči. Všimla som si, že je odo mňa trošku vyšší. Voňal veľmi vzrušujúco, mix potu a mydla. Intenzívne mi hľadel do očí a pomaly presunul ruky okolo môjho pásu a pritiahol si ma k sebe. Nalepená na ňom som cítila, že má erekciu.

Odvrátila som zrak na jeho hrudník, rukou mi chytil bradu a hlavu mi naklonil k svojej tvári. Oblízal si pery a nahol sa ku mne, aby ma bozkal...

Zrazu nastal v byte hrozitánsky rachot a zvnútra sa valilo Roccovo kňučanie. Odtiahla som sa od Xaviera a odskackala do obývačky.

Veľká polica za pohovkou, plná kníh, spadla na zem. Nedopadla na koberec celá, jeden roh sa zachytil na konferenčnom stolíku. Roccovo kňučanie vychádzalo spod poličiek.

„Preboha!" plakala som. „Rocco! Je pod policou! Prosím ťa, pomôž mi ju odtiahnuť." Ďalší buchot prichádzal od schodov, potom od dverí, Shane vletel dnu.

„Dofrasa, Coco! Si v poriadku?"

„Prosím ťa, pomôž nám s policou, Rocco je pod ňou." Stále

kňučal, boli to hrozné zvuky, trhalo mi srdce. Znelo to, že sa veľmi zranil.

Shane a Xavier chytili policu a snažili sa ju postaviť, no nešlo to.

„Dofrasa! Váži tonu," hromžil Shane. Lomcovali policou a nakoniec sa im podarilo pohnúť ju a trochu posunúť. Rýchlo som ju podliezla, odhádzala z cesty knihy a snažila sa dostať k Roccovi, ktorý skuvíňal, akoby bol celý dolámaný. Zbadala som jeho chlpaté packy. Uviazol v jednom zo štvorcov, ktoré tvorili velikánsku policu. Nakoniec sa Shanovi a Xavierovi podarilo celú policu nadvihnúť. Rocco sa ku mne radostne rozbehol a šťastný, že je oslobodený, mi vyletel skoro až na hlavu. Vzala som ho do náručia a rýchlo vyliezla spod poličiek, aby sa na nás nezvalili. Chalani už nedokázali držať poličku ani o sekundu dlhšie, vyšmykla sa im z rúk a celou váhou dopadla na konferenčný stolík, ktorý sa rozletel na márne kúsky.

Stála som s Roccom v náručí a obidvaja sme sa triasli.

„Doboha..." zahrešil Shane. „Mohla ťa zabiť, alebo Rocca." Všimol si, že Xavier mal na sebe iba kraťasy.

„Toto je... hm..."

„Nazdar, kámo. Som Shane, bývam hore nad Coco..."

„Ja som Xavier," potriasli si ruky.

„Pokúšali ste sa to preložiť inam?" ukazoval na policu.

„Nie. Robili sme... vonku..." koktala som.

Xavier na mňa pozrel: „Zrazu sme počuli veľký hluk a utekali dnu."

„Ako je možné, že takéto hebedo padne samo od seba?!" čudoval sa Shane.

„Neviem, len sme... Neboli sme pri tom, len sme počuli, ako padla," vykoktala som sa.

„Takže ste ňou nehýbali?"

„Nie," povedala som, „ani sme sa jej nedotkli."

„To je čudné." Shane prechádzal okolo police. „Je to monštrum s nízkym centrom rovnováhy, nemala by sa len tak prevrátiť... Študujem strojárenskú techniku..."

„Kámo, poďme, musíme policu postaviť, aby sa tu dalo hýbať, a popratovať," prerušil ho Xavier. Obaja schmatli policu a snažili sa ju postaviť do pozoru.

„Nie, nie. To je v poriadku," zastavovala som ich. „Prosím vás, môžete... som trochu v šoku zo všetkého a musím upokojiť Rocca. Nechcem tú policu späť pri stene." Rocco sa mi na rukách stále triasol a ja som bola úplne mimo, a to z viacerých dôvodov.

„Je všetko okej?" Shane sa pozrel na mňa a potom na Xaviera.

„Nie, nie, vlastne áno, všetko je v poriadku, okrem tohto bordelu."

„Pokojne zabúchaj na plafón, ak by si niečo potrebovala," povedal Shane a odišiel domov. V byte ma nechal samu s Xavierom.

„Môžem ti s niečím pomôcť?" opýtal sa.

„Nie, ďakujem," hladkala som Rocca. Podišiel ku mne a pohladil mi ruku.

„Xavier..."

„Páčiš sa mi, Coco. Si taká..."

„Prepáč. Mal by si ísť." Na tvári som mu videla, že nechápe, o čo ide.

„Mám snúbenca. Volá sa Adam, je vo väzení a ja na neho čakám."

Hlavou mi prebehli myšlienky na našu svadbu, ktorá bola

stále rezervovaná na koniec augusta. Pokúsila som sa usmiať, ale po lícach mi začali stekať slzy.

„Prepáč, musíš odísť."

Xavier smutne prikývol. Cez hlavu si natiahol tielko a bez slova odišiel.

Rocca som zobrala do kuchyne a položila ho na linku, kde som ho skontrolovala od hlavy až po päty, jemne som mu všetko postláčala. Chvalabohu, nemal nič zlomené, bol iba veľmi preľaknutý. Dala som mu malú kostičku, naliala vodu a chvíľu ho hladila. Potom som si naliala veľký, ľadový strek. Boh vie, že som ho potrebovala. Sadla som si ku kuchynskému stolu, vedľa Rocca. Lizol z môjho streku a uložil sa oddychovať. Snažila som sa stráviť všetko, čo sa tu práve udialo.

Čo ak by polica nepadla? Čo ak by padla o sekundu skôr a zadlávila Rocca? Vybavil sa mi zlisovaný kocúr na križovatke. A Xavier, krásny, sexy Xavier...

Vtom som si pod padnutou policou všimla starý koberec (nikto sa asi neunúval preložiť tonovú policu a radšej obrezal koberec okolo nej). Bol nebovomodrý. Koberec v obývačke je sivý. Na ňom bol spadnutý starý fotoalbum. Vstala som a podišla k nemu. Bol dosť tenký, určite zlisovaný váhou police a vyrobený z mäkučkého zamatu. Bol previazaný mastnou stuhou a vylisovanou mašľou.

Zodvihla som ho a išla s ním späť ku kuchynskej linke. Rocco ho celý preňuchal ako policajný vlčiak. Keď som v ňom začala listovať, staré tenké stránky z tvrdého papiera šuchotali. V albume bolo množstvo fotiek z päťdesiatych rokov. Čiernobiele fotky dám s načierno zafarbenými vlasmi a veľkými okuliarmi pózovali pred svojimi autami, ktoré boli v tej dobe veľkým luxusom a ktoré si ľudia prevetrávali na nedeľných prechádzkach. Napadlo mi, či na fotkách nenájdem paniu zo svojich snov. No a na poslednej strane som ju aj našla! Chudšia, mladšia verzia z mojich snov sa opierala o kapotu daimlera. Usmievala sa na kameru. Všimla som si, že fotka bola robená pred domom, v ktorom bývam v podnájme.

„Prečo sa mi o tebe sníva?" uvažovala som nahlas. Fotku som vybrala a otočila na druhú stranu, na ktorej nebolo nič okrem symbolu Kodak Eastman. Niekoľkokrát som ešte prelistovala album, ale na nič som neprišla. Bola to jediná fotografia dámy z môjho sna.

Album som položila na stôl a zvyšok večera som strávila s Roccom v lone, pohárikom v ruke, vonku v záhrade.

Nemám strach, ale mám veľmi silný pocit, že s týmto bytom nie je niečo v poriadku.

Piatok 29. júl 21.14
Adresát: prijem@vazenielink.net

E-MAIL PRE HMP CAMBRIA SANDS VÄZŇA – AG 26754
(Adam Rickard)

Včera poobede zorganizovala Etela „Rosencrantz" párty, na počesť premiéry Rosencrantzovej poisťováckej televíznej reklamy. Reklama mala premiéru na ITV3, v prvom reklamnom bloku počas seriálu Vraždy v Midsomeri. Okrem mňa pozvala Etela Chrisa, Mariku, Wayna, Oscara a, samozrejme, Rosencrantza.

Rosencrantz je hviezdou v Etelinom domove dôchodcov. Má tam skvelý fanklub. Babičky ho obdivujú ako Davida

Copperfielda. Chodievajú na jeho predstavenia. Pred dvoma týždňami boli na jeho predstavení Nepi, nefetuj! A tie, ktorým ešte slúžia kolená a bedrové kĺby, mu urobili standing ovation.

Včerajšia epizóda Vrážd v Midsomeri mala velikánsky úspech (Orlando Bloom v nej ukázal holý zadok). Po tom, ako šíp strelený do srdca zabil jednu z postáv, nastala reklamná prestávka... Na obrazovke sa zjavil Rosencrantz!

„Zranili ste sa na tanečnom parkete?" vravel hlas z televízora. Rosencrantz sa zvŕtal do rytmu krásnej samby... a zrazu sa skydal na zem. Na konci reklamy povedal Rosencrantz do kamery, že vďaka poistke mu za úraz vyplatili päťtisíc libier.

Po reklame zožal velikánsky aplauz. Bola som na neho veľmi hrdá. Etela prikázala ošetrovateľovi, aby pootváral fľaše šampanského, ktoré mala nachystané vo vedre s ľadom, požičanom od upratovačky.

„Príhovor," zakričala Etelina kamarátka Irene. „Hoď príhovor," naliehala na Rosencrantza, ten sa na to postavil:

„Babi, ďakujem za zorganizovanie tejto super párty, ľúbim ťa a ďakujem všetkým svojim úžasným fanúšičkám," žmurkol na babičky, ktoré boli z neho úplne hotové. Bolo krásne vidieť ich šťastné tváre.

„No, ale hlavne by som sa chcel poďakovať tebe, mami!" Zostala som milo prekvapená. „Vždy si pri mne stála, vždy! Keď som bol malý a chcel som chodiť do dramatického krúžku, podporila si ma v tom. Zaplatila si mi súkromné konzervatórium. A dokonca si všetko zariskovala, aby si ma vyslobodila z väzenia v Amerike." Babky od prekvapenia kolektívne zajajkali.

„Dzífčatá moje, boli to iba drogy treťéj kategórie!"

utišovala ich Etela. „A nebola to jeho chyba, ale bol do teho namočený."

„Teraz, keď ty prechádzaš veľmi ťažkým obdobím, hlavne keď musíš dochádzať za Adamom až do Norfolku, chcel by som ti dať darček."

Podal mi malú škatuľku. Otvorila som ju a zostala trochu mimo, nevedela som, o čo ide. Vnútri bol kľúč od auta. Zodvihla som zrak a zbadala, že celá spoločenská miestnosť bola na nohách.

„Mami, pozri z okna." Vstala som, sprevádzaná pohľadmi všetkých prítomných.

Nevšimla som si, že medzičasom sa vytratil Wayne, ktorý teraz stál na kraji obrubníka pri malom modrom autíčku Smart. Cez otvorené vodičovo okno sa vtiahol dnu, zatrúbil a zakýval. Pozrela som na Rosencrantza, sánku som mala padnutú až ku kolenám.

„Kúpil som ti auto, mami. Nie je úplne nové, ale je milé a dobré." Babičky boli zhromaždené pri okne ako hrdličky. Pritiahla som k sebe Rosencrantza a silno ho vyobjímala. Všetci sme sa potom pobrali výťahmi von k autu.

„Koľko stálo?" opýtala som sa a hladila svoje nové autíčko.

😊

„Na tom nezáleží, mami."

„Kde si ho zohnal?" opýtala som sa podozrievavo.

„Pokoj, mami. Je legálne kúpené, zaplatené... Kúpil som ho z peňazí za reklamu."

„Neklame," povedal Wayne, „bol som s ním."

„A pozri, kúpil som ti aj bezpečnostný pás pre psa, takže Rocco môže jazdiť s tebou."

Chris, Marika a Oscar sa na mňa škerili, keď som po prvýkrát nasadla do svojho nového auta.

„Nežerie veľa. Chlapík z autoservisu vravel, že do Norfolku a späť ťa to nevyjde viac ako pätnásť libier. A keďže je to auto z kategórie malých, neplatíš zaň ani londýnsku cestnú daň," vysvetľoval horlivo Rosencrantz. Pozrela som sa na svoje nové auto a zostala som veľmi dojatá.

Chris, Marika aj Rosencrantz sa napratali do auta, čo bola sranda, keďže je to auto určené pre dvoch pasažierov, a odviezla som ich k sebe. Zaparkovala som pred domom, cítila som sa ako primadona. Zalieval ma úžasný pocit, že som opäť mobilná.

Išli sme dnu, kde som všetkým urobila streky. Polica bola stále padnutá na zemi, tak sme si posadali do záhrady na moje šampusové sedačky. 😊

Porozprávala som im o fotoalbume, ktorý som našla pod policou. Spolu sme prechádzali všetkými detailmi, ale na nič sme neprišli.

Chris práve začal hovoriť o niečom úplne inom, keď Marika zahučala.

„Ježiš, ako som sa zľakla. Čo sa deje?"

„Pozri! Niekto na kraji roztrhal zamatový obal albumu, preložil ho a vnútri urobil skrýšu. Niečo tu je," zvolala Marika a vytiahla kôpku starých novinových výstrižkov. Položila ich na stolík. Všetci sme sa v nich začali prehrabávať.

„To sú len staré kraviny," povedal Chris sklamaným hlasom. „Voloviny z regionálnych novín."

Rosencrantz sedel oproti mne a tiež sa v nich prehrabával. Roztvoril jeden z ústrižkov, na ktorom bola celá strana o jarmoku na susedných uliciach v roku 2010. Ja som si na zadnej strane všimla iný článok a skoro som sa zadusila vlastným strekom.

V článku bola fotka Sabriny Jonesovej.

Zakričala som a schmatla výstrižok. Snímka bola robená pred súdom v Camberwelle, Sabrina sa na nej snažila skryť pred fotografom tvár. Pod obrázkom bolo napísané:

PODMIENEČNÝ TREST ZA PODVOD V HODNOTE 40 000 LIBIER

Dvadsaťsedemročná žena z južného Londýna dostala podmienečný trest po tom, ako sa na súde priznala k piatim podvodom v celkovej sume 40 000 libier.

Sabrina Colterová z londýnskej časti Woolwich bola vo štvrtok 14. mája odsúdená na mestskom súde vo Woolwichi na šesť mesiacov vo väzení, s podmienkou na dva roky.

Colterová sa priznala ku všetkým piatim finančným podvodom a oľutovala svoje rozhodnutie, ktoré ju viedlo k týmto kriminálnym činom. Taktiež oľutovala výrobu falošných dokumentov a údajov na získanie sociálnych dávok vo výške 39 568 libier.

Súd vydal Colterovej príkaz na vrátenie všetkých peňazí a taktiež na úhradu súdnych trov v sume 500 libier.

Colterová bola v roku 2008 trestaná za podobný zločin, pri ktorom použila štyri rôzne identity.

„To je ona!" vyhŕkla som.

„Myslel som, že sa volá Sabrina Jonesová," povedal Chris. „V článku sa píše, že táto žena sa volá Sabrina Colterová."

„Musela si zmeniť priezvisko!" krútila som hlavou.

Znovu som si prečítala článok a pozrela fotku. Bola to ona, drobné zápästia a dlhé blond vlasy. Výraz na tvári mala presne taký istý kyslý, ako keď telefonovala s neznámym chlapíkom pri Temži počas Adamovho procesu.

„Toto musí niečo znamenať, mami!"

„Znamená to úplne všetko!" ozvala sa Marika. „Ak vedeli

o jej kriminálnych záznamoch, o podvodoch, tak to vrhá tieň pochybnosti na jej dôveryhodnosť ako svedkyne."

„A ak o tom nevedeli, je to nová informácia, ktorou si môžeme vydobyť odvolanie!" zajačala som.

Vyskočila som a vytočila Natashino číslo. Samozrejme, keď ju potrebujem, nikdy nie je poruke. Jej asistent mi povedal, že práve odišla na dvojtýždňovú dovolenku na Maldivy a nedá sa tam zastihnúť.

Potom som si narýchlo nahádzala veci do kabelky a vyhlásila som, že si to idem rozdať so Sabrinou.

„Mami, to je tá najhlúpejšia vec, akú som kedy počul. Ona nevie, že ty vieš. To je tvoj žolík!"

„Ak za ňou teraz pôjdeš, čo si myslíš, že urobí? Zavolá na teba políciu," dodal Chris.   „Plus vyzeráš, že by si ju možno aj zabila."

„A to určite nepomôže dostať Adama z basy," uzavrela Marika.

Musela som uznať, že to dávalo zmysel! Sadla som si na stoličku a snažila sa upokojiť.

Teraz, keď všetci odišli, cítim sa totálne frustrovaná. A ešte aj trochu vyplašená zo všetkých tých náhod.

Sen, ktorý sa mi stále opakoval o starej panej ukazujúcej za poličku... Je to jej album...

Ale aj tak, som strašne šťastná. Máme veľkú šancu na odvolanie!

Zavolaj, hneď ako sa Ti bude dať. Milujem Ťa a dostaneme Ťa z toho prekliateho väzenia!

Tvoja Coco

Cmuk

Sobota 30. júl 1.06
Adresát: marikarolincova@hotmail.co.uk

Moja radosť nejako vyprchala. Adam sa vôbec neozýva, určite sa k nemu už musel dostať môj e-mail/list. A ani nezavolal tak ako predtým, keď sme naposledy počúvali Adele. A to vždy zvykol.

Natasha je stále nedostupná na Maldivách a kancelárie jej právnickej firmy Spencer & Spencer sú zatvorené až do pondelka. Je právnictvo poslednou profesiou na zemi, ktorá má voľné víkendy?

Až ma trhá, čo by som tak išla do Sabrininho bytu... a neviem... vlámala by som sa doň a pohľadala ukradnuté peniaze alebo jej aspoň jednu vrazila. Nedokážem len tak vyčkávať.

AUGUST

Pondelok 1. august 13.12
Adresát: chris@christophercheshire.com

Adam sa mi stále neozval. Prešlo dosť veľa dní, zvyčajne mi voláva v sobotu predtým, ako spolu počúvame Adele, a napíše mi list načasovaný tak, aby som ho dostala v pondelok. Dnes ráno, keď prišiel poštár, utekala som k bránke. No jediné, čo som pri schránke našla, boli sprosté letáky. Doma som hneď skočila na telefón (doslova) a vytočila číslo do väznice. Dovolala som sa k spojovateľovi a spýtala sa, či by som mohla hovoriť s Adamom.

„Vy chcete, aby som vás spojil s odsúdeným väzňom v našom zariadení?" sarkasticky sa ma opýtal hrubý hlas rozospatého bachara.

„Prečo nie? Môže chodiť na prechádzky, na okne nemá mreže. Nemôžete mu dovoliť, aby so mnou prehodil zopár slov? Prosím," snažila som sa mu brnknúť na city.

„Aj by som vám ho prepojil, ale väzeň AG 26754 je

momentálne nezastihnuteľný, prestiera vonku na našom anglickom trávniku slávnostný obed pre spoluväzňov. Budeme podávať kaviár, šampanské a jahody so šľahačkou," povedal bez nadýchnutia.

„Okej, okej. Chápem... Nemusíte byť taký sarkastický. Prosím vás, mohli by ste mi aspoň povedať, či je väzeň AG 26754 v poriadku? Viete, dlho sa mi neozval, vždy mi píše, volá... bojím sa oňho."

„Jediné, čo môžem skontrolovať, je, či tu daný väzeň odsluhuje svoj trest. Viac nič."

„Ďakujem!" telefón na niekoľko minút ohluchol. To ticho bolo ohlušujúce. V base neexistuje niečo také, ako keď voláš do cestovnej kancelárie a do toho čakania na linke ti vyhráva hudba. Konečne niečo klikol, zašumelo a hlas sa vrátil.

„Väzeň je na samotke."

„Prosím? Na samotke... separovaný v cele?"

„Áno."

„Prečo?"

Zašumelo listovanie papierov.

„Vyzerá to tak, že väzeň AG 26754 sa pobil. Počkajte, tu niečo vidím... áno, niekoho zmlátil a bol predvedený pred riaditeľa väznice, minulý štvrtok."

„Môžete skontrolovať, či hovoríme o tom istom väzňovi? AG 26754, Adam Rickard?"

„Áno, Adam Rickard."

„Je zranený?"

„Nebol prevezený do nemocničného krídla, takže asi nie."

„Kedy asi mu bude dovolené, aby sa mi ozval?" Počula som, ako opäť listuje.

„Vidím tu, že väzeň AG... no, pán Rickard, stratil na

mesiac všetky svoje privilégiá a k jeho trestu mu pridali päťdesiatšesť dní."

„Päťdesiatšesť?"

„Áno, pani."

Musela som položiť. Päťdesiatšesť dní! To sú ďalšie dva mesiace!

Predstava dvoch dlhých mesiacov ma hrozne rozohnila. A ešte aj to, že ho po bitke nepreložili na nemocničné oddelenie. Sama by som ho tam dala, keby som bola riaditeľkou väznice.

V ten istý deň poobede ma vyrušil bzučiaci zvonec. Otvorila som dvere a vonku stáli Rosencrantz s Waynom. Na sebe som mala biele tričko, kraťasy, na očiach ochranné okuliare a v ruke megakladivo požičané od Shana.

„Mami, čo robíš?"

„Chcem rozmlátiť tú prekliatu policu na čo najmenšie kúsky. Zadná strana bola aj tak celá popukaná a potrebujem si na niečom vybiť hnev." Povedala som im o Adamovi.

„Teta P, musíte sa upokojiť. Všetko odložte a zapnite kanvicu," povedal Wayne. „Máme veľmi rafinovaný plán."

„Mami, je to tak. Máme skvelý plán," uškrnul sa Rosencrantz.

Stiahla som si dole okuliare, išla do kuchyne a naliala som vodu na čaj do hrnca (stále nemám kanvicu).

„Máme na všetko odpoveď, mami, a celý čas sme ju mali priamo pred ksichtom."

„Sociálne siete!" Wayne vytiahol svoj tablet.

„O čom hovoríte?" zapálila som oheň na sporáku a dala zohriať vodu.

„Trochu sme si prevetrali Sabrinu Jonesovú."

„Kedysi vystupujúcu pod menom Sabrina Colterová," dodal Wayne.

„Sabrina je veľkou vyznávačkou sociálnych sietí," objasňoval Rosencrantz. „Je na facebooku aj na twitteri."

„A?" stále som nechápala. Z kredenca som vytiahla čokoládové keksy a šálky.

„Mami, Sabrina je tupá hus, celý svoj život prepiera po celom internete. Len z jej twitteru sme sa dozvedeli, kde všade dnes bola. Napríklad o jedenástej bola v reštaurácii Nandos v O2 aréne, bývalý Milénium dóm, a teraz sa tam chystá do kina..."

„S kamarátkou Caitlin ide na nového Harryho Pottera," čítal Wayne z tabletu.

„Väčšina ľudí si neuvedomuje, že vďaka statusom si cudzí ľudia môžu poskladať ich život ako puzzle. Jej facebook ide spätne až do roku 2007, twitter do 2009," vysvetľoval mi Rosencrantz. „Spomínaš si, keď v starých bondovkách chceli prenasledovať zloduchov tak, aby im na to nedošli? Na autá im pripevnili sledovacie zariadenia a potom na monitore, na mape sledovali pohybujúcu sa červenú bodku."

„Áno... ale..."

„Tak sociálne siete sú našou červenou bodkou, mami! Infošky nám stále naskakujú na facebooku aj na twitteri."

„Nepochválila sa, kde schovala dvestotisíc libier?" opýtala som sa skepticky a naliala do čaju mlieko.

„Nie, mami, ale sledujeme ju..."

Usadili sme sa k čaju a detailne som im porozprávala, prečo ma Adam nemôže kontaktovať a ako som frustrovaná z Natashe, ktorá sa opaľuje na Maldivách.

„Mami, toto bude fungovať. Viem to!"

Obdivujem jeho pozitívny prístup k životu, ale neverím, že z toho niečo bude.

Utorok 2. august 19.15
Adresát: marikarolincova@hotmail.co.uk

Natasha sa konečne ozvala! Volala dnes ráno. Jej asistent jej preposlal moje odkazy. Povedala som jej o článku z výstrižku novín a o Sabrininom zázname v registri trestov pod menom Colterová.
„Toto je výborné, Coco!" konštatovala. „Mohol by to byť rozhodujúci faktor, aby nám povolili odvolanie... Mohla by si mi faxnúť výstrižok?" Nadiktovala mi číslo do hotela. Hneď po telefonáte som utekala do obchodu na rohu a za štyri libry som poslala fax do Natashinho luxusného päťhviezdičkového hotela.
Stála som nad faxom, pozerala, ako vcucol papier, a dúfala, že toto je náš prelomový moment.
Vrátila som sa domov a čakala. A čakala. Celý deň nič. Dúfam, že tá stará faxová mašina funguje.

Piatok 5. august 16.47
Adresát: marikarolincova@hotmail.co.uk
chris@christophercheshire.com

Stále nič od Natashe ani Adama.
Vzala som Rocca na dlhú prechádzku a nenazdajky sme sa

ocitli pri malom kostolíku na kopci v Honor Oak Parku. Bol plný dobrovoľníkov, starých paničiek behajúcich dnu a von s mopmi, vedrami a čerstvými kytičkami kvetov. Chcela som ísť dnu, ale s Roccom som nemohla a nemala som ani kabát, do ktorého by som ho mohla skryť.

Dlho som si bola istá, že sa tam devätnásteho au-gusta vydám. Do dátumu chýbajú už len dva týždne.

Premýšľala som nad nespravodlivosťou života. Cítim sa ako zmrazený človek, ktorého používajú na výskumy. Zasnúbená s chlapom, ktorý bude hniť v base do júna 2014. Nie, po predĺžení až do augusta 2014! Budem mať vtedy takmer päťdesiat rokov! Kto mi môže zaručiť, že keď vyjde von, nenájde si nejakú mladú pipku?

Prepáčte, že som taká depresívna. Ľúbim vás.

Coco

Cmuk

Pondelok 8. august 17.11
Adresát: chris@christophercheshire.com
marikarolincova@hotmail.co.uk

Rada by som s Vami išla na drink, no musela som dnes poslať peniaze na účet Natashinej právnickej firme. Natasha sa neozvala odvtedy, čo som jej poslala článok o Sabrine – dôkaz o jej kriminálnej minulosti, ale účet za svoj „čas" mi stihla poslať! Cítim sa bezmocná.

Neviem, či sa vôbec niekedy budem môcť nasťahovať späť do svojho domu alebo vrátim svoju spisovateľskú kariéru tam, kde bola pred súdnym procesom... Prepáčte, nemám dobrý deň. Zabavte sa a pekný večer.

S láskou Coco

Cmuk

P. S.: Videli ste správy? V severnom Londýne vypukli veľké nepokoje.

Utorok 9. august 16.54
Adresát: angielangford@agenturabmx.biz

Si v poriadku? Na notebooku som pozerala správy, nepokoje sa blížia k Tvojej štvrti a dokonca sa prevalili aj na našu stranu Temže. Ľuďom úplne preskočilo, rozbíjajú všetko, čo im príde do cesty, a vykrádajú obchody. Rosencrantz, Marika a Chris prišli ku mne včera večer a nakoniec zostali až do rána. Chris si v noci zavolal taxík, ale všetky taxislužby odmietli jazdiť smerom k nám do južného Londýna, kde sa výtržnosti medzičasom zhoršili. Hlavne v Peckhame (4 míle odo mňa), Lewishame (3 míle) a aj zopár ulíc odo mňa v Catforde! Takže zostal aj on. Až vtedy, keď pri dverách začala o deviatej večer vyzváňať vystrašená Etela, sme si uvedomili, ako blízko sú nepokoje. Vo dverách stála vytrasená ako osika.

„Coco, môžem ísť dnuká? Bola sem v buse a šofér nás vykopol ven na konci tvojéj ulice, Catford je zatarasený policajtáma a nedá sa ísť ani dnuká, ani venká! Až odtáľto tam vidĺet požáre a šade sú porozbíjané výklady. Je to jak za druhé svetové..."

Vtiahla som ju dnu a zamkla dvere. Všetci sme mali strach, že sa nepokoje dostanú aj do Brockley.

Urobila som nám toasty aj čaj a na notebooku, na BBC, sme pozerali nepokoje naživo. Ukazovali reportéra/kameramana, ako prechádza pešou zónou v Peckhame a filmuje výtržníkov hádžucich tehly do výkladov. Potom preskočili do obchodu a kradli, čo uniesli, plazmové televízory, počítače, DVD prehrávače... Po tom, ako oznámili, že ľudia začali cez sociálne siete organizovať nepokoje v ďalších častiach Londýna, vypadol mi internet.

„Toto nie je normálne," Chris prstom nahnevane strkal do obrazovky svojho mobilu. „Myslel som, že žijeme v demokracii!"

„Demokracia je prinajlepšom len ilúzia," povedala som.

„Všetci sme iba pešiakmi vo veľkom kapitalistickom majstrovskom pláne," pridala Marika.

„Viete, čo je na tom najhorší?" prehovorila už trošku upokojená Etela. „Na šnóre sem si nechala vyvešané gaťure! Myslíte, že mi ich čórnu alebo zničá?"

„Idú po elektronike, iPodoch, mobiloch, plazmových televízoroch..." utešovala som ju, „tvoja bielizeň by mala byť v poriadku."

Bol to čudný pocit, byť bez rádia, televízora, notebooku... odtrhnutí od sveta. Sem-tam jeden z nás šiel na ulicu skontrolovať, či sa niečo deje. Bolo tam však desivo ticho. V diaľke pulzovala oranžová žiara, ale nevideli sme, čo horí. Neistota nám na pohode nepridala.

Všetci u mňa prespali, každý sa zložil, kde mohol. Etele som prenechala svoju posteľ a s Marikou sme sa podelili o pohovku. Rosencrantz s Chrisom doniesli dnu šampusové sedačky a uložili sa na nich.

Okolo piatej, keď sa rozvidnievalo, som si všimla, že sme všetci hore, tak som vstala a urobila čaj s toastom.

Rosencrantz zistil, že internet znovu funguje, tak zapol notebook a pozreli sme si skoré ranné správy.

Rosencrantz zrazu prestal prežúvať toast:

„Mami. To je Croydon... blízko otcovho bytu." Pohľad z helikoptéry ukázal množstvo zapálených áut a policajtov mlátiacich obuškami nespratníkov, ktorí mali tú drzosť, že si tváre zahalili maskami. V centre Croydonu horela veľká budova, ľudia z nej vyskakovali do prázdna pred šľahajúcimi plameňmi. Všetci sme na seba pozreli. Skočila som po telefóne a vytočila Danielovo číslo.

„Ahoj," pozdravil ma v dobrej nálade. „Dávno si sa mi neozvala, čo by si rada? Počula si o mojom novom vzťahu? Chceš sa o tom pobaviť?"

„Nevidel si správy? Croydon je v plameňoch!"

„No, dobre, že som sa presťahoval," povedal škodoradostne.

„Čo tým myslíš, že si sa presťahoval?"

„Stretol som krásnu basistku, no, vieš, hrá na base, nie je v base. Volá sa Jennifer a nasťahoval som sa do jej vily v Hampsteade. Má hodnotu dva milióny, žiarliš?" doberal si ma.

„Nie. Báli sme sa o teba."

„To je milé, ale som v poriadku. Ja sa už nemiešam so spodinou v južnom Londýne... Len žartujem, zlato." „Poviem všetkým, že si okej," a položila slúchadlo.

Etela bola šťastná, že Daniel je v poriadku, a ešte šťastnejšia, že teraz býva v nóbl štvrti.

„Premýšľam, či chodí, jak keby z koňa zlézla," zašomrala Etela, keď som jej povedala o Jennifer.

„Jak kovboj?" spýtal sa Rosencrantz.

„No, víš, té basárky majú nohy rozcapené celý den okolo

svého inštrumentu jak tunel pod La Manche. Prečo si nenašel huslistku?"

„Etela, ľudia sa vonku búria..." napomenula som ju s učiteľským výrazom.

„Vím, je to strašné, moja. No ale život sa tým nekončí. Ver mi, já to vím, prežila sem válku."

Pred obedom otvorili zablokované ulice. Etela sa v taxíku zviezla s Rosencrantzom a Chrisom. Ja s Marikou sme išli vyvenčiť Rocca. Zistili sme, čo bola včera tá desivá žiara na nebi. Výtržníci roztrieskali plynovými granátmi obchody neďaleko Marikinho bytu. Hasičom sa podarilo uhasiť väčšinu plameňov, ale kúsok nad stanicou jedna budova neprežila.

Kostol. „Náš" kostolík.

Stáli sme na spodku kopca a pozerali, ako hasiči pília konáre a odťahujú spadnuté stromy. Jeden z nich dopadol kúsok od nás. Hasičské auto zacúvalo popri nás z druhej strany. Vodič mal stiahnuté okno.

Nahla som sa k nemu a opýtala sa, čo sa stalo.

„Okolo štvrtej ráno prehorela strecha kostola a spadla, stiahla so sebou aj vežu. Zosypala sa medzi stromy za kostolom," povedal mladý požiarnik s popolom na tvári. „Kostol sme museli zabezpečiť kovovým lanom, aby nepadol celý. Konštrukcia nie je stabilná. Pohľad na horiacu budovu nie je príjemný, ale sledovať, ako vitrážne okná staré niekoľko sto rokov praskajú v hrozných plameňoch, je veľmi depresívne..."

„Musím ísť, Marika," šepla som, po tvári sa mi liali slzy. Chytila ma za ruku a odviedla k sebe domov, kde nám naliala dobrú domácu pálenku od Blaženy zo Slovenska, hoci bolo len deväť ráno.

Streda 10. august 20.14
Adresát: chris@christophercheshire.com
marikarolincova@hotmail.co.uk

Adam sa stále neozýva. Stratil všetky predošlé privilégiá na telefonovanie a poštové známky. Strašne by som chcela vedieť, prečo sa pobil. Nie je násilník, skôr sa bitkám vyhýba.

Poobede sa tu zastavili Rosencrantz s Waynom, moji detektívi.☺ Neprestajne pátrajú po niečom, čo by nám pomohlo. Objavili zaujímavé statusy, ktoré Sabrina Jonesová/Colterová dala na twitter a facebook. Nepokoje zasiahli aj jej štvrť a blížili sa k jej domu. Vypisovala, ako sa bojí vyjsť z domu kvôli výtržníkom. Podľa toho, čo písala, sa zdalo, že v byte musí mať niečo veľmi cenné. Tieto statusy z twitteru a facebooku mi chalani vytlačili a ja ich po prvotnej skepse začínam brať vážne:

@SabrinaC mam strach z #Londyn2011nepokoje musime zostat doma a strazit nasu buducnost
@SabrinaC na konci mojej ulice je dom v plamenoch, vie niekto, kde mozem zohnat trezor odolny proti ohnu?
@SabrinaC prave som si kupila ohnovzdorny trezor za 29,99 libry@AmazonUK

Neskôr na facebook vycapila:

FACEBOOK STATUS: Stale cakam na donasku od DHL. Nuda!
FACEBOOK STATUS: DHL tu stale nie je – zeby sa bali buriacich sa ludí?

Potom zase na twitteri:

@SabrinaC prosim preposlite #DHL je hovno Zaplatila som 20 libier za donasku na druhy den a stale tu neni. WTF?

O niekoľko hodín jej dorazil ohňovzdorný trezor. Na facebook vycapila fotku, ako v ňom sedí mačka, a napísala komentár MAČKA ZABEZPEČENÁ PRED VLAMAČMI 😊
Včera večer napísala na twitter:

@SabrinaC #Londyn2011nepokoje vedlajsi dom v plamenoch, pomahala som uhasit benzinovu bombu hodenu dnu cez okno
@SabrinaC som na nete, kym funguje. Musim nieco vymysliet, aby sme prezili v bezpeci

FACEBOOK STATUS: Balim kufre na zajtra! Pred nami je velka zivotna zmena!

Nakoniec napísala na twitter toto:

@SabrinaC prave som si kupila jednosmerny listok na trajekt z Portsmouthu do Jersey @CestovkaKoala

„To je taká tupá?" spýtala som sa po dočítaní Sabrininých statusov.

„No, mami, odpoveď znie ÁNO. Pred sebou máš len výber z jej nudných a tupých nezmyslov. Neustále je na sociálnych sieťach a predvádza, aký je jej život úžasný."

„Okej," snažila som sa z toho vysomáriť. „Tak čo by si ty,

ako človek, ktorý ju nepozná, vydedukoval z toho, čo popísala?"

„Trezor mohla kúpiť na svoje šperky a mp3 prehrávač," povedal Wayne.

„To je pravda," súhlasil Rosencrantz. „Ale vďaka jej kriminálnej minulosti, o ktorej vieme, a vypočutému rozhovoru som presvedčený, že sa chystá preniesť peniaze do bezpečia."

„Do Jersey. Zajtra!" konštatovala som.

Pozerali sme jeden na druhého, a hoci sme stáli v kuchyni, kam cez okná a dvere intenzívne dopadali slnečné lúče, celým telom mi prebehol mráz.

„V Jersey má zrejme spojku, niekoho, kto sa postará, aby peniaze bezpečne zmizli," uvažoval Rosencrantz nahlas. „A asi sa nevráti. Kúpila si jednosmerný lístok."

Niekoľko hodín sme debatovali a snažili sa prísť s niečím novým, ale stále nám vychádzalo to isté:

PRESÚVA PENIAZE!

Musíme ju sledovať.

Štvrtok 11. august 03.13
Adresát: marikarolincova@hotmail.co.uk
chris@christophercheshire.com

Veríme tomu, že Sabrina sa dnes pokúsi presunúť dvestotisíc libier. Problém je v tom, že nemáme dosť informácií. Vieme, že má lístok na trajekt do Jersey z Portsmouthu. Neviem však o koľkej.

Včera sme zosnovali plán prenasledovania Sabriny

Jonesovej/Colterovej. Je trochu pritiahnutý za vlasy, s Rosencrantzom teraz sedím vo svojom autíčku Smart a fičíme po diaľnici A3. Nemáme čo stratiť. Radšej budem naháňať divú hus ako sedieť doma so založenými rukami a nechať Adama hniť v base za niečo, čo nespravil.

Prvý trajekt vychádza z Portsmouthu o 5.30. Podľa plánu by sme tam chceli doraziť o hodinu skôr. Cesty sú totálne prázdne, takže nás nemá čo zastaviť.

Wayne s Oscarom zostali u mňa v byte. Pod kontrolou majú internet, telefón a Rocca. ☺ Wayne sa na twitteri spriatelil (pod iným menom) so Sabrinou, takže nás bude informovať o všetkom, čo Sabrina capne na sociálne siete.

Štvrtok 11. august 04.28
Adresát: marikarolincova@hotmail.co.uk
chris@christophercheshire.com

Práve sme dorazili do portsmoutského prístavu. Zatiaľ nikde nikto. Je dosť chladno. Čajky preletujú popod čiernu oblohu a morské vlny narážajú o skaly. Mesačný svit sa nádherne trblieta v diaľke na mori. Počítame minúty do šiestej hodiny, keď si môžeme dať raňajky v McDonalde.

Štvrtok 11. august 06.40
Adresát: marikarolincova@hotmail.co.uk
chris@christophercheshire.com

Sme prejedení ako prasce, svieti už slnko a ja ako krava prežúvam svoje druhé mcdonaldovské raňajky. Po jedle sa mi zdá svet lepším miestom. Stále sme v aute a sledujeme nádherné divadlo lúčov dopadajúcich na morskú hladinu. Práve dohrala v rádiu pesnička Price Tag od Jessie ☺, tak sme vyspevovali na plné hrdlo.

 Milujem tú pieseň, ale ako sme spievali, započúvala som sa do textu a ku koncu pesničky som bola vystrašená.

Štvrtok 11. august 10.15
Adresát: marikarolincova@hotmail.co.uk
chris@christophercheshire.com

Teraz volal Wayne. Sabrina napísala na facebook nový status:
 „Ránko, práve vstávam. Teším sa na najkrajší deň vo svojom živote, v ktorom nastane VEĽKÁ zmena!"
 Tá sprostá ťava je ešte doma, v pyžamku! Ideme sa prejsť na pláž.

Štvrtok 11. august 12.12
Adresát: marikarolincova@hotmail.co.uk
chris@christophercheshire.com

Na pláži som vyfajčila škatuľku cigariet. Celý čas sme zízali na more. Pláž nie je nejaká extra na to, aby som Ti ju opisovala – priemer. Vlastne to ani nie je pláž, len pás zeme pokrytý kameňmi. Ale zvuk vĺn ma trošku upokojil.

Odrazu ma chytila panika.

„Rosencrantz, si priateľ so Sabrinou na twitteri alebo facebooku? Pinchard je dosť nezvyčajné meno. Mohla by si to všimnúť a pochopiť!"

„Mami, uvoľni sa, Wayne je medzi jej priateľmi," poťapkal ma po ruke, „a používa falošné meno, Liam McCluskey."

„Kto je Liam McCluskey?"

„Wayne, je to jeho falošné meno na twitteri a facebooku. Vďaka Liamovi poznáme Sabrinine kroky a myšlienkové pochody... Je to kamoš," Rosencrantz sa uškrnul.

Vtom nás prerušil zvoniaci mobil. Volal Wayne.

„Je na ceste!" počula som, ako vytešene zajačal. „Opakujem, je na ceste! Akurát zastala na benzínke na diaľnici A3 a odfotila sa tam s papierovým pohárikom Starbucks kávy – karamelové macchiato."

Wayne odhaduje, že je od nás asi tridsať minút. Cestuje autom. Nevieme, či na trajekt pôjde autom alebo pešky.

Vrátila som sa do auta, Rosencrantz nám išiel kúpiť nejakú desiatu. Som vydesená.

Štvrtok 11. august 21.51
Adresát: marikarolincova@hotmail.co.uk
chris@christophercheshire.com

V aute som čakala na Rosencrantza, keď pri mne zrazu zaparkoval malý fiat. Bol dosť starý a zničený. Vyšla z neho Sabrina! Bola tak blízko, že pri vystupovaní z auta sa jej zadok v teplákoch dotkol môjho okna. Zohla som sa a tvárila sa, že niečo hľadám v kabelke, nevšimla si ma. Bola so zlomyseľne vyzerajúcim vyholeným chlapíkom, takisto navlečeným v teplákoch. Hádali sa, kým on vyberal z batožinového priestoru dva velikánske kufre. Položil ich na zem a zabuchol kapotu. Z oboch kufrov vytiahli rukoväte a ťahali ich za sebou cez parkovisko.

Keď sa mi dostatočne vzdialili v spätnom zrkadle, zavolala som Rosencrantzovi.

„Je tu, je tu. Práve došli! Je s nejakým chlapíkom. Idú smerom k terminálu trajektu."

„Neboj, mami. Ďalší trajekt ide o druhej. Idem kúpiť lístky, ty pozamykaj auto a prines naše veci."

Rozklepala som sa. Zhlboka som sa nadýchla a preklopila zrkadlo. Narúžovala som sa, trochu som sa potom cítila lepšie. Upravila som si vlasy, schmatla Rosencrantzov ruksak a svoju kabelku. Zamkla som auto a vybrala sa cez široké parkovisko k terminálu.

Vtom mi zazvonil mobil.

„Mami! Pozor! Vracajú sa smerom k pokladnici, ktorá je za tebou!"

„Myslela som, že už kúpili lístky."

„Asi si ich idú vyzdvihnúť."

Všimla som si ich, ako za sebou ťahajú kufre.

„Tvár sa normálne, akoby nič, ale nech ťa ona nezbadá!" poradil mi Rosencrantz a položil.

Poobzerala som sa okolo. Parkovisko, po ktorom sme prechádzali, bolo hrozne široké a prázdne. A tým, že som išla smerom k nim, sa mi zdalo ešte širšie. Snažila som sa otvoriť kabelku a odložiť do nej mobil. Neprestávala som kráčať a tváriť sa, že si užívam pohľad na more. Vietor mi pomohol s maskovaním, do tváre mi sfúkol vlasy. Približovali sme sa. Zrazu akoby niekto zhasol mašinku, ktorá vo filmoch vyrába vietor, a vlasy mi padli na pôvodné miesto. Zostala som nemaskovaná! Boli sme od seba niekoľko metrov, keď sa mi z pleca zošmykol Rosencrantzov ruksak a stiahol so sebou aj kabelku, ktorú som držala v tej istej ruke. Môj mobil, peňaženka, mejkap a drobné vyleteli a rozsypali sa po ceste. Zohla som sa, tvár som sa snažila mať tak, aby mi ju Sabrina nemohla uvidieť.

Biele tenisky zastavili pri mne.

„Pomôžem vám?" povedal mafiánsky zafarbený mužský hlas.

„Nie, ďakujem. Netreba," odvetila som jemne.

Potom sa ku mne priblížili ružové tenisky. Nepozrela som hore. Pokračovala som v zbieraní svojich drobností... sekundy mi pripadali ako hodiny.

„Pomôžem vám," vyhlásil chlapík. Všimla som si, ako sa zohýba a zbiera mejkap, ktorý vyletel z malej kozmetickej kapsičky.

„Počkám ťa pri aute, Simon," ozvala sa Sabrina znudeným hlasom. Simon! Muž, s ktorým sa Sabrina rozprávala cez mobil pri Temži počas Adamovho pojednávania.

Srdce mi začalo búšiť ešte rýchlejšie. V kútiku oka som si všimla Sabrinu, ako sa snaží pohnúť kufrom. Potom mi zmizla z dohľadu. Až vtedy som sa odvážila pozrieť hore (nemyslím si, že ma Simon niekedy videl). Mal krásne hnedé oči. Usmial sa a podal mi môj rúž a lak na nechty.

„Máte tam celú drogériu!" zažartoval. Vŕzgavo som sa zachichotala. Otočil sa, aby pozbieral zo zeme mince. Vtedy som si všimla jeho kufor. Stál niekoľko centimetrov od mojej nohy. Bol tmavomodrý a zamknutý malými zámkami, asi štyrmi, piatimi. Opäť sa rozfúkalo. Vánok vejúci od mora rozcinkal zámky.

„Nech sa páči," podal mi vyzbierané drobné. Na menovke na kufri mal napísané meno Simon Milner.

„Ďakujem." Hlavou mi prebehlo milión myšlienok... Čo by som tak teraz mohla urobiť? Schmatnem kufor a budem utekať? Musí byť dosť ťažký. Roztvorím ho manikúrovými nožničkami? Mám ich naspodku kabelky, zazipsované v puzdre. Navyše, parkovisko bolo prázdne. Ak by som sa pokúsila o hocičo, pravdepodobne by ma niečím tresol po hlave a autom by odfičali preč.

Bolo po šanci, na nič som neprišla, tak som to nechala. Chlapík sa vyškieral od ucha k uchu a ja som mu ďakovala ako zadychčaná panna v núdzi, čo sa mu celkom páčilo. Potom prehupol kufor na kolieska a vybral sa k svojmu autu. Zrýchlila som krok a ponáhľala som sa k terminálu. Neobzrela som sa, až kým som neprešla automatickými dverami dnu, kde ma čakal Rosencrantz.

„Čo sa to tam dialo? Si v poriadku? Čo ti vraveli?" Všetko som mu vyrozprávala, keď sme si všimli, že fiat so Sabrinou a s chlapíkom sa blížil ku vchodu na trajekt.

„Dofrasa!" zastresovala som. „Musím ísť za nimi."

„Počkaj, mami." Pozerali sme, ako opúšťajú parkovisko. Malou kľukatou cestou sa približovali k lodi.

„Oni idú autom!" Asi sme boli zaspatí, lebo až vtedy nám došlo, že na trajekt idú autom a nie pešky, ako sme mysleli.

„Idem rýchlo kúpiť nové lístky, aby sme aj my mohli ísť autom?" opýtal sa ma Rosencrantz.

„Nie. Čokoľvek chceme urobiť, musíme to urobiť na lodi. Je tam uzavretý priestor."

Trochu nervózne sme sa približovali k trajektu, ktorý bol malý, starý a špinavý. Autá v rade čakali na nalodenie pred rampou a peší pasažieri stáli pred úzkou lávkou.

Pri nastupovaní na trajekt sme sklonili hlavy. Na lodi sme vyšli hore schodmi. Koberec, ktorý ich pokrýval, smrdel cigaretami, kávou a benzínovými výparmi z áut.

„Poď, mami, vyjdime až navrch, na najvyššie poschodie."

Na palube bolo príjemne teplo a slnečno. Opreli sme sa o zábradlie, odkiaľ sme mali dobrý výhľad dolu, kde sa jedno za druhým naloďovali autá. Všimla som si, že Sabrina so Simonom zaparkovali v druhom rade.

„Dofrasa," zahrešil Rosencrantz. „Ak sa im chceme vlámať do auta, odtiaľto nás každý bude vidieť."

„Hej, počkaj, počkaj. Ty si čo myslíš, že ideme urobiť?"

„Ideme si po peniaze."

„Sú v uzamknutom kufri. Aspoň si to myslím. Čo ak tam nemajú peniaze?"

„Majú peniaze," povedal Rosencrantz presvedčivo. „Všetko, čo sa udialo za posledné mesiace, smerovalo k tejto chvíli."

Skoro sme si obaja cvrkli, keď zatrúbil lodný klaksón. Breh sa od nás pomaly vzďaľoval. Rosencrantz odhodil zvyšok cigarety do otvoreného mora, rozvlneného loďou. Pozorovali sme Sabrinu a Simona, ako z auta vyťahujú kufre. S námahou ich vliekli cez parkovisko na trajekte.

„Dofrasa, to sú ale veľké kufre," šomral Rosencrantz potichu.

„Čo myslíš, koľko priestoru zaberie dvestotisíc libier?" Rosencrantz to hneď hodil do googlu.

„Ak to majú v desať- a dvadsaťlibrovkách, tak by to mohlo mať tridsať-štyridsať kíl... Ak to majú v päťdesiatlibrovkách, tak asi päť kíl. No, ale môžu byť aj pobalení na emigrovanie..."

„Kto by emigroval do Jersey?"

„Komisár Bergerac tam emigroval."

„To je hlúposť, Bergerac je televízny seriál. My vlastne nič nevieme." Sabrina so Simonom sa stratili za dverami.

„Čo ak idú sem?" spanikárila som.

„Nemyslím. Určite nie s týmí ťažkými kuframi. Idem omrknúť, kde sú." Rosencrantz sa vrátil o niekoľko minút. „Sedia pri kufroch na dolnej palube. Sú tam lavičky."

„Nemôžu ich hodiť cez zábradlie?" triasli sa mi ruky aj kolená.

„A potom čo?"

„Môže na nich čakať komplic v malom člne?" totálne som stresovala.

„Mami, neblázni. Najbezpečnejšie je na takúto akciu auto. Na hraniciach v Jersey ich takmer nikdy nekontrolujú. Určite to risknú autom. Budú sa tváriť ako dovolenkári. Stavím sa, že do Jersey idú vložiť prachy do banky. Je tam ticho, nikto sa o nikoho nestará a Jersey je známe ako daňový raj. Je to pre nich ideálne miesto." Všetko to „myslím", „stavím sa" ma znervózňovalo.

„Mala by som zavolať Natashe. Nechám jej odkaz, čo sa deje. Pre istotu. Možno ju budeme potrebovať, ak naozaj urobíme niečo sprosté."

Zavolala som do firmy Spencer & Spencer a cez jednu

z asistentiek som jej poslala odkaz. Asistentku ani netrklo, o čom hovorím, o čo ide. Bol to pre ňu len ďalší rutinný odkaz.

„Musím vám pripomenúť, že slečna Hamiltonová je na dovolenke na Maldivách," povedala „madam" na druhej strane telefónu.

„Prosím vás, tento odkaz sa k nej musí dostať, je to dôležité," zdôraznila som jej. Asistentka prisľúbila, že jej ho odovzdá. Vtom mi volal Wayne.

„Na ktorý trajekt ste nastúpili, teta P?" opýtal sa Wayne.

„Sme na trajekte do St. Helier s odchodom o štrnástej," odpovedala som mu.

„To je desaťhodinová plavba!"

„Myslela som, že trvá len päť."

„Nie, zle sme sa pozerali, päťhodinová plavba do Jersey je z prístavu Pool. Aspoň máte extra čas na dotiahnutie plánu... Aký máte plán?"

„Nemám ani šajnu, Wayne!" povedala som hlasom porazeného.

„So mnou rátajte! Pomôžem vám, ako to len bude možné, ale váš signál na mori čoskoro odíde. Ak potrebujete zavolať záchranársku rýchlu rotu Chipa a Dala, dajte mi vedieť čím skôr," zavtipkoval Wayne.

S Rosencrantzom sme si vyhliadli lavičku, na ktorej sme nasledujúcich niekoľko hodín debatovali o tom, čo ďalej. Na lodi nebola polícia, až v prístave v Jersey boli pohraniční policajti. Ak by sme všetko nechali na poslednú chvíľu, Sabrina so Simonom by mohli na druhej strane hneď ufujazdiť z výjazdovej rampy a stratili by sa v kopcoch ostrova.

Rozmýšľali sme, že im ukradneme kľúče (zložité a nelegálne) alebo ich zamkneme na záchode a potom zavoláme políciu (taktiež zložité – na lodi bol iba jeden záchod s dlhokánskym radom čakajúcich pasažierov). Ďalšou možnosťou bolo ohlásiť políciu v Jersey, aby ich čakali a zadržali ešte v prístave (keď sme sa vzdialili od pevniny, stratili sme signál).

Rozhodli sme sa, že potrebujeme pauzu. Zašli sme do kaviarne a nadopovali sa kávou a zemiakmi v šupe s fazuľkou a so syrom. Hľadeli sme na more ako dvaja stroskotanci. Rosencrantzovi som povedala, ako si z nás Wayne uťahoval, vraj zavolá záchranársku rýchlu rotu Chipa a Dala.

Nastal malý šramot, Rosencrantzovi vypadol z rúk plastový príbor.

„To je ono, mami!"

„Čo?"

„Chip a Dale! Keď mali malér, vždy si pomohli s tým, čo mali pri sebe alebo našli na zemi."

„No, v lese toho asi našli dosť," povedala som zmätene.

„Najlepšie výsledky prináša vždy to najjednoduchšie riešenie," konštatoval Rosencrantz. Chytil do ruky zemiak. „Čo keby sme im ho vopchali do výfuku?"

„Nebuď strelený."

„Je to skvelý nápad, mami! Znamenalo by to, že nebudú môcť naštartovať... Nebudú vedieť prečo. Ostatné autá vyjdú na breh. Oni tam zostanú trčať!"

Skôr ako som stihla niečo povedať, vložil Rosencrantz zemiak do škatuľky a vyrazil plnou parou vpred. Stratil sa mi z dohľadu, o sekundu sa objavil dolu na parkovisku v strede lode. Ako víchor preletel medzi autami a nakoniec zastal pri Sabrininom fiate, kde sa zohol a predstieral, že si uväzuje šnúrku. O pár minút stál už pri mne.

„Darebáctvo skompletizované!" uškrnul sa. „Auto bolo

odomknuté. Trochu som pootvoril kufor a do zámky vopchal kúsok polystyrénu, aby sa nedal dobre zamknúť..."

„A čo teraz?" opýtala som sa.

„Budeme čakať."

Keď sme dorazili do prístavu St. Helier, boli sme hore vyše dvadsať hodín. Bolo 22.45 a ostrov halila tma. Motory sa ešte väčšmi rozhučali, keď nás kapitán navigoval medzi dve väčšie, oveľa atraktívnejšie výletné lode. Námorník hodil lano na breh smerom k čakajúcemu mladíkovi, ktorý ho priviazal k prístavnému stĺpiku. Motory zmĺkli a hlboké ticho prerušili hlasy peších pasažierov hromadiacich sa pri východe z trajektu.

My sme zostali na mieste a sledovali ľudí, ako sa vracajú k svojim autám. Zvuk zvonu oznámil spustenie rampy a peší pasažieri postupne opúšťali loď. Hneď nato zaznelo ešte hlasnejšie zvonenie a rampa na parkovisku sa zdvihla. Motory áut sa jeden po druhom rozhučali, a keď sa otvorila brána na pevnine, začali opúšťať trajekt.

„Čo ak im naštartuje auto?" opýtala som sa úzkostlivo.

„Nenaštartuje," povedal Rosencrantz, ale neznelo to presvedčivo.

Cez dym z výfukov sa zdalo, že sa hýbu všetky autá. Vtom sme počuli vysoko oktávový zvuk motora brm brmbrmbrmbrm, ktorý sa nedal naštartovať. Ďalšie autá chceli vyjsť z paluby, ale fiat im prekážal. Šoféri začali vytrubovať a vykrikovať. Otvorilo sa okno na Sabrininej strane, z ktorého nezdvorilo ukázala vztýčený prostredník s perfektne nalakovaným nechtom.

„Ideme!" zavelil Rosencrantz. Preleteli sme naším poschodím smerom ku schodom a zišli dole na poloprázdne parkovisko. Trúbenie, krik a dym z výfukov neustávali...

Hrnuli sme sa do šialenstva, o ktorom sme netušili, ako sa skončí. Celé telo sa mi chvelo. Pribehli sme ku kufru auta... Rosencrantz ho otvoril (polystyrén fungoval). Bez rozmýšľania som schmatla jeden z kufrov a vyšmarila ho na palubu. Rosencrantz vytiahol ten druhý. V rukách som mala nachystané manikúrové nožničky. Silne som ich vpichla do látky v rohu a potiahla šikmo zhora dolu. Jedným ťahom som rozrezala celý kufor. Ako šialená som začala hľadať peniaze, vyťahovala som všetko z kufra, ale bolo tam iba oblečenie.

Sabrina so Simonom vyleteli z fiatky. Z celej sily som lomcovala jednou stranou kufra a zúfalo vyťahovala ďalšie veci, rifle, topánky...

„Kurva, čo to robíte?!" zahučal Simon. Od strachu som úplne onemela, ohluchla a prešiel mnou mráz. V tej chvíli som chcela byť neviditeľná alebo mŕtva. Simon zdvihol ruku a zahnal sa, išiel ma udrieť...

A vtom to prišlo!! Začali na nás padať peniaze ako konfety na Silvestra alebo ako pozlátka na konci koncertu. Päťdesiatlibrovky sa vznášali vo vzduchu a dopadali na všetkých okolo nás. Pomaly sa mi vrátil sluch a počula som vzrušený krik a hučanie. Ľudia zastali a prekvapene hľadeli na librový dážď. Simon hľadel s nemou tvárou a rukou zamrznutou vo vzduchu nad sebou. Rosencrantz sa dostal do druhého kufra! Jednou rukou stíhal držať od seba Sabrinu a druhou do vzduchu vyhadzoval peniaze.

„Polícia!" kričal. „Táto žena tu má státisíce v hotovosti! Je to kriminálnička!"

Sabrina sa Rosencrantzovi rezko vyšmykla z ruky a nechtami sa mu zaryla do tváre. Vrhla som sa na ňu, schmatla som jej blond hrivu a myksľovala ňou tak silno, ako som vládala.

V ruke mi zostal riadny chumáč vlasov. Všimla som si, že som jej vyšklbla nadpojené vlasy.

Simon si uvedomil, čo sa deje, začal kľučkovať medzi autami a ľuďmi, ktorí z nich vyšli a sledovali padajúce peniaze. Vzal nohy na plecia a utekal von z lode.

„Zastavte ho!" zakričala som. Za pár minút od vypuknutia librového dažďa dorazili na palubu policajti a mňa so Sabrinou a s Rosencrantzom ťahali z lode. Chvíľu mi trvalo, kým som si uvedomila, že okrem Sabriny zatkli aj nás...

Práve čakám vo vypočúvacej miestnosti na policajnej stanici. Rosencrantz je vedľa, a kde je Sabrina, neviem. Počujem, že sem niekto ide.

Sobota 13. august 13.48
Adresát: marikarolincova@hotmail.co.uk
chris@christophercheshire.com

V piatok naobed sme sa vrátili do Portsmouthu. Bolo zima, hmlisto a boli sme maximálne nevyspatí. Mali sme šťastie, že sme mohli vystúpiť po lodnej lávke bez dozoru polície. Sabrinu v putách odviedli dvaja policajti do policajného auta. Simon nemal toľko šťastia. Vyskočil z trajektu, bohužiaľ (chvalabohu pre nás) na zlú stranu a dopadol na betónové mólo. S polámanými nohami a panvou je pod policajným dozorom v nemocnici v Jersey.

Spočiatku sme boli zatknutí a vypočúvaní na policajnej stanici. Sabrina údajne tvrdila, že my sme zapletení do podvodu a Adam je náš komplic. Bolo to niekoľko strašných hodín, keď sme boli totálne vyšťavení, fyzicky aj psychicky, a obávali sme sa, či neuveria jej klamstvám.

Našťastie môj odkaz Natashe dopadol na úrodnú pôdu.

Dozvedela som sa, čo som dovtedy nevedela. Po tom, čo som kontaktovala Natashu, tím právnikov z jej firmy začal úzko spolupracovať s políciou. Pod Sabrininým starým menom Colterová im v systéme vyskočili všetky jej kriminálne záznamy a taktiež meno jej frajera Simona. Zistili, že od apríla do augusta Simon vložil štyridsaťtisíc libier v hotovosti na svoj bankový účet. Každý deň niekoľko stovák aj napriek tomu, že bol nezamestnaný a poberal sociálne dávky. Polícii v Jersey sa podarilo pozbierať všetky peniaze z paluby trajektu.

Stoštyridsaťtisíc libier lietalo nad našimi hlavami.

Práve sme sa ubytovali v hoteli v Portsmouthe, keď zazvonil mobil. Natasha.

„Ahoj, Coco. Práve idem od Adama."

„Je v poriadku? Je zranený? Je pravda, že mu predĺžili trest? Môžeme ho oslobodiť?"

„Prosím ťa, upokoj sa," povedala Natasha idylickým podovolenkovým hlasom. „V pondelok idem na Kráľovský súd a predložím im nové dôkazy, na základe ktorých by nám mali povoliť obnovenie procesu. Budem robiť všetko, čo je v mojich silách."

„Nový proces?" povedala som zdesene. „Nepočula si, čo sa stalo?"

„Iba sa snažím byť konzervatívna a opatrná, Coco. Myslím, že máme dosť dôkazov na odvolanie. Ale aj tak musím prešľapovať okolo sudkyne ako po mínovom poli. Budem vehementne žiadať, aby ho prepustili na kauciu."

„Ako vyzerá, Natasha? Zranili ho v bitke?"

„Adam jednu vrazil inému väzňovi v knižnici. Majú tam tvoju knihu a ten väzeň do nej napísal niečo hanlivé na tvoju adresu."

„To je milé..." vzdychla som si. „A čo napísal do knihy?" Počula som, ako si Natasha listuje vo svojich poznámkach.

„Napísal... tu to mám, napísal, že si k...a." Jej nóbl hlasom to znelo veľmi čudne.

„A za to dostal päťdesiatšesť dní navyše k svojmu trestu? To je blázon. Nech si ma neželá."

„Coco, Adam je v poriadku, je vonku zo samotky, nie je zranený, ale ešte stále nemôže prijímať návštevy, iba svojho právneho zástupcu."

„Čo mám teraz robiť?"

„Mala by si sa dobre vyspať, musíš byť unavená. Hotel je vyplatený, o to sa nestaraj. Oddýchnite si a zajtra sa vráťte do Londýna. Na pondelok ťa budeme potrebovať oddýchnutú."

Poďakovala som sa jej, potom som vliezla pod mäkkú perinu a zavrela oči.

Keď som vstala, myslela som si, že som nespala viac ako pár minút, ale bola už sobota ráno. Osprchovala som sa a v jedálni som sa stretla s Rosencrantzom na raňajkách. Napchali sme sa ako prasce, zo švédskych stolov sme pojedli, čo sa dalo.

„Vedela som, že to bola Sabrina," zopakovala som niekoľkokrát. „Vedela som to!"

Do Londýna sme sa vrátili poobede. Wayne s Oscarom nás natešene čakali, na stole v záhradke sme mali pripravené kokteily. Rocco sa skoro zbláznil, keď nás zbadal.😊 Chalanom sme vyrozprávali celý príbeh, minútu po minúte tak, ako sa stal.

„To bola dráma!" povedal Wayne s rukou na hrudi.

„Teta P, ešte raz nám povedzte, ako ste jej vytrhli príčesky," zasmial sa Oscar.

Keď o niekoľko hodín odchádzali, všimla som si, že z obývačky zmizla polica. Za pohovkou, na mieste, kde predtým stála, zostal modrý nevyblednutý pás koberca a všetky knihy a mačkažáky boli úhľadne pobalené v škatuliach.

„Čo sa stalo s policou?" bola som zvedavá.

„Keď sme čakali, ako to s vami dopadne, zostali sme hrozne nervózni. Museli sme sa nejako zamestnať, tak sme to s Oscarom rozobrali..." odvetil Wayne.

„Teta P, na stolíku som vám nechal katalóg z Ikey. Myslím, že Liatrop alebo Littsjo, alebo možno poličky Billy by sa vám sem mohli hodiť. Majú k nim aj stolíky, Toffyterd alebo Klubklop..."

„Dobre, dobre, chalani, nechajme mamu, nech si oddýchne," poháňal ich Rosencrantz. Rozlúčili sme sa a pomaly som začala vyčkávať na pondelok.

Uvedomila som si, že posledné štyri mesiace boli celé o vyčkávaní. Na niečo, na niekoho, hlavne na spravodlivosť. Život sa mi zastavil. Nemala som žiadne plány. Nič som nenapísala, ani slovko. So strachom v duši som prežívala zo dňa na deň, zápasila som s platením účtov, zápasila sama so sebou, a celý čas som sa bála. Nikdy predtým som neprežila toľko strachu ako za posledné štyri mesiace.

O 20.30 som sa usadila k cédečku a počúvala Adele, dúfajúc, že to je naposledy.

Nedeľa 14. august 14.56
Adresát: marikarolincova@hotmail.co.uk

Nepotrebuješ pomôcť s venčením? Asi sa zbláznim.

Pondelok 15. august 22.00
Adresát: angielangford@agenturabmx.biz

Neviem, ako sa mám cítiť... Takmer som nespala. Prebudila som sa na hrkot z vodovodného potrubia. Trúbky klinkali cez steny od Shana až ku mne. Bol krásny teplý deň, no hneď som si uvedomila, že Adama budú prevážať z Norfolku na súd v policajnej dodávke, ktorá bude určite rozohriata ako gril, tak som sa z tepla prestala tešiť. V rádiu hlásili, že teploty vyskočia na tridsaťtri stupňov.

Pred súdom som sa stretla s Natashou. Bola nádherne opálená a veľmi elegantne oblečená.

„Pridelili nám tú istú sudkyňu, ktorá Adama odsúdila," hneď na úvod ma Natasha schladila ôsmimi slovami.

„Sudkyňa Hautová-Puczová?"

„Áno."

„Čo to znamená?"

„Všetko a nič... Osobne si myslím, že by bolo lepšie, keby si nás vypočul nový sudca. Ten by to nebral tak, že sa vŕtame v jeho dokonalom, právne férovom originálnom rozsudku."

„Ale veď o Adamovi rozhodli porotcovia, nie sudkyňa. Nie?"

„Viem, ale sudca je hrdý tvorca rozsudku.

On ho naviguje smerom, ktorým chce, aby išiel." Natasha

sa pozrela na hodinky. „Utekám, Coco, musím si dať šošovky a pripraviť sa."

„Držím palce, aj na nohách." Natasha ma ignorovala. Zbadala kamaráta sudcu, veľmi elegantného sedemdesiatnika v čiernom obleku s modrými vlasmi. Keď uvidel Natashu, tvár sa mu rozžiarila.

Niekde som počula, že keď zostarneš, strácaš schopnosť vidieť modrú farbu. Preto je toľko starých dám a pánov s modrými vlasmi.

Natashin známy mal veľmi modré vlasy. Ak by zablúdil do južného Londýna, nasledovala by ho svorka deciek a pokrikovala by naňho: pozrite na toho debila s modrým három! No, ale tu bol vo svojom živle, na súde bol pánom domu. Cestou na súd ho zdravilo veľa právnikov. Musel byť veľmi cteným sudcom.

Včera večer som si čítala Slepačiu polievku pre dušu, mimochodom, úžasná kniha o pozitívnom myslení, a natrafila som na kapitolu, ktorá ti pomôže zbaviť sa zúfalstva. No dnes mi to už veľmi nepomáhalo. Jediná pozitívna myšlienka, ktorá mi napadla, bola, že ešte asi nie som stará korčuľa, keď stále vidím modrú farbu.

Trvala som na tom, že na súd pôjdem sama. V ťažkých situáciách lepšie reagujem, keď som sama, môžem potichu panikáriť a nemusím nikomu stále vravieť, ako sa cítim.

Na balkóniku pre verejnosť nebol nikto. Odprevadil ma tam veľmi galantný zriadenec. Usadila som sa v strede vyleštených lavíc. Pod sebou som videla Adama! Bolo nádherné hľadieť naňho aspoň takto a byť mu nablízku, aj keď som sa mu pozerala iba na zadnú časť hlavy. S Natashou, už v parochni a s okuliarmi, boli ponorení do vážneho rozhovoru.

Nahlas som si prečistila hrdlo, no vo veľkej súdnej miestnosti sa môj hlas stratil bez povšimnutia. Pokus som zopakovala, stále nič. Nakoniec som sa uchýlila ku: „Psssssst! Pssssssssssssssssst! Adam!"

Natasha, stenografka, niekoľko zriadencov a Adam sa otočili ku mne. Keď ma zbadal, oči sa mu rozjasnili. Chystala som sa mu niečo pošepkať, keď vtom zaznelo:

„Povstaňte."

Postavili sme sa a sudkyňa Ruby Hautová-Puczová vstúpila do súdnej siene. Vyzerala presne tak isto ako pred piatimi mesiacmi. Usadila sa, vyzvala nás, aby sme si sadli, a na koniec nosa si jemne položila okuliare.

Zo začiatku som jej nevedela vyčítať z tváre, v akom psychickom rozpoložení sa nachádza. Listovala v dokumentoch. Z toho ticha mi naskočili zimomriavky. Potom pozrela na Adama a Natashu, premerala si ich, akoby boli rozpleštenými chrobákmi na prednom okne jej auta.

„Prejdime k prípadu," to bolo všetko, čo povedala.

Natasha si dala záležať a sudkyni prezentovala nové informácie a dôkazy o Sabrine s dokonalou brilantnosťou. Potom opísala, čo sa odohralo na trajekte do Jersey.

„Áno, áno, pani Pinchardová ako Makepeaceová..." poznamenala sudkyňa a ponad okuliare pozrela na mňa. Usmiala som sa a poklonila ako herec pri klaňačke. „Nebol to kompliment, pani Pinchardová, posaďte sa."

Sadla som si ako potrestané decko. Puczová si napravila okuliare a zapozerala sa opäť do dokumentov, ktoré ležali pred ňou. Bola som hrozne nervózna a ruky sa mi potili. Na drevenom vyleštenom zábradlí, ktorého som sa držala, som zanechávala vlhké škvrny.

Všetci sme čakali. Echo šuštiacich stránok sa nieslo celou

miestnosťou, po každej strane nová vlna... Ešte aj stenografka vyzerala ako zamrznutá v čase. Ani okom nemihla, výraz tváre bezduchý, ruky nastavené na klávesoch v očakávaní ďalšieho slova sudkyne.

Sudkyňa vztýčila hlavu.

„Okej," povedala. „O čo sa pokúšate, Natasha?"

„Vaša ctihodnosť, chcela by som požiadať o nový proces..."

A čo tak požiadať, aby Adama pustila na kauciu? (kričala som vo svojej hlave). Krava Natasha sa zľakla a upustila od kaucie!

„Vyhlasujem prestávku, na zváženie a prehodnotenie nových faktov," oznámila sudkyňa. Tresla kladivkom, zriadenec nám prikázal postaviť sa a Adama odviedli v putách preč.

Išla som čakať na chodbu. Bolo to nekonečné... nervy som mala v kýbli. Po hodine za mnou prišla Natasha, informovala ma, že si ju predvolala hlavná sudkyňa a že sa zídeme po obede.

„Čo sa deje? Máme problém?" vyľakane som sa opýtala.

„Neviem, Coco. Sudkyňa je puntičkárka, práve si detailne prechádza nové dôkazy... Choď sa najesť, nadýchaj sa čerstvého vzduchu a potom príď späť."

Vyšla som von, trochu som sa prešla popri Temži a nakoniec som si k nej sadla.

Vyhliadkové lode premávali hore-dole... Množstvo vysmiatych japonských turistov nakrúcalo videokamerami všetko navôkol. Zo šošoviek sa na mňa odrážali slnečné lúče. Keď bola jedna z lodí predo mnou a japončekovci sa v tlupách nesmierne zabávali, zdvihla som im prostredník. Viem, som sviňa, ale v tom momente som sa cítila hrozne. Lomcovali mnou depresia a frustrácia. Zo sukne mi vytŕčali slaninové faldy, vlasy som mala dlhé a neupravené. Nikdy predtým som sa necítila unavenejšie. Suma summarum cítila som sa ako storočná troska. Nechcela som byť neznámou starou ženou v domácom videu nejakého Akihira Fumikeho.

Otočila som sa smerom k súdu, pozrela sa hore a premýšľala, v ktorej miestnosti je Adam. Je tak blízko, a pritom tak ďaleko.

Na súd som sa vrátila o jednej poobede a hneď nás volali dnu. Adam bol už usadený vedľa Natashe, natočil sa ku mne a zavrtel hlavou.

„Čo?" potichu som sa pýtala na diaľku. Niečo mi potichu vravel naspäť, ale nerozumela som mu. Vtom zaznel hlas zriadenca:

„Povstaňte."

Sudkyňa Hautová-Puczová sa vrátila do miestnosti s kamennou tvárou. Nič sa z nej nedalo vyčítať. Zaujala svoje miesto a prehovorila:

„Sadnite si. Po zvážení nových informácií a dôkazov som dospela k takémuto verdiktu," nastalo to najdlhšie ticho v histórii ľudstva.

Naťahovala ho ako päťročné decko žuvačku alebo Marikina mama cesto na štrúdľu.

Preboha, vykokci sa, ženská!! Opäť to bol len hlas v mojej hlave.

Ústa sudkyne sa pomaly otvárali, pery sa odlepili jedna od druhej a von vychádzali slová:

„Pán Rickard, ste nevinný. Nikdy ste nemali byť obvinený z podvodu, tobôž byť poslaný do väzenského zariadenia. Váš rozsudok sa týmto ruší v plnom rozsahu. Môžete dnes odísť ako slobodný človek, bez akýchkoľvek obmedzení."

Tresla kladivkom. Adam bol očividne šokovaný a Natasha tiež.

„Povstaňte," zaznel hlas. Sudkyňa odišla, ja som zbehla z balkónika a utekala dolu za Adamom. Nohy sa mi triasli, tentoraz od radosti, oči som mala zaliate slzami. V priebehu minúty sa mi môj rozbitý život zlepil naspäť do jedného veľkého krásneho kusu.

Natasha vyšla triumfálne na chodbu a pevne ma objala.

„Kde je? Kde je Adam?" pozerala som jej cez plecia.

„Musí podpísať zopár papierov, potom mu vrátia jeho veci a bude slobodným mužom!" usmiala sa Natasha.

„Nechce sa mi tomu veriť! A čo bude teraz? Má nejakú podmienku...?"

„Je slobodným človekom, bez záznamu v registri trestov, bez podmienky. Budem ho ešte kontaktovať, či chce vysúdiť kompenzáciu."

„Teraz ho chcem hlavne mať už doma," povedala som Natashe.

„Len choď, Coco, a užite si nádherný spoločný život," usmiala sa. „Zaslúžite si to a veľmi vám to prajem."

Poďakovala som sa jej, ešte raz sme sa objali a potom odišla.

Išla som si sadnúť na lavicu, no všimla som si automat na nápoje a čokolády. Chcela som Adamovi niečo dať, dnes ráno mi ani nenapadlo, že budeme večer oslavovať. Ani neviem, či oslobodenie z trestného činu je slávnostnou príležitosťou. Stavím sa, že onedlho sa budú dať kúpiť blahoprajné pohľadnice s nápisom Gratulujem k prepusteniu z basy. Nič iné mi nezostávalo, len mu kúpiť Kit-kat a fľašu koly. V kabelke som hľadala drobné, keď som zrazu zacítila ruky obopínajúce môj pás.

„Ahoj, zlato," zašepkal mi do ucha Adam. Otočila som sa tvárou k nemu. Pozrela som mu do očí a on ma pobozkal. Vyzeral nevyspatý, zničený, trochu pochudnutý, ale stále to bol môj starý dobrý Adam.

Objímali sme sa neskutočne dlho, vyžívala som sa v tom, že ho cítim pri sebe. Jeho rozohriate telo na mojom, búšenie srdca... to, že si môžem položiť hlavu na jeho pleci...

„Stále sa mi nechce uveriť, že si slobodný!"

„Preboha, ako nádherne voniaš," povedal. „Coco, musím si sadnúť," potácal sa smerom k lavici, pri stene.

„Nie si rád, že môžeš ísť von?" opýtala som sa.

„Malý moment, miláčik... potrebujem si to všetko usporiadať v hlave. Pred chvíľou som bol psychicky pripravený, že ma odvezú späť do väznice Belmarsh, kde budem dlhé týždne čakať na odvolací proces, a zrazu som voľný."

Podišla som k nemu a stisla mu ruku.

„Stále si myslím, že niekto vybehne von s krikom, že sa stala chyba, že celé to je jeden veľký omyl," povedal Adam.

„Nie, si voľný," utvrdzovala som ho v skutočnosti a znovu ho objala.

„Čo chceš teraz robiť?!" opýtala som sa. „Môžeme ísť na výletnú loď, prejsť sa pri rieke, najesť sa v dobrej reštaurácii... čo len chceš!"

„Nebude ti vadiť, ak pôjdeme domov? Neviem sa dočkať, kedy pôjdem domov, s tebou. Chcem sa okúpať, dobre najesť a vypiť si ľadové pivo!"

Zobrala som Adamove vrece s emblémom HMP (väzenie jej veličenstva), chytila ho za pás a po mramorovej podlahe sme vyšli zo súdu. Vonku sme sa zastavili na hornom schode mohutného schodišťa.

Reportérka zo spravodajstva BBC aj s kameramanom netrpezlivo vyčkávali na Adama. Využila som šancu, schmatla jeho ruku a zdvihla ju triumfálne nad hlavu na počesť víťazstva.

„Ste spokojní s verdiktom?" opýtala sa reportérka a pred ústa nám strčila mikrofón. Adam sa trochu bezradne pozrel na mňa, potom na ňu.

„Sme šťastní, že Adam Rickard bol oslobodený v plnom rozsahu od všetkých obvinení," vyhlásila som. „Je to veľmi potešujúci koniec jednej veľkej nešťastnej ságy."

„A čo si o tom myslí Adam Rickard?" opýtala sa reportérka s úsmevom.

„Po tejto hroznej skúsenosti chcem už iba žiť svoj život v pokoji."

„Čo teraz urobíte ako prvé?"

„Ožením sa s touto ženou... no... ale až keď sa okúpem, veľmi mi chýbala vaňa," usmial sa. Poďakovali sme sa reportérke a prešli ďalej. Pri obrubníku stál čierny taxík.

„Ste voľný?" opýtala som sa ho. Povedal mi, že je objednaný na moje meno a zaplatený Literárnou agentúrou BMX (ĎAKUJEM, ANGIE!).

Píšem Ti zo záhradky. Adam sa močí vo vani, je tam už vyše dvoch hodín. Chodím ho kontrolovať, či sa neutopil. ☺ Je v poriadku, len mi vždy povie: „Ešte chvíľku, zlatko, musím si dať v hlave všetko dokopy."

SOM VEĽMI ŠŤASTNÁ!!!
!!!!!!!!!!!!!!

Utorok 16. august 13.35
Adresát: angielangford@agenturabmx.biz

Videla si nás v správach BBC? Oslobodenie Adama bolo dokonca zaradené ako tretie v poradí. Pozerali sme to s Adamom na notebooku, dvere do záhradky boli otvorené, nech sa rozhorúčený byt trochu prevetrá. Do reportáže investovali veľa času a úsilia. Odvysielali video z trajektu (niekto to natočil na mobile), ako Rosencrantz vyhadzuje z kufra peniaze, potom ukázali, ako polícia odvádza Sabrinu aj zraneného Simona. Nasledoval môj rozhovor zo staršieho televízneho programu a nakoniec zábery spred súdu. Adam vravel, že je šťastný zo slobody, a ja som povedala: „Je to veľmi potešujúci koniec jednej veľkej nešťastnej ságy," maskaru som mala roztečenú po celej tvári.

Je úžasné, že môžeme teraz len tak vysedávať, nič nerobiť, spolu nič nerobiť.☺ Každú debatu, stretnutie, ktoré sme mali za posledných päť mesiacov, sme trávili preberaním právnych vecí a plánov, čo ďalej...

Konečne môžeme BYŤ!

Po správach začal vyzváňať telefón, Etela, Meryl a Tony, Daniel, Adamov bývalý kolega, Holly, jeho exmanželka... Pozerala som naňho, ako sa so všetkými rozpráva, a užívala som si jeho veľký úsmev.

Otvorila som Adamovo vrece z väzenia a začala vybaľovať veci, ktoré mal so sebou: moju fotku, zubnú kefku, známy CD prehrávač od syrového zabijaka, CD Adele 21, šesť kusov boxeriek, dve tričká, nohavice, štvoro ponožiek a veľkú nádobku telového mlieka. Naspodku ležal papierik. Bol to podpísaný doklad o zaplatení a rezervácii našej svadby v kostole. Zbadala som dátum, 19. august – tento piatok. Takmer sme to stihli. Takmer sa nám to podarilo...

Išla som si dať dlhú sprchu vo vani, oholiť nohy a aspoň sa pokúsiť niečo zo seba vykúzliť. Niečo, na čo sa chlap môže túžobne pozerať. Keď som vyšla z kúpeľne, Adam spal na pohovke s Roccom schúleným vedľa neho. Vzala som si cigarety, veľký pohár „organického" vína a vyšla do záhradky. Bolo desať večer a vonku bolo stále príjemne teplo. Zapálila som si cigaretu a pohodlne sa usadila. Bolo to prvýkrát za dlhé mesiace, ba čo, asi za posledný rok, čo som sa cítila úplne uvoľnene.

Streda 17. august 11.12
Adresát: angielangford@agenturabmx.biz

Práve sme raňajkovali, keď sa ozval zvonec. Adam vyskočil a nechtiac vylial svoju kávu.

„Si v poriadku, zlato?"

„Prepáč, Coco, musím si ešte zvykať, že zvonenie znamená, že niekto je pri dverách. Vo väzení to zvyčajne znamenalo prehľadávanie ciel."

„Ignorujme to, dobre? Užime si spoločné ránko," navrhla som. Zvonec sa opäť prenikavo rozozvučal. A znovu... Niekomu ide asi o život, pomyslela som si.

„Preboha živého," vstala som a išla otvoriť dvere.

Stála tam Etela, veľmi zadýchaná, so svojou nákupnou taškou na kolesách. Oprela sa o zárubňu, všimla som si, že v ruke držala mobil.

„Strašne rada dójdem na vašú svadbu!" zakvílila. „Išla sem práve okolo, a povedala sem si, že vám odpovím na pozvánku naživo!"

Prefičala okolo mňa a veľmi náruživo objala Adama.

Pozrel na mňa cez jej plece a potichu sa spytoval: „Čo?"

„Je dobré videt ta venku z lochu," odtiahla sa od neho a celého si ho premerala.

„Ďakujem," povedal Adam. „A ďakujem aj za všetky listy, ktoré ste mi poslali."

Potom urobila Etela niečo čudné, nezvyčajné. Podišla ku mne a objala ma.

„Sem strašitánsky štastná, že ma obaja scete na svojej svadbe," slzy sa jej tisli do očí. „Vím, že né vždycky sme si v minulosti rozuméli."

Otvorila som ústa a s Adamom sme na seba pozerali. Etele cinkla prichádzajúca správa, pozrela na displej.

„Oh, to je Meryl... sce vedet, či scete ženícha a nevestu navrchu torty."

„Hmm..." stále som nechápala, čo sa deje.

„Musí to vedet čím skór, aby mohla íst kúpit čérné barvivo pre malinkatého marcipánového Adamečka, kerý bude stát vedla marcipánovéj Coco."

Etela si naše prekvapené tváre vysvetlila po svojom.

„Prepáčte mi, hrdličky moje, asi to znelo trochu rasisticky."

„Nie. Nie, malý marcipánový Adam musí byť čierny," Adam preglgol.

Zrazu dnu vletela Marika, lapala po dychu. Musela utekať riadne rýchlo.

„Prečo nezdvíhaš telefón?" pýtala sa.

„Vieš, že nemám signál," išla som k pevnej linke a zistila,

že nás odpojili. „To nie je možné, asi som nezaplatila načas," šepla som zahanbená.

„To je v poriadku," povedala Marika, stále lapajúc dych. „Coco, Adam, chcela som sa vám ospravedlniť, hlavne za to, že som neverila v tvoju nevinu a za všetok ten bordel. A aby som vám ukázala, ako veľmi vás mám rada, chcem vám zorganizovať 'last minute' svadbu, aby ste sa mohli vziať tento piatok, devätnásteho!"

„Marika," položila som si jej ruku do dlane, „problém je v tom, že nemáme veľa peňazí..." Všetci pozreli na odpojený telefón.

„Coco, o nič sa nemusíte strachovať. Zariadili sme sobáš v ruinách vášho romantického kostolíka na kopci. Bude to celé veľmi jednoduché, krásne... Chcete sa ešte vziať, či nie?"

„Áno," odvetila som, ešte nie celkom zorientovaná v tom, čo sa za posledné minúty udialo.

„Adam?"

„Áno," usmial sa, „chcem si vziať Coco."

Etela ho opäť pritúlila na svoju hruď a náruživo objímala.

„Si moc vychrtlý, mój! Není, Coco? Musí sa nechat vykŕmit jak hus."

„Nakŕmila som ho, Etela, neboj," povedala som jej.

Na plné ústa sa zarehotala.

„Budeš scet jedlo z lochu, ked ti začne varit ona!" ešte viac sa zarehotala. „Marika, mali by sme íst, sem celá tvoja, ked ma budeš na néčo potrebuvat."

„Takže súhlasíte? Môžeme ísť so svadbou plnou parou vpred?" Obidvaja sme jej prikývli.

„Okej! Ideme na to," zavelila Marika a s Etelou sa pobrali k dverám.

Keď odišli, zatvorila som a pozrela na Adama, uškŕňal sa od ucha k uchu.

„Vyzerá to tak, že nakoniec budeme mať našu vysnívanú svadbu!" poznamenal.

Štvrtok 18. august 19.29
Adresát: angielangford@agenturabmx.biz

Som veľmi smutná, že nebudeš môcť prísť na svadbu. Nemala som ani tušenia, že si v Los Angeles. Prípravy sú v plnom prúde, ale všetko predo mnou tutlú, svadba je prísne tajná! Jediné, čo mi dovolili, je vybrať si svadobné šaty a kvety – práve som sa vrátila domov s tými najkrajšími šatami, aké si vieš predstaviť!

Chris a Marika sa ponúkli, že mi zaplatia za šaty, no odmietla som, tak som sa dnes vybrala s Rosencrantzom, Waynom a Marikou do megasekáča v Camdene. Rozdelili sme sa a začali sa prehrabávať vo vešiakoch na dvoch poschodiach.

„Hľadáme biele? Alebo ironicky biele?" opýtal sa Wayne a z vešiaka vytiahol svadobné šaty takmer identické s tými, ktoré mala Madonna vo videu Like a Virgin.

„Dni, keď som si mohla dovoliť obliecť biele svadobné šaty, sú veľmi ďalekou minulosťou. Radšej sa pridržiavajme odtieňa šampanského."

„Mami, mala by si byť trochu odvážnejšia a dať si červené!" povedal Rosencrantz a pred nos mi strčil červené čipkové (priehľadné) šaty.

„Vieš, čo by povedala na tie šaty moja mama?" spýtala sa Marika. „Babylonská k...a!"

Takmer sme to už vzdali, keď som našla v rohu zastrčené veľmi jednoduché, ale krásne šaty vo farbe slonoviny. Rýchlo som ich schmatla a primerala si ich.

Všetci sme súhlasne prikývli.

„Vyskúšajte si ich, teta P," vyzval ma Wayne.

Išla som do malinkej skúšobnej kabínky, zhlboka som sa nadýchla a modlila, aby mi boli dobré. Padli ako uliate. Otvorila som dvere na kabínke a vyšla von.

„Mami, si prekrásna!"

Wayne si začal divadelne ovievať tvár, nedokázal v sebe udržať vzrušenie zo šiat.

„Si nádherná, Coco," vyslovila Marika veľmi dievčensky, čo bolo pre ňu dosť netypické. „Sú dokonalé!" Pozrela na visačku. „Preboha živého a čerta pekelného," potichu zhíkla a postrčila ma do kabínky. Chalani sa nahrnuli za nami, Marika zatvorila dvere.

„Čo?" opýtala som sa. Nedalo sa ani pohnúť. Marika niečo zašepkala, ale tak ticho, že som nepočula čo.

„Čo? Čo je?" Marika ukázala visačku Rosencrantzovi a Waynovi.

„Preboha, čo sa deje? Sú šialene drahé?"

„Nie, stoja desať libier, mami!"

„Tak v čom je problém?"

„Sú Vera Wang," pošepla mi Marika do ucha.

„No určite!" zasyčala som, krk som si skoro zlomila, aby som dovidela na visačku. Naozaj boli Vera Wang.

„Musíme sa tváriť, že to nevieme, aby na to neprišli, určite to je omyl," zašepkala Marika.

„Okej, no najskôr by ste všetci mohli opustiť túto sprostú kabínku."

Vyzliekla som sa a s malou dušičkou išla ku kase.

Tentoraz som sa v duchu modlila, aby neprišli na omyl s cenovkou. Chvalabohu, potetovaná pokladníčka nemala ani tú najmenšiu chuť sa o niečo zaujímať, tak sme kúpili originál Vera Wang šaty za desať libier!

Sobota 20. august 13.46
Adresát: angielangford@agenturabmx.biz

V deň svadby som vstala o piatej, bola som príliš vytešená, aby som ešte spala. V posteli som nechala podriemkavajúceho Adama a išla som do záhradky. Rocco sa naraňajkoval a potom v rannom slniečku všetko oňuchával. Dala som si kávu a šťastne posedávala.

Po dlhšej chvíli prišiel Adam, vyberajúci si karpiny, v boxerkách. Ešte vždy sa musím uštipnúť, keď ho vidím v tomto byte. Po všetkých tých zúfalých nociach, ktoré som tu trávila sama...

„Moja krásna frajerka," usmial sa. Nahol sa ku mne a dal mi nádherný sladký bozk.

„Nie nadlho," povedala som. „O tretej poobede už budem tvojou zákonitou manželkou s valčekom na cesto v ruke, a nie nezadanou frajerkou."

„Máš veľké šťastie, Coco, mne sa nezadané ženy páčia minimálne tak ako vydaté..."

„Čo tým chceš povedať?"

„Snažím sa ti povedať, že mi zostáva len pár hodín na to, aby som si zahol so slobodnou ženou, takže o päť minút ťa očakávam v spálni!"

Spolu sme sa nachystali na svadbu, Adam vyzeral

prekrásne v čiernom obleku s viazankou. Keď som vyšla oblečená v šatách Vera Wang, výraz na jeho tvári bol na nezaplatenie. Cítila som sa ako najkrajšia žena na zemi.

Ku kostolu sme dorazili pred treťou. V momente, keď naše auto zabočilo na cestičku lemovanú stromami vedúcu ku kostolu, som si všimla, že vpredu je nejaký zmätok.

Vchod do kostola blokoval veľký nákladiak. Naši svadobní hostia sa tam pchali a niečo sledovali. Adam mi pomohol von z auta a ku kostolu sme prešli pešo. Wayne vyzeral byť na pokraji s nervami. Keď nás zbadal, otočil sa k nám a chytil si hruď: „Krásna teta P a fešák pán R."

„Čo sa tu deje?" opýtala som sa.

„Tento nákladiak nechce uhnúť od vchodu. A šofér je veľmi drzý."

Pretlačila som sa cez hostí vpred, všetkých som ich zdravila... vtom som zbadala vo vzduchu Meryl. Bola asi meter nad zemou, stála na veľkom prednom nárazníku nákladiaka. Na kapote mala položenú našu trojposchodovú svadobnú tortu.

„Musíte odtiaľto hneď vypadnúť," kričala.

„Poslali ma z mestského úradu," povedal šofér cez otvorené okno. „Už som vám vravel, musíte toto miesto ihneď opustiť, tento kostol je označený za nebezpečné a rizikové územie."

Pozrela som sa na kostol, lepšie povedané, na ruiny kostola. Zostalo z neho iba zopár stĺpov, ale trosky z požiaru boli odpratané. Stoličky boli usporiadané do niekoľkých radov, stovky zapálených sviečok boli rozmiestnené po celom pozostatku kostola a na zrútených stĺpoch. Vyzeralo to prekrásne!

„Nemohli by ste si dať pauzu na dve hodiny?" zakričal Adam. „Toto je moje dievča a kazíte jej svadbu."

„Mám svoje rozkazy od nariadených, nikto nesmie dnu."

„Nie, nie, nie!" kričala Meryl a voľnou rukou búchala na kapotu nákladiaka. „Nedovolím vám, aby ste pokazili túto svadbu a túto tortu. Je s kráľovskou polevou, viete, koľko roboty dá vyrobiť kráľovskú polevu od základu?"

„Tri hodiny," zakričal Tony podporne. Stál na druhej strane auta, na rukách mal Wilfreda.

Meryl sa otočila k Tonymu:

„Tony! Zakry Wilfredovi uši!" zajačala. Rýchlo mu dal ruky na malinké uška. Meryl sa otočila k šoférovi a vztýčila ukazovák:

„Teraz ma dobre počúvajte. Dávam vám poslednú šancu. Practe sa z cesty alebo buďte pripravený niesť následky. Zo mňa si tu p..u robiť nebudete!"

Meryl zožala velikánsky potlesk, všetci sme jasali.

„Presne tak! Vypadnite, toto je veľký deň mojej mamy!" zakričal Rosencrantz stojaci pri Oscarovi, vyfešákovaný v čiernom obleku.

„Dovoľte tete P, aby mala svoj veľký deň, zaslúži si to!" zahučal Oscar, v náručí mal Rocca, ktorý súhlasne zaštekal.

„Tá vaša priblblá neustála bezpečnosť a ochrana zdravia, prikazovanie, čo bežný človek smie a čo nie, je rakovinou tejto krajiny! Vypadni, ty kapitalistický bastard!" kričala Marika z plnej sily (myslím, že ako organizátorka svadby sa už stihla „osviežiť" zopár drinkmi).

„Viete, ako dlho trvalo, kým som zapálil štyristo sviečok jednou škatuľkou zápaliek?" Chris sa pridal k protestujúcim hosťom. Oblečený v bielom obleku búchal šoférovi na dvere.

„A kuknite, jaká je nevesta krásna!" odušu kričala Etela, takmer jej vyletela protéza. „A té háby sú orígoš Véra Gang!"

„Vera Wang," opravila som ju. Všetci hostia sa začali hromadne približovať k nákladiaku. Šofér totálne zbledol.

„Máte čas do konca obradu, viac nemôžem," povedal.

„Rozhodli ste sa správne," pritakala Meryl. Zdvihla tortu, Adam jej pomohol dolu. Šofér hodil rýchlo spiatočku, masa ľudí mu urobila koridor a odfrčal preč.

Obrad bol jednou z najkrajších chvíľ v mojom živote. Zahľadení jeden na druhého sme si s Adamom prisahali vernosť a potom nás farár vyhlásil za svojich. Adam sa ku mne nahol a pobozkal ma tak nežne, až som sa celá rozochvela. Všetci jasali a tlieskali.

Po obrade som si uvedomila, že neviem, čo sa bude diať teraz.

„Je to prekvapenie," škerila sa Marika. Z kostola sme po cestičke zišli k hlavnej ceste, kde už čakala dlhá šóra taxíkov. Všetci sme do nich naskákali vzrušení, kam nás zavezú. Zastavili sme pred spoločenskou sálou Rivoli Ballroom. Pozrela som na Adama. „Viem toho toľko ako ty, zlato..." Adam sa usmial.

„Prehodila sem pár slovíček s Bunty," žmurkla na nás Etela na schodoch do budovy.

Bola to tá najkrajšia svadobná recepcia. V prekrásnej veľkolepej červenej, zamatovej sále s nádherným osvetlením a výzdobou sme mali pripravenú hostinu. Vieš, čo nám vymysleli na jedenie? Staré dobré anglické Fish & Chips (rybu s hranolčekmi). Samozrejme, nechýbalo šampanské. Po jedle sme rozkrájali nádhernú tortu od Meryl a tancovali, kým sme vládali. Chris zariadil bezplatný bar, kde si každý mohol dať, čo chcel. Bola to jedna z tých nádherných nocí, keď čas letí príliš rýchlo. Nechcela som, aby sa skončila.

Meryl bola totálne namol, nechtiac prepla svoj nóbl akcent na ten o dosť menej fajnový, s ktorým sa narodila. 😊

„Sem ožratá jak svina!" vzrušene zahučala, keď prešla okolo mňa v húfe svadobčanov natriasajúcich sa do melódií Boney M. Veľa si z hostiny nepamätám, väčšina svadby je jedna veľká šťastná rozmazaná škvrna. Veľmi jasne si však pamätám, ako sa objímam s Adamom s vedomím, že nás už nikto nerozdelí.

Z Rivoli sme vyšli niekedy nadránom, keď vychádzalo slnko. Bolo dokonalé letné ráno. Sviežo a slnečno, rosa pokrývala trávu. Na schodoch sme sa dlho lúčili s hosťami, všetci nám želali to najkrajšie do spoločného života a potom jeden po druhom odchádzali taxíkmi domov.

Pretackali sme sa domov, spodok šiat som mala zachytený na páse a lodičky v ruke, Adam niesol na rukách spiaceho Rocca. Nikdy predtým som si nevychutnala prechádzku domov, do svojho malého bytu, tak ako po svadbe.

Doma sme si v spálni na vankúši našli obálku.

Vnútri bol list od Etely.

Ahoj, zlatíčko. Teraz si už asi nie je moja právoplatná nevesta...

Dúfam, že zostaneme priateľkami, lepšie povedané, že sa teraz staneme priateľkami!

V každom prípade, trochu sme ješte spojili sily a zozbierali sa vám na svatobnú cestu. No, nie je to nič exkluzívne, ale s Rosencrantzom sme vám na internete našli rozkošnú chatku v Toskánsku, na týden. Je to za horama, za dolama, na konci sveta, no asi sa vám bude líbit. Bol to Rosencrantzóv nápad, povedal, že videl nejáky film, čo sa volal Pod toskánskym synkem... Mne sa to zdá trocha erotické, no on prísahal, že to je hrozne romantické místečko."

Užite si to vy dvá, zaslúžite si to!

Etela

Teraz sme na ceste na letisko. Pred týždňom som ani nedúfala, že budem s Adamom, nieto ešte vydatá a na ceste na medové týždne do Talianska. Angie, ďakujem Ti za podporu a za to, že si pri mne stála. Do skorého videnia!

Sobota 20. august 14.50
Adresát: rosencrantzpinchard@gmail.com

Ahoj, zlato, o malú chvíľu nastupujeme do lietadla, zabudla som Ti povedať, že Rocco prechádza fázou obhrýzania vecí.

Takže, keď príde niekedy Chris, odlož mu jeho Dolce & Gabbana topánky niekam hore, kde ich nedočiahne (samozrejme, myslím, kde ich nedočiahne Rocco).

Angie je v Los Angeles a teraz mi zadychčaná volala s úžasnou novinkou:

„Dofrasa, moja," lapala dych, „Hollywood je vďaka tebe hore nohami!"

„Prosím, o čom hovoríš?"

„Chystajú sa veľké veci. Dve najväčšie filmové štúdiá sa

bijú o práva na Poľovačku na lady Dianu a na Špiónku Fergie. Práve sme v rokovaniach. Koncom týždňa bude aukcia, kde si to navzájom v súboji o tvoje knihy rozdajú! A ešte jedna novinka, keďže Adam je zbavený viny, tvoje vydavateľstvo v Anglicku sa rozhodlo vydať Špiónku Fergie!"

Poprosila ma, aby som v Taliansku mala mobil poruke.

Uvidíme sa o týždeň. 😊

S láskou mama

Cmuk

POĎAKOVANIE

Ahojte,

predovšetkým veľké ďakujem za to, že ste si vybrali čítať Bláznivý život Coco Pinchardovej. Ak sa vám páčila, bol by som veľmi vďačný, ak by ste o nej povedali aj svojim priateľom a rodine. Osobné odporúčanie je jedným z najsilnejších prostriedkov a pomáha mi oslovovať nových čitateľov. Vaše slová môžu veľa zmeniť! Môžete tiež napísať recenziu na knihu. Nemusí byť dlhá, stačí pár slov, ale aj toto pomáha novým čitateľom objavovať moje knihy.

Ak sa vám páčila Bláznivý život Coco Pinchardovej, prečítajte si o ďalších dobrodružstvách Coco Pinchardovej v Nový život Coco Pinchardovej

Dovtedy...

Rob Bryndza

POĎAKOVANIE

Prečítajte si tretiu knihu z najpredávanejšej série Roberta Bryndzu o Coco Pinchardovej... Dostupné ihneď!

Coco Pinchardová sa pozbierala po chaotickom rozvode a je teraz najpredávanejšou autorkou. Popritom žiari novomanželským šťastím so svojím nádherným druhým manželom Adamom. Cíti sa silnejšia a múdrejšia a určite sa už druhýkrát poučí zo svojich chýb?

Ale veci nejdú úplne podľa plánu... Adam prišiel o prácu, Cocoin dospelý syn, Rosencrantz, si úplne zruinoval život, a bývalá svokra Ethel sa stále dostane do domu vďaka nekonečnej zásobe náhradných kľúčov. Keď sa literárna agentka Angie ujme Cocoinej úhlavnej rivalky, impozantnej Reginy Battenbergovej, zdá sa, že už to nemôže byť horšie. A potom Coco zistí, že je tehotná – v 44 rokoch.

Odkedy bola tehotná v dvadsiatke, veľa sa toho zmenilo. Dokáže to naozaj všetko zopakovať? Bezsenné noci, nové strie k tým starým a obrovská zodpovednosť priviesť na svet nový život.

Tretia samostatná kniha z najpredávanejšej série o Coco Pinchardovej od Roberta Bryndzu je vtipným denníkom s Cocoiným typickým dôvtipom a úprimnosťou sledujúcim rozbúrené hormóny a mimoriadne zvraty, ktoré ju po druhýkrát privedú k materstvu.

O AUTOROVI

Robert Bryndza je autorom mnohých bestsellerov, ktorých sa len v anglickom jazyku predalo viac ako sedem miliónov výtlačkov. Preslávil sa predovšetkým svojimi trilermi.

Jeho debut na poli detektívnych trilerov, Dievča v ľade (The Girl in the Ice), vyšiel v Británii vo februári 2016 a počas prvých piatich mesiacov sa z neho predalo milión výtlačkov. Kniha sa stala číslom jeden na britskom, americkom aj austrálskom Amazone, do dnešného dňa sa jej predalo viac ako 1,5 milióna výtlačkov v angličtine a dočkala sa prekladov do ďalších 30 jazykov.

Po titule Dievča v ľade, v ktorom Robert predstavil vyšetrovateľku Eriku Fosterovú, pokračoval v tejto sérii knihami Nočný lov (The Night Stalker), Temné hlbiny (Dark Water), Do posledného dychu (Last Breath), Chladnokrvne (Cold Blood) a Smrtiace tajnosti (Deadly Secrets), ktoré sa tiež stali svetovými bestsellermi.

Potom sa Robert zameral na novú sériu trilerov s hlavnou hrdinkou Kate Marshallovou, bývalou policajtkou, ktorá sa stala súkromnou vyšetrovateľkou. Hneď prvá kniha zo série s názvom Kanibal z Nine Elms (Nine Elms) sa stala najpredávanejšou knihou na americkom Amazone, umiestnila sa v prvej pätici bestsellerov na britskom Amazone a postupne vyšla v ďalších 15 krajinách. Aj ďalšie prípady

Kate Marshallovej a jej asistenta Tristana Harpera s názvom Hmla nad Shadow Sands (Shadow Sands) a Keď sadá súmrak (Darkness Falls), ktoré vyšli v rokoch 2020 a 2021, sa stali svetovými bestsellermi.

Po troch prípadoch Kate a Tristana sa Robert na jeseň roku 2022 rozhodol vrátiť späť k obľúbenej Erike Fosterovej a jej tímu a pripravil im stretnutie s prefíkaným vrahom v knihe Osudné svedectvo (Fatal Witness). Teraz znova predstavuje detektívnu agentúru Kate Marshallovej a jej štvrtý prípad. Viac o autorovi aj o jeho knihách sa môžete dozvedieť na jeho webovej stránke www.robertbryndza.com.

ROBERT BRYNDZA
Blaznivý Život Coco Pinchardovej
Z anglického originálu Coco Pinchard's Big Fat Tipsy Wedding
preložil Ján Bryndza.
Redakčná úprava: Zuzana Kolačanová
Obálku navrhla Henry Steadman.
Vydalo: Raven Street Publishing v roku 2025

Copyright © Raven Street Limited 2013
Translation copyright © Ján Bryndza 2014
Print ISBN: 978-1-914547-92-8
Ebook ISBN: 978-1-914547-93-5

Upozornenie pre čitateľov a používateľov tejto knihy:
Všetky práva vyhradené. Žiadna časť tejto tlačenej či elektronickej knihy nesmie byť reprodukovaná a šírená v papierovej, elektronickej či inej podobe bez predchádzajúceho písomného súhlasu vydavateľa. Neoprávnené použitie tejto knihy bude trestne stíhané.

www.ingramcontent.com/pod-product-compliance
Ingram Content Group UK Ltd
Pitfield, Milton Keynes, MK11 3LW, UK
UKHW050850280525
459001UK00007B/15/J